Jürgen Petschull

Der fünfte Schatten

JÜRGEN PETSCHULL

DER FÜNFTE SCHATTEN

Osburg Verlag

www.osburgverlag.de

Lektorat: Anne Vonderstein, Berlin
Herstellung: Prill Partners producing, Berlin
Umschlaggestaltung: Toreros, Lüneburg
Satz: Dörlemann Satz, Lemförde
Druck und Bindung: GGP Media GmbH, Pößneck
Printed in Germany
ISBN 978-3-940731-49-4

Für Connie
und auch für Eva

Dies ist ein Roman – also eine Geschichte, die der Wirklichkeit nachempfunden ist. Ähnlichkeiten mit tatsächlich existierenden Personen und mit wirklichen Geschehnissen wären dennoch rein zufällig.
J. P.

INHALTSVERZEICHNIS

ERSTER TEIL

Wehe dem, dessen schlimmster Feind seine Erinnerungen sind

Friedrich Wilhelm Nietzsche

1

New York, Mittwoch, 14. Juli 1993

Der Gast von Zimmer 514 sah aus wie ein Dandy, der seiner Zeit hinterherläuft. Im Jackett seines cremefarbenen Leinenanzuges steckte ein weinrotes Ziertuch, dazu trug er ein weißes Poloshirt und bordeauxfarbene Mokassins mit weißen Laschen. Nicht nur wegen seiner stattlichen Größe wirkte er so, als blicke er auf die übrigen Hotelgäste herab, denn sein Gesichtsausdruck hatte etwas Hochmütiges. In Wahrheit versuchte er jedoch an diesem Morgen eine zunehmende Unsicherheit zu verbergen; ja sogar eine wachsende Angst vor dem, was ihn erwartete.

An der Rezeption warf er den schweren Messingschlüssel auf den Tresen, legte flüchtig die Fingerspitzen an seinen Panamahut und stakste mit einem Spazierstöckchen durch das von Orchideenduft erfüllte Foyer des Plaza Hotels. Als er ins Freie trat, schlug ihm die größte Hitzewelle seit Menschengedenken entgegen.

Die New Yorker hatten den Sommer herbeigesehnt, denn der Winter war eisig und lang gewesen. Doch nun dampfte in den Straßenschluchten von Manhattan seit zwei Wochen feuchtheiße Luft wie in einer Großwäscherei. Nachts fand kaum jemand Schlaf, weder die Reichen in ihren Apartments in der Park Avenue noch die Armen unter der Brooklyn Bridge.

Bei laufendem Fernsehgerät hatte der Mann im Zimmer 514 halbwach auf dem breiten Bett gelegen, während über ihm die alte Klimaanlage ächzend nach Luft rang. Die morgendlichen Nachrichtensendungen brachten nichts Neues: Präsident Bill Clinton erwartete einen Besuch des deutschen Bundeskanzlers Helmut Kohl. Notenbankchef Alan Greenspan sorgte sich wegen einer drohenden Inflation. An der Wall Street fielen seit Tagen die Kurse. Und der Wettermann von *Eyewitness News* prophezeite für den kommenden Tag Höchsttemperaturen von umgerechnet 40 Grad Celsius bei 97 Prozent Luftfeuchtigkeit!

»Taxi, Sir?«

Der Portier winkte schon einen der wartenden Wagen herbei, aber dieser Hotelgast wollte trotz der Hitze lieber zu Fuß gehen. Er hatte es nicht weit. Er lief an den Pferdedroschken vorüber, die um diese Zeit am Central Park South vergeblich auf Touristen warteten, und weiter über die Sechste und Siebente Avenue. Auf seinem frischen Hemd zeichneten sich bald Schweißflecken ab. Nach zehn Minuten betrat er eine ebenso teure wie diskrete Privatklinik in einem Hochhaus am Columbus Circle. »Manhattan Brain Clinic« stand auf einem blanken Messingschild des Instituts für Gehirnforschung.

Wie immer in den letzten Tagen begrüßte ihn die Empfangsdame mit devoter Neugier.

»Hello, Sir, how are you this morning?«, sagte ihr scharfkantig geschminkter Mund.

Der Mann aus dem Plaza Hotel antwortete mit einem wortlosen Nicken.

Er muss eine wichtige Persönlichkeit sein, dachte sie, denn ihn umgab die Aura der Erfolgreichen und der Einflussreichen. Und sie wusste auch, dass er auf höchste Empfehlung des Pentagon gekommen war.

Für diesen Morgen war seine Spezialbehandlung bereits sorgfältig vorbereitet worden. Den Fachärzten und Therapeuten hatte der Patient bei den Vorgesprächen sein Problem nur vage erklärt: Er müsse sich unbedingt an gewisse Geschehnisse erinnern können, die vor langer Zeit aus seinem Gedächtnis und aus seinem Leben gelöscht worden seien. Ein unerwartetes, schicksalhaftes Ereignis habe ihn gerade jetzt veranlasst, ihr Institut aufzusuchen …

»Sie müssen uns schon ein wenig mehr anvertrauen. Wir brauchen so viele Angaben wie möglich als Ausgangsmaterial für unsere Arbeit mit Ihnen – für unsere Arbeit mit Ihrem Gehirn, genauer gesagt.« Was denn das für ein Ereignis gewesen sei?, wollte der Therapeut wissen.

»In Norddeutschland ist vor neun Tagen das Wrack eines abgestürzten Bombers der US Air Force aus dem Zweiten Weltkrieg gefunden worden«, hatte der elegante Herr schließlich geantwortet. »In den Zeitungen steht, dass das Schicksal der Besatzung bis heute ungeklärt ist.«

Seither werde er nachts von Albträumen und tagsüber von furchtbaren Fantasien verfolgt. »Denn es könnte sein, dass ich der Pilot dieser Unglücksmaschine gewesen bin.« Mit Sicherheit wisse er allerdings nur, dass er einen Bomber dieses Typs geflogen habe. Und dass er Ende April 1945 von England aus zu einem Feindflug nach Deutschland gestartet sei. »Wahrscheinlich sind wir abgeschossen worden, aber was dann genau geschehen ist, in der Luft oder am Boden, das weiß ich nicht. In der Zeit vor und nach Kriegsende bin ich wochenlang ohne Bewusstsein gewesen, als Folge eines Schädel-Hirn-Traumas, wie man mir erklärt hat.«

Er sei dann in einem amerikanischen Militärhospital in der Stadt Bremerhaven aus dem Koma erwacht. »Man konnte mir nur sagen, dass ich dort in den Wirren der ersten Nachkriegstage von unseren britischen Alliierten als amerikanischer Flieger mit Namen Mandell eingeliefert worden bin.«

Das war alles, was man über ihn gewusst habe. Sein Dogtag, die Erkennungsmarke der Air Force mit den wichtigsten Personendaten, sei verschwunden gewesen. Seine Maschine und seine Fliegerkameraden waren verschollen.

»Ich muss wissen, was damals geschehen ist – und auch, warum ich offenbar als Einziger meiner Besatzung überlebt habe.«

Deshalb wolle er sein Gedächtnis mit allen Mitteln der neuesten ärztlichen Kunst reanimieren lassen. Wie er gehört habe, seien die Koryphäen des New Yorker Gehirn-Instituts bei ähnlichen Fällen im Auftrag der CIA und des Pentagon schon erfolgreich gewesen. Die Höhe des Honorars, so fügte er noch hinzu, spiele in seinem Fall übrigens keine Rolle. Er werde äußerst großzügig sein.

Gegen neun Uhr lag der Mann aus dem Plaza Hotel an diesem heißen Julitag hinter geschlossenen Jalousien in einem wohltemperierten Behandlungsraum. Er trug Boxershorts. Sonst nichts.

Bei einer Größe von 1,84 Metern und 79 Kilo Gewicht hatte er die sehnige Figur eines in die Jahre gekommenen Langstreckenläufers. Eine schmale Nase betonte sein längliches Gesicht. Sein Brustkorb, seine Arme und Beine waren auf einem Spezialbett angeschnallt. Über seinen frisch rasierten Schädel hatte man eine Kappe aus hauchdünnem Latex gestülpt. Daran waren Dutzende verschiedenfarbiger Saugnäpfe und Elektroden zur Stimulierung bestimmter Gehirnregionen angeschlossen, auch über der auffälligen Narbe oberhalb der linken Schläfe.

Eine hufeisenförmige Magnetgabel fuhr in dichtem Abstand über seiner Schädeldecke hin und her. Eine Infusionslösung tropfte in die Vene in seiner linken Armbeuge. Hinter seinem Kopf flimmerten farbige Linien, Wellen und Punkte auf drei Monitoren. Ein Neurologe überwachte seine Gehirnfunktion. Ein Kardiologe kümmerte sich um Herzschlag und Blutdruck. Ein Psychotherapeut bereitete sich mit einem vorbereiteten Dossier konzentriert auf seine Arbeit vor.

Durch eine Plexiglasmaske wurde ihm ein LSD-haltiges Gasgemisch in Mund und Nase getrichtert. Nach wenigen Minuten schien der Patient in eine Art Trance zu fallen. Sein verschwommener Blick fiel auf einen Bildschirm, der von der Decke hing. Dort lief nun ein Film ab, der speziell für die Behandlung dieses Patienten zusammengeschnitten worden war. Gezeigt wurden Dokumentaraufnahmen und Ausschnitte aus Hollywood-Kriegsfilmen: wie amerikanische Bomber im Zweiten Weltkrieg deutsche Städte angriffen; wie sie ihre tödlichen Lasten abwarfen; wie unter ihnen Industrieanlagen und Wohnviertel in Flammen aufgingen; wie Menschen in einer Feuerwalze verbrannten; wie Maschinen abgeschossen wurden und Besatzungen verzweifelt um ihr Leben kämpften. Fallschirme öffneten sich nicht. Brennende Flugzeuge stürzten der Erde entgegen …

Die Gesichtszüge des Mannes auf dem Behandlungsbett verkrampften sich. Er verdrehte die Augen, stöhnte und schrie. Seine Glieder zerrten immer wieder an den Fesseln, bis die die Vorführung endlich vorüber war. Nur allmählich beruhigte er sich wieder. Erst als sich auch die Anzeigen auf den Überwachungsmonitoren normalisiert hatten, begann der Psychotherapeut vorsichtig damit, seine Fragen zu stellen.

Er lenkte die Gedanken des Patienten auf einen bestimmten Tag vor mehr als einem halben Jahrhundert, auf den Abend des Tages, an dem sein Erinnerungsvermögen verloren gegangen war. Nach einem vorsichtigen Abtasten wurden die Fragen konkreter:

»Wissen Sie noch, wo Sie am Morgen dieses Tages gewesen sind?«

»Irgendwo im Süden von England.«

»Können Sie sich an einen Ortsnamen erinnern?«

»Nein …, doch … Der Ort heißt Sudbury in der Grafschaft Suffolk.«

»Sehr gut. Danke. Und was machen Sie in Sudbury?«

»Ich bin hier mit meinem Geschwader stationiert.«

»Wie heißt dieses Geschwader …?«

»Das …, das weiß ich nicht mehr genau. Aber wir gehören zur 486. Bombardment Group der Achten U.S. Air Force.«

»… und welche Funktion haben Sie persönlich?«

»Ich bin Pilot eines B-17-Bombers. Zu meiner Besatzung gehören neun Männer.

»Wie ist ihr Name?«

»Man … dell … Paul Ferdinand Mandell .«

»Wie werden Sie von Ihren Freunden genannt?«

»Paul .«

»Danke, Paul.«

»Welchen Dienstrang haben Sie?«

»Captain.«

»Wie alt sind Sie, Captain Mandell?«

»Zweiundzwanzig. Ich bin einer der jüngsten Bomberpiloten der U.S. Air Force.«

»Hatte Ihre Maschine eine besondere Bezeichnung, einen bestimmten Namen?«

»Ja, wir haben sie vor unserem Abflug zum Krieg nach Europa ›Pride of New York‹ getauft. Die meisten meiner Leute stammen aus New York oder Umgebung.«

»Danke, Captain Mandell. Bitte erzählen Sie uns nun, was an diesem 16. April des Jahres 1945 geschehen ist …«

Ein halbes Jahrhundert später erinnerte sich der Patient in der New Yorker Gehirnklinik, was er damals erlebt und empfunden hat – an jenem Montag am Himmel über Hamburg. Erst verwaschen und leise, dann deutlicher und immer flüssiger begann der dünne Mann mit der Narbe zu sprechen. Zufrieden registrierten die Ärzte, wie er in das abgrundtiefe Loch seiner verlorenen Erinnerung eintauchte.

Wie eine Spinne baumelte ein kleines Mikrofon von der Decke herab.

Ein Tonbandgerät zeichnete drei Stunden und siebzehn Minuten lang seine Aussagen und Äußerungen auf. Jeden Laut, jede Silbe, jedes Wort, jeden Satz. Jedes Zögern und jedes Stöhnen. Und jeden Schrei.

Captain Paul Ferdinand Mandell hockt eingeklemmt, mit vorgebeugtem Oberkörper und angezogenen Knien, in dem für ihn viel zu engen Cockpit. In der Frontscheibe kann er verschwommen sein Spiegelbild erkennen: einen Mann mit lederner Fliegerklappe, mit Kopfhörern und Mikrofon vor dem Mund. Ein kleines Lächeln scheint in seine Mundwinkel eingewachsen zu sein, aber seine übrigen Gesichtszüge machen dabei nicht mit. Seinen Augen fehlt jede Fröhlichkeit, denn hat mehr erlebt und erlitten als die meisten Menschen seines Alters.

Ein Gefühl der Allmacht ergreift ihn an seinem Arbeitsplatz in achttausend Meter Höhe: Er ist der Racheengel, und dies ist die Stunde der Vergeltung! Nun müssen sie da unten büßen für das, was sie ihm und seiner Familie angetan haben: der braune Pöbel, der Steine in die Fenster der elterlichen Wohnung im jüdischen Viertel am Grindel geworfen hat; die Nazi-Lehrer, von denen er schikaniert worden ist; die SS-Schergen, die seinen Vater, seine Mutter und seine Schwester abgeholt haben.

Fluchthelfer haben ihn im Herbst 1941 nach Dänemark und weiter zu Verwandten in die USA geschleust. Mit achtzehn wurde er amerikanischer Staatsbürger und meldete sich sofort zur Air Force. Vor einem Jahr wurde er zum Captain befördert. Seit zwei Monaten ist er mit seiner Crew und seiner Maschine im Süden von England stationiert.

Bei Beginn der Dämmerung fliegt Mandells Geschwader einen der letzten Luftangriffe des Krieges auf Hamburg. Er drosselt die Fluggeschwindigkeit seines Bombers mit der Kennung 909 TB 35 auf nur noch 290 Stundenkilometer. Der Höhenmesser fällt langsam bis auf dreitausend Meter. Der Bombenschacht ist noch geschlossen.

Am Himmel über seiner früheren Heimatstadt Hamburg empfindet Captain Mandell einen Moment lang Genugtuung, sogar eine furchtbare Freude über das, was er auf der Erde sieht: Am Hafen stehen Werften und Industrieanlagen in Flammen, über den Vierteln der feinen Leute an Alster und Elbe hängen schwarzgelbe Qualmwolken, und in den Vororten blitzen vereinzelte rote Bombeneinschläge. Östlich der City haben furchtbare Feuerstürme schon vor zwei Jahren große Wohngebiete in eine Ruinenlandschaft verwandelt.

Hinter der Fliegerbrille brennen Mandells Augen. Sein Atem geht stoßweise in die Sauerstoffmaske. Das Kehlkopfmikrofon der Bordsprechanlage scheuert an seinem Hals und in seinen Ohren kreischen Störsender, als habe man mehrere Kreissägen angeworfen.

Mit seiner linken Hand bedient er die Steuersäule, mit der rechten schiebt er die vier Gashebel der vier Turbomotoren gefühlvoll vor und zurück. Präzise muss er die schwere, polternde und holpernde Maschine auf Abstand zu den anderen Maschinen seines Geschwaders halten.

Endlich kommt das Angriffsziel in Sicht: Die Elbe. Die Hafenbecken. Die Ölraffinerien.

Links vor sich erkennt Mandell noch im Zwielicht die Innenstadt und die Alster. Die Erinnerungen an seine Kindheit und Jugend kehren zurück. Er muss heftig schlucken. Seine Wut schlägt in Wehmut um. Sein Triumphgefühl verwandelt sich in Trauer. Wie aus weiter Ferne hört er die Stimme seines Copiloten.

»Alles in Ordnung, Captain? – Alles okay, Paul …?«

Mandell nickt, doch während er mit den Fingern seiner rechten Hand ein Victory-Zeichen macht, versucht er vergeblich, ein Zittern zu unterdrücken, das seinen ganzen Körper erfasst hat.

Im Behandlungszimmer rüttelte der Patient jetzt an seinen breiten Lederfesseln. Er warf den Kopf hin und her. Sein Pulsschlag erhöhte sich dramatisch.

Eilig stöpselten die Ärzte die Kanüle in seiner Armbeuge um. Ein Anästhesist ließ jetzt ein Beruhigungsmittel in seine Vene fließen.

Aus den Lautsprechern am Bett strömten beruhigende Geräusche in den Behandlungsraum. Meeresbrandung, Waldesrauschen, Vogelstimmen und das lang anhaltenden Gongen indischer Klangschalen.

Der Mann auf dem Bett beruhigte sich endlich. Seine Glieder und seine Gesichtszüge entkrampften sich.

»Welches Jahr haben wir jetzt?«, fragte ihn der Psychotherapeut nach einer Weile und löst seine Fesseln.

»Neun-zehn-hundert-drei-und-neunzig.«

»Und welchen Monat?«

»Juli.«

»Welchen Wochentag?«

»Mittwoch.«

Und ohne gefragt zu werden, sagte der dünne Mann mit der Narbe langsam und deutlich: »Ich bin in einer Klinik in Manhattan … Es ist sehr heiß draußen … Ich wohne im Plaza Hotel am Central Park.«

»Willkommen zurück in unserer Welt«, sagte der Therapeut. »Wie fühlen Sie sich?«

Ihm sei noch ein wenig schwindelig und sein Kopf dröhne, als habe er einen Kater.

Er blinzelte im Liegen durch die nun halbgeöffnete Jalousie. Am Himmel über Manhattan setzte gerade eine Passagiermaschine der American Airlines zur Landung auf dem La Guardia Airport an.

»Können Sie sich daran erinnern, was Sie uns gerade erzählt haben?«

Der verkabelte Mann richtete sich vorsichtig auf.

»Ich glaube schon. Ja, an jedes Detail …«

Seine Schultern zuckten. Und nachdem man ihm die Handfesseln abgenommen hatte, schlug er seine Hände vors Gesicht.

»Es war sehr anstrengend für Sie«, sagte der Therapeut. »Sie müssen sich erst einmal erholen. Und viel trinken!«

Er reichte dem Patienten ein großes Glas mit Mineralwasser.

»Wenn Sie einverstanden sind und sich gut fühlen, können wir unsere Behandlung morgen zur gleichen Zeit an derselben Stelle Ihrer Erinnerungen fortsetzen, an der wir jetzt unterbrochen haben. Ich glaube, Sie haben noch viel zu erzählen«.

»Gut, einverstanden.«

Als der Psychotherapeut und der Neurologe das Behandlungszimmer verließen, wartete im kühl möblierten Empfangsraum der Klinik schon aufgeregt der Kardiologe auf sie. Er zeigte seinen Kollegen eine Seite der vorletzten Wochenendausgabe der New York Times. In der unteren Hälfte deutete er auf einen kurzen Bericht unter einem dreispaltigen Foto. Die Überschrift lautete: »U.S. Bomber Crashed on Golf Course in Germany – 48 Years Ago!«

Auf dem Pressefoto aus Deutschland war das verbeulte, rostige, erdverdreckte Cockpit eines abgestürzten Bombers der U.S. Air Force zu sehen, neben dem ein gewaltiger Bagger stand. Im Hintergrund konnte man noch ein schlossartiges Gebäude mit Giebeln und Türmchen erkennen. Und davor ein Stück eines Golfplatzes mit einer kleinen Fahne, die ein Loch auf einem der Grüns markierte.

Im Text hieß es: »Bei Baggerarbeiten auf dem Gelände des exklusiven Golfclubs Schloss Herrensee in Norddeutschland sind Mitte vergangener Woche Arbeiter auf das Wrack eines amerikanischen Bombers aus dem Zweiten Weltkrieg gestoßen. Am demolierten Heck ist noch die Kennung 909 TB 35 zu lesen und am Cockpit sind die Überreste einer handgemalten Aufschrift zu entziffern: ›Pride of New York‹.«

Es handele sich um eine von Boeing gebaute Maschine des Typs »B-17«, der wegen seiner Kampfstärke und Robustheit »Flying Fortress« genannt wurde. Vier jeweils 1200 PS starke Triebwerke hätten diese fliegenden Festungen mit ihren neun- oder zehnköpfigen Besatzungen und mit drei Tonnen Bombenlast bis zu sechstausend Kilometer weit transportieren können.

»Nach bisherigen Ermittlungen«, so schrieb die New York Times weiter, »ist der jetzt in Norddeutschland aufgetauchte Bomber im Frühjahr 1945 vermutlich nach einem Angriff auf die Hafenstadt Hamburg von der deutschen Flugabwehr abgeschossen worden.« Man habe in der Maschine oder in der Nähe bisher jedoch weder Skelette noch Uniformreste finden können. Von den Besatzungsmitgliedern fehle jede Spur.

Der Psychotherapeut faltete die Zeitungsseite sorgfältig zusammen.

»Jedenfalls wissen wir mehr über diese Geschichte als die *Times*«, sagte er, bevor er den Artikel in die Mappe mit seinen Patienten-Unterlagen legte. »Immerhin kennen wir schon den Piloten.«

2

Hamburg, Donnerstag, 15. Juli 1993

Dieses Chaos! Um mich herum sah es aus, als habe eine Bombe eingeschlagen. In der schrägen Decke meiner Dachgeschosswohnung klaffte ein gewaltiges Loch. Vor drei Tagen hätte da oben schon ein großes Oberlicht eingesetzt werden sollen – Gott sei Dank regnete es wenigsten seit einigen Tagen nicht mehr in Hamburg. Fliesenleger und Sanitärleute hatten unter gegenseitigen Schuldzuweisungen das halbfertige Bad und die zukünftige Küche fluchtartig verlassen. Die Innenausbauer flexten und bohrten offenbar planlos in den Wänden herum, so dass eine Staubwolke die Sicht von der Straßenfront am Isemarkt bis zur Rückseite am Kanal vernebelte. Und der Elektriker verursachte wieder mal einen Kurzschluss.

Die auf vier Wochen festgesetzten Umbauarbeiten zogen sich bereits drei Monate hin. Unter meinen Handwerkern schien eine ansteckende Seuche ausgebrochen zu sein: überall plötzliche, schwere Krankheiten und Sterbefälle in allernächster Verwandtschaft. Tagelang herrschte Untätigkeit, die nur von sporadischen Energieanfällen unterbrochen wurde. Ich hauste derweil in einer Notunterkunft hinter einem Plastikvorhang in einer Ecke der Baustelle.

Die Post fand sich jeden Tag woanders, seit der rostige Briefkasten am Eingang abmontiert worden war. An diesem Tag lagen die Zeitung und drei Briefe in einem ausgetrockneten Mischeimer für Fugenzement. Die Lokalzeitung berichtete wieder einmal über den mysteriösen Fund des amerikanischen Bomberwracks am Golfclub Schloss Herrensee, obwohl es eigentlich nichts Neues gab. Man suche noch immer nach Spuren der ehemaligen Besatzung, so hieß es. Bald würden amerikanische Spezialisten am Fundort erwartet.

Der erste der drei Briefe war ein Einschreiben meines Zahnarztes, der die Bezahlung einer Doppelkrone anmahnte. Leider zu Recht. Aus dem zweiten Umschlag fiel der Tiefdruck-Prospekt einer Firma für »Finanz- und Anlagenmanagement«, die als Unternehmenssitz unverblümt das Steuerfluchtparadies Cayman Islands angab. Der persönliche Absender war ein gewisser »Diplom-Finanzwirt Dr. Laurenz Jansen jr.«. Ein unangenehmer Kerl, dem ich nicht mal meine wertlose alte Briefmarkensammlung anvertrauen würde. Leider war dieser Jansen Mitglied in meinem Golfclub. Schließlich öffnete ich den dritten Umschlag. Die innen liegende Doppelkarte zeigte auf handgeschöpftem Bütten papier geprägt die imposante Silhouette von Schloss Herrensee. Der Text lautete:

»Baronin Hedwig von Mellin gibt sich die Ehre, Herrn Jonas P. Anders am 21. und 22. August aus Anlass des 67. Geburtstags des Gründers und Mehrheitseigners der Mellin Media AG, Malte von Mellin, zu einer kleinen Feier einzuladen.
Wir bitten am Sonnabend um 18:00 Uhr im Kreise der Freunde der Familie und unseres Verlagshauses zum Empfang mit anschließendem Dinner in das Schloss Herrensee. Am Sonntag wird dann Gelegenheit sein, auf dem Golfplatz von Schloss Herrensee an unserem traditionellen Charity-Turnier teilzunehmen.«

Es folgte eine schöne Unterschrift in blauer Tinte. Und darunter war im Kleingedruckten zu lesen: Für eine begrenzte Anzahl von Gästen stünden Zimmer und Apartments im Schlosshotel zur Verfügung. Man bitte um rechtzeitige Anmeldungen für die Übernachtung und ebenso für die Teilnahme am Golfturnier, dessen Teilnehmerzahl auf hundert Spieler beschränkt sei. Für den Abendempfang wurde »sommerlich-festliche Kleidung« empfohlen.

Ich war wirklich überrascht. Ausgerechnet mich baten die Mellins auf ihren Olymp! Welch eine Ehre für den früheren Reporter ihres Großverlages! Denn solch eine persönliche Einladung war in der sogenannten besseren Gesellschaft fast so viel wert wie die Ehrenbürgerschaft der Freien und Hansestadt Hamburg. Und das Allerbeste folgte erst noch mit flotter Handschrift auf der Rückseite hinzugefügt:

»Mein lieber Jonas,
ich hoffe sehr, dass Du kommst! Ich freue mich schon nach so langer Zeit auf ein Wiedersehen mit Dir!
Ruf mich doch bitte vorher noch an!
Irma«

Drei Ausrufezeichen in drei kurzen Sätzen. Es schien ihr wirklich wichtig zu sein.

Wir hatten uns jahrelang nicht gesehen. Und wie immer hatte ich ihren Geburtstag vergessen: Irma von Mellin, die begabte und hübsche Tochter des deutschen Medienmoguls Malte von Mellin, war kürzlich 37 Jahre alt geworden. So hatte ich es nach ihrem Geburtstag in den Zeitungen gelesen. Man habe dieses Ereignis im engsten Familienkreis begangen, meldeten die Klatschspalten. Und in den Wirtschaftsteilen der großen Zeitungen stand aus diesem Anlass: Die Journalistin und Verlagsmanagerin gelte neuerdings als Kronprinzessin des Hauses Mellin. Denn trotz ihres ziemlich flotten Lebenswandels war sie nach Meinung der Branche fähiger und ehrgeiziger als ihr älterer Bruder Ortwin, der die Erwartungen des gestrengen Vaters enttäuscht habe.

Am nächsten Tag wartete ich die ruhige Mittagspause der verbliebenen Handwerker ab und stellte mich auf die halbfertige Dachterrasse zum Isekanal hin, bevor ich Irmas Durchwahlnummer im Mellin-Verlag wählte, die noch in meinem alten Organizer gespeichert war. Die Geräusche der Großstadt drangen zu mir hoch. Ab und zu ratterte unten eine S-Bahn vorüber. Es meldete sich eine unbekannte Stimme, wahrscheinlich ein neuer Sekretär oder ein persönlicher Assistent. Die hochnäsige Tonlage klang nach London School of Economics oder einem ähnlich teuren Institut.

»Wen darf ich melden?«

»Anders«, sagte ich.

»Nein, ich meinte Ihren Namen?«

»Ich meine es nicht anders, ich heiße Anders«, sagte ich. »Jonas Anders – aber Ihre Chefin kennt mich auch unter meinem neuen Künstlernamen Bogey.«.

»Sie sind Künstler?«

»So etwas in der Art«, sagte ich und fügte unwirsch hinzu: »Bevor Sie auch noch nach Schulzeugnissen und finanziellen Verhältnissen fragen, richten Sie Frau von Mellin doch einfach aus, ein gewisser Jonas Anders möchte sie sprechen.«

»In welcher Angelegenheit?«, wollte er wissen, und bevor er fragen konnte, in welcher Beziehung ich zu seiner Chefin stünde, sagte ich: »Stellen Sie mich einfach durch, wenn ich bitten darf!«

Er schnappte hörbar ein, sagte »Einen Moment« und ließ das seichte Musikpotpourri laufen, mit dem der Mellin-Verlag seit Jahren schon seine Anrufer auf nervtötende Weise hinzuhalten pflegt. Der beleidigte Vorzimmer-Zerberus ließ mich natürlich extra lange warten. Ich hatte also reichlich Zeit zum Nachdenken. In welcher Beziehung ich zu seiner Chefin stehe? Gute Frage.

Ehrlicherweise hätte ich wohl sagen müssen: Ihre Arbeitgeberin und ich hatten früher im Wesentlichen gemeinsame erotische Interessen. Unsere Affäre war jedenfalls stürmisch gewesen und hatte nach drei, vier Monaten nicht gerade harmonisch geendet. Die Verlegertochter und der im Verlag ihrer Familie arbeitende Enthüllungsjournalist, das war in der ersten Phase eine prickelnde Konstellation, aber von Dauer konnte die Sache nicht sein.

Vier Jahre war das jetzt her. Ich durchlebte damals gerade eine Sinnkrise und eine Ehe im Endstadium. Sexuell war ich nahezu verdurstet. Und ausgerechnet Irma war nach einer feuchtfröhlichen Verlagsveranstaltung im Atlantic Hotel die Quelle, an der ich mich laben konnte. Für die rebellische Großverlegertochter hatte ich wohl eine Prise von Freiheit und Abenteuer zu bieten. Die Heimlichtuerei, das Versteckspielen vor der Familie und vor unseren Kollegen im Verlag und in der Redaktion war dabei ein zusätzlicher Kick. Ihre Familie sollte nichts davon erfahren, meine damalige zukünftige Ex-Ehefrau schon gar nicht.

An den Wochenenden verkrochen wir uns in kuschelige Hotels und Apartments zwischen Sylt und Berlin. Tagsüber spielten wir zusammen Golf, und auch nachts haben wir uns nicht gelangweilt. Aber dann haben Irma und ich Himmel und Hölle erlebt, verletzende Machtkämpfe, gegenseitige Kränkungen und überschwängliche Versöhnungen – dazwischen gab es schließlich nichts mehr. Vielleicht waren wir süchtig nach unseren Versöhnungen.

Seither hatten wir uns nur noch von Ferne wahrgenommen, und ich habe diese Episode meines Lebens in stiller Trauer auf dem Friedhof der Erinnerungen beigesetzt. In einer sehr schönen Ecke – aus meiner Sicht jedenfalls.

»Frau von Mellin bittet Sie, noch einen Moment zu warten. Sie hat noch ein dringendes Gespräch mit New York auf der anderen Leitung.«

Der Wächter im Vorstandssekretariat schien jetzt eine Spur milder gestimmt. Ich wartete also geduldig auf meine ehemalige Intimfreundin.

Die nach mir folgenden Männergeschichten der »schönen Tochter des Großverlegers« hatte ich in den Klatschkolumnen der Gesellschaftsmagazine und Boulevardblätter auszugsweise verfolgen können. Dabei spielten diverse blaublütige Polospieler und künftige Erben hanseatischer Privatbanken eine führende Rolle. Ihre sehenswerte Figur stellte Irma abwechselnd in ausgeschnittenen Abendroben in Bayreuth, in eleganten Miniröcken bei einer Vernissage in Berlin oder Hamburg oder im Bikini auf der Multimillionärsinsel St. Barth zur Schau. Haarfarbe und Frisur wechselten offenbar mit ihren Liebhabern. Aber ihr Lächeln blieb immer gleich. Auf den Fotos wie in Wirklichkeit verstrahlte sie einen Society-Charme, der während ihrer Internatszeit in England das letzte Feintuning erhalten hatte. In letzter Zeit war es in der Öffentlichkeit allerdings merklich ruhiger um Irma von Mellin geworden. Wenn sie in den Zeitungen auftauchte, dann meist bei geschäftlichen oder gesellschaftlichen Anlässen an der Seite ihres Vaters, seltener mit ihrer Stiefmutter und nur ausnahmsweise einmal in Begleitung ihres älteren Bruder Ortwin, dem sie zu meiner Zeit in geschwisterlicher Hassliebe verbunden war. Auch mit ihrer engelhaft niedlichen Tochter Lena hatte sie sich abbilden lassen.

Endlich hörte die Musikberieselung mit einem dreifachen Knacken auf. Irmas Stimme hatte sich um keine Spur verändert. Ich hätte sie unter Tausenden erkannt, besonders wenn sie mit zwitschernder Tonlage »überschwängliche Herzlichkeit« spielte.

»Jonas Anders – alias Bogey! Bist du's wirklich!? Schön, dass du dich endlich mal meldest. Hast du unsere Einladung bekommen? Ich freue mich so, dich bald wiederzusehen. Ich habe schon ein Zimmer auf deinen Namen im neuen Gästehaus am Schloss reservieren lassen, gleich am Golfclub. Vielleicht können wir mal wieder eine Runde zusammen spielen, wenigstens eine halbe. Sonst komme ich ja kaum noch dazu … In dem Laden hier ist zurzeit der Teufel los, aber mir macht der Job immer mehr Spaß. Ich bin neuerdings auch für unsere neuen Auslandsaktivitäten zuständig, und in den USA steht gerade ein ganz großes Projekt an, demnächst muss ich zu Verhandlungen wieder mal in die Staaten …«

»Hallo Irma!«, sagte ich in ihren Redefluss hinein.

»Entschuldige«, sagte sie, »ich weiß – ich rede wieder mal nur von mir. Wie ist es dir denn ergangen, Bogey? Man hat ja so einiges gehört …«

Vermutlich wusste sie, dass ich nach einem geräuschvollen Krach mit dem Chefredakteur beim Magazin *Zenit* ausgeschieden war – oder rausgeschmissen worden bin, die Darstellung variiert, je nachdem, wer erzählt. Das war vor rund drei Jahren gewesen, nach unserer gemeinsamen Zeit. Jedenfalls gehörte ich seitdem nicht mehr zu der gut bezahlten Heerschar von Verlagsangestellten und Journalisten, die tagtäglich für die Mehrung von Ruhm und Gewinn des Imperiums Mellin kämpften.

»Bogey … Hallo … Einen Moment noch, Bogey – da kommt gerade ein wichtiges Gespräch aus den USA. Entschuldige, ich bin gleich wieder da …«

»Bogey« hatte sie gesagt, nicht Jonas wie früher. Sie hatte also von meinen Spitznamen gehört, den ich mir nach unserer Trennung mit intensivem Training auf der Driving Range und auf dem Putting Green und bei vielen Golfturnieren erspielt hatte: ein Bogey-Spieler, das ist beim Golf ein guter, statistisch gesehen sogar ein überdurchschnittlich guter Spieler. Einer, der, wenn es gut läuft, jedes der 18 Löcher auf einer Golfrunde mit jeweils nur einem Schlag schlechter spielt als etwa ein durchschnittlicher Profi.

»Wie ist es dir denn ergangen, Bogey?«, hatte sie gefragt.

Ob sie wirklich an einer Antwort interessiert war? Die Unterbrechung des Gespräches kam mir nicht ungelegen. Was hätte ich darauf in Kürze sagen sollen? Wie es gekommen ist, dass ich nach meinem Abgang als gut dotierter Reporter des Mellin-Konzerns nicht in Armut verfallen, sondern zu einem kleinen Vermögen gekommen bin? Das wäre die gute Nachricht, aber sonst ...

Vor sechs Wochen bin ich 42 Jahre alt geworden. Wohlwollende Leute meinen, ich sähe aus wie Mitte dreißig. Und an guten Tagen fühle ich mich auch so. Aber in letzter Zeit gibt es kaum richtig gute Tage. Meinen Geburtstag habe ich nicht gefeiert, denn es gab wenig Grund dazu. Meine zukünftige Exfrau will vor dem gerichtlichen Scheidungstermin immer höhere Unterhaltszahlungen herausschlagen. Sie lebt mit meiner Tochter in unserem früheren Haus. Meine Daueründerweisungen sichern ihren Lebensstandard. Meine amtierende Freundin nörgelt an mir herum und droht mit Trennung. Ich fürchte, zu Recht. Und meine geliebte, aber hochgradig pubertierende Teenie-Tochter legt zurzeit nicht besonders viel Wert auf meine geistesabwesende Gegenwart. Wahrscheinlich weil sie gerade mal wieder eine neue große Liebe gefunden hat, einen Jonathan, Philipp, Konstantin oder ähnlich. Und obendrein ist auch noch vor knapp einem Monat mein Führerschein wegen Geschwindigkeitsüberschreitung im Hamburger Hafengebiet für vier Wochen aus dem Verkehr gezogen worden. Zusammengenommen reicht das für anhaltend schlechte Laune. Und allmählich habe ich die Befürchtung, mit Anfang vierzig schon das Beste hinter mir zu haben.

Nach selbstkritischer Diagnose, warum eigentlich vieles nicht so gelaufen war, wie ich mir das vorstellte, war ich wieder mal zu keinem Ergebnis gekommen. Familiär bedingte Beziehungsprobleme? Vorgezogene Midlife-Crisis? Wahrscheinlich war es so banal. Bekanntlich werden die meisten Altersgenossen von Zweifeln an sich und der Welt geplagt. Man muss an sich arbeiten, und das Leben ist eine Baustelle. Aber ich habe immer noch keine Vorstellung davon, wie mein Haus eines Tages eigentlich aussehen soll. In meinem Alter wäre es an der Zeit für ein Richtfest gewesen, und ich änderte immer noch die Baupläne. Gerade war wieder so eine Phase, wo ich alles stehen und liegen lassen und abhauen wollte. Aber mit welchem Ziel?

Jedenfalls hatte ich mir eigentlich eine Denkpause verordnet, eine Art

Selbstgesprächs-Therapie. Einfach irgendwohin fahren, eine neue Umgebung kennenlernen, neue Menschen sehen, drei, vier Wochen weg aus Hamburg, dem Schauplatz meiner Probleme. Finanziell konnte ich mir das leisten. In dieser Hinsicht habe ich Glück gehabt – genauer gesagt: einen unverheirateten, kinderlosen, wohlhabenden Onkel.

Friedhelm Anders, der einzige Bruder meines verstorbenen Vaters, hatte als Immobilienkaufmann eine Vorliebe für schöne Altbauten in bester Hamburger Lage. Nach bewährter Kaufmannsart kaufte er günstig und verkaufte teuer. Er hatte starke Nerven, wenn es um riskante Geschäfte, um aufwändige Renovierungen und komplizierte Finanzierungen ging. Aber sein Herz war schwach. Den dritten Infarkt überlebte er nicht mehr. Onkel Friedhelm ist nur 63 Jahre alt geworden. Bei der Testamentseröffnung stellte sich heraus, dass ich sein einziger Erbe war. Tagelang konnte ich das nicht fassen, obwohl mir der Notar immer wieder versicherte, er mache in solchen Dingen keine Scherze, das habe schon alles seine Richtigkeit.

Was Onkel Friedhelm mir hinterlassen hat, war auf den ersten Blick mindestens so viel wert wie ein Lottogewinn, auf den ich zwei Jahrzehnte lang fast jeden Freitagnachmittag vergeblich getippt hatte. Plötzlich gehörte mir ein schönes Jugendstilhaus in Hamburg-Harvestehude, vier Stockwerke hoch, mit acht Mietwohnungen und ausbaubarem Dachgeschoss, das ich mithilfe von krankheitsgeplagten Handwerkern in ein lichtdurchflutetes Penthouse verwandeln will. Und als Zugabe noch ein Wochenendhaus, eine restaurierte Bauernkate, gleich hinterm Deich an der Unterelbe. Allerdings, und das war die schlechte Nachricht, gehörten drei Viertel dieses Besitzes diversen Banken. Die gute: Zinsen und Tilgungen konnten von den Mieteinnahmen bestritten werden, und es blieb monatlich noch genug zum Leben übrig. Jedenfalls musste ich nach dem Verlust meines monatlichen Reporter-Gehaltes nicht aufs Golfspielen verzichten. Sogar das längst bestellte Saab Cabrio aus Schweden hatte ich mir noch leisten können. Aber wie lange noch? Nicht nur das Vermögen, sondern auch die Ansprüche und Forderungen meiner künftigen Exgattin waren gestiegen. Und leider hatte sie auch noch eine ehrgeizige Anwältin.

»Herr Bogey … Hallo, Herr Bogey, sind Sie noch da? Frau von Mellin bittet Sie recht herzlich, in der Leitung zu bleiben. Ihr Gespräch mit New York dauert leider doch länger.«

Die Stimme von Irmas Sekretär hatte inzwischen eine devote Tonlage angenommen. Immerhin.

3

New York, Donnerstag, 15. Juli 1993

»Sind Sie bereit? Können wir weitermachen?«

Wie am Tag zuvor lag der glatzköpfige Mann aus Washington angeschnallt und verkabelt im Behandlungsraum des »Manhattan Brain Clinic and Research Institute«. Der Kriegsfilm wurde wieder gezeigt. Die Medikamente wirkten. Wie am Tag zuvor sprach der Psychotherapeut auf den in Trance gefallenen Patienten ein.

»Sie haben uns gestern berichtet, welche Eindrücke und Gefühle Sie beim Feindflug über Hamburg hatten, der Stadt Ihrer Kindheit und Jugend. Ihr Copilot, Mister Patrick Henderson, schien sich Sorgen um Ihren Zustand zu machen. Wir spielen Ihnen diese Stelle noch einmal vor.«

Der Therapeut schaltete den Rekorder und die Lautsprecher am Kopfende des Raumes ein. Eine Stimme ertönte:

»Alles in Ordnung, Captain? – Alles okay, Paul …?«

Der Mann auf dem Behandlungsbett verzog sein Gesicht. Er schien mit sich zu kämpfen, bevor er mit seiner Geschichte fortfuhr. Schließlich sprach er wieder mit einer gedehnten, fremd klingenden Stimme wie am Tag zuvor:

»Ich habe Henderson zur Antwort gegeben: Es ist alles in Ordnung mit mir!«

Captain Paul F. Mandell nickt seinem Copiloten im Cockpit des B-17-Bombers zu und macht mit der rechten Hand das Victory-Zeichen. Dann konzentrieren sich die beiden Flieger wieder auf die Instrumente.

Außer Mandell und Henderson sind noch acht Mann Besatzung an

Bord der fliegenden Kampfmaschine: ein Navigator, ein Funker, zwei Techniker, zwei Bombenspezialisten und zwei MG-Schützen. Männer von Mitte zwanzig, Junggesellen oder junge Familienväter, Draufgänger oder besonnene Handwerker des Krieges. Einige sind mit Lust bei der Sache, die meisten versuchen ihre Angst zu verbergen. An ihren Oberkörpern baumeln ovale Metallmarken mit ihren Namen, ihren Heimatorten, ihrer Einheit und ihrer Blutgruppe. »Dogtags« nennen die Amerikaner diese Marken. Falls den Männern etwas zustoßen sollte, sind sie damit leichter zu identifizieren.

Im Schutz der beginnenden Dämmerung fliegt Mandells Geschwader in südöstlicher Richtung den Elbstrom entlang. Die Sicht ist noch gut.

»Da unten rechts die dunklen Zacken, das sind die Hafenbecken mit den Ölraffinerien, da müssen wir hin«, ruft Bryan Simmons, der Navigator, in den Bordfunk. Sein Vater hat ihn nach dem berühmten amerikanischen Golfspieler Bryan Nelson genannt. Simmons junior will nach dem Krieg tatsächlich Golfprofi werden. Er war schon zweimal Meister in seinem College und hat ein größeres Turnier in New Jersey gewonnen.

Hinter dem Navigator arbeitet Greg Podolski, der Bombenschütze aus Brooklyn. »Wetten, dass ich mit dem neuen Norden-Zielgerät aus fünftausend Meter Höhe ein Whiskeyfass treffen kann?«, hat er vor dem Einsatz behauptet – da sollten doch Öltanks in der Größe von Mehrfamilienhäusern kein Problem sein. Und tatsächlich: Nachdem er im entscheidenden Moment seine Bomben präzise ausgeklinkt hat, explodieren im Sekundentakt vier riesige Tanks der Ölraffinerie im Hamburger Hafen. Die anderen hören Gregs Jubelschreie in ihren Kopfhörern. Mit den restlichen Bomben nehmen sie sich noch einmal die Werftanlagen von Blohm & Voss vor und danach einen Güterzug im Süden der Stadt.

Eine halbe Stunde dauert der Angriff. Danach fliegt das ganze Geschwader noch eine Ehrenrunde über Hamburg, um seine totale Luftüberlegenheit zu demonstrieren. Wie verirrte Silvesterkracher verpuffen unter ihnen die letzten Granaten der fast vollständig ausgeschalteten Hamburger Flakabwehr.

Bevor die Männer zum vereinbarten Sammelpunkt mit den anderen Maschinen abdrehen, gehen die Gedanken des jungen Bomberpiloten zurück.

Da unten hat er seine Kindheit und seine Jugend verbracht: Paul F. Mandell, einziger Sohn eines so geachteten wie gefürchteten Wirtschaftsjuristen. Zur Welt gekommen in der Universitätsklinik Eppendorf, im jüdischen Viertel am Grindel aufgewachsen. Schüler des traditionsreichen Johanneum-Gymnasiums in Winterhude. Er muss an Iris denken, an seine anschmiegsame Tanzstundenfreundin, die sich in einer Herbstnacht am Ufer der Alster von ihm hat küssen lassen, und an die Freunde aus dem Ruderclub, mit denen er verbotene Swingplatten von Benny Goodmann und Glenn Miller gehört hat. Captain Mandell denkt auch an die Nachbarn aus der Hallerstraße, die ihn vor den Nazis versteckt haben, bis ihn Fluchthelfer über Dänemark und England nach Amerika schleusen konnten. Was wohl aus dem alten Ehepaar geworden ist? Ob sie den Krieg überleben werden?

Wie ein Schwarm von Zugvögeln sammeln sich die amerikanischen Bomber über der Lüneburger Heide zum gemeinsamen Rückflug nach England. Die Maschine der Mandell-Crew nimmt eine Position ganz am Ende des Konvois ein.

An Bord macht sich Entspannung und Erschöpfung breit. Die meisten Besatzungsmitglieder dösen an ihren engen, blechernen Arbeitsplätzen vor sich hin wie Bauarbeiter, die auf einem Lastwagen ihrem Feierabend entgegenrumpeln. In ein paar Stunden werden sie wieder in Snetterton Heath landen, ihrer Base in Suffolk, dann werden sie essen und trinken und duschen und schlafen und hoffen, dass dieser verdammte Krieg bald zu Ende sein wird und sie nach Hause zurückkehren können.

»Glaubt ihr Juden eigentlich an ein Leben nach dem Tod?«, fragt Copilot Henderson, ein gläubiger Methodist, dessen Vater vor ein paar Wochen gestorben ist.

»Für die Gerechten soll es ein ewiges Leben geben«, sagt Mandell zögernd. »Ich bin nicht sehr religiös, aber ich kann mir nicht vorstellen, dass nach dem körperlichen Sterben auch mein Geist für immer und ewig erloschen sein soll.«

Der Bomberschwarm fliegt nach Norden, parallel zum immer breiter werdenden Elbstrom, der sich behäbig durch das norddeutsche Bauernland windet. Am Horizont ist schon die Küste auszumachen. Das Wattenmeer glänzt im Widerschein der tief stehenden Sonne wie ein polierter Silberteller.

Um 19:46 Uhr tauchen die Jäger am Abendhimmel auf.

Hank, der MG-Schütze, sieht sie in seiner gläsernen Aussichtskanzel oberhalb des Cockpits als Erster. Er schreit gegen den Fluglärm an, als er die Position der feindlichen Flugzeuge durchgibt:

»Banditen auf fünf Uhr!«

Es sind drei. Drei winzige Punkte, die zunächst aussehen wie Fliegendreck auf der Verglasung des Cockpits. Doch schnell werden sie größer und größer.

»Drei ME 109«, meldet Hank.

Wie Pfeile schießen die Messerschmitt-Jagdmaschinen aus dem Hintergrund der dunkleren Erde.

»Verdammt, die greifen uns direkt an!«, ruft Copilot Henderson. Mandell versucht ruhig zu bleiben.

»Kann sein, dass wir bald wissen, ob es ein Leben nach dem Tod gibt«, sagt er.

»Jesus Christ! Das sind Selbstmörder! Deutsche Kamikazeflieger!« Hendersons Stimme überschlägt sich.

Die ersten beiden Jäger rasen haarscharf durch Lücken des amerikanischen Bombergeschwaders hindurch. Ihre Bordkanonen sind dabei auf Dauerfeuer gestellt.

Die dritte Maschine schafft es nicht. Oder der Pilot rammt absichtlich einen der US-Bomber. Jedenfalls schlägt diese Messerschmitt wie eine Rakete seitlich in einen US-Bomber keine drei-, vierhundert Meter vor der Mandell-Maschine ein. Beide Flugzeuge explodieren gleichzeitig. Eine Salve von Wrackteilen schießt durch die Luft.

Mandell versucht der Katastrophe auszuweichen. Aber sein schwerfälliger Bomber kommt nicht aus der Gefahrenzone. Ein großes Trümmerteil rasiert die Turmkanzel ab und köpft Hank, den MG-Schützen. Ein anderes Stück reißt ein großes Loch in den Rumpf. Einer der Bordtechniker wird mitsamt seinem Stuhl wie von einem gewaltigen Staubsauger nach draußen gesogen. Der Bomber dreht sich wie ein schwerfälliger Brummkreisel und taumelt haltlos der Erde entgegen.

Menschliche Körper, Munitionskisten, Waffen, Sauerstoffflaschen schleudern durch den Innenraum, knallen gegen Metallwände, krachen gegen Decken und Böden. Und erschlagen den Funker. Zwei MG-Schützen sind wohl schon tot, als sie durch das Loch in der Außenwand nach draußen gerissen werden. Der Bombenschütze Wriggs klammert sich schreiend am aufgerissenen Bombenschacht fest. Es gelingt zwei Männern, ihn wieder hochzuziehen. Plötzlich geschieht ein Wunder. Die Maschine fängt sich. Der Absturz geht in einen wild schaukelnden Gleitflug über. Sie schalten das stotternde und qualmende vierte Triebwerk ab. Dann fallen auch die anderen Motoren aus. Durch ein Leck im Tank ist offenbar der Treibstoff ausgelaufen.

»Jetzt können wir jedenfalls nicht mehr explodieren«, schreit Henderson, der ewige Optimist. Den beiden Piloten gelingt es, die angeschlagenen Propeller in Segelstellung auszurichten.

Die Überlebenden drängen sich im Cockpit wie schutzsuchend aneinander. Pilot Mandell, Copilot Henderson und Navigator Simmons sind unverletzt. Der Maschinengewehrschütze Cunnings blutet aus einer Platzwunde am Kopf. Henderson klettert zum Arbeitsplatz des Funkers. Er sendet das Notrufsignal für 909 TB 35. Und gibt dreimal hintereinander die Namen der fünf noch lebenden Besatzungsmitglieder an das davonfliegende Geschwader durch:

»John Wriggs …! – Bryan Simmons …! – Albert Cunnings …! – Paul Mandell …! – Patrick Henderson …!«

Eine Antwort ist nicht zu hören. Es rauscht und kracht und donnert im Äther wie bei einem Gewittersturm.

Im Cockpit sind die Instrumente ausgefallen. Nur einer der Höhenmesser scheint noch zu funktionieren. Wie ein Lastensegler schaukelt der schwere Bomber durch eine dünne Wolkenfläche der Erde entgegen, die noch von der gerade am Horizont untergegangenen Sonne in orangefarbenes Licht getaucht wird.

Mandell und Henderson haben keine Ahnung, wo sie sind und in welche Himmelsrichtung sie jetzt fliegen. Über ihnen taucht eine Maschine mit dem amerikanischen Hoheitszeichen auf und begleitet sie minutenlang.

»Hoffentlich haben sie unseren Notruf noch empfangen«, ruft Henderson.

Als der Höhenmesser nur noch 500 Meter anzeigt, dreht der andere Bomber ab.

Unter ihnen werfen im Mondschein Hochspannungsmasten und frei stehende, große Bäume diffuse Schatten. Felder und Weiden und Äcker und Baumplantagen tauchen auf. Unter ihnen ist ein kleiner Fluss oder ein Kanal zu sehen, auf dem Lastkähne ankern. Hinter den Deichen ducken sich strohgedeckte Bauernhäuser und klobige Fachwerkkirchen. Das flache Land vor ihnen ist von Entwässerungsgräben durchzogen. Angestrengt halten die Männer im fliegenden Flugzeugwrack Ausschau nach einem Platz für eine Notlandung. Endlich erreichen sie ein etwas ansteigendes, freies Gelände, das von weitläufigen, offenen Grasflächen bewachsen zu sein scheint.

Links und rechts davon erfasst der intakte Suchscheinwerfer der Maschine noch Teiche, Seen und kreisförmige sandgelbe Stellen.

»Ein Golfplatz!«, ruft Simmons, der golfspielende Navigator. »Das kann doch nicht wahr sein. Da vor uns, das scheint tatsächlich ein Golfplatz zu sein. Die gelben Sandlöcher sehen aus wie Bunker, und die breiten Grasbahnen sind vermutlich Fairways!«

»Ich glaube, du hast Recht«, sagt Henderson. »Das ist tatsächlich ein Golfplatz. Und ich dachte immer, die Deutschen spielen nur Fußball ...«

»Wir könnten versuchen, auf einer der langen Grasbahnen zu landen.«

»Ja, genau, auf einem Par 5!« Simmons, der Golfexperte, lacht jetzt sogar.

Mandell versucht, die klemmenden Landeklappen an beiden Flügeln einigermaßen gleichmäßig auszufahren.

»Macht euch fertig! Wir versuchen es!«

Die anderen nehmen die Positionen für eine Notlandung ein. Sie bergen ihre Köpfe schützend in den Armen.

Mandell blickt auf seine Fliegeruhr, die zwei Zeitzonen anzeigt. Es ist 20:19 Uhr abends in Deutschland – 14:19 Uhr mittags in New York.

»Bei null setzen wir auf«, ruft er und versucht noch eine letzte Positionsmeldung abzusetzen, dann beginnt er rückwärts zu zählen.

»Zehn, neun, acht, sieben ...«

Mandell starrt nach vorne. In ein paar hundert Metern Entfernung taucht rechts neben der breiten Golfbahn auf einer leichten Anhöhe der Umriss eines großen, altertümlichen Gebäudes auf. Ein Schloss oder Gutshaus mit Giebeln und Türmchen auf einem mächtigen roten Ziegeldach. Das nicht mehr zu kontrollierende Flugzeug schleudert mit einer Landegeschwindigkeit von mehr als hundert Stundenkilometern genau in diese Richtung. Verzweifelt versucht der junge Bomberpilot eine Bruchlandung in das Gebäude zu verhindern, doch die Steuerung reagiert nicht mehr. Mit aufgerissenen Augen sieht Mandell das Gebäude auf sich zurasen. Er erkennt ein großes Säulenportal und eine kreisrunde Auffahrt. Ein paar Hakenkreuzfahnen an hohen Masten flattern in einem starken Seitenwind. Nazifahnen! Kurz über dem Boden wird die schleudernde Maschine von einer starken Bö erfasst und von dem schlossartigen Gebäude weggedrückt. Die Fahnenmasten knicken wie angerissene Streichhölzer ab. Dann schlägt der Bomber mit der linken Tragfläche zuerst neben der Grasbahn auf. Der Flugzeugkörper pflügt eine mehrere hundert Meter lange Furche in den weichen Boden, dreht sich um die eigene Achse, rasiert mit dem rechten Flügel zwei Tannen ab und kracht gegen einen mannshohen Findlingsstein, bevor er in der Mitte auseinanderbricht. Die Wrackteile rutschen in eine flache Kiesgrube.

Captain Paul F. Mandell schwebt durch eine weiche, wattige Wolkenlandschaft. Endlos lange. Er fühlt sich schwerelos und geborgen zugleich – doch dann formt sich ganz dicht vor seinen Augen eine der Wolken zu einem Kopf mit heimtückischen Augen, spitzen Ohren und einem Gehörn. Ein Teufelskopf, halb Mensch, halb Tier! Mandell schlägt nach dem Ungeheuer. Der Gehörnte weicht zurück, bricht in ein lautes Meckern aus – und verwandelt sich in einen alten Schafsbock, hinter dem ein Dutzend weitere Schafsgesichter erscheinen und ihn neugierig anstarren.

Mandell ist wieder bei Bewusstsein. Er weiß nicht, wie lange er ohnmächtig war und wie er aus dem Wrack herausgekommen ist. Er findet sich am Rand einer Kiesgrube wieder. Vor ihm und unter ihm liegen zwei große und viele kleine Trümmerstücke. Die »Pride of New York« ist nur noch ein qualmendes Flugzeugskelett. Ab und zu lodern Flammen auf und verlöschen bald wieder. Doch es gibt keine Explosion.

Mandell versucht aufzustehen, aber es gelingt ihm nicht. Seine Knie knicken ein. Ein stechender Schmerz lähmt seinen Rücken. Er will nach seinen Kameraden rufen, aber bringt nur gurgelnde Laute hervor. Ganz in seiner Nähe hört er ein Wimmern. Aus dem Trümmerfeld hebt sich eine Hand. Im Zwielicht glaubt er Henderson zu erkennen, an seinem fast kahl geschorenen Kopf. Wo sind die drei anderen?

Ein dünner Glockenschlag klingt vom Schloss oder Gutshaus herüber. Halb neun Uhr abends. Seit ihrer Bruchlandung sind nur ein paar Minuten vergangen. Eine dunkle Wolkendecke schiebt sich vom Horizont heran. Ein leichter Wind weht aus Westen. Mit knallenden Fehlzündungen wird in der Ferne ein Motor angelassen. Ein klappriges Fahrzeug kommt näher, rumpelt auf die Kiesgrube zu und hält mit einem letzten Knall. Dann hört Mandell Stimmen. Er sucht Deckung und kriecht auf allen vieren mühsam hinter einen größeren Stein. Knirschende Stiefelschritte kommen in seine Richtung. Ein fasst voller Mond und erste Sterne stehen am Himmel. Gegen den helleren Hintergrund zeichnen sich die Schatten mehrerer Männer ab. Es sind vier. Sie tragen Hemden und kurze Hosen. Die Uniform der Hitlerjugend, denkt Mandell. Er sieht, wie die jungen Männer gebückt an den Rand der Kiesgrube schleichen. Sie sprechen mit gedämpften Stimmen. Doch weil der Wind in seine Richtung weht, versteht Mandell fast jedes Wort.

»Seht euch das an: Dieser Schrotthaufen war mal ein Amibomber!«, sagt einer, der mit einer Taschenlampe die Wrackteile ableuchtet.

»Guckt mal, die Schrift hier: die stammen aus New York!«

»Im Radio haben sie durchgegeben, dass die Amis am Abend wieder Hamburg angegriffen haben.«

»Das sind Terrorflieger, feige Mörder!«

Die Schattenmänner halten Spaten in den Händen und dicke Knüppel. Einer holt weit aus wie mit einem Vorschlaghammer. Er scheint älter zu sein als die anderen. Jedenfalls ist er größer und dicker und trägt eine Art Helm. Er reicht eine Flasche herum. Sie legen ihre Köpfe in den Nacken und schütten Schnaps in sich hinein.

»Den hat unsere Flak runtergeholt. Vielleicht sind da noch Leute drin. Wenn noch welche leben, dann schlagen wir sie tot, die Schweine.«

Die Männer klettern, stolpern und rutschten in die Kiesgrube.

»Da liegt einer!«, schreit der Dicke.

Mandell schafft es mit großer Anstrengung, seinen Kopf zu heben. Sie haben Henderson entdeckt, der sich auch aus dem Wrack gerettet hat!

Aus seinem Versteck kann Mandell sehen, wie sie den Copiloten auf den Rücken drehen und wie der abwehrend seine Arme hebt.

»Der zuckt noch! Kommt mal alle her! Das Schwein lebt!« Die Stimme des dicken Anführers überschlägt sich vor Aufregung.

Der grelle Schein einer Taschenlampe flammt auf. Die anderen laufen auch dahin.

»Macht ihn fertig!«, ruft der Dicke. Die anderen treten und schlagen mit Spaten und Knüppeln auf Henderson ein. Das hässliche Geräusch von klatschenden, krachenden Schlägen hallt aus der Kiesgrube. Mandell hört Hendersons Todesschreie. Endlich scheint es vorüber zu sein.

Die Totschläger keuchen. Suchend gehen sie hinter dem Schein der Taschenlampe her.

»Hier sind noch zwei. Die leben auch noch!«, ruft einer, der offenbar Simmons, den Navigator, und Cunnings, den MG-Schützen, gefunden hat. Wieder hört Mandell Schläge und Schreie, Hilferufe und absterbendes Röcheln.

Minutenlang.

Im Schein von flackernden Taschenlampen suchen die Deutschen noch einmal die Wrackteile und die Kiesgrube ab. Im Halbdunkel sieht Mandell nur die Schatten der Mörder. Er zählt noch einmal. Es sind immer noch vier.

Schließlich finden sie auch Wriggs, den Bombenschützen. Er liegt am weitesten entfernt vom demolierten Cockpit. Als sie ihn mit Füßen treten, hört Mandell das Wimmern seines Kameraden. Dann Todesschreie. Und dann folgt eine lähmende Stille.

»Das war's wohl. Hier ist keiner mehr«, ruft schließlich jemand.

Keuchend kriechen die Schatten der Mörder den steilen Hang der Kiesgrube herauf. Ihre Stiefel und ihre Kleidung sind verschmiert. Mit Dreck und Blut. Am Rande der Kiesgrube drehen sie sich noch einmal um und bauen sich nebeneinander auf. Wie zu einer Parade. Sie recken

Arme und Hände zum Tatort hin und grölen mit betrunkenen Zungen mehrmals hintereinander dieselbe Parole.

Nur die Worte »Blut«, »Ehre« und »Vaterland« kann Mandell verstehen.

Dann kommen sie in seine Richtung. Er duckt sich so tief, wie er kann, hinter dem Stein in das hohe Heidegras. Er stellt sich tot wie ein verfolgtes Tier. Doch dann wird sein Körper von dem hin und her pendelnden Schein einer Taschenlampe erfasst. Jemand schreit etwas. Er wird am Kragen seiner Pilotenjacke hochgerissen und wieder zu Boden gestoßen. Der erste Tritt trifft seine Rippen. Der zweite sein Geschlechtsteil. Dann prasseln Schläge und Tritte von allen Seiten auf ihn ein. Er schützt sein Gesicht mit Armen und Händen. Er spürt, wie ihm seine Pilotenuhr vom Handgelenk gerissen wird. Jemand zerrt seinen Arm hoch.

»Guckt euch das hier mal an! Der hat einen Judenstern am Hals … Das ist ein Judenschwein!«

Verschwommen macht Mandell die Umrisse eines dicken Mannes vor dem helleren Himmel aus: ein fleischiges, rundes Gesicht, abstehende Ohren. Der Mann bleckt sein Gebiss wie ein Pferd, wenn er lacht. Und er lacht furchtbar, als er einen besonders dicken Knüppel ergreift.

Dann hört Mandell ein Motorengeräusch. Mit großer Geschwindigkeit nähert sich ein Fahrzeug. Der Auspuff knallt. Bremsen quietschen. Laufschritte kommen näher. Ein einzelner Mann taucht vor dem qualmenden Cockpit auf, aus dem nur noch ein paar kleine Brandherde leuchten. Der fünfte Schatten.

»Aufhören! Schmeiß sofort den Knüppel weg! Das ist ein Kriegsgefangener!«, ruft er im Befehlston.

»Von dir lassen wir uns nichts mehr sagen! Gar nichts!«

Der Dicke dreht seinen Kopf nach hinten. Und schreit:

»Wir machen keine Gefangenen! Das sind gottverfluchte Terrorflieger!«

»Lass sofort den Knüppel fallen!«

Der fünfte Schatten macht noch ein paar Schritte auf den Dicken zu. Dann hebt er mit ausgestreckten Armen eine Pistole.

Der Dicke zögert einen Moment. Er steht breitbeinig da, einen Stiefel links, den anderen rechts neben Mandells Oberkörper gesetzt. Dann holt er wie in Zeitlupe zu einem gewaltigen Schlag aus. Das Letzte, was Captain Mandell wahrnimmt, ist das hässliche Geräusch, mit dem seine Schädeldecke zertrümmert wird.

Den Schuss kann er schon nicht mehr hören …

In der New Yorker Privatklinik zerrte der dünne Mann an den Fesseln, mit denen er zu seiner Sicherheit an den Rahmen des Behandlungsbettes gefesselt worden war. Er warf seinen Kopf hin und her, als wolle er Schlägen ausweichen, und schrie gegen die schallisolierten Wände an.

Die Linien und Skalen auf den Monitoren zuckten jetzt wild. Der Neurologe gab warnende Handzeichen.

»Wir müssen abbrechen«, rief der Kardiologe.

Plötzlich erstarrte der Körper auf dem Bett. Die Atmung schien stillzustehen. Der Überwachungsmonitor für die Herzfunktion zeigte eine flacher werdende Linie an.

Der Psychotherapeut beugte sich dicht an das Ohr des Patienten.

»Mister Mandell! Hallo Mister Mandell … Hören Sie mich?«

Der Mann auf dem Bett antwortete nicht.

Als man ihm die Augenmaske abnahm, starrten seine Pupillen lange Zeit ins Leere.

Doch endlich bewegten sich seine Lippen. Es war mehr ein Zittern. Und mit einer Stimme, die aus eine anderen Welt zu kommen schien, sagte er: »Sie haben mich umgebracht …«

4

Hamburg, Donnerstag, 15. Juli 1993

»Herr Bogey, sind Sie noch am Apparat?«

Ich räusperte mich vernehmlich.

»Frau von Mellin bittet Sie recht herzlich, in der Leitung zu bleiben! Ihr Gespräch mit New York dauert leider doch länger …!«

Der Zerberus im Vorzimmer der Verlags-Geschäftsführerin Irma von Mellin war jetzt von geradezu ausnehmender Höflichkeit.

Während im Hintergrund wieder die Musikberieselung lief, konnte ich mir schon einmal Gedanken über die Antwort auf ihre Frage machen, wie es mir denn in letzter Zeit so ergangen sei.

Offen gesagt, es hat schon einige Zeit gebraucht, um zu begreifen, dass ich durch den letzten Herzschlag eines Mannes zu Geld gekommen bin, den ich erst ein halbes Jahr vor seinem Tod näher kennengelernt habe. Weil seine Frau an Krebs gestorben war und er sich wohl recht einsam fühlte, lud mich Friedhelm Anders damals in sein Haus hinterm Deich an einem Nebenfluss der Elbe ein. Ich trennte mich gerade von meiner Ehefrau – oder sie sich von mir, selbst darüber streiten wir noch. Jedenfalls musste ich damals eine größere Reportage schreiben. Eine Woche lang war ich sein Gast und konnte im separaten Apartment seines Reetdachhauses ungestört vom Hamburger Trubel arbeiten.

Abends haben wir auf dem mit Kopfsteinen gepflasterten Vorplatz gegrillt, diskutiert und philosophiert, dabei Rotwein getrunken und uns unsere Lebensgeschichten erzählt. Eigentlich hat er mehr gefragt und mich erzählen lassen. Wie ich mit der Trennung von meiner Frau klar komme? Ob unsere Tochter sehr darunter leide? Auch mein Job hat ihn interessiert. Wie die meisten Reporter hatte ich einiges von den Abenteuern hinter den veröffentlichten Geschichten zu berichten. Von Interviews und Gesprächen mit Politikern und Künstlern, Unternehmern und Mafiabossen.

Mein Onkel Friedhelm war einer jener beneidenswerten Menschen, die andere mit ihrer Zuversicht anstecken können. Immer lächelnd, immer optimistisch. Da machte es nichts, dass wir zunächst kaum gemeinsame Interessen hatten. Er las den Wirtschaftsteil der Zeitungen und studierte die Immobilienanzeigen. Ich interessiere mich für Literatur und Politik. Er war ein engagierter Hobbykoch. Seine Künste konnte ich nur als Gast würdigen. Ich spielte Tennis und er Golf.

Golf? Komischer Sport, dachte ich damals – das ist was für Herren mit Haarausfall im Endstadium und für Damen mit zu viel Schmuck an den Handgelenken. Kleine weiße Bälle so lange durch die Gegend zu schlagen, bis sie endlich in einem Loch verschwinden – dabei werden doch kaum mehr Kalorien verbrannt als beim Pilzsammeln.

»Ich muss richtig schwitzen und nachher ausgepowert sein, sonst ist das doch kein richtiger Sport!«, habe ich immer gesagt.

Friedhelm Anders schüttelte über so viel Ignoranz nicht mal den Kopf. »Wenn du zum ersten Mal einen Golfball richtig triffst und der in einer großen Kurve hundert oder zweihundert Meter weit genau dahin fliegt, wo du ihn haben willst – dann wirst du süchtig!«

Das kann ich heute bestätigen. Natürlich habe ich erst mit einem Leihschläger gehackt wie ein Holzfäller und dann wie ein Hockeyspieler. Mit kurzer Ausholbewegung, angespannten Händen und voller Kraft habe ich den Schläger gegen die Bälle und in den Erdboden gerammt. Die Bälle machten zunächst meist merkwürdige Hüpfer wie aufgescheuchte Frösche. Sie zappelten und kullerten oft nur ein paar Meter weit. Endlich brachte Friedhelm mir eine richtige Griffhaltung und eine weiche, runde, ausholende Schwungbewegung bei. Und plötzlich, nach ungezählten Fehlversuchen, geschah das angekündigte Wunder: Als ich schon aufgeben wollte, ist mir tatsächlich mein erster richtiger Golfschlag gelungen. Mit dem Schlägerkopf eines Eisen 7 wischte ich beinahe beiläufig einen Ball von der Abschlagmatte. Leicht und schwerelos stieg er in den blauen Himmel, schien auf dem Höhepunkt einen Kondensstreifen hinter sich herzuziehen, landete im richtigen Winkel ein gutes Stück hinter der Hundert-Meter-Markierung des Übungsplatzes und rollte geradeaus weiter, noch dreißig, vierzig Meter, bevor er weithin sichtbar liegen blieb.

Onkel Friedhelm klatschte spontan. Und ich wusste im selben Moment, dass ich einer neuen Sucht verfallen war. Das Golfvirus hatte mich erwischt. Auf einen Schlag war ich diesem Sport verfallen, der für den Laien unscheinbar wirkt, der aber so dramatische Gefühlsregungen auslösen kann wie Glück und Verzweiflung, Freud und Leid, Euphorie und Depression.

Für die Einführung in die faszinierende Welt des Golfspiels bin ich meinem verstorbenen Onkel dankbar. Mehr noch vielleicht als für das Immobilienerbe, das natürlich auch nicht zu verachten ist.

Der Sekretär in Irmas Vorzimmer meldete sich wieder: »Sind Sie noch da, Herr Anders?«

Ich bestätigte das mürrisch.

»Das Gespräch von Frau von Mellin mit New York ist gleich beendet«, sagte er.

Ich hatte also noch mehr Zeit für meine Erinnerungen. Und mir fiel ein, dass ich Irma früher wenig von mir erzählt hatte. Zum Beispiel, dass ich eigentlich Schriftsteller werden wollte – das war als Schuljunge mein Traumberuf, so wie andere Lokführer oder Pilot werden wollten.

Schreiben wollte ich schon immer. Seit ich lesen kann. Mein Name sollte über Zeitungsartikeln und auf Buchumschlägen stehen. Mit 16 oder 17 habe ich einen Liebesroman geschrieben. Es ging um eine gewisse Gerlinde aus der Parallelklasse. Mein Beziehungsdrama hieß »Warum fütterst du frühmorgens die ohnehin schon vollgefressenen Enten?« Der Titel ist mir in Erinnerung geblieben. Der Rest ist zu Recht vergessen.

Zum Dichter hat es also nicht gereicht. Aber zum Journalisten. Ich habe beim Kreisblatt volontiert und als Redakteur bei einer Regionalzeitung gearbeitet, bevor ich Reporter des Magazins *Zenit* wurde. Zwanzig Jahre lang bin ich in der Welt und im Leben herumgekommen. Es war wohl meine beste Zeit. Aber irgendwann fühlte ich mich ausgebrannt. Die Themen wiederholten sich und meine Formulierungen auch. Dann gab es auch noch ständige Meinungsverschiedenheiten und Kräche mit dem neuen Chefredakteur. Da fügte es sich bestens, dass mir Friedhelm Anders durch regelmäßige Mieteinnahmen ein auskömmliches Leben als »Privatier« ermöglicht hat.

Aber wie sollte es weitergehen? Schließlich war ich erst Anfang vierzig! Vor dieser Frage flüchtete ich gewöhnlich auf den Golfplatz.

»Bogey? Bogey, bist du noch da?«

Ich musste schlucken, bevor ich etwas sagen konnte. Aber Irma war mal wieder schneller:

»Entschuldige, das hat doch etwas länger gedauert. Da war ein Kollege von dir dran, ziemlich hartnäckig. Ein Reporter von der *New York Times*. Der will die Geschichte des Flugzeugwracks recherchieren, das sie auf unserem Golfplatz gefunden haben. Scheint in Amerika ein großes Thema zu sein. Sie suchen jetzt die Namen der damaligen Besatzung in alten Dokumenten der U.S. Air Force und im Nationalarchiv in Washington. Angeblich waren neun oder zehn Mann an Bord.«

»Ein US-Bomber aus dem Zweiten Weltkrieg auf eurem Golfplatz –

dahinter kann wirklich eine große Story stecken, besonders für die Amerikaner natürlich«, sagte ich, »ein Stück Zeitgeschichte und eine menschliche Tragödie vielleicht. Truman Capote oder Norman Mailer würden daraus einen großen Roman machen.«

»Du immer mit deiner blühenden Fantasie«, sagte Irma. Ihr Vater wolle von dieser ganzen Sache am liebsten gar nichts hören. Er lasse sich bei dem Thema immer verleugnen. »Er stellt die Journalisten zu mir durch und ich soll sie dann abwimmeln. Und ich habe dazu auch tatsächlich nichts zu sagen. Außer, dass wir rein gar nichts über die Hintergründe wissen. Jedenfalls ist der Golfclub Schloss Herrensee jetzt in aller Welt bekannt – aber wo waren wir eben stehen geblieben? Ach ja, ich wollte wissen, wie es dir geht, Bogey.«

»Ich hatte gerade Zeit, darüber nachzudenken. Die Frage ist nur: Wie lange hast du jetzt Zeit, mir zuzuhören?«

»Warum?«

»Falls dich meine Antwort wirklich interessiert, wird es ein bisschen länger dauern.«

»Okay, dann nehmen wir uns eben einfach die Zeit dafür. Nicht jetzt, aber ...«

Durch die Verkehrsgeräusche auf der anderen Seite des Isekanals hindurch hörte ich, wie sie ihren Sekretär nach ihren Terminen fragte. Dann meldete sie sich wieder.

»Also, bei mir sieht es so aus: Ich fliege morgen mit meinem Vater nach New York und Washington. Wenn alles wie geplant läuft, sind wir aber schon nach drei Tagen wieder in Hamburg. Wenn du willst, können wir uns danach treffen. Wie wär's draußen im Schloss und auf dem Golfplatz? Ich würde mich jedenfalls freuen!«

Ich war sofort einverstanden, tat aber, als müsse ich noch meine Termine checken. Und konnte mir eine Frage nicht verkneifen:

»In welcher Eigenschaft bin ich eigentlich zur großen Geburtstagsfeier der Mellins eingeladen? Als dein Ex-Lover? – Kommen die anderen auch alle?«

Sie lachte dieses mädchenhaft kokette Lachen, das sie bei Bedarf einschalten konnte und an das ich mich gern erinnerte.

»Nein, du stehst als Freund der Familie und des Verlagshauses auf der

Liste, obwohl dich dein Chefredakteur ja gefeuert hat, wie ich gehört habe.«

»Als Freund der Familie?«, sagte ich verwundert, »kann sich dein Vater überhaupt an mich erinnern?«

»Er hat ein Gedächtnis wie ein Elefant, das weißt du doch. Die Gästeliste hat er persönlich abgesegnet und vorher ein Dutzend Namen gestrichen. Deiner ist draufgeblieben.«

»Wirklich erstaunlich. Wie viele Leute erwartet ihr zu dieser kleinen Familienfeier?«

»Nach letztem Stand sind es mit dir 200. Du kommst doch, oder?«

»Wenn du dich wirklich freust?«

»Und wie.«

»Ich mich auch.«

»Also, dann rufe ich dich an, wenn ich zurück bin. Unter der alten Nummer?«

»Ja«, sagte ich, die habe ich behalten. Ich baue mir gerade eine Dachgeschosswohnung aus. Hörst du den Krach im Hintergrund? Ich stehe mitten in der Baustelle.«

»Da gibt es ja wirklich einiges zu erzählen. Wo liegt deine neue Wohnung?«

»In der Isestraße.«

»Keine schlechte Gegend. Bis dann also!«

Wie immer legte Irma zuerst auf.

5

Hamburg/Herrensee, Sonntag, 18. Juli 1993

Am frühen Morgen hing der Himmel noch bleischwer über der norddeutschen Tiefebene. Wie in den letzten Tagen. Aber wenigstens der Regen hatte endlich aufgehört und es klarte allmählich auf. Meine Stimmung schlug ebenso um wie das Wetter. Beides wurde von weiteren Tiefausläufern verschont, es breitete sich ein Hochdruckgebiet aus, über

Norddeutschland und über meinem Seelenleben. Endlich sollte es Sommer werden. 24 bis 30 Grad, viel Sonne. Die Aussichten für die kommenden Tage seien recht vielversprechend, versicherte ein Meteorologe vom Seewetterdienst im Radiofrühprogramm. Plötzlich fühlte ich mich so gut wie schon lange nicht mehr. Das lag nicht nur am Wetter, sondern vor allem an dem Gespräch mit Irma und an der Einladung zum großen Geburtstags- und Golfwochenende auf Schloss Herrensee.

Beides hatte mich vor einer jener heraufdämmernden Schwermutsattacken bewahrt, in deren Verlauf ich mir die Sinnfrage zu stellen pflegte. Aber nicht nur das: Nach einem Monat hatte ich gerade zur rechten Zeit meinen Führerschein zurückbekommen. Und mein schönes Saab Cabrio – eines der letzten aus der echten Schwedenproduktion, bevor die Amerikaner die Marke verhunzten – stand nach einer Inspektion abholbereit in der Werkstatt, rundum poliert und auch innen auf Hochglanz geputzt.

Natürlich klappte ich gleich das Verdeck auf, um bei der Fahrt übers Land den blauweißen Himmel, die Ausblicke ins Grüne und den Geruch von Bäumen, Blüten und frisch gemähtem Heu zu genießen. Mein Ziel: das Dorf Herrensee. Ich war dort Mitglied im ziemlich exklusiven »Golf- und Landclub Schloss Herrensee«. Das hatte ich mir nur leisten können, weil der Verleger und Clubbesitzer Malte von Mellin seinen Verlagsangehörigen einen fünfzigprozentigen Rabatt auf Jahresbeiträge und Eintrittsspenden gewährte. Zu den wirklich wichtigen Einladungen und den großen Turnieren wurden jedoch nur wenige Auserwählte aus den Führungszirkeln des Konzerns geladen. Und obwohl ich nicht mehr für den Verlag arbeitete, gehörte ich nun dazu. Das hatte ich also Irma zu verdanken

An diesem Sonntag wollte ich trainieren und vielleicht auch eine Runde spielen. Mein Abschlag war vor dem kommenden Turnier dringend renovierungsbedürftig, ein hartnäckiger Slice, ein Ballflug nach rechts statt schnurgeradeaus, machte mir wieder mal zu schaffen. Eine weit verbreitete Golferkrankheit. Und ein neuer Putter sollte mir helfen, gewisse Schwächen auf dem Grün zu beheben.

Von der Isestraße fuhr ich über den Klosterstern zum Harvestehuder Weg und über die Lombardbrücke in Richtung Autobahn. Die traumhafte Aussicht aus dem offenen Wagen über das blaue Wasser und auf das Alsterufer gegenüber mit den prächtigen weißen Häuserfassaden war immer gut für die Stimmung. Der Saab röhrte mit einem satten Sound über Autobahn und Landstraßen. Die Sonne kam gleichzeitig mit mir in Herrensee an. Bald weideten nur noch ein paar grauweiße Schäfchenwolken am blauen Himmel. Am Ende einer langgezogenen Kurve tauchte der Kirchturm hinter hohen Baumkronen auf und dann das Ortsschild des Dorfes, das durch das Schloss am See und den Golfplatz bekannt geworden ist. Im Radio verklangen die letzten Pianotöne von Dave Brubecks »Wonderful Copenhagen«.

Herrensee war eine noch landwirtschaftlich genutzte Idylle. Kuhfladen mit Reifenprofilen lagen auf der mit Kopfsteinen gepflasterten Hauptstraße. Eichen, Kastanien und Walnussbäume hatten Krieg und Frieden überstanden, und Rosen rankten an den Fassaden von strohgedeckten Fachwerkhäusern. Städter aus Hamburg, Hannover und Bremen, sogar aus Berlin, hatten sich hier idyllische Zweitwohnsitze zugelegt. Alte Bauernhäuser und marode Fachwerkkaten waren mehr oder weniger einfühlsam renoviert worden. Die Zugezogenen schienen in nachbarschaftlicher Symbiose mit der knorrigen Landbevölkerung zu leben. Im Dorf Herrensee gab es noch eine verräucherte Kneipe, in der es heimatlich roch, nach verschüttetem Bier und nach Bratkartoffeln. Auf dem Kirchplatz erinnerte ein mit verwelkten Topfblumen garniertes Kriegerdenkmal an die Söhne der Gemeinde, die in zwei Weltkriegen fürs Vaterland gefallen waren.

An der nächsten Ecke, vor einer Lindenallee, wies ein Holzschild mit zwei gekreuzten Golfschlägern den Weg zum »Golfclub Schloss Herrensee«. Der Golfplatz war von einem Fachmagazin zu Beginn der Saison erneut zu einer der schönsten Anlagen Deutschlands ernannt worden. Der Eigentümer, Großverleger Malte von Mellin, so hieß es, scheue weder Mühe noch Kosten, um diesen in schöner Landschaft gelegenen und sportlich ambitionierten Platz zum Wallfahrtsort für Weltklassespieler und für Golfer aus Deutschland und der ganzen Welt zu machen. Der 18-Loch-Platz sollte auf 27 Loch erweitert werden. Die Erdarbeiten hatten im Frühjahr begonnen. Dabei war nun ein großer Bagger am Rande einer alten Kiesgrube auf das Wrack des amerikanischen Bombers gestoßen.

Weil ich Zeit hatte und die Sonne inzwischen prächtig schien, fuhr ich noch einmal aus dem Dorf heraus und bog in einen Waldweg ein. Von einem sandigen Parkplatz lief ich ein paar Meter in den lichten Laubwald hinein. Nach wenigen Metern hatte man eine hinreißende Aussicht. Herrensee lag in einem flachen, ausgedehnten Tal vor sanft ansteigenden Hügeln. Zur Linken war ein Teil des Herrensees und davor ein Stück des Golfplatzes mit dem Schloss zu sehen. Ein beliebtes Postkartenmotiv. Hundert Meter vor mir stieg gerade ein Starenschwarm lärmend aus einem ungeschützten alten Kirschgarten auf, tanzte eine Weile anmutig über dem Dorf und folgte der Lindenallee, die zum Schloss Herrensee führt. Das zweistöckige neoklassizistische Gebäude mit den Säulen an der Frontseite stand sonnengelb leuchtend vor einem dunkelgrünen Park. In der großen Gartenanlage davor waren sorgfältig gestutzte Hecken und gezirkelte Blumenbeete, Rhododendron und Rosen zu sehen. Von der Terrasse fiel eine Rasenfläche zum See hin ab, zu dem ein Bach führte, der von einer Holzbrücke überquert wird. Auf der Terrasse waren jetzt zwei Dutzend weiße Sonnenschirme und ebenso viele Tische aufgestellt.

Von meinem Platz aus wirkte die Landschaft mit See und Schloss wie ein Gemälde des britischen Landschaftsmalers John Constable. Und tatsächlich wusste ich von Irma, dass ein von den Mellins engagierter Landschaftsarchitekt aus England in den sechziger Jahren das ganze Golfplatzgelände inmitten des norddeutschen Bauernlandes rings um Schloss Herrensee zu einer naturnahen Parklandschaft veredelt hatte, wie man sie aus Devon oder Cornwall kennt.

Von ihr wusste ich auch, dass ein Schüler Karl Friedrich Schinkels das Schloss Herrensee vor eineinhalb Jahrhunderten im Auftrag eines Hamburger Reeders entworfen hatte, der mit dem Gewürzimport aus Sansibar reich geworden war. Später hatte eine jüdische Bankiersfamilie das Anwesen gekauft. Sie konnte sich nach der Reichskristallnacht und vor Kriegsausbruch nach Amerika retten. Während der Nazizeit war das Schloss beschlagnahmt worden, viel mehr wusste man darüber nicht. Auf alten Fotos war der erbärmliche Zustand des Gebäudes in den Nachkriegsjahren dokumentiert: große Löcher in den Dächern, zerborstene Fenster, herausgerissene Fußböden.

Malte von Mellin hatte den heruntergekommenen Besitz inklusive hundertfünfzig Hektar Land Ende der fünfziger Jahre zu einem symbolischen Preis von der Denkmalschutzbehörde gekauft. Mit vielen Millionen und mit einfühlsamen Architekten hatten er und seine Ehefrauen daraus wieder das gemacht, was es einmal gewesen war: ein Schmuckstück großbürgerlicher Lebensart.

Früher hatte der Verleger auf Schloss Herrensee häufiger Empfänge für die wirtschaftliche und politische Elite des Wirtschaftswunderlandes Deutschland gegeben – schon um die Betriebskosten für das Haus steuerlich absetzen zu können. Aber in letzter Zeit war es stiller geworden auf Herrensee.

Bester Laune fuhr ich auf den Parkplatz des Golfclubs. Und der Tag versprach auch weiterhin gut zu werden, denn an der Rezeption traf ich Wolfram Witt.

»Als hätte ich geahnt, dass du heute mal wieder rauskommen würdest, Bogey!«, sagte er, als wir uns nach Männerart flüchtig umarmten. »Wollen wir zusammen eine Runde spielen?«

Ich war sofort einverstanden und freute mich wirklich, ihn nach längerer Zeit wiederzusehen. Er war beinahe drei Monate lang »verreist« gewesen, wie es hieß. Wir wollten beide noch trainieren, meldeten aber sicherheitshalber schon eine Abschlagzeit an, für 14:30 Uhr. Bei dem wunderbaren Golfwetter würde es heute einigen Andrang auf dem Platz geben.

Wolfram Witt war mehr als ein guter Bekannter. Ein Golffreund, fast schon ein richtiger Freund. Wolfram hatte mich als Erster »Bogey« genannt.

Unter der alteingesessenen Elite und den neureichen Mitgliedern des Clubs bildeten er und ich gemeinsam mit einigen anderen Normalverdienern eine mittelständische Gruppe, die mehr Wert auf Golfsport als auf Gesellschaftsspiele legte. Wir kauften keine Designerkleidung und schoben unsere Schläger-Bags nicht in zweitausend Mark teuren Titan-Trolleys über die Fairways.

Als wir nebeneinander vor den Abschlaghütten standen und einen Ball nach dem anderen mit wechselnden Schlägern von den Tees den flachen Abhang hinunterprügelten, beobachtete ich Wolf aus den Augenwinkeln. Seine Schwungtechnik war nichts für Golfästheten. Er holte Energie und Spannung nicht aus dem ganzen Körper, sondern nur aus seinen muskulösen Schultern. Aber seine Bälle flogen weit und gerade. Einer nach dem anderen.

Wolfram sah gut aus, viel besser als bei unserem letzten Treffen. Er hatte ein paar Kilo zugenommen. Seine Wangen erschienen nicht mehr so eingefallen. Die scharfen Falten zwischen Nase und Mundwinkeln waren wie wegretuschiert. Seine früher graue und schlaffe Gesichtshaut war frisch und rosigbraun. Und der kürzere Haarschnitt machte ihn jünger. Ganz offensichtlich hatte ihm die Entziehungskur am Bodensee gut getan. Ich war wohl einer der wenigen, denen er davon berichtet hatte. Bei dieser Gelegenheit, so erzählte er mir stolz, habe er nach vierzig Jahren auch gleich das Rauchen aufgegeben.

»Ich bin stolz auf dich«, sagte ich.

Er grinste ein wenig verlegen.

»Wir haben ja länger nicht zusammen gespielt. Wie ist dein aktuelles Handicap?«

»Fünfzehn Komma acht«, sagte ich.

»Nicht schlecht«, sagte er, »aber dann habe ich die Ehre.« Er habe sich bei Turnieren am Bodensee auf Vierzehn Komma drei verbessert.

Wolfram schlug also am Tee 1 zuerst ab. Und wie! Nach mehr als zweihundert Metern landete sein Ball mitten auf dem Fairway, ein paar Meter vor einem Graben, genau an der Stelle, an der die Bahn einen leichten Rechtsknick macht. Eine ideale Position. Von da aus konnte man die Fahne des Par 4 sehen. Sein zweiter Schlag mit einem Holz 5 rollte nach hundertsechzig Metern an zwei Sandbunkern vorbei bis kurz vor das Grün. Ein guter Chip und ein Zwei-Meter-Putt. Er reckte vor Freude die Faust in den Himmel. Mit vier Schlägen hatte er ein Par gespielt. Ich schaffte mit sechs Schlägen nur ein Doppelbogey.

Er war also tatsächlich in Form. Das freute mich für meinen alten Kumpel.

Wolfram Witt war früher einer meiner Informanten bei der Kripo gewesen. Und als Reporter hatte ich ihm gelegentlich auch mit ein paar Hinweisen bei Ermittlungen helfen können. Zum Beispiel als ich von einem FBI-Kontaktmann in New York erfuhr, dass eine Mafiafamilie aus Queens versucht hatte, Spielcasinos in der europäischen Provinz zu übernehmen. Die Landespolizei bildete eine Sonderkommission. Wolfram Witt übernahm die Leitung. Der kriminelle Coup konnte verhindert werden.

So etwas verbindet. Wir waren verschwiegen und konnten einander vertrauen. Und später haben wir etwa zur gleichen Zeit mit dem Golfspielen angefangen. Und wir haben uns gegenseitig unsere Geschichten erzählt. Es stellte sich heraus, dass wir Leidensgenossen waren: Auch seine Ehe war in die Brüche gegangen.

Wolfram war zuletzt Chef der Abteilung »Gewaltdelikte und Brandstiftung« der Kreispolizeiinspektion, die auch für das Gebiet Herrensee zuständig ist. Meist leitete er selber die von Fall zu Fall gebildeten Mordkommissionen. Vor gut einem Jahr wurde er überraschend früh pensioniert. Mit 54. Offiziell aus gesundheitlichen Gründen. Und das war wohl auch so, denn Alkoholabhängigkeit ist eine üble Krankheit. Jedenfalls war Hauptkommissar Wolfram Witt vor einem Jahr in den »wohlverdienten Ruhestand« verabschiedet worden. Im »gegenseitigen Einvernehmen«, wie es hieß. Und mit einer schönen Feier im Kreise der lieben Kollegen. Die hatte er noch aufrecht durchgestanden. Aber dann hat er sich zu Hause noch weiter betrunken. Bis zum Erbrechen.

Die knallharte Entziehungskur hat ihn gerettet.

Inzwischen war der frühpensionierte Ex-Ermittler nebenbei eine Art Sicherheitsberater für das Schlosshotel Herrensee und den Golfclub geworden. Der Clubmanager hatte ihn zu Sonderkonditionen engagiert. Wolfram bekam kein Geld – schon, damit seine Geschiedene nicht gleich wieder die Hälfte abkassierte. Stattdessen wurde ihm der vierstellige Jahresbeitrag für den Golfclub erlassen und auch die fünfstellige »Spende«, die von neuen Mitgliedern erwartet wurde. Und: Er bekam in den beiden erstklassigen Club- oder Schlossrestaurants ein paar Mal in der Woche eine warme Mahlzeit in Form eines mehrgängigen Menüs auf Kosten des Hauses. Dazu trank er nur Säfte oder Mineralwasser.

Als Gegenleistung arbeitete er Konzepte für die Sicherheit im Schlosshotel und in der Clubanlage aus. Und er hat die Einbrecher geschnappt, die im Laufe eines Jahres dreimal in den gut verschlossenen Caddieraum eingebrochen waren und dort eingelagerte Golfaufrüstungen gestohlen hatten. Und einem halben Dutzend Clubmitgliedern hatte er ihre vom

Parkplatz verschwundenen Sport- und Geländewagen zurückgeholt – aus einer Diebes-Werkstatt in Krakau. Seither war der gestrauchelte Kriminal-Hauptkommissar Wolfram Witt wieder ein geachteter Mann im Club.

Auf unserer Runde lief es an diesem Tag für mich nicht so gut. Ich verzog die meisten Abschläge, und viele Putts liefen ein paar Zentimeter am Loch vorbei statt hinein. Wolfram spielte sicherer. Aber auch er hatte eine Schwächephase. Auf der 13. Bahn landete sein Ball vom Abschlag rechts neben dem gemähten Fairway, traf offenbar einen Stein und sprang und hoppelte in einem Naturbunker herum, wie die Golfer sagen – in einem naturbelassenen, sandigen und steinigen Gelände. Als wir den Ball suchten, konnten wir die alte Kiesgrube sehen, die noch aus der Zeit vor dem Weltkrieg stammte. Seither hatte sich dort ein ansehnliches Biotop entwickelt.

Wir gingen bis an die Abbruchkante. Das Bomberwrack war mit einer grünen, tennisplatzgroßen Plane abgedeckt worden. Rings um die kleine Tiefebene herum war ein rotweißes Absperrband gespannt, und alle paar Meter stand auf Schildern »Betreten verboten!«.

»Nach der Runde würde ich mir das ganz gerne mal aus der Nähe ansehen. Kommst du mit?«, fragte ich.

»Ja, klar. Ohne mich darfst du da sowieso nicht runter. In meiner neuen Eigenschaft als Sicherheitsbeauftragter des Clubs habe ich die Kiesgrube erst einmal auf unbestimmte Zeit sperren lassen.«

Wolfram gewann unser kleines Wettspiel. Nachher saßen wir im Schatten des Schlosses auf der Terrasse. Aus Solidarität mit meinem abstinenten Freund trank ich auch etwas Alkoholfreies: Jota, ein beliebtes Golfergetränk, halb Johannisbeersaft, halb Tonic.

Am Nebentisch floss schon Champagner. Natürlich. Denn das große Wort führte Laurenz Jansen junior, der Anlageberater mit der Steuerflucht-Adresse auf den Cayman Islands. Der protzte im Kreis seiner neureichen Klientel lauthals mit seiner neuen »Lange & Söhne«-Uhr.

Jansens Gerede wurde abrupt vom Lärm eines Hubschraubers übertönt, der über dem Schloss auftauchte. Es schien beinahe so, als wollte der Pilot mitten auf der Terrasse landen. Jedenfalls drohten die Sonnenschirme schon im Windwirbel der Rotoren umzukippen.

»Das ist ein Bell-Helikopter«, sagte Wolfram Witt. Er lief zu seinem Golfbag, holte einen kleinen Feldstecher und stellte die Schärfe ein.

»Ich glaube, es sind fünf oder sechs Leute an Bord. Wahrscheinlich die Experten, die das Bomberwrack untersuchen und nach Spuren der Besatzung suchen wollen.«

Tatsächlich ließ der Pilot die Maschine seitlich abkippen, flog eine scharfe Kurve und nahm Kurs auf die etwa vier- bis fünfhundert Meter entfernte Kiesgrube. Der Hubschrauber kreiste zweimal darüber, bevor er zur Landung ansetzte.

Wolfram holte ein Elektrocart mit dem Schriftzug »Marshall« an der Windschutzscheibe vom Betriebsgelände des Clubs, mit dem die Aufseher den Spielbetrieb auf dem Golfplatz überwachen. Vor uns rumpelte ein alter Landrover über die holprigen Spurrillen eines alten Sandweges zwischen dem Wald und dem Golfplatz. Auf dem Beifahrersitz saß unser Clubmanager Heinz Prahl.

Der Hubschrauber war auf einer sandigen Heidefläche gelandet, unweit der Stelle, an der Bagger die Erde aufgewühlt hatten. Der Landrover hielt kurz davor. Der Fahrer stieg aus. Ich kannte ihn vom Sehen und hätte ihn für einen Greenkeeper gehalten. Und im gewissen Sinne war er das auch, wie mir Wolfram erklärte.

»Das ist Eberhard Elvers, ein Jugendfreund von Malte von Mellin. Der Familie Elvers gehören riesige Länderein in der Gegend rings um Herrensee.«

Natürlich hatte ich die grün-weißen Schilder »Baumschulen Elvers« schon oft gesehen, die standen in dieser Gegend schließlich überall. Mit einem Unternehmen für Landschaftsgestaltung, so erzählte Wolfram weiter, hätten sich der alte Elvers und sein Sohn auf Golfplatzbau spezialisiert.

»Klar, die Firma hat auch den Auftrag für die Erweiterung des Clubs Herrensee gekriegt. Hier in der Kiesgrube soll die schönste Spielbahn des neuen Platzes entstehen: der Abschlag oben am Rand, ein Teich mit einem Bach-Zulauf davor, ein paar Bunker in der Mitte und das Grün am gegenüberliegenden Ende.«

Fünf Leute waren aus dem Hubschrauber geklettert. Vier Männer und eine Frau um die dreißig, mit sportlicher Figur. Sie band sich ihre zerzausten roten Haare zu einem Pferdeschwanz zusammen. Sie trug ein Jäckchen, enge Jeans und weiße Bootsschuhe. Zwei der Männer zogen Uniformjacken mit dem Emblem der U.S. Air Force aus und legten sie auf die Sitze des Helikopters. Die beiden anderen waren in Zivil.

Clubmanager Prahl ging vor uns auf die Gruppe zu. Soweit ich das verstehen konnte, stellte sich der Kleinste als Militärattaché vor. Er deutete auf die hinter ihm aufmarschierten Begleiter und nannte Namen und Funktionen. Die Rothaarige hielt sich ein wenig im Hintergrund.

Als Wolfram Witt und ich näher kamen, schienen sich die Besucher beim Clubmanager nach uns zu erkundigen. Der sagte etwas von Security. Er stellte Wolfram Witt als früheren Kripo-Kommissar vor und deutete auch in meine Richtung. Die Amerikaner akzeptierten unsere Anwesenheit. Ein junger Fotoreporter schien sie mehr zu irritieren. Der hatte sich am oberen Rand der Kiesgrube gegen einen mannshohen Findling gelehnt und eine Kamera mit großem Zoomobjektiv in Anschlag angebracht. Wirklich ein gutes Motiv, dachte ich: Der Hubschrauber, das Bomberwrack, davor die Amerikaner. Einer der Besucher wollte den Fotografen offenbar verscheuchen. Aber der Clubmanager beschwichtigte sie.

»Das ist ein junger Redakteur von der Lüneburger Lokalredaktion der *Norddeutschen Post*«, erklärte mir Wolfram Witt. »Joachim Lühning heißt er, ein cleverer Junge, schreibt und fotografiert. Der wird einen Tipp bekommen haben.«

»Die Bilder kann er gut weiterverkaufen«, sagte ich, »sogar an Zeitungen und Magazine in den USA.«

Während die Amerikaner eine Ortsbesichtigung abhielten, blickte Wolfram Witt scheinbar technisch interessiert in das Innere des Helikopters. Zwei Amerikaner versuchten vergeblich, ihn wegzudrängen.

»Die beiden Typen sind vom Geheimdienst der U.S. Air Force«, erklärte er nachher. Er habe auf ihren abgelegten Jacken die Wappen mit der Aufschrift der AIA, Air Intelligence Agency, gesehen.

Die Amerikaner betrachteten das Wrack des Cockpits aus allen Perspektiven. Einer fotografierte ständig. Sie verharrten eine Weile lang andächtig, wie zum Gebet. Dann ließen sie sich von Clubmanager Prahl erklären, wie das Wrack gefunden worden war. Prahl winkte einen

Mann herbei, der in einiger Entfernung in der Kanzel eines großen Atlas-Baggers saß und rauchte.

Der Baggerführer erklärte, was passiert war. Sein Chef Eberhard Elvers sei geschäftlich verreist gewesen. Und als er mit seiner Arbeit schneller als geplant vorangekommen sei, habe er vergessen, dass er in diesem Bereich eigentlich nicht ohne Anweisung von Elvers arbeiten sollte. Prahl übersetzte das breite Plattdeutsch des Mannes für die Amerikaner:

»Ich wollte also einen Hügel planieren, der auf der Spielbahn gestört hätte. Nach kurzer Zeit gab es ein hässliches Geräusch. Die Schaufel kratzte gegen Metall und erwischte dann ein Stück graugrünes Blech. Ich dachte, das wäre ein altes Auto. Vielleicht ein Lastwagen aus dem letzten Krieg. Aber dann kam mir die Form doch komisch vor. Erst habe ich selber mit Schaufel und Spaten gegraben und dann ein paar Hilfsarbeiter dazugeholt ...«

Ja, dann sei bald klar geworden, dass der Bagger auf ein Kriegsflugzeug gestoßen war. Einen Ami-Bomber, denn das Wort »New York« sei ja noch ganz gut zu lesen. Was »Pride« bedeute, wussten die Arbeiter nicht. »Das heißt Stolz«, sagte der Manager. Er trat direkt an das zerborstene Cockpit heran. Wir folgten ihm. Es fehlten zwar ein paar Buchstaben, doch trotz der Schrammen und der rostigen Stellen war die handgemalte Schrift noch zu entziffern: »Pride of New York«.

»Was wohl aus der Besatzung geworden ist?«, sagte einer.

»Das werden wir noch herauskriegen. Das sind wir unseren Jungs und ihren Familien schuldig«, erwiderte einer der beiden Leute vom Air-Force-Geheimdienst. Seine Stimme klang pathetisch.

Die rothaarige Frau ging jetzt den Hang hinauf auf den jungen Reporter zu, der gerade seinen Standort wechselte. Es sah zunächst aus, als wolle sie ihn davonjagen. Doch dann plauderten die beiden offenbar freundlich miteinander. Sie tauschten Visitenkarten aus. Später erfuhr ich, was auf ihrer Karte stand: Valerie Stansted, Special Correspondent, American-German Press Service. Als Büroadresse war der Harvestehuder Weg in Hamburg angegeben, an dem auch das US-Generalkonsulat liegt.

»Ich wette, die arbeitet für die CIA«, sagte Wolfram.

Nach einer Stunde kletterten die Amerikaner wieder in ihren Helikopter. Die Rothaarige zuletzt. Als die Maschine mit ohrenbetäubendem Krach vom Boden abhob, wirbelten die Rotoren eine Sand- und Staubwolke auf. Wir hielten die Hände schützend vor die Augen.

In unserem Golfkarren folgten Wolfram Witt und ich den Reifenspuren des alten Landrovers zurück zum Golfclub. Als wir ankamen, ließ die tief stehende Sonne die Ziffern der Turmuhr auf dem Ziegeldach golden glänzen. Es war halb acht. Die Kellner konnten nach der Schlechtwetterperiode das Abendessen endlich einmal wieder auf der Terrasse servieren. Nach der Vorsuppe wurde ich ans Telefon gerufen. Zu meiner Überraschung meldete sich Irma.

»Ich muss mit meinem Vater noch einmal in die Staaten, aber in ein paar Tagen sind wir wieder zurück, spätestens zum Geburtstag von Lena. Wir warten gerade in Frankfurt auf unsere verspätete Maschine. Und du kommst nicht drauf, was ich gerade mache …«

Eine Lautsprecheransage übertönte ihre Stimme, so dass ich die folgenden Worte nicht verstehen konnte.

»Was hast du gesagt?«, fragte ich. »Was machst du gerade?«

»Ich denke an dich, Bogey!«

Bevor sie auflegte, hörte ich noch eine Durchsage »Die Lufthansamaschine LH soundso nach Washington ist jetzt bereit zum Einsteigen.«

Auf der Clubterrasse lehnte ich mich glücklich in meinen Rattansessel zurück und blickte in den wolkenlosen Abendhimmel. Über dem Dach von Schloss Herrensee übte ein Vogelschwarm für den Flug in den Süden.

6

Hamburg/Herrensee, Freitag, 23. Juli 1993

Es hat mich einige Überwindung gekostet, doch am nächsten Vormittag rief ich wieder in Irmas Büro an.

»Jonas Anders«, sagte ich. »Sie werden sich erinnern – meine Freunde nennen mich Bogey.«

Der Sekretär hüstelte verkrampft. Aber diesmal war er schon wesentlich freundlicher. Meine Frage schien ihn allerdings zu verblüffen.

»Sie wollen wissen, wann die kleine Tochter von Frau von Mellin Geburtstag hat? Ich weiß nicht, ob ich ...?«

»Ich bin der Patenonkel«, behauptete ich. »Offen gesagt, ich habe das Datum versehentlich in meinem Organizer gelöscht: Ist es in vier oder in fünf Tagen? Wegen des Geschenkes, wissen Sie ...«

»Einen Moment«, sagte er, immer noch zögernd. »Ich sehe mal in unserem Terminkalender nach ...«

»... also, am kommenden Montag, den sechsundzwanzigsten Juli hat Frau von Mellin sich freigenommen.«

Jetzt erinnere er sich wieder, sagte Irmas Vorzimmer-Sprecher. Man habe bereits vor drei oder vier Wochen etwa ein gutes Dutzend bunter Einladungen an die Schulfreundinnen der kleinen Lena geschickt beziehungsweise an deren Eltern. Für den Kindergeburtstag auf Herrensee.

Ich bedankte mich sehr.

Zu Lenas Geburtstag würde Irma spätestens zurück sein. Und sie wollten also nicht in der Stadt, sondern draußen auf dem Lande feiern.

Vielleicht konnte ich ja an diesem Montag auch zufällig in Herrensee sein.

Am Sonnabend war die Business Class des Lufthansafluges vom Kennedy International Airport New York nach Frankfurt/Main gerade mal zur Hälfte ausgebucht. Auf dem leeren Platz neben Irma von Mellin saß ein Bär. Dick und rund, aus feinem Plüsch, gut eineinhalb Meter groß. 980 Dollar hatte sie für das Tier in einem exklusiven Luxus-Spielzeugladen an der Fifth Avenue bezahlt. Sie konnte es kaum erwarten zu sehen, wie Lena sich über dieses Geschenk freuen würde, denn vor ein paar Wochen hatten sie sich zusammen Walt Disneys Zeichentrickfilm »Das Dschungelbuch« angesehen, mit Balou, dem lustigen Tanzbär, in der Hauptrolle.

Stewardessen und Passagiere schmunzelten über das Paar in Reihe 7: über die junge Dame im Prada-Kostüm und den Bären im Plastiksack mit bunter Schleife. Auch der Mann hinter Irma von Mellin auf Platz 11 A hatte ihr beim Einsteigen freundlich zugenickt. Zwei Stunden nach dem Start, nach dem vorzüglichen Abendessen und nach einer halben Flasche Rotwein war er offenbar in Tiefschlaf gefallen. Er schnarchte immer wieder mal, meistens leise, gelegentlich aber auch markerschütternd laut. Irma drehte sich deshalb ein paar Mal um. Der Mann hatte seine sportlich-schlanke Figur über zwei der breiten Sitze ausgestreckt. Er trug Jeans, ein verwaschenes Hemd und spitze, verzierte Cowboy-Stiefel. Sein rotbraunes Haar war zu einem kurzen Pferdeschwanz gebunden. Sein Gesicht konnte sie nur zur Hälfte sehen. Er hatte einen dichten Schnurrbart auf der Oberlippe, ein kantiges Kinn und einen harten Zug um den Mund. Augen und Nase wurden von einer Schlafmaske verdeckt. Wie ein Cowboy sah er aus. Oder wie »Zorro, der Mann mit der Maske«, dachte sie.

Malte von Mellin saß in derselben Reihe wie seine Tochter, aber auf der anderen Seite des Ganges. Wenn sie miteinander reden wollten, mussten sie die Köpfe zur Seite drehen und lauter sprechen.

»Du hast dich bei den Gesprächen sehr gut geschlagen. Ohne dich hätte ich das nicht geschafft«, sagte er zu seiner Tochter. »Die Amerikaner waren beeindruckt von deinem Verhandlungsgeschick. Und dein Englisch ist wirklich brillant, darum beneide ich dich.«

Irma freute sich über das seltene Lob des Vaters. Als sie einige Geschäftspapiere aus ihrer Aktentasche zog und darüber reden wollte, bremste er sie. »Nicht jetzt und nicht hier«, sagte er.

Stattdessen plauderten sie über die Pläne für Lenas Geburtstag. Auf einer Wiese neben Schloss Herrensee sollte ein weißes Partyzelt aufgebaut werden. Bei schönem Wetter würde man ein großes Picknick auf der Wiese veranstalten. Für Kinder und Eltern getrennt. Sie habe ein Kasperletheater und einen Zauberkünstler engagiert und einen Fachmann für allerlei unterhaltsame Spiele, erzählte Irma. Malte von Mellin versprach zu kommen. Er liebte sein Enkelkind. Vielleicht besonders, weil der Vater unbekannt war. Selbst ihm gegenüber hatte Irma daraus ein Geheimnis gemacht. Aber er wusste, dass mehrere Männer in Frage kamen. Zwei oder drei. Keiner davon war ihm sympathisch.

Der Großvater notierte mit penibler, kleiner Schrift in seinen dicken Terminkalender.

»Montag, 26. Juli ab 14 Uhr, Herrensee, Geburtstag Lena!«

Er wiederholte Datum und Uhrzeit noch einmal laut.

Hinter ihnen hörte der scheinbar schlummernde Passagier aufmerksam zu. Eigentlich interessierte er sich nicht für Kindergeburtstage, aber diesmal merkte er sich Ort und Zeit sehr genau.

In der Ankunftshalle des Hamburger Flughafens sah Irma den Passagier aus der Business Class noch kurz wieder. Als der Chauffeur ihres Vaters ihre beiden schweren Rimowa-Koffer von der Gepäckkarre hob, stand er an einer Säule und hielt eine aufgeschlagene Zeitung in Brusthöhe, als ob er lese. Das amerikanische Blatt *USA Today*. Eine schlanke, etwas kleinere Frau trat auf ihn zu. In ihrem roten Haar steckte eine Sonnenbrille. Sie trug enge weiße Jeans und einen ebenfalls weißen Sommerblouson mit einer lachsfarbenen Rose im Knopfloch. Die beiden sahen sich ein paar Sekunden lang an. Offenbar unsicher. Dann umarmten sie sich zögernd. Ein Paar, das sich nach einem Streit oder nach einer Trennung wieder versöhnen wollte. So sah es aus.

So sollte es aussehen.

Die Frau mit der Rose hakte sich bei dem Zeitungsleser unter und zog ihn zum Ausgang.

Sie lenkte einen schwarzen Dreier-BMW durch dichten Feierabendverkehr zum Eppendorfer Baum und weiter zum Harvestehuder Weg mit seinen hohen Bäumen, großen Rasenflächen und teuren Villen. Er sah schweigend durch die grüngetönten Scheiben.

»Einer … schöner … Staadt … nicht wahrrr …?«, sagte er dann, wie jemand, der seine Deutschkenntnisse lange nicht angewandt hatte.

»Ja, Hamburg ist wirklich schön«, wiederholte sie wie eine Lehrerin, »besonders hier an der Alster.«

Sie bog in eine Nebenstraße ein und hielt vor einer terrassenartig angelegten Apartmentanlage. Auf Knopfdruck glitt das Tor vor der Tiefgarageneinfahrt zur Seite. Ein Fahrstuhl brachte sie in den obersten, dritten Stock. Sie öffnete das Sicherheitsschloss einer Wohnungstür mit einer Plastikkarte und einer Zahlenkombination.

An der Tür stand der Name »Schwarzvogel«.

»Weißt du, was ›Schwarzvogel‹ auf Englisch heißt?«, fragte sie.

Er schüttelte den Kopf.

»Blackbird …!«

»Sehr witzig«, sagte er und lachte.

»Es ist eine Firmenwohnung«, sagte sie. Blackbird Global Security unterhalte mehrere solcher konspirativer Wohnungen in einigen wichtigen deutschen Städten. Sie führte ihn durch das lichtdurchflutete, spartanisch, aber zweckmäßig möblierte Drei-Zimmer-Apartment. Vom breiten Balkon hatte man über Baumwipfel hinweg einen Blick auf das Wasser und auf die gegenüberliegende Seite der Alster.

»Du kannst hier so lange wohnen, bis der Auftrag erledigt ist. Vermutlich wirst du zwischendurch ein paar Mal verreisen müssen. Ich habe Wäsche und Kleidung in deiner Größe besorgen lassen. Ich hoffe, die Sachen gefallen dir. Der Kühlschrank ist gut gefüllt. Auch mit Getränken. Es ist alles da, was ein Mann so braucht. Auch ein elektrischer Rasierapparat, wie du es gewünscht hast.«

»Wo ist das Badezimmer?«

Sie brachte ihn zu einer Tür, die vom offenen Flur abging.

Sie hörte erstaunt, dass er sich offenbar gleich rasierte. Nach ein paar Minuten kam er heraus. Sein Bärtchen war ab. In seiner rechten Hand hielt er einen rotbraunen Haarschopf mit Pferdeschwanz. Wie ein Skalp sah die Perücke aus.

Sie hätte ihn beinahe nicht wiedererkannt.

Er lächelte zufrieden, als er ihr verblüfftes Gesicht sah.

»Du bist ja ein Verwandlungskünstler.«

»Das ist Teil meines Jobs«, sagte er. »Eine gute Tarnung hat mich schon ein paar Mal gerettet.«

Sie versuchte ein wenig Smalltalk zu machen. Ob es mit der Platzbuchung in der Lufthansamaschine geklappt habe?

»Ja, alles war bestens organisiert. Ich habe direkt hinter Mister Mellin und seiner Tochter gesessen. Und ich habe einiges mitbekommen, was sie geredet haben.«

Aus seiner Zeit als GI in Süddeutschland könne er noch ein paar Brocken Deutsch.

Als sie zwischen zwei Buchsbaum-Töpfen nebeneinander an der Balkonbrüstung standen und zur Alster hinüberblickten, drehte sie sich zu ihm um, streckte ihm ihre rechte Hand entgegen und sagte, als habe sie etwas vergessen:

»Ich heiße übrigens Valerie. Valerie Stansted. Du könntest mich ›Val‹ nennen.«

»Kevin«, sagte er mit einem schiefen Lächeln. »Kevin McGovern.« Dabei deutete er eine Verbeugung an.

»Schöne Namen haben sie sich in der Zentrale mal wieder für uns einfallen lassen«, sagte sie. »Bei jedem Auftrag neue Namen, neue Papiere, neue Lebensgeschichten. Manchmal weiß ich nicht mehr, wer ich eigentlich bin.«

»Geht mir nicht anders«, sagte er.

»McGovern, das passt nicht zu dir, finde ich. Du siehst nicht irisch aus, eher ein bisschen spanisch oder mexikanisch.«

»Meine Großmutter war eine Hopi-Indianerin aus der Gegend am Grand Canyon, aber mein Urgroßvater ist tatsächlich aus Irland in die Staaten eingewandert. Er war bei den legendären Arizona Rangers. Später hat er auf eigene Rechnung als Kopfgeldjäger gearbeitet.«

Er wechselte das Thema.

»Wo liegt eigentlich dieser Golfplatz und das Schloss Herrensee, wie weit ist das von Hamburg?«

»Eine knappe Stunde mit dem Auto. Sollen wir gleich reden und arbeiten? Oder bist du zu müde vom Flug?«

Im Gegenteil. Er habe im Flugzeug geschlafen und sei hellwach.

»Gut, dann zeige ich dir jetzt das Material. Ich habe ein Dossier für dich zusammengestellt. Darin findest du alles, was ich und meine Informanten in Deutschland und in Washington über unseren Fall herausbekommen haben.«

Sie ging zum Kühlschrank hinter dem Tresen der Pantryküche und räumte das Tiefkühlfach leer. Dann zog sie einen doppelten Boden weg und holte eine große, flache Metallkassette mit einem Zahlenschloss hervor. Die Kassette stellte sie auf den schwarzen Granittisch im Wohnraum. Sie setzten sich schräg gegenüber auf die Lederpolster einer unbequemen Sitzecke.

»Merk dir diese sechsstellige Nummer.«

Vor seinen Augen tippte sie langsam eine Zahlenkombination ein. Der Deckel sprang auf.

»Bedien dich!«

Er breitete den Inhalt auf dem Tisch aus. Klarsichthüllen mit Nummern und Aufschriften. Neue und alte Karten. Eine zerknitterte und wieder geglättete Skizze mit der Jahreszahl 1945. Aktuelle Farbfotos und historische Bilder, Ansichten von B-17-Bombern, deutschen Gebäuden mit Nazibeflaggung davor, auch Luftaufnahmen mit eingezeichneten Kreuzen und Linien. Er fand Ermittlungsberichte mit kurzen Zusammenfassungen und ausführlicheren Erläuterungen, Dokumente aus deutschen und amerikanischen Quellen.

Der Mann, dessen Papiere auf den Namen Kevin McGovern lauteten, stieß einen missglückten Pfiff aus.

»Und das hast du alles in so kurzen Zeit zusammengetragen?«

»Na ja, es war nicht so schwer – wenn man Leute kennt, die Leute kennen, die auf den richtigen Stühlen in den Behörden und Archiven sitzen, vor allem bei den Diensten in Deutschland und in den Staaten. Das Wrack des Bombers ist ja schon am siebten Juli gefunden worden. Ich hatte immerhin zwei Wochen Zeit.«

»Und meine Arbeitsausrüstung?«

»Die ist von einem Technikexperten nach deinen Wünschen zusammengestellt worden. Sicher untergebracht. Jederzeit verfügbar! Ein Geländewagen steht vollgetankt unten in der Tiefgarage. Hier sind alle Schlüssel.«

»Ehrlich gesagt: So gut scheint noch keiner meiner Einsätze vorbereitet worden zu sein.«

»Wir sind eben Profis.«

»Gibt es in dem Kühlschrank auch was zu trinken?«, fragte er.

»Du trinkst Whiskey, habe ich gehört. Nicht sehr originell.« Sie stand auf und holte eine Flasche.

Er schenkte ein. Pur für sich selber. Mit Wasser für sie.

Sie erzählte ihm von ihren Recherchen. Er hörte aufmerksam zu.

»Was wissen wir eigentlich über unseren Auftraggeber?«, fragte er schließlich.

»Wie immer nur das Nötigste. Ich glaube, es ist ein einflussreicher Mann, vermutlich älter, mit besten Kontakten zur CIA und zum Pentagon. Einer, der seinen Seelenfrieden wiederfinden will, wenn ich das richtig verstanden habe. Jedenfalls will er Vergeltung für eine lange zurückliegende, offenbar furchtbare Geschichte, die mit dem Absturz des B-17-Bombers am Golfplatz zu tun haben muss ... Wie heißt es im Alten Testament: Auge um Auge, Zahn um Zahn ... – Deshalb hat er Blackbird Global Security um Hilfe gebeten. Er scheint übrigens mit Erik Vandenberg befreundet zu sein. Unser Boss hat mich höchstpersönlich angerufen. Und dich hat er wohl auch selber für diesen Job ausgesucht. Sie haben dich als eine Art Racheengel nach Deutschland geschickt ...«

Er lächelte wortlos.

»Darf ich dich etwas Persönliches fragen?«

Er antwortete nicht.

»Du wirkst auf mich nicht wie ein, wie ein ...« Sie zögerte.

»Wie ein was?«

»Wie ein Profikiller.«

Über den Rand seines Glases hinweg sah er sie ausdruckslos an.

»Dich hält man auch nicht für eine CIA-Agentin, die in die Privatwirtschaft gewechselt ist.«

»Was ich schon immer mal wissen wollte: Warum macht ein Mann wie du so einen Job? Ich habe gehört, du warst auf einem guten College?«

»Weil ich es gelernt habe. Erst bei einer Spezialeinheit der Army, später bei den Navy Seals, und danach im Dienst gewisser Regierungsorganisationen. Klingt vielleicht komisch, aber dazu gehörte auch ein gewisser Patriotismus.«

Sie hielt seinem Blick stand.

»Und heute? Bei Blackbird Global Security geht es dir nur noch um das Geld?«

»Eine halbe Million Dollar für diesen Auftrag – das ist mehr als ›nur Geld‹.«

Und er fuhr fort: »Mein Großvater hat sich freiwillig als Henker gemeldet. Das ist in Arizona ein Ehrenamt. Und mein Vater hat im Staatsgefängnis von Arizona gearbeitet. Er war für die Death Row zuständig, für die Abteilung mit den Todeskandidaten.«

»Töten ist also eure Familientradition?«

»Könnte man so sagen.«

Er stand abrupt auf.

»Es reicht. Ich rede zu viel!«

McGovern ging auf den Balkon hinaus. Wie ein Scherenschnitt hob sich seine Silhouette scharf gegen den helleren Hintergrund ab.

Bevor sie sich an diesem Abend verabschiedete, gab sie ihm eine Telefonnummer.

Geschäftsmäßig sagte er, er werde das Dossier bis zu ihrem nächsten Treffen morgen Mittag durchsehen und durchlesen.

Kaum hatte sie die Tür der konspirativen Wohnung hinter sich ins Schloss gezogen, ärgerte er sich über sich selber. Er hätte nicht so viel erzählen sollen. Whiskey und Frauen machten ihn redselig. Ein alter Fehler in seinem Gewerbe.

Nachdem er geduscht hatte, fühlte er sich besser. Er zog den bereitliegenden Bademantel an, nahm ein Sandwich aus dem Kühlschrank und öffnete eine Flasche Wasser. Dann machte er es sich auf dem Ledersofa bequem und begann zu arbeiten.

Ein beeindruckendes Dossier hatte seine neue Partnerin da zusammengestellt. Mit Beschreibungen und Gewohnheiten der Zielpersonen. Lebensläufe, Berufe, Geschäfte, Familien, private Vorlieben – sie hatte an alles gedacht. Sogar an ein Orts- und Namensregister.

Er machte sich Notizen, skizzierte Ideen und verwarf sie wieder. Ein Blatt legte er zur Seite. Und bevor er das Dossier mit der Kassette in das tiefgekühlte Geheimfach zurücklegte, notierte er sich alle fünf Namen. Den wichtigsten markierte er mit einem Ausrufezeichen: Malte von Mellin!

Nach einigem Suchen fand er auch die Notiz wieder, die er sich noch im Flugzeug vor der Landung in Hamburg gemacht hatte: *Monday, 26th, 2 p.m. – Little Girl's Birthday Party, Herrensee Castle.*

7

Herrensee, Montag, 26. Juli 1993

Es war so ein Morgen, an dem selbst hartgesottene Atheisten gläubig werden könnten. Jedenfalls, wenn sie Golfspieler sind.

In aller Herrgottsfrühe war ich am ersten Abschlag gestartet, ohne in den nächsten beiden Stunden auch nur einer einzigen Menschenseele zu begegnen. Die paradiesische Ruhe. Das prächtige Sommerwetter. Die norddeutsche Landschaft mit den Laubwäldern und Rapsfeldern im Hintergrund! Das an diesem Tag noch jungfräulich unberührte Gras der Fairways, die sich über Hügel hinzogen, die Bäche überquerten und an Seen entlangliefen, auf denen Schwanenpaare ihrem Nachwuchs vorausschwammen. Es war wirklich zum Niederknien! Und dazu wehte auch noch ein kleiner Wind das Glockengeläut der Dorfkirche herüber.

Sogar mein Spiel schien an diesem Morgen von ganz oben gelenkt zu werden. Anders als sonst umfassten meine Hände die Griffe der Schläger nicht zu fest. Ausholbewegung und Durchschwung waren rund und locker. Die Eisenköpfe fegten präzise über die Grasnarbe. Und die Bälle flogen mit einer selbstverständlichen Leichtigkeit weit und gerade, hoch und kurz, flach und gefühlvoll – genau so, wie ich es gewollt hatte. Selbst Bunkerschläge waren kein Problem. Und natürlich machen an so einem begnadeten Golftag auch die Putts keinen Ärger. Im Gegenteil. Nach fein dosierten Schlägen liefen die kleinen weißen Bälle mit einem zufriedenen »Plopp« in die Löchern, als hätten sie Heimweh gehabt.

Leider war nur die Sonne mein Zeuge. Sie strahlte von einem blauen Himmel, an dem nur vereinzelte Schäfchenwolken weideten. Obwohl mein bester Schlag – jeder Golfer hat auf jeder Runde wenigstens einen Schlag, von dem er noch tagelang erzählt – doch nicht unbemerkt blieb. Es war eine besonders schwierige Annäherung aus dem Semirough. Ich nahm das Lobwedge und machte einen lockeren Probeschwung. Den Ball legte ich zwischen die etwas geöffnet stehenden Füße, ein wenig rechts von der Mitte. Während ich konzentriert ausholte, fixierten meine Augen den Ball. Der flog, von dem 60-Grad-Schläger ein wenig unterschnitten, beinahe senkrecht in die Höhe, überquerte eine etwa zehn Meter hohe Baumgruppe und verharrte einen längeren Moment auf dem höchsten Punkt, bevor er wieder von der Anziehungskraft der Erde erfasst wurde. Dann landete er mitten auf dem Grün. Kaum einen Meter von der Fahne entfernt.

Als ich den Ball aus dem Loch holte und die Fahne zurücksteckte, hörte ich eine Stimme: »Glückwunsch! Superschlag!«

Leider war es Jansen: der Vermögensberater und Schwarzgeldinvestor Dr. Laurenz Jansen. Er hatte auf einem gegenüberliegenden Abschlaghügel gestanden.

»Wollen wir die Runde zusammen weiterspielen?«, fragte er.

Ich lehnte dankend ab, sagte, ich sei in Eile und hätte gleich eine Verabredung im Clubhaus.

Jansen sah beleidigt aus. So wird er mir in Erinnerung bleiben, denn es war meine letzte Begegnung mit ihm, bis zu dem dramatischen Ereignis, dem er drei Wochen später nur wenige hundert Meter entfernt zum Opfer fallen sollte.

Zufrieden beendete ich an diesem Montagmorgen mein Spiel. Das Ergebnis konnte sich für einen Bogey-Spieler wahrhaftig sehen lassen: Auf der Scorekarte zählte ich 83 Schläge. Fünf Schläge besser als mein aktuelles Handicap!

So eine ideale Runde und so ein perfekter Vormittag waren allerdings nur ein mehr als gerechter Ausgleich für all jene Qualen, Demütigungen und Verzweiflungsattacken, die einem dieses Spiel zufügen kann. Denn allzu oft nur verschwinden Abschläge spurlos in der Wildnis. Annäherungsbälle hoppeln wie desorientierte Feldhasen in der Gegend herum. Und Putts rollen mit peinlicher Regelmäßigkeit an den Löchern vorbei. An solchen Tagen ist Selbstmord eine denkbare Alternative. Golfspieler wissen, wovon ich rede.

Aber an diesem Montagmorgen war ich so lebensfroh wie lange nicht, als ich auf dem Parkplatz meinen Trolley zusammenlegte und die Schlägertasche im Kofferraum verstaute.

Da geschah ein weiteres Wunder. Ein kerniges Röhren näherte sich aus der von Linden gesäumten Zufahrtstraße. Vögel flatterten auf. Aus den Augenwinkeln sah ich, wie ein paar Meter weiter ein Maserati Spyder hielt. Knallrot mit Speichenrädern. Mit einem letzten kernigen Blubbern verstummte der Achtzylindermotor. Die Fahrerin nahm schwungvoll ihr Kopftuch ab, schüttelte eine dunkelblonde Mähne mit hellen Strähnen und schob eine übergroße Sonnenbrille ins Haar. Und dann sprach eine lange nicht gehörte, leicht angeraute Stimme:

»Das ist ja eine Überraschung! Was machst du denn zu dieser Zeit schon hier, Bogey?«

Es war Irma ...!

Neben ihr kletterte ihre kleine Tochter vom Beifahrersitz. Ein süßes Mädchen mit einer großen Schleife im Blondhaar.

Während Irma das Faltverdeck schloss, kam die Kleine angelaufen.

»Wer bist du denn?«, rief sie.

»Ich bin Jonas«, sagte ich. »Du kannst auch Bogey zu mir sagen.«

»Bogey ist lustiger.«

»Und wer bist du?«

»Ich bin Lena. Ich bin jetzt schon sooo alt!« Sie streckte fünf Finger in die Luft.

Ich gratulierte ihr, schüttelte lange ihre Hand und warf sie schließlich hoch in die Luft, wie ich das früher mit meiner Tochter auch gemacht hatte.

Lena quietschte vor Freude, als ich sie wieder auffing.

»Noch einmal! Noch einmal!«

»Na, ihr scheint euch ja gut zu amüsieren«.

Irma kam näher. Wir sahen uns an. Ein wenig skeptisch, wie ehemalige Paare, die sich lange nicht gesehen haben, aber dann doch mit gegenseitigem Wohlgefallen.

»Gut siehst du aus«, sagte sie nach längerer Musterung. »Die grauen Schläfen stehen dir. Seit wann trägst du denn Dreitagebart?«

Unwillkürlich hatte ich den Bauch eingezogen. Etwas verklemmt erwiderte ich, sie sei schöner denn je. Wir umarmten uns zögerlich. Dabei konnte ich spüren, dass ihre Figur unter dem leichten Sommerkleid noch so fest und wohlgeformt war wie zu unserer besten Zeit.

Interessantes Paar, dachte der Amerikaner auf dem alten Hochsitz, an dessen Leiter ein Schild »Besteigen verboten! Einsturzgefahr!« hing. Die morschen Bretter und Hölzer knirschten, wenn er sich bewegte. Das war nicht gut. Dann verlor er sofort sein Ziel aus den Augen, denn der zehn- bis sechzigfach vergrößernde Ausschnitt seines Spektivs vom Typ Swarovski verwackelte bei der kleinsten Unruhe heftig. Obwohl er das einäugige Zoom-Fernrohr auf ein Stativ geschraubt hatte, musste er still wie eine Statue stehen und die Luft anhalten. Valerie hatte ihm das teure Gerät in einem Jagdwaffengeschäft besorgt.

Für seinen Ausflug aufs Land hatte sich der Mann auf dem Hochsitz wie ein Naturfreund ausgestattet, mit Wanderschuhen, einer Hose mit Beintaschen und einem kurzärmligem Karohemd. An seinem Gürtel steckte ein Jagdmesser. Ein Körbchen war zur Hälfte mit Waldpilzen gefüllt, die er im Lebensmittelladen des Nachbardorfes von Herrensee gekauft hatte. Vor seinem Ausflug aufs Land hatte er sich ein Taschenbuch mit dem Titel »Unsere heimische Vogelwelt« besorgen lassen. Falls ihn jemand überraschen sollte, könnte er als Pilzsammler und Hobby-Ornithologe durchgehen. Für die Vogelbeobachtung würde auch das Fernrohr sprechen. Ein Profi achtete auf solche Kleinigkeiten.

Andere Naturliebhaber würden sich allerdings wundern, dass er am sommerlich trockenen Waldrand eine exklusive Zigarre der Marke »Cohiba Espléndidos« rauchte, die schon im Kubanervierteln von Miami 40 Dollar gekostet hatte. Noch mehr Erstaunen würde der Inhalt seines Korbes hervorrufen. Unter den Pilzen lagen in Zeitungspapier gewickelt: ein Elektro-Schockgerät, professionelle Plastik-Handfesseln und eine halbautomatische Pistole mit Laseraufsatz und Schalldämpfer. In seinem Rucksack trug er auch noch einen Klappspaten.

Er stellte das einäugige Spezial-Fernrohr scharf, aber beobachtete die Gegend auch immer wieder mit bloßen Augen. Durch einen Ausschnitt im Blattwerk der Bäume hatte er eine perfekte Aussicht. Auf der rechten Seite erhob sich der Gebäudekomplex von Schloss Herrensee. Die große Terrasse lag wie eine Bühne davor. Und in fünfhundert Metern Entfernung, vor dem Waldrand, war auf einer kleinen Erhebung, an der Grenze zum Golfplatz, ein alter Walnussbaum mit gewaltiger Krone zu erkennen.

Von seinem Standpunkt aus konnte der Amerikaner auch den Parkplatz ungehindert überblicken.

Ein Mann hatte sein Golfgepäck in einen Kofferraum geladen. Eine Frau und ein Kind waren aus einem roten Cabriolet geklettert. Ein Traumwagen. Er drehte an der Scharfeinstellung seines Zielfernrohres, das von einem Präzisionsgewehr abmontiert worden war. Er erkannte das Emblem auf der Motorhaube. Eine Art Dreizack. Ein echter Maserati! Auf zweihundert Meter Entfernung konnte der Beobachter durch sein Spektiv auch erkennen, dass die Frau eine einreihige Perlenkette angelegt hatte und dass der stoppelbärtige Mann, den sie gerade so vertraut begrüßte, eine modische Uhr trug. Vermutlich ein eher billiges Teil.

Der Amerikaner erkannte die Tochter des deutschen Medienmoguls erst auf den zweiten Blick. Ihre Haare waren anders als neulich im Flugzeug und auf den Farbfotos, die er in seinem Dossier gefunden hatte: lockiger und hellblonder. Aber kein Zweifel, sie war es: Irma von Mellin. Das etwas strenge, aber harmonische Gesicht, die weiche Mundpartie und die bernsteinfarbenen großen Augen hinter der randlosen Designerbrille, die sie jetzt aufgesetzt hatte – wirklich eine ansehnliche junge Frau mit langen Beinen, die sie recht freizügig in einem eleganten, kurzen Sommerkleid zur Besichtigung freigab.

Den Mann, der gerade seine Golfsachen in den Kofferraum gelegt und der das kleine Mädchen in die Luft geworfen hatte, konnte er nicht identifizieren. Dieser Typ kam in Valeries Dossier nicht vor, da war er sicher.

Das kleine, blonde Mädchen mit der großen Schleife im Haar, das ungeduldig neben den beiden stand und mit nach hinten geneigtem Kopf etwas sagte, das war zweifellos die Kleine, die heute Geburtstag hatte. Lena, die Enkeltochter des Großverlegers Malte von Mellin.

Der Beobachter betrachtete wieder die sanfte, hügelige Landschaft und das Schloss. Ein wenig im Hintergrund war auf dem Rasen ein weißes Partyzelt aufgebaut worden; Gartentische, Bänke und Stühle standen davor. Alles wurde mit Girlanden und Luftballons geschmückt. Ein buntes Häuschen wurde noch aufgebaut. Offenbar ein Kasperletheater. Die Vorbereitungen für den Kindergeburtstag waren beinahe beendet. Die Gäste sollten ja gegen 14 Uhr kommen.

Bis dahin blieb noch etwas Zeit. Er konnte sich noch ein wenig entspannen. Schon am frühen Morgen war er unterwegs gewesen.

»Fliegen Sie nach Hamburg, und fahren Sie in dieses Dorf Herrensee. Lassen Sie da keinen Stein auf dem anderen«, hatte ihm der zuständige Operationschef von Blackbird Global Security vor seiner Abreise gesagt. »Und fangen Sie genau hier an!« Dabei hatte er einen seiner manikürten Fingernägel auf eine rissige alte Karte gedrückt. Auf die Stelle, an der ein Kreuz eingetragen war. »Walnut tree« – Walnussbaum. Und »Dead Bodys?« – »Leichen?« stand am Rand. Mit Fragezeichen. Es war eine topographische Karte in großem Maßstab aus den vierziger Jahren. Sie stamme, so hatte der Einsatzleiter erklärt, zur Fall-Akte einer Ermittlungsgruppe der AirForce, die sich in der ersten Zeit nach Kriegsende um verschollene amerikanische Flugzeug-Besatzungen in Deutschland gekümmert hatte. Vermutlich aber nicht sehr gründlich. Denn damals sei man diesem Hinweis aus der deutschen Bevölkerung auf verscharrte Leichen von amerikanischen Fliegern entweder nicht nachgegangen oder man habe dort gesucht und nichts entdeckt. In der alten Akte gebe es jedenfalls keine weiteren Erklärungen dazu.

Der Walnussbaum stand ziemlich genau da, wo er auf der alten Karte eingezeichnet war: auf einem von hohen Gräsern und niedrigen Büschen bewachsenen Gelände zwischen dem Golfplatz und dem Waldrand. Gut fünfhundert Meter weit von der Kiesgrube mit dem Bomberwrack entfernt. Er hatte dort völlig ungestört graben können. Tatsächlich: In nur einem halben Meter Tiefe war er auf das gestoßen, was seine Auftraggeber dort auch vermutet hatten.

Ein erstes Knochenstück hatte er schon sichergestellt. Im Schutze der Dämmerung würde er weiterarbeiten. Er war wirklich kein gefühlsseliger Mann, aber dennoch berührte ihn die Vorstellung, was er dort noch finden würde.

Als er um die Mittagszeit auf einer kleinen Lichtung saß, etwas aß und trank, grüßten ihn einige Spaziergänger freundlich. Der Amerikaner streckte sich aus und döste vor sich hin. Er dachte an seine Zukunftspläne. Wieder einmal. Er würde noch zwei, drei solche hoch dotierten Aufträge übernehmen und dann aussteigen. Finanziell hätte er dann ausgesorgt. Ein Apartment auf Key Biscayne bei Miami Beach war schon angezahlt. Er würde sein Leben genießen. Ein für die Hochseefischerei in der Karibik geeignetes Boot kaufen und auch Golf spielen wie die Leute da unten im Tal.

Über diese Gedanken war er eingeschlafen. Fast eine Stunde lang hatte er so gelegen, wie er nach einem Blick auf seine Uhr feststellte. Eilig kehrte er zum Hochsitz zurück.

Die Party zum Geburtstag der kleinen Lena von Mellin hatte bereits begonnen. Der Amerikaner ließ den runden Ausschnitt seines Zielfernrohrs über die Geburtstagsgäste wandern. Nur wenige Männer waren an diesem ersten Arbeitstag der Woche dabei. Ein paar jüngere Väter und wenige Großväter. Sie sahen aus wie Menschen, die sich ihrer Bedeutung bewusst waren. In ihre Gesichtszüge hatte sich die Arroganz der Mächtigen eingegraben. Den Gastgeber konnte er noch nicht ausfindig machen. Aber er hatte Zeit. Er konnte auf Malte von Mellin warten.

Der Mann mit dem Zielfernrohr blickte immer wieder zu dem weißen Zelt auf dem Rasen, zu dem Kasperletheater und zu den Gästen, die es sich inzwischen auch auf Picknick-Decken bequem gemacht hatten. Dann entdeckte er ein Gruppe von Kindern, die plötzlich in seine Richtung gelaufen kam. Zehn waren es vielleicht. Ein paar Jungen und fein herausgeputzte Mädchen mit Kleidchen, Schleifchen und Schühchen. Vielleicht wollten sie Verstecken spielen. Die Mädchen hüpften fröhlich über die Wege am Waldrand. Sie kamen immer näher. Vor ihnen sprang bellend ein kleiner Hund hin und her, ein gefleckter Jack-Russel-Terrier. Der Hund apportierte unermüdlich ein Holzstöckchen, das ihm ein Mädchen immer wieder aus der Schnauze nahm und dann wieder wegwarf. Es war die kleine Blonde mit der weißen Schleife im Haar, die vorhin zwischen ihrer Mutter und dem stoppelbärtigen Mann gestanden hatte: Irma Mellins Tochter – das Enkelkind von Malte von Mellin!

Plötzlich hatte der Amerikaner eine Idee. Er nahm den Korb mit den Waldpilzen, kletterte vorsichtig die brüchige Leiter des Hochsitzes herunter und ging den Kindern und ihrem Hund entgegen.

8

Es hatte geklappt. Ich war ja an diesem Tag nicht nur zum Golfspielen nach Herrensee gekommen, sondern auch, um Irma »zufällig« treffen zu können. Nun war sie mir gleich auf dem Parkplatz buchstäblich in die Arme gelaufen. Ich erzählte ihr, dass ich vor den Bauarbeiten in meiner neuen Dachgeschosswohnung geflüchtet war und den ganzen Tag im Golfclub verbringen wollte. Eine Trainerstunde sei bereits vereinbart. »Wenn du schon hier bist, dann komm doch am Nachmittag rüber, wir feiern auf der anderen Seite des Schlosses auf der großen Wiese Lenas Geburtstag. Es werden auch viele Eltern und andere Erwachsene da sein. Auch mein Vater hat versprochen zu kommen.«

Ich sagte sofort zu. Beim Mittagessen traf ich meinen Freund Wolfram Witt. Er hatte mit dem Caddie-Master und mit einem Techniker den Einbau einer neuen Diebstahlsicherungsanlage für die große Halle in einem umgebauten ehemaligen Stallgebäude besprochen, wo einige hundert Clubmitglieder Boxen gemietet hatten, um ihre Schlägertaschen unterstellen zu können. Wir aßen zusammen zu Mittag. Und natürlich schwärmte ich Wolfram von meiner Runde vor, besonders von dem Lobwedge-Schlag über die hohe Baumgruppe am zwölften Loch. An einem der Nebentische saß Laurenz Jansen allein und blickte griesgrämig herüber. Er hatte meine Zurückweisung offenbar so persönlich genommen, wie sie gemeint war.

Nach dem Essen duschte ich und zog mich um. Helle Sommerhose und ein dunkelblaues Polohemd. Dann schlenderte ich zur Festwiese hinüber. Das Kasperletheater hatte begonnen. Die kleinen Zuschauer hockten auf niedrigen Bänken. Sie verfolgten gebannt, wie das Krokodil und der Teufel allerlei Schabernack trieben. Die Kinder riefen den Kasper um Hilfe. Lachen mischte sich mit Kreischen und Schreien.

Die Erwachsenen standen in kleinen Gruppen ein wenig abseits. Sie hatten Gläser oder Kaffeetassen in den Händen und amüsierten sich über die Freude ihrer Kinder und Enkelkinder. An einem langen Tisch wurde offenbar ernsthafter geredet. Ich erkannte Irma und ihren Vater.

Sie winkte mich heran und stellte mich vor.

»Das ist Jonas Anders, ein guter Freund. Er war früher Reporter beim *Zenit.*«

Immerhin: Der Herr Großverleger blickte in meine Richtung und lächelte flüchtig.

Sonst kannte ich von den erwachsenen Teilnehmern der Kindergeburtstagsgesellschaft nur den Chefarzt einer kleinen Privatklinik in der Nähe des Mellin-Verlagshauses, bei dem ich mal mit einem ausgerenkten Gelenk in Behandlung gewesen war. Professor Okko Ingwersen, ein führender Kniespezialist. Von dem forderte der bekennende Hypochonder Malte von Mellin gerade eine Diagnose, weil er neuerdings »so ein blödes Gefühl unterhalb der linken Kniescheibe« verspüre.

»Das kann ein Knorpelproblem oder eine Schleimbeutelentzündung sein, da gibt es einige Möglichkeiten«, meinte der Arzt. Er solle doch am besten in seine Praxis kommen. An der Schulter zwicke es auch, sagte der Verleger, und der Arzt beliebte zu scherzen: »Du musst dir nicht immer so viel auf die Schulter klopfen lassen, Malte, dann hören die Schmerzen ganz von selber wieder auf.« Die Umstehenden lachten.

Das Kasperletheater dauerte eine Stunde. Danach tollten die Kinder auf der Wiese herum. »Wir spielen jetzt Verstecken«, rief ein Junge. Mit ihm lief eine Gruppe den Sandweg entlang zum Wald hinüber. Ein kleiner Hund rannte immer wieder um die Kinder herum wie ein Schäferhund um seine Herde. Nach einer halben Stunde kamen sie zurück. Der Jack-Russel-Terrier tollte vor ihnen her.

Die Festtagskleider der Mädchen waren von Erde und Brombeeren verschmiert. Die stolzen Eltern waren entsetzt. Auch Irma.

»Mein Gott, Lena, wie siehst du denn aus?«, sagte sie und zog ihre Tochter zu sich heran. »Wie ist das denn passiert?«

»Das war Ali!«, sagte die Kleine und lachte. Wie zum Beweis kam der Hund angerannt und sprang mit den dreckigen Vorderpfoten an Irmas Tochter hoch. Die riss ihm nach einem kleinen Kampf den Stock aus der Schnauze und warf ihn wieder weg. Mit großen Sprüngen hetzte der Hund hinterher, schnappte zu und schlug sich die Beute um die Ohren. Dazu knurrte er heftig. Es sah aus, als zappele ein Tier in seiner Schnauze.

Lena wollte wieder nach dem Stock greifen. Aber der Jack Russel war schneller. Er flitzte wie wild um Tischbeine und Menschenfüße herum. Das sah so komisch aus, dass auch die Erwachsenen in das Gelächter der Kinder einstimmten. Sogar Malte von Mellin.

Das Spiel wiederholte sich ein paar Mal. Dann stürzte sich ein junger Mann auf den Terrier, erwischte ihn am Halsband und nahm ihm den Stock aus der Schnauze. Der Medizinstudent Philipp, Sohn des Chefarztes Ingwersen, warf dem Hund ein paar Fleischreste von einem noch nicht abgeräumten Teller zu. Damit war Ali erst einmal beschäftigt.

Der Medizinstudent drehte und wendete den Stock und betrachtete ihn eine Weile von allen Seiten.

»Gibt es hier in der Nähe einen Friedhof?«, fragte der junge Ingwersen.

»Nein«, sagte jemand. »Warum?«

»Weil das hier kein Stock ist. Es ist ein Knochen. Ein älterer, menschlicher Knochen – vermutlich ein Teil von einem Unterarm.«

»Mach jetzt keine makaberen Witze«, sagte sein Vater, stand auf und nahm das Fundstück an sich.

Professor Ingwersen begutachtete das etwa dreißig Zentimeter lange Fundstück ausgiebig, dann legte er es mit einer bedeutungsschweren Geste auf eine ohnehin schon schmutzige Serviette.

»Und …? Was ist das denn nun, Professor?«, fragte jemand.

»Mein Herr Sohn hat im Anatomieunterricht gut aufgepasst. Das ist tatsächlich ein menschlicher Knochen. Ein paar Jahrzehnte alt, schätze ich. Genauer gesagt handelt es sich um einen der beiden miteinander verbundenen Unterarmknochen, dies hier ist die Ulna, die Elle, die etwas größer und dicker ist als die sogenannte Speiche. Die beiden Knochen sind durch starke Sehnen miteinander verbunden und dadurch sehr flexibel«, dozierte der Professor weiter. Er fasste sich an seinen Arm. »Und hier sitzen die Gelenke, die den Unterarmknochen mit dem Ellenbogen beziehungsweise mit dem Handgelenk verbinden.«

Ein paar Frauen hielten sich die Hände vor den Mund, als würde ihnen schlecht werden. Die Männer traten an den Tisch, um den Knochen aus der Nähe zu betrachten.

Ali, der Terrier, lag unter einem Tisch und beobachtete alles aufmerksam. Dann sprang er blitzschnell auf einen Rattansessel, streckte sich lang, stemmte die Vorderpfoten auf die Tischkante, schnappte zu und rannte mit dem Knochen in der Schnauze davon.

Arztsohn Ingwersen nahm wieder die Verfolgung auf. Er rannte nicht, sondern schlich sich vorsichtig an den Hund heran. Ali freute sich auf das Spiel. Er lag platt auf dem Bauch, streckte alle vier Pfoten von sich, hielt den Knochen in der Mitte, kaute darauf herum und schlug freudig erregt mit seinem Schwanz auf den Boden.

Der junge Ingwersen ging in die Hocke und streckte seine rechte Hand langsam vor.

Jetzt! Der Medizinstudent machte einen Satz nach vorn. Seine rechte Hand erwischte den Knochen. In diesem Moment biss Ali kräftig zu.

Krachend brach und splitterte der Menschenknochen in zwei Teile auseinander.

Die Zuschauer stöhnten entsetzt.

Ich stand direkt hinter Malte von Mellin und hörte, wie er sagte: »Oh Gott, auch das noch!«

Ein paar hundert Meter entfernt, hinter den Baumwipfeln auf dem alten Hochsitz, hatte der Amerikaner die Gesichter der Leute und das Geschehen auf der großen Wiese von Schloss Herrensee durch sein Spezial-Fernglas beobachtet.

Als der Hund den Knochen zerbiss, lachte er laut.

Er grinste noch immer, während er wieder vom Hochsitz kletterte und mit dem Rucksack über der Schulter und dem Korb in der Hand zu dem kleinen Suzuki-Geländewagen zurückging, den er am Vormittag etwas abseits der Straße unter dichtem Gebüsch abgestellt hatte.

9

Ali tobte mit seiner Knochenhälfte noch immer auf der großen Wiese herum. Die Aufregung über den mysteriösen Fund des Menschenknochens legte sich langsam. Allmählich wandten sich die meisten Gäste wieder der Kaffeetafel zu und nahmen ihre unterbrochenen Gespräche wieder auf.

Mir aber ließ die Geschichte keine Ruhe. Ich machte mich an Irmas Tochter heran.

»Hallo Lena«, sagte ich, »erzählst du mir mal, wo Ali den Stock gefunden hat?«

»Wer bist du?«

»Ich bin doch Bogey! Wir haben uns heute morgen schon auf dem Parkplatz kennengelernt.«

Jetzt erinnerte sie sich und lachte.

»Stimmt ja! Was machst du denn hier?«

»Deine Mama hat mich eingeladen.«

»Bist du der neue Freund von Mama?«

Ich zögerte. Irma stand ein paar Meter weiter und hatte uns wohl zugehört. Sie entschuldigte sich bei ihren Gesprächspartnern und kam mir bei der Antwort zu Hilfe.

»Nein, mein Schatz«, sagte sie. »Bogey ist ein alter Freund von mir, wir kennen uns schon lange und spielen manchmal Golf zusammen.«

Das Eis war gebrochen. Ich kniete mich hin und Lena strich mit ihrer weichen Mädchenhand über mein raues Kinn.

»Warum hast du so einen stoppeligen Bart?«

»Weil mein Rasierapparat kaputt ist«, sagte ich.

»Dann ist der Rasierapparat von dem Mann auch kaputt.«

»Was für ein Mann?«, wollte Irma wissen.

»Der Mann, der Ali den komischen Stock gegeben hat.«

»Waaas? Ein Mann hat Ali den Knochen gegeben?«

Irma wollte es nicht glauben. Aber als ich nachfragte, erzählte das aufgeweckte Kind immer mehr. Da drüben am Waldweg, nur etwa zwei- bis dreihundert Meter entfernt, sei ein Mann aus dem Wald gekommen.

»Der hatte einen Stoppelbart wie du, nur dunkler ... Und der hatte einen Korb in der Hand ... In dem Korb waren Pilze und das Stöckchen ... Das Stöckchen hat der Mann aus dem Korb genommen und Ali vor die Nase gehalten, und dann hat er es weggeworfen, und Ali hat es geschnappt.«

»Und was hat der Mann dann gemacht?«, wollte Irma wissen.

»Der Mann hat sich gefreut und ist wieder in den Wald gegangen.«

»Hat der Mann etwas gesagt?«, fragte ich.

»Ja, er hat mir gesagt, Ali soll Opa das Stöckchen bringen, dem gehört es oder der kennt es oder so.«

Irma blickte ihre Tochter ungläubig an. »Das hat er wirklich gesagt!?«

»Ja. ›Bring das deinem Opa ‹, hat er gesagt. Und dass wir Opa schöne Grüße ausrichten sollen. Und dass Opa weiß, wo noch viel mehr solcher Stöckchen liegen.«

Wir hatten uns zu Lena heruntergebeugt. Jetzt hörten wir hinter uns Schritte.

»Das ist aber eine lustige Geschichte, die du dir da ausgedacht hast, Lena«, sagte Malte von Mellin und machte gar kein lustiges Gesicht, als er in die Knie ging, seine Enkeltochter zu sich heranzog und ihr über das blonde Haar strich.

»Neeeeiiin! Das hab ich mir nicht ausgedacht! Das hat der Mann im Wald wirklich gesagt, Opa!«

Die Kleine stampfte wütend mit dem Fuß auf. Die anderen Kinder bestätigten Lenas Geschichte.

»Merkwürdige Sache«, sagte Malte von Mellin leise.

Offenbar beschäftigte ihn der Vorfall sehr.

Ich verabschiedete mich, ich müsse zu meiner Trainerstunde. Ich sei auf der Driving Range mit Golflehrerin Jessica Liedtke verabredet.

Irma sagte, sie würde noch bis morgen in Herrensee bleiben.

»Ich werde im Ponyhof übernachten. Wie früher. Erinnerst du dich?«

Was für eine Frage! Der Ponyhof – daran hatte ich unvergessliche Erinnerungen. Ein idyllisches Häuschen, etwas abseits zwischen Schlossgebäude, Wald und Golfplatz gelegen. Früher wurden dort tatsächlich Ponys gehalten. Irmas Mutter, Malte von Mellins zweite Frau Renate, hatte das kleine Stallgebäude zum einundzwanzigsten Geburtstag ihrer Tochter zu einem geschmackvollen Landhäuschen umbauen lassen. Mit weiß verputztem Mauerwerk, Sprossenfenstern, Klappläden und strohgedecktem Dach. Innen gab es nur einen einzigen großen Raum, eine große Sitzecke mit Kamin, eine offene Pantryküche, alte Steinfliesen und Fußbodenheizung. Nur das Bad mit einer kleinen Sauna war abgetrennt. Eine Treppe aus altem Holz führte nach oben in das halboffene Dachgeschoss. Unter der Dachschräge waren Schränke und ein breites

Bett eingebaut. Irma benutzte das Ponyhaus als Wochenend- und Ferienhaus. Und als Liebesnest. Wir hatten dort wunderbare Stunden, Tage und Nächte verbracht. Den rauchigen Geruch des knackenden Buchenholzfeuers im Kamin hatte ich noch immer in der Nase.

Ich werde im Ponyhaus übernachten! Was wollte sie mir damit sagen? War das eine diskrete Einladung? Oder bildete ich mir das nur ein?

Meine Hoffnung auf eine gemeinsame Nacht verstärkte sich Stunden später, als Irma gegen Abend scheinbar beiläufig bei einem Drink auf der Clubterrasse erwähnte, ihr Töchterchen werde übrigens mit dem tschechischen Kindermädchen nach Hamburg zurückfahren. Denn Lena müsse morgen wieder in den Kindergarten. Später brachte sie die beiden tatsächlich zum Parkplatz.

Als wir alleine waren, hakte Irma sich – außer Sichtweite der übrigen Clubmitglieder und Gäste – bei mir ein und zog mich auf den von Rosenbüschen gesäumten Weg, der sich in sanften Schwüngen vom Schloss zum Herrensee hinunterwindet. Die vertraute Geste, ihr Parfüm, das nach Vanille duftete, die weiche Stimme, mit der sie sagte: »Ich freue mich, dass du da bist«, und die kleinen Blitze, die dabei in ihren Bernsteinaugen aufleuchteten – all das erinnerte mich an unser erstes Kennenlernen. Die erloschene Intimität zwischen uns flackerte plötzlich wieder auf. Gleichzeitig beobachtete ich uns aus sicherem Abstand, so, als würden wir in einer Filmszene mitwirken. »Action …!«, hatte jemand gerufen, und nun liefen wir wie vor einer fahrbaren Kamera her auf den Abendhimmel zu. Im Bildhintergrund, auf der gegenüberliegenden Seite des an dieser Stelle schmalen Sees, zogen ein paar späte Golfspieler ihre Trolleys und Bags im letzten Büchsenlicht über die Fairways in Richtung Clubhaus.

Unter unseren Sohlen knirschte hellgrauer Kies. Wir setzten uns auf eine Bank am Schilfufer des Sees. Wie früher. Und wie damals schwiegen wir und blickten in den Himmel, dessen Farben sich immer dramatischer zu einem blutigen Rot mischten.

»Früher hättest du mich geküsst und dir dann eine Zigarette angesteckt. Rauchst du nicht mehr?«, sagte Irma nach einer Weile.

»Nein. Vor zwei Jahren habe ich aufgehört«, sagte ich und umfasste ihre Schulter. »Und ich habe auch schon länger nicht mehr geküsst. Ich weiß gar nicht mehr, wie das geht.« Irma drehte ihren Kopf lachend zur Seite, als ich einen unbeholfenen Annäherungsversuch machte.

»Und was hat sich sonst noch bei dir geändert? Du hast neulich am Telefon versprochen, mir von dir zu erzählen.«

»Eine ganze Menge«, sagte ich. »Ich habe meinen Job beim Magazin *Zenit* verloren und meine Scheidung zieht sich schon fast ein Jahr lang hin.«

Auch als sie nachfragte, machte ich zu diesen Themen nur ein paar Andeutungen und erzählte lieber von meiner überraschenden Immobilien-Erbschaft.

»Dann hast du ja keine finanziellen Sorgen, dann kannst du endlich deinen großen Roman schreiben, auf den die Welt schon seit Jahren wartet.«

»Mir fehlt ein Thema, das mich wirklich bewegt und umtreibt. Und wahrscheinlich auch das Durchhaltevermögen zum Schreiben eines Buches.«

»Versuch's doch erst mal mit einem kleinen Krimi, das liegt dir vielleicht mehr. Falls du einen Anfang suchst, wie wäre es denn damit: Ein paar Kinder und ein Hund finden im Wald einen Menschenknochen …«

»Falsch«, sagte ich. »Ein Unbekannter gibt ein paar Kindern und ihrem Hund einen Menschenknochen und sagt, sie sollen dieses makabere Teil bei einem bekannten Konzernchef und Großverleger abliefern …«

»Ziemlich gruselig, nicht wahr?«, sagte Irma.

Wir hörten Schritte. Auf dem Kiesweg kam der Schattenriss eines Mannes auf uns zu. Irma nahm meine Hand. Es war ihr Vater.

»Man hat mir gesagt, dass ihr hier unten seid«, sagte Malte von Mellin. »Habt ihr noch einen Platz frei?«

Wir mussten auf der Holzbank enger zusammenrücken. Er setzte sich mit erstaunlicher Selbstverständlichkeit neben uns.

»Schön hier«, sagte er. »Das ist im Sommer einer meiner Lieblingsplätze.«

Ich konnte die beiden von der Seite betrachten. Die hohe Stirn, die schwungvollen Augenbrauen, die schmale Nase, das ausgeprägte Kinn – die Profile von Vater und Tochter waren beinahe deckungsgleich. Sein Mund war schmaler und härter als der seiner Tochter.

»Das Schloss da oben, der kleine See vor uns, der Golfplatz am anderen Ufer – so hatte ich das schon vor Augen, bevor ich damals den Kaufvertrag für das völlig heruntergekommene Anwesen unterschrieben habe«, sagte er und verfiel dann in längeres Schweigen.

»Sie haben wirklich Glück gehabt im Leben«, sagte ich, nur um irgendetwas zu sagen, und fand die Bemerkung gleich ziemlich unpassend.

»Wissen Sie, Herr …«

»Anders«, sagte seine Tochter. »Neulich, als wir die Gästeliste für das Geburtstags- und Golfwochenende gemacht haben, hast du noch gesagt, dass du dich noch an Jonas Anders erinnern kannst. Du wirst doch vergesslich, Papa!«

»Mit meinem Namensgedächtnis hapert es allerdings schon immer.« Er holte ein Zigarillo aus einem Etui, zündete es sorgfältig an und blies die ersten Qualmwolken genüsslich in die Abendluft. Es roch gut und teuer.

»Übrigens habe ich lange nicht mehr einen Ihrer geschätzten Beiträge im *Zenit* gelesen, Herr Anders«, sagte er dann und fügte süffisant hinzu: »Ich habe schon richtige Entzugserscheinungen. Arbeiten Sie an einer großen Serie? Oder waren Sie wieder mal auf einer kostspieligen Recherchereise irgendwo in der Welt unterwegs? Oder leiden Sie gerade an einer Schreibblockade, wie so manche der hochbezahlten Edelfedern in unserem Verlag?«

»Papa …!«, sagte Irma.

»Offenbar ist Ihnen entgangen, dass ich schon seit einigen Jahren nicht mehr Mitarbeiter Ihres Hauses bin«, sagte ich, »aber Sie haben natürlich Wichtigeres, um das Sie sich kümmern müssen.«

»Jonas …!«

»Jetzt, wo Sie es sagen … Ich habe doch davon gehört. Sie hatten wohl Ärger mit Ihrem Chefredakteur. Mussten wir Ihnen eigentlich eine Abfindung zahlen?«

Ich wollte eine bissige Antwort geben, schwieg dann aber doch lieber.

»Was machen Sie denn nun, Herr Anders?«

»Er arbeitet an einem Buch«, sagte Irma und lächelte mir aufmunternd zu.

»Interessant«, sagte er uninteressiert.

Wir blickten alle drei über den schmalen See zum Golfplatz hinüber.

Im Zwielicht der Dämmerung rollte noch ein Elektrokarren aus der Richtung des inzwischen beleuchteten Clubhauses beinahe geräuschlos über das frisch gemähte Fairway der zweiten Bahn. Eine junge Frau in heller Golfkleidung steuerte den kleinen Wagen. Ich erkannte Jessica Liedtke, die ausgesprochen hübsche Golflehrerin, bei der die männlichen Clubmitglieder gerne Trainingsstunden nahmen. Ich auch. Sie war nicht nur ansehnlich, sondern hatte wirklich Ahnung vom Golf und war eine geduldige und einfühlsame Lehrerin. Neben ihr saß ein etwas älterer Mann. Auch er kam mir bekannt vor, aber ich wusste nicht woher.

»Wollen die jetzt noch spielen? Die können bei diesem Licht doch kaum noch einen Ball sehen«, sagte Irma.

»Vielleicht suchen sie noch nach einem verlorenen Schläger.«

»Oder sie wollen doch noch spielen – aber kein Golf.« Irma lachte.

Als der Karren außer Sicht war, drehte sich der alte Mellin zu mir um.

»Vorhin haben Sie gesagt, ich hätte in meinem Leben Glück gehabt. – Das ist wohl so gewesen, wenn die Definition richtig ist, die ich vor kurzem gelesen habe: Danach bedeutet Glück haben: zur rechten Zeit am rechten Ort zu sein und eine Gelegenheit zu nutzen!«

Diese Art von Glück habe er wohl tatsächlich in seinem Leben gehabt – zumindest in seinem beruflichen Leben als Unternehmer und Verleger. Privat eher nicht, fügte er hinzu.

Malte von Mellin wandte sich an seine Tochter.

»Auf dich kommt jetzt so eine Gelegenheit zu, bei der du das Glück ergreifen kannst, Irma – früher, als wir gedacht haben.«

Es sei zwar eigentlich nicht der richtige Ort und die richtige Stimmung, um ihr das jetzt zu sagen, aber er müsse nach einer Übernachtung im Schloss morgen früh gleich nach Hamburg zurück, und wahrscheinlich würden sie sich vorher nicht mehr sehen … Und nach einer kleinen Kunstpause sah er zu mir herüber und sprach dann, an seine Tochter gewandt, leise weiter.

»Ich möchte, dass du die Fusionsverhandlungen mit Atlantic Publishers in den USA übernimmst. Nach unserer Reise bin ich überzeugt, dass du das besser kannst als dein Bruder.« Dann sagte er noch, als habe er etwas vergessen: »Den Vorstand habe ich bereits unterrichtet. Noch streng vertraulich natürlich.«

Er stand auf und schüttelte seiner Tochter länger die Hand, als wolle er eine mündliche Vereinbarung besiegeln. In meine Richtung machte er eine vage, freundliche Geste. Dann ging der Verleger mit knirschenden Schritten über den Kiesweg zurück, so, wie er gekommen war. Offenbar hatte es ihn nicht gestört, dass ich mithören konnte.

Irma war eine Weile sprachlos.

»Mist«, sagte sie dann, »damit habe ich nicht gerechnet, jedenfalls jetzt noch nicht.«

»Du wolltest den Job doch machen«, sagte ich. »Jedenfalls hatte ich bei unserem Telefongespräch neulich diesen Eindruck.«

»Ja, schon. Es ist eine Herausforderung und eine Chance. Und dass ich ehrgeizig bin, ist ja kein Geheimnis. Vor allem will ich es auch meinem Bruder zeigen, der mich immer noch so von oben herab als kleine Schwester behandelt. Aber trotzdem finde ich es schade, dass mein Vater uns ausgerechnet jetzt die Stimmung verdorben hat. Wahrscheinlich mit Absicht, wie ich ihn kenne.«

»Macht nichts«, sagte ich lahm. »Geschäft ist Geschäft.«

Wir standen auf und wollten den Spuren ihres Vaters auf dem Kiesweg folgen, als der Elektro-Golfkarren mit hoher Geschwindigkeit aus Richtung Wald zurückkam und wild schlingernd den Hügel herunterraste. Auf dem abschüssigen und welligen Teil des Fairways drohte er umzukippen. Wir erkannten Jessica Liedtke. Sie saß allein am Lenkrad. Sie hatte uns auch gesehen. Sie winkte heftig, bremste auf der anderen Seite des Sees an einem langen Holzsteg, der das Wasser überquert, und rief etwas zu uns herüber.

Irgendetwas war offenbar nicht in Ordnung. Wir liefen ihr entgegen.

»Was ist denn los, Jessica? Ist etwas passiert?«, fragte Irma.

»Wir sind überfallen worden!«

10

Die junge Golflehrerin zitterte am ganzen Körper. Sie schluchzte und putzte sich die Nase. Irma versuchte sie zu beruhigen. Schließlich erzählte Jessica Liedtke, was geschehen war: Ein Mann habe sie und ihren Partner überfallen. In der Nähe des alten Hochsitzes. Er habe wie ein Wilderer ausgesehen. Sie hätten ihn offenbar unbeabsichtigt überrascht, als er gerade seine Beute in einem großen Plastiksack wegschleppen wollte. Als ihr Begleiter den Mann verfolgte und zur Rede stellen wollte, habe der angehalten und dann sofort zugeschlagen. Ein brutaler Handkantenschlag habe ihren Begleiter am Hals getroffen. Wie tot sei er zu Boden gestürzt. Sie habe es noch zum Golfkarren geschafft und sei in panischer Angst davongerast, um Hilfe zu holen.

»Kommt, wir müssen Ansgar helfen. Vielleicht stirbt er. Oder er ist schon tot!« Sie weinte wieder.

»Wir rufen die Polizei!«, sagte Irma.

»Nein, bloß keine Polizei!«, sagte Jessica Liedtke sehr bestimmt. »Kommt jetzt. Wir müssen zu dem alten Hochsitz in der Nähe vom Walnussbaum. Da ist es passiert. Ich erklär euch alles nachher!«

Es war leichtsinnig, aber ich zwängte mich, ohne lange nachzudenken, mit den beiden Frauen in den Golfkarren und steuerte den kleinen Wagen durch die Dämmerung. Nach wenigen Minuten fanden wir im Halbdunkel den durch Bäume und Äste guten getarnten alten Hochsitz.

»Vorsicht. Bleibt zurück«, sagte ich, »vielleicht ist der Kerl noch hier.« Ich nahm ein kurzes Eisen 9 wie einen Schlagstock in die Hand und ging damit voran. Die Frauen folgten in einigem Abstand. Dann hörte ich ein Röcheln, als ob jemand erstickt.

Uns bot sich ein merkwürdiger Anblick: Vor einem der vier Standpfosten des Hochsitzes kniete ein Mann. Seine Arme waren nach hinten um den Pfosten gelegt und seine Handgelenke gefesselt. Mit Handschellen aus schmalem Plastikband, wie sie die Polizei verwendet. Der Mann hatte einen knallroten Kopf. In seinem Mund steckte ein Knebel. Ein dreckiges Tuch. Er verdrehte die Augen. Ein paar Minuten später wäre er wohl erstickt.

Als ich ihm den Knebel aus dem Mund zog, japste er wie ein Ertrinkender nach Luft. Jessica Liedtke hatte ein Schweizer Messer in ihrem Golfbag. Es war nicht einfach, damit die starke Plastikfessel durchzuschneiden, aber es gelang nach einigen Versuchen.

»Sollen wir einen Arzt rufen?«, fragte Irma.

»Nein, auf keinen Fall«, krächzte der Überfallene. Er trank in kleinen Schlucken aus der noch halbvollen Mineralwasserflasche, die in der Halterung des Golfkarrens gesteckt hatte.

»Es geht schon wieder besser. Es ist alles okay«, sagte er schließlich.

Er war ein gut aussehender Typ, das musste ihm der männliche Neid lassen. Groß, schlank, harmonisches Gesicht, dunkler Teint, braunes Haar mit grauen Schläfen.

»Ich habe Sie doch schon im Golfclub gesehen«, sagte Irma.

Mir kam er auch bekannt vor. Schließlich fiel es mir ein.

»Sind Sie nicht selber Arzt?«

»In gewissem Sinne ja«, sagte er und reckte und streckte sich. Es ging ihm offenkundig wieder ganz gut.

»Was heißt das – in gewissem Sinne?«

Jessica Liedtke brach in ein Gelächter aus, das ein wenig hysterisch klang.

»Darf ich vorstellen«, sagte sie dann, »das ist Landarzt Doktor Winterberg aus der Fernsehserie ›Landarzt Dr. Winterberg‹. Bei uns im Golfclub ist er unter seinem richtigen Namen Ansgar Eckhoff angemeldet. Er ist ein ziemlich bekannter Schauspieler.« Sie gebe diesem Herrn Eckhoff seit ein paar Wochen Trainerstunden.

Wir lachten. Wir verstünden sicher, so erklärte die Golflehrerin, dass der Zwischenfall auf keinen Fall bekannt werden sollte.

»Schaaade«, sagte Irma und dehnte das kurze Wort zur Überlänge, »dabei wäre das eine fabelhafte Geschichte für unsere Boulevardzeitung. Mit der Schlagzeile: ›TV-Landarzt bei Schäferstündchen mit Golflehrerin von Wilderer überfallen!‹ Das hat doch alles, was eine knackige Story braucht, einen Promi und eine junge Frau, Sex and Crime.«

»Wenn Sie sich schon über uns lustig machen, dann sollten Sie auch noch erwähnen, dass ich verheiratet bin. Das macht die Story noch interessanter«, sagte Eckhoff alias Dr. Winterberg.

Irma und ich versprachen, über das unglücklich verlaufene Liebesabenteuer zu schweigen.

Die Batterie des Golfkarrens war erschöpft. Wir hätten zu viert ohnehin nicht reingepasst, deswegen gingen wir zu Fuß über den Golfplatz zurück zum Clubhaus. Unterwegs erzählten die Golflehrerin und der Schauspieler abwechselnd, was passiert war.

Der Mann im Wald sei mittelgroß und sehr kräftig gewesen. Er hatte kurze Haare. Alter? Etwa vierzig. Seine Hose sei verdreckt und sein Gesicht verschwitzt gewesen.

Eckhoff alias Winterberg fasste sich an den Hals. Er habe den harten Schlag kaum gespürt, sondern sei sofort ohnmächtig gewesen. Offenbar könne der Mann Karate. Und er habe diese Plastik-Handschellen bei sich gehabt. Wie ein Polizist. Oder wie ein professioneller Kidnapper.

»Ist euch sonst etwas an dem Mann aufgefallen? Irgendwelche Besonderheiten?«, wollte Irma wissen.

»Nein … Ja, doch … Ausgesehen hat er wie ein Italiener oder ein Spanier und sein Haar hatte er hinten zu einem kleinen Zopf gebunden. Stimmt doch, nicht?«, sagte Jessica Liedtke und sah den Schauspieler fragend an.

»Und er hatte einen Dreitagebart – so einen wie Sie«, sagte der und zeigte auf mich.

Irma und ich blieben gleichzeitig stehen. Genau das hatten wir doch am Nachmittag schon einmal gehört.

Irma sprach aus, was wir beide dachten: »Erinnerst du dich, was Lena heute Nachmittag erzählt hat, als du sie nach dem Mann gefragt hast, der dem Hund den Menschenknochen gegeben hat …?«

Natürlich erinnerte ich mich. »Der Mann hatte so einen kratzigen Bart wie du«, hatte uns Lena erklärt und dabei über mein Kinn gestrichen.

»Oh Gott«, sagte Irma, »es war derselbe Kerl! Erst hat er Lena den Menschenknochen gegeben, und vorhin hat er diesen Fernsehdoktor niedergeschlagen …«

Sie wollte deswegen ihren Vater informieren.

Nachher fragte ich sie, was der denn dazu gesagt habe?

»Er wollte nur wissen, ob wir die Polizei benachrichtigt hätten. Und er war sehr erleichtert, dass wir das nicht getan haben.«

Wir starrten schweigend ins Dunkel.

»Das ist wirklich ein unheimliches Gefühl, dass hier so ein Kerl herumschleicht. Ich habe ein bisschen Angst.«

Irma drängte sich an mich. Sie zitterte, das konnte ich spüren. Ich legte meinen Arm um sie und zog sie an mich. Minutenlang standen wir so da. Regungslos.

Hinter einer Wolke tauchte ein halber Mond auf. Fledermäuse flatterten um uns herum. Der Ruf eines Käuzchens passte in diese Stimmung.

»Bitte bleib heute Nacht bei mir«, flüsterte Irma.

11

Sie presste sich enger an mich und drängte mich vom Weg unter ein hohes Gebüsch. Zuerst glaubte ich, mich zu täuschen. Aber ihre Hände wanderten tatsächlich über meinen Rücken. Von den Schulterblättern immer tiefer, die Wirbelsäule entlang. Wie früher. Vielleicht, dachte ich, hat sie das verhinderte Liebesabenteuer von Jessica und ihrem Schauspieler angeregt. Ich schloss die Augen und hielt den Atem an. Sie machte weiter. Ihre Hände streichelten und kneteten meinen Hintern und bewegten sich quälend langsam nach vorn. Ich hatte jetzt schon die beste Erektion seit langem. Und als ihre rechte Hand sich streichelnd und kreisend nach vorn bewegte und ihre Finger sich an meinem Gürtel zu schaffen machten, da stand ich in jeder Hinsicht stocksteif da. Irma lehnte sich gegen einen Baumstamm, nahm meine Hand und führte sie unter ihren Sommerrock. Es fühlt sich wunderbar weich an.

Wir haben es selber nicht wahrgenommen, aber wir müssen wohl beide sehr laut gestöhnt haben.

»Heinz, hast du das eben auch gehört?«, rief plötzlich eine schrille Frauenstimme.

Natürlich hatten wir das ältere Ehepaar nicht bemerkt. Es musste von der Schlossterrasse in unsere Richtung gekommen sein. Irma legte mir die Hand auf den Mund.

»Ob ich *was* gehört habe?«, fragte der Mann.

»Da hat jemand gestöhnt!.«

»Ich höre nichts.«

»Das ist ja furchtbar mit dir«, sagte sie, »du musst dein neues Hörgerät mal richtig einstellen lassen.«

»Ist da jemand? Ist etwas passiert?«, fragte die Frau jetzt mit ängstlicher Stimme und rief dann tapfer. »Können wir helfen?«

Jetzt waren sie kaum noch fünf Meter von uns entfernt. Meine Hose hing bereits auf den Schuhen. Irmas Slip dehnte sich zum Zerreißen gespannt in Höhe ihrer Knie.

Gleich würden sie uns entdecken.

»Mist!«, flüsterte Irma. »Das sind Gertrud und Eberhard Elvers, ein alter Schulfreund meines Vaters.«

Wir fühlten uns wie ertappte pubertierende Schulkinder. Aber die Situation war natürlich auch zu komisch.

Ich sagte mit rauer Stimme: »Danke, es geht uns sehr gut. Wir brauchen wirklich keine Hilfe!«

Irmas Lachen platzte in die folgende Stille.

Mit einem spitzen Schrei antwortete die alte Dame. »Eberhard, da sind welche ...«

Ihr Mann hatte inzwischen offenbar sein Hörgerät justiert.

»Komm, Gertrud, ich glaube, wir stören hier nur«, sagte er entschieden. Er zog seine Frau mit sich fort.

»Warum, was hast du denn? Was ist denn los?«,

Er sagte, er werde ihr das später erklären.

Die aufgeladene Atmosphäre zwischen Irma und mir hatte sich bei diesem Zwischenspiel entladen. Leider auf andere Weise, als wir eben noch gedacht hatten.

»Es ist wohl besser, wenn wir jetzt getrennt zum Schloss zurückgehen, damit uns die letzten Gäste auf der Terrasse nicht so miteinander sehen«, sagte Irma. »Das gibt nur dummes Gerede.«

Sie zog ihren Slip hoch. Und ich meine Hose.

»Wir treffen uns gleich im Ponyhaus, ja?!«

Sie küsste mich, streichelte mich noch einmal an empfindlicher Stelle und drückte mir schnell einen kleinen Schlüssel in die Hand.

»Am Caddiehaus steht mein Golfkarren, der mit der Nummer 4. Damit kannst du deine Sachen aus deinem Auto vom Parkplatz holen. Du hast doch sicher noch immer Zahnbürste und Nachtgepäck griffbereit im Kofferraum wie früher, oder?«

Kaum zehn Minuten später stand ich mit einer kleinen Sporttasche vor der Tür des Ponyhauses, das hinter einer Baumgruppe außer Sichtweite des Schlosses und des Clubhauses auf dem Privatgelände der Familie von Mellin liegt. Ich klopfte. Irma öffnete sofort. Sie hatte nur noch einen dünnen Seidenmantel an.

»Mach bitte die Flasche auf«, sagte sie und ging mit herausforderndem Hüftschwung auf nackten Sohlen zum Kamin. Kurz darauf flackerte der Widerschein des Buchenholzfeuers gegen die Wände und auf das Wappen des Adelsgeschlechtes von Mellin: Ein stolzer Pfau mit gespreiztem Gefieder vor einem Turmbau. Die Vorhänge waren zugezogen. Aus der Stereoanlage röhrte die brünstige Stimme einer Jazzsängerin, die einen unserer alten Lieblingstitel sang: »Come on Baby, light my fire ...«

Es sah so aus, als habe Irma alles für die kommende Nacht vorbereitet. Wie früher, als wir wohl ein Dutzend Mal über Nacht im Ponyhaus gewesen waren. Sie hatte sogar an unser Lieblingsgetränk gedacht. Auf dem antiken Tisch vor dem extrabreiten und tiefen Kaminsofa stand ein Crémant aus dem Elsass in einem gläsernen Kühler.

»Ein Bademantel für dich liegt oben auf dem Bett«, sagte Irma. »Ich bin gleich wieder da.« Sie verschwand im Bad.

Als sie zurückkam, dimmte sie die Wandleuchten herunter, bis der flackernde Feuerschein die hellste Lichtquelle im Raum war. Ich schenkte den perlenden Crémant ein. Wir stießen an. Sie leerte ihr Glas in einem Zug. Und gleich noch eines.

»Lass uns da weitermachen, wo wir vorhin unterbrochen worden sind«, sagte sie und stellte das leere Glas ab. Dann räkelte sie sich auf den Kissen des Kaminsofas. Sie schloss die Augen und öffnete mit einem schelmisch-erwartungsvollen Lächeln den Gürtel ihres Seidenmantels.

»Ich stehe ... Ich liege zu deiner Verfügung«, sagte Irma.

Beim zweiten Mal verloren wir den Halt und rutschten noch aneinandergeklammert vom Sofa auf den weichen Teppich. Kurz vor dem Ende stöhnte und schrie sie, presste sich mit aller Kraft an mich, so dass mir beinahe die Luft wegblieb, und griff in meine Haare. Ich spürte einen scharfen, kleinen Schmerz, als sie mir ein Haarbüschel ausriss.

»Entschuldige«, flüsterte sie mir ins Ohr' »aber ich musste mich irgendwo festhalten, sonst wäre ich eben weggeflogen.«

Wir kuschelten uns aneinander und schwiegen endlos lange. Ich hätte gern gewusst, was sie dachte. Später redeten wir entspannt über Belangloses. Über aktuelle Bücher und neue Filme, über Golfturniere, über ihre neue Schlägerausrüstung von Callaway, die sie unverzollt aus New York mitgebracht hatte.

Plötzlich musste ich ein paar Mal kräftig niesen. Es war, als ob ich Pfeffer oder Pollen in die Nase bekommen hätte. Irma reichte mir ein Papiertaschentuch. Ich schnäuzte kräftig hinein, knüllte es zusammen und brachte es in den kleinen Abfalleimer, der im Bad zwischen Waschtisch und Toilette stand.

»Es war vorhin mit dir so vertraut wie früher ...«, sagte Irma und zog mich wieder auf das Sofa. »Weißt du noch, wann und wo wir eigentlich das letzte Mal zusammen geschlafen haben? War das damals im Herbst in unserem Haus am Wattenmeer auf Sylt?«

Ich dachte nach.

»Nein, danach noch einmal. Wir hatten uns eigentlich schon getrennt, als wir uns bei einem Turnier im Golfclub am Wannsee zufällig über den Weg gelaufen sind. Wir sind dann in der Nacht noch in deinem Hotel im Grunewald gelandet.«

»Ach ja. Das hatte ich vergessen. Ich glaube, ich war ziemlich angetrunken«, sagte sie. »Wann war das genau?«

»Vor knapp fünf Jahren, im Mai oder Juni muss das gewesen sein.«

Sie schwieg und schien zu überlegen. Daran konnte ich mich später erinnern und auch, dass sie dazu irgendetwas gesagt hatte, leise, und mehr zu sich selbst. Jedenfalls löste sich Irma von mir und tappte barfuß ins Badezimmer. Ich hörte, wie sie ein paar Mal abwechselnd die heiße Dusche und die kalte Schwallbrause im Saunabad auf- und zudrehte.

Ich dämmerte noch wohlig auf dem Sofa vor mich hin. Die abgebrannten Holzscheite im Kamin glimmten schwach.

Dann machte ich Licht und sah mich erst jetzt im Wohnraum des Ponyhauses um, den Irma »living room« nannte. Es war mir alles sehr vertraut. Wenig hatte sich seit meiner Zeit verändert. Der würzige Kaminholzgeruch war noch intensiver geworden. Es sah noch immer aus wie von einem englischen Landhaus-Designer gestaltet, viel altes Holz, grobe Deckenbalken, rau verputzte, lehmfarbene Wände, wenige schlichte antike Möbel und Bilder. Sofa und Sessel waren mit Wollstoffen in der Wandfarbe bezogen. Die Bildersammlung auf dem Kaminsims kannte ich noch nicht: Irma als kleines Mädchen mit ihrem Vater, als Teenager mit Vater im Verlag und als elegante junge Dame mit Vater bei einem Empfang im Weißen Haus in Washington. Daneben standen ein halbes Dutzend Fotos ihrer Tochter. Lena als neugeborenes Baby, Lena im Kinderwagen, Lena auf einem Pony, Lena im Kindergarten, Lena und Irma in einer Kutsche vor Schloss Herrensee. Hinter der ersten Reihe der gerahmten Fotos entdeckte ich ein Bild, das mit der gläsernen Seite nach unten lag. Ich drehte es um: Irma lachend Arm in Arm mit einem gut aussehenden Mann um die vierzig im Dress eines Polospielers. Ich hatte ihn schon mal mit ihr in irgendwelchen Klatsch- oder Gesellschaftsmagazinen gesehen. Von einer bevorstehender Verlobung war vor einigen Monaten in den Zeitungen geschrieben worden. Und dass der Glückliche ein Hamburger Privatbankier mit einem »von« oder »zu« vor dem Familiennamen sei.

Ich hatte das Bild noch in der Hand, als Irma aus dem Bad kam. Es war mir peinlich.

»Hübsche Bilder von Lena!«, sagte ich. Aber sie hatte sofort bemerkt, welches Bild ich in Händen hielt.

»Leg es wieder hin und vergiss es«, sagte sie. »Ich vergesse diesen Herrn auch gerade.« Sie nahm mir das Bild aus der Hand.

»Wir haben uns endgültig getrennt. Und mehr ist dazu nicht zu sagen. Das Bild kommt jetzt in mein Archiv, in den Karton zu den anderen. Da liegt bestimmt auch noch ein Bild von uns beiden auf dem Golfplatz in Sylt mit dem Kampener Leuchtturm im Hintergrund. Erinnerst du dich? Vielleicht sollte ich es bald wieder rausholen ...«

Sie zog mich neben sich auf das Sofa.

»Erzähl doch mal von deinem komplizierten Privatleben.«

Mir war nicht nach diesem Thema zumute, und deshalb sagte ich nur wortkarg, die noch mit mir offiziell verheiratete Frau versuche immer mehr Geld für sich herauszuholen.«

»Wie alt ist deine Tochter Eva jetzt?«

»Bald sechzehn.«

»Hast du schon einen gerichtlichen Scheidungstermin?«

»Ja, in ein paar Wochen.«

»Na dann viel Glück«, sagte sie.

»Wie ist das denn bei dir?«, fragte ich, um von meinem Problem abzulenken. »Hat Lena eigentlich einen guten Kontakt zu ihrem Vater?«

»Lena hat keinen Vater!«

Irma klang abweisend. »Jedenfalls weiß niemand, wer ihr Vater ist – nicht mal mein Vater, und deswegen wird er immer wieder mal ziemlich böse.«

Ich versuchte einen lauen Scherz von wegen Marias Empfängnis und der Jungfrauengeburt. Aber Irma fand das nicht komisch und wechselte das Thema.

»Ich kann mich kaum noch an deine Tochter erinnern. Ich habe sie damals ja nur zweimal gesehen, und sie war wohl ziemlich eifersüchtig auf mich. Hast du ein neueres Foto von ihr?«

Ich holte meine Brieftasche. Irma hielt die drei Bilder ins Licht, die ich immer bei mir hatte, und betrachtete sie aufmerksam: Eva als Baby, als fein gemachte Vierjährige und vor und paar Monaten mit mir zusammen an der Alster.

»Wirklich ein hübsches Mädchen. Auf dem mittleren Bild sieht sie aus wie Lena heute. Sie haben das gleiche Lachen.«

Als ich am Morgen aufwachte, war der Platz an meiner Seite leer. Draußen dämmerte es gerade. Durch das halboffene Fenster drangen das Gurren eines Wildtauben-Pärchens, das in den hohen Tannen hinter dem Ponyhaus saß, und das krächzende Kreischen eines Fasans, der auf diese Weise immer wieder den Fund eines fetten Regenwurms verkündete.

Auf Irmas Kopfkissen lag ein Zettel mit einem Lippenstift-Herzchen und mit ihrer Handschrift: »Es war schön mit Dir. Ich rufe Dich an!«

Auf dem Tresen der Pantryküche lagen Toastbrot, Butter, Marmelade und Eier. Sie hatte bereits Pulver in die Filtertüte der Kaffeemaschine gefüllt.

Eine große Tasse stand daneben. Es war noch zu früh zum Frühstücken. Ich ging ins Badezimmer, auf der Suche nach einer kleinen Schere, denn ich hatte mir irgendwie den Nagel des linken Zeigefingers eingerissen. Ich öffnete ein halbes Dutzend Schubladen und fand Kosmetika, Hautpflegemittel, auch Tampons, Präservative und Gleitcreme. Irma war auf alles vorbereitet. Und dann fiel mir etwas auf, das ich mir in meinem halbwachen Zustand nicht gleich erklären konnte: In einem flachen kleinen Glasbehälter lagen ein paar dunkelblonde, mittellange Haare, mit Tesafilm zusammengehalten, ein Papiertaschentuch und eine Glasscheibe, beschmiert mit einer gelblich-weißen Creme oder Salbe. Ich roch daran. Es dauerte eine Weile, bis mir klar wurde, was es war – Sperma. Mein Sperma! Und es waren meine Haare. Und mein benutztes Taschentuch.

Was hatte das zu bedeuten?

Zwei, drei Schüsse ganz in der Nähe ließen mich zusammenzucken. Waren um diese Zeit schon Jäger unterwegs? Ich spähte durch das Dachgaubenfenster nach draußen in die Morgendämmerung. Dünner Nebel waberte meterhoch über die Wiesen und über den Ausschnitt des Golfplatzes, den ich sehen konnte. Doch bald wurde mir klar: Es waren keine Schüsse, sondern Fehlzündungen. Vom Schloss her näherte sich mit knatterndem Motor ein kastenförmiger Landrover, ein Modell aus den fünfziger Jahren. Der Wagen rollte dicht am Ponyhaus vorüber und weiter zu dem Waldweg, der zum Golfplatz führt. Auf dem Beifahrersitz saß Malte von Mellin. Der Fahrer war sein alter Schulfreund Eberhard Elvers, der Mann, der Irma und mich am Abend zuvor beinahe im Gebüsch erwischt hätte.

12

Herrensee, Dienstag, 27. Juli 1993

Vor dem Ende der Nacht war Malte von Mellin aufgestanden. Sein Schlafanzug und sein Bettzeug waren nass geschwitzt. Er zitterte. Sein Brustkorb krampfte sich wie unter einer schweren Last zusammen und sein linker Arm fühlte sich kalt an – aber er wusste aus Erfahrung, dass dies trotz seines Alters keine Vorboten eines Herzinfarktes waren.

Es war Angst.

Nach vielen Jahren hatten ihn die Schatten wieder eingeholt. Auch die Schreie hatte er wieder gehört, wie damals, in einer anderen Zeit, vor mehr als einem halben Jahrhundert. Aus Angst vor den Schatten und den Schreien würde er keinen Schlaf mehr finden, so lange nicht, bis er Gewissheit hatte. Er hatte keine Wahl. Nach allem, was gestern geschehen war, musste er das Unvermeidliche tun.

Er musste nachsehen, ob die Toten noch da waren.

Malte von Mellin schlurfte in das üppige Marmorbad, das zwischen seinem Schlafzimmer und dem seiner Frau in der ersten Etage von Schloss Herrensee lag. Beim Zähneputzen vermied er es, sein Gesicht im Spiegel zu betrachten. In diesem Zustand, das wusste er, sah er aus wie ein Gespenst, wie der leibhaftige Tod, wie Gustav Gründgens als Mephisto, und er wollte nicht auch noch vor sich selber erschrecken.

Malte von Mellin hatte nicht viel getrunken, jedenfalls nicht zu viel. Gegen Mitternacht hatte er sich in sein Schlafgemach zurückgezogen. Und gegen eins waren die letzten Gäste von seiner Frau verabschiedet worden. Danach hatte er noch mit Eberhard Elvers telefoniert.

Er duschte ausgiebig, heiß und kalt, und wusch sich dabei die verklebten Augen aus. Danach fühlte er sich besser. Er zog seinen abgetragenen Jagdanzug und die alten Stiefel an und ging die breite, mit dickem Teppich ausgelegte Holztreppe in die große Halle hinunter. Der Schlossherr durchquerte den hohen Raum mit den alten Meistern an den Wänden, den wuchtigen Barockschränken und den schönen, abgesessenen Chippendale-Sesseln. Das Personal hatte noch in der Nacht aufgeräumt. Im Haus waren alle Spuren der Geburtstagsfeier beseitigt.

Auch die mit blauweißen Delfter Kacheln geflieste Küche war wieder blitzsauber wie immer. Er machte sich einen Earl-Grey-Tee und setzte sich an das Kopfende des acht Meter langen, schweren Eichentisches, den er vor vielen Jahren den Mönchen von Klosterfelde gegen eine größere Spende abgeschwatzt hatte. Das starke, heiße Getränk wirkte wohltuend. Langsam kehrte die rosige Farbe eines Mannes vom Lande in sein Gesicht zurück.

Die Zeiger der Standuhr zeigten acht Minuten vor fünf Uhr früh. Vor den Fenstern setzte die Morgendämmerung ein.

Als die Uhr fünf Mal schlug, tauchte in der Toreinfahrt der graugrüne Landrover auf, der mehr als vierzig Jahre auf dem Chassis hatte. Auf Eberhard Elvers und sein Vehikel war immer Verlass. Der alte Schulfreund war pünktlich zur Stelle, wenn man ihn brauchte.

»Danke, dass du gekommen bist«, sagte Malte von Mellin und schüttelte Elvers die Hand. Er befestigte sein Sauer-Repetiergewehr und eine doppelläufige Flinte der Manufaktur Merkel aus Suhl in der Jagdwaffen-Halterung im Heck des Geländewagens. Ein Zeiss-Glas baumelte an einem Riemen vor seiner Brust.

»Wenn du mich mitten in der Nacht anrufst, muss es wohl was Wichtiges sein«, sagte Elvers.

Malte von Mellin nickte.

Eberhard Elvers aus dem Nachbarort Roseburg war ein Mann wie ein Baum – wie ein alter Baum, schon ein wenig gebeugt, aber noch fast 1,90 Meter groß, von kräftiger, knorriger Gestalt, mit einem von der Sonne gegerbten Schädel und Händen, so groß wie Schaufeln. Er war 69, ein Jahr jünger als Malte von Mellin, sah aber zehn Jahre älter aus, wie die meisten Männer vom Lande. Die beiden Frühaufsteher hatten Kindheit und Jugend zusammen verbracht und Kontakt gehalten, obwohl sich ihre Lebenswege längere Zeit getrennt hatten. Während Malte von Mellin einen Aufstieg zum Großverleger und Unternehmer zurücklegte, war Eberhard Elvers bodenständig geblieben. Aber auch er hatte geschäftlichen Erfolg gehabt. Aus einer geerbten kleinen Gärtnerei hatte er eine der größten Baumschulen Norddeutschlands gemacht und daneben noch einen Landschaftsbaubetrieb gegründet, der Autobahnen und ganze Neubaugebiete begrünte. Auch im Ausland. Mehr als 400 Leute arbeiteten in seinen Betrieben. Der Seniorchef Eberhard Elvers war mehrfacher Millionär. Er hatte das größte Gutshaus von Roseberg gekauft und restauriert, den ehemaligen Alterssitz der Schlossherren von Herrensee.

Natürlich hatte seine Firma zusammen mit einem Golfplatzarchitekten auch den achtzig Jahre alten Golfplatz am Schloss Herrensee schon in den sechziger Jahren wieder hergerichtet und später mit neuen Fairways, Sandbunkern und Teichen neu gestaltet. Den Auftrag zur Erweiterung von achtzehn auf siebenundzwanzig Spielbahnen hatte Elvers erhalten, obwohl andere Firmen günstigere Angebote gemacht hatten. Der wichtigste Teil des Projektes war die Neugestaltung der alten Kiesgrube. Eberhard Elvers machte sich Vorwürfe, denn er hatte seinen Leuten nur gesagt, dass sie den kleinen Hügel in Ruhe lassen sollten. Aber dann hatte er sich nicht weiter darum gekümmert. Und nun war der Ärger da! Nun war der alte Bomber wieder aus der Versenkung aufgetaucht.

Gestern Abend war Eberhard Elvers mit seiner Frau erst gegen Ende bei der Geburtstagsfeier für Maltes Enkeltochter Lena erschienen. Er mochte das Getue der sogenannten feinen Leute nicht, die aus der Stadt angereist gekommen waren. Er war nun einmal ein bodenständiger Mann geblieben.

Die Geschäftsleitung von »Elvers und Söhne« hatte er längst an seinen Ältesten übergeben, aber wenn Not am Mann war, dann packte er noch zu wie in alten Zeiten. Trotz der fortschreitenden Arthrose in den Gelenken wühlte der alte Elvers noch immer gern in der Erde, grub aus und pflanzte ein.

Elvers war jetzt der richtige Mann für Malte von Mellin.

»Hast du Spaten und Schaufeln mitgebracht, Eberhard?«

»Plastiksäcke auch, wie du wolltest. Den Hund habe ich zu Hause gelassen. Hast du ja auch gesagt.«

Es war noch kalt und klamm am frühen Morgen. Kleine Atemwolken standen vor ihren Gesichtern. Im alten Landrover war schon im vorletzten Winter die Heizung ausgefallen.

»Fahr erst mal zum alten Hochsitz am Golfplatz – durch den Wald, damit uns möglichst niemand sieht«, sagte Malte von Mellin.

»Was soll die Geheimniskrämerei?«, fragte Elvers. »Was hast du eigentlich vor?«

»Wir müssen was ausgraben.«

»Was denn?«

Elvers sah seinen Freund prüfend von der Seite an.

»Das wirst du ja gleich sehen.«

Malte von Mellin kaute mit verschlossenem Gesicht auf einem kalten Zigarrenstummel herum. Niemand hätte ihn jetzt für einen der mächtigsten Männer des Landes gehalten. Er sah aus wie ein Bauer, der sich Sorgen um die nächste Ernte macht.

Als die Männer mit dem alten Landrover in weitem Bogen um Schloss Herrensee herumfuhren, zogen am Himmel in westlicher Richtung ein paar dunkle Wolken auf. Der Wetterbericht hatte vereinzelte Sommergewitter angekündigt.

Nach etwa zehn Minuten drehte Elvers die schwergängige Lenkung scharf nach rechts und bog vom Feldweg in den lichten Mischwald ein. Der Wagen schaukelte über knackendes Altholz, durch Bodenvertiefungen und über größere Steine. Zwanzig Meter vor dem alten Hochsitz stellte Elvers den Motor ab und zog die Handbremse an.

»Da sind wir.«

Malte von Mellin nickte.

»Und? Was machen wir jetzt?«

»Wir suchen erst den Boden unter dem Hochsitz ab.«

»Und wonach suchen wir?«

»Nach etwas, das hier nicht hingehört.«

»Hör jetzt mal zu, Malte«, sagte Elvers lauter als zuvor. »Du holst mich mitten in der Nacht aus dem Bett, und jetzt behandelst du mich wie einen dummen Jungen oder wie einen deiner Speichellecker im Verlag. Entweder du sagst mir jetzt, was los ist und was wir hier eigentlich wollen, oder du kannst alleine weitermachen. Ich geh dann inzwischen Pilze sammeln.«

Das war eine lange Rede, ein richtiger Temperamentsausbruch für diesen wortkargen Bewohner der norddeutschen Tiefebene.

Malte von Mellin klopfte dem alten Freund beruhigend auf die Schulter. Dann erzählte er von dem unheimlichen Unbekannten, der die Kinder gestern mit einem Menschenknochen zu ihm geschickt hatte, und von dem Überfall auf ein Liebespärchen am Abend zuvor hier am alten Hochsitz.

Elvers nahm sein Jagdgewehr in die Hand und sagte, was die Leute in dieser Gegend sagen, wenn etwas passiert ist: »Schön is' datt nich'!«

»Vielleicht finden wir etwas, das der Kerl hier verloren oder vergessen hat«, sagte Malte von Mellin.

Die beiden Männer suchten vornüber gebeugt den weichen Waldboden rings um den Hochsitz ab. Sie fanden nichts. Aber als sie schließlich einer nach dem anderen vorsichtig die morsche Leiter zum Hochsitz hinaufgeklettert waren, machte Elvers eine erstaunliche Entdeckung: Auf der kleinen Brettablage in Brusthöhe, in einem Holzspalt, klemmte ein Zigarrenstummel, noch fünf oder sechs Zentimeter lang, mit einer rotweißen Bauchbinde. Der Stummel war trocken. Er hatte also noch nicht lange dagelegen.

»Lass mal sehen!«, sagte der Zigarrenraucher Malte von Mellin und setzte seine Lesebrille auf die Nasenspitze.

»Das ist eine Cohiba Espléndidos! Der Mann hat einen guten Geschmack. Und arm ist er bestimmt auch nicht. Diese Marke kostet bei uns pro Stück so an die fünfzig Mark.«

Elvers schnippelte nun mit seinem Jagdmesser an dem Fundstück herum, steckte es an und paffte den Rauch genüsslich in die Morgenluft.

»Du verbrennst wahrscheinlich gerade ein Beweisstück«, sagte Malte von Mellin trocken.

Als sie wieder auf dem Waldboden standen, donnerte es zum ersten Mal in der Ferne.

»Wir müssen uns beeilen, sonst werden wir bald ziemlich nass«, sagte Elvers.

»Fahr zum alten Walsnussbaum!«

Elvers steuerte seinen Landrover parallel zur Grenze des noch menschenleeren Golfplatzes. Nach einigen hundert Metern hielt er unter einem Baum mit ausladender, lichtdurchlässiger Krone.

Malte von Mellin fand die Stelle sofort. Sie war etwa zwei Meter breit und drei Meter lang.

»Guck dir das an«, sagte Elvers. »Hier hat jemand gegraben und dann bloß ein bisschen Gras und Gestrüpp über die Erde gelegt.«

Genau in der Mitte des Rechtecks lag ein zusammengeknüllter Zettel, der mit einem kleinen Stein beschwert war. Es sah aus, als habe jemand eine Nachricht deponiert.

Malte von Mellin machte einen großen Schritt nach vorn, nahm das Stück Papier an sich und faltete es auseinander. Es war eine Restaurantquittung. Er setzte seine Brille auf und las halblaut vor:

»Smith and Wolensky, 797 Third Avenue at 49th Street. Zweimal T-Bone Steak, eine Flasche Chardonnay, zwei Flaschen Perrier, zweimal Orangen-Sorbet. Zusammen 156,60 Dollar«.

Elvers sah ihn fragend an.

»Smith and Wolensky, das ist eines der teuersten Steakhäuser in Manhattan«, sagte Malte von Mellin.

»Hier steht auch das Datum. 17. Juli 1993. Genau zehn Tage alt!«

Der Verleger steckte die Quittung sorgfältig gefaltet in seine Brieftasche, als wolle er sie an die Spesenabteilung seines Hauses weiterreichen.

»Der Mann, der gestern hier war und eine Zigarre geraucht hat, der ist am vorletzten Sonntag in New York gewesen und hat das beste Steak gegessen, das es in Manhattan gibt.«

»Wer immer das war – er wollte hier wohl ein Zeichen hinterlassen«, sagte Elvers.

»Sieht ganz so aus«, sagte Malte von Mellin. »Offenbar beobachtet er mich schon länger, mindestens seit Irma und ich in New York in demselben Steakhouse gewesen sind.«

»Was kann denn der Kerl hier im Wald gesucht haben?«

»Ich vermute, seine Landsleute. Und er hat sie wahrscheinlich auch gefunden.«

Eberhard Elvers holte zwei Spaten aus dem Landrover.

»Ist das hier die Stelle?«

»Ich glaube schon«, sagte Malte von Mellin. Sie müssten sich jetzt beeilen, das Gewitter komme näher. Durch das Laubwerk waren erste Blitze zu sehen, die aus den dunklen Wolken zuckten.

Die beiden alten Männer begannen zu graben. Es ging ganz leicht. Der Unbekannte hatte gute Vorarbeit geleistet. Nachdem sie das lose Gras und Laub beseitigt hatten, konnten sie ohne große Kraftanstrengung das bereits lockere Erdreich abtragen. In kaum einem halben Meter Tiefe stießen sie auf eine alte Zeltplane. Sie klappten die Plane an den beiden Längsseiten auseinander.

»Oh Gott«, sagte Elvers leise.

Malte von Mellin sagte nichts.

Sie schoben mit ihren Spaten vorsichtig halb vermoderte Stiefel, Stoffreste von Uniformen und Teile von Lederjacken auseinander.

Sie zogen sich Gartenhandschuhe über. Elvers fand den Ärmel eines Hemdes.

Er wischte die modrige Erde ab und zeigte seinem Freund das auf den

Stoff aufgesetzte Wappen. Es hatte die Form eines Ritterschildes. Auf blauem, gelb umrandetem Grund war eine stark bauchige Ziffer »8« zu erkennen, mit zwei Schwingen an jeder Seite und einem fünfzackigen Stern mit rotem Punkt in der Mitte.

»Das ist das Abzeichen der achten amerikanischen Luftflotte«, erklärte Eberhard Elvers, als ob Malte von Mellin das nicht selber gewusst hätte. Die beiden Männer stocherten im Erdreich herum. Sie stießen auf Knochen von Beinen, Armen und Fingern, auf Kniegelenke und Hüftschalen. Die Gebeine waren dunkel verfärbt, aber es stank nicht.

»Furchtbar«, sagte Elvers. »Es war ein Wahnsinn, was damals geschehen ist.«

Plötzlich bemerkte Elvers eine Veränderung im Gesicht seines Freundes. Malte von Mellin war blass geworden. Seine Augen weiteten sich. Er schwankte ein wenig. Er ging in die Hocke und würgte.

»Mensch Malte, was ist denn los?«

Elvers kniete sich neben den Freund und umfasste dessen Schultern

»Was ist los? Was hast du denn?«

»Fällt dir nichts auf?«, sagte Malte von Mellin und deutete auf die Grabstelle unter dem Walnussbaum.

Er flüsterte nur noch. Und was er sagte, war nicht gleich zu verstehen, denn nun heulten kräftige Windböen durch den Wald. Es donnerte mehrmals hintereinander. Ganz in der Nähe schlug krachend ein Blitz in einen Baum ein. Holz splitterte. Regen prasselte auf die Blätter und auf den Waldboden.

Die beiden Männer hasteten durch das Unwetter zum Landrover zurück und zogen die Türen hinter sich zu.

»Was hast du eben gesagt?«

Elvers keuchte noch und wischte sich den Regen aus dem Gesicht. »Ich habe kein Wort verstanden.«

»Die Köpfe fehlen!«, schrie Malte von Mellin. »Jemand hat die Totenköpfe mitgenommen.«

Diesmal übertönte seine Stimme den Lärm des bereits abziehenden Gewitters.

13

Herrensee, Mittwoch, 28. Juli 1993

Es donnerte. Blitze zuckten. Ging in meinem Traum ein Unwetter nieder? Oder waren es Geräusche aus dem richtigen Leben …?

Zögernd kehrte ich in die Wirklichkeit zurück und mir wurde bewusst, dass ich auf dem Doppelbett unter dem Giebel im Ponyhaus neben dem Schloss Herrensee lag. Das erste Tageslicht fiel durch meine noch geschlossenen Augenlider. Offenbar hatten wir vergessen, die Klappläden in der Dachgaube zu schließen. Wir! Irma und ich!

Mein Geruchssinn nahm das herbe, erotisierende Aroma ihres Lieblingsparfüms auf. »Vol de Nuit von Guérlain«, hatte sie mir erklärt. Ich drehte meinen Kopf diesem Duft entgegen. Dann glaubte ich weiche Lippen zu spüren, die spielerisch an meinem Ohrläppchen knabberten. Und bekam eine erwartungsfrohe Morgenerektion. Aber leider konnte ich damit nichts Rechtes anfangen – denn als ich mich mit meiner halbschläfrigen Lust zu Irma umdrehte, da griff ich ins Leere. Auf ihrer Bettseite lag nur eine zusammengeknüllte Bettdecke. Gleichzeitig knackte es laut. Der Radiowecke schaltete sich ein und eine männliche Stimme sagte: »Hier ist der Deutschlandfunk mit den 8-Uhr-Nachrichten.«

Ich trennte mich von der Decke, die ich in der Endphase des Schlafes zärtlich umklammert hatte. Mein Herz klopfte laut. Vorsichtig ging ich die steile Holztreppe von der Schlafempore in den Wohnraum hinunter. In einem großen Wandspiegel machte ich einen nackten Menschen männlichen Geschlechts aus, der eine entfernte Ähnlichkeit mit mir hatte. Das Gesicht war allerdings zerknitterter, die Haare dünner, die Augen kleiner und der Bauchansatz ausgeprägter, als ich es in Erinnerung hatte. Missmutig trug ich meine nachlassende Erregung ins Badezimmer und duschte kalt.

Als ich beim Rasieren das Fenster öffnete, krähte ein Hahn. Ein Wildtaubenpärchen gurrte im Geäst einer Kastanie und flatterte dann flügelschlagend aufeinander herum. Die Sonne tauchte hinter einer Wolkendecke auf. Der Mann im Radio sagte, nach einer durchziehenden

Gewitterfront sei heute mit schönem Hochsommerwetter und Temperaturen von mehr als 25 Grad zu rechnen.

Ich zog eine leichte, beigefarbene Hose, ein dunkelblaues Poloshirt und die weißen Golfschuhe an. Dann machte ich mir einen Kaffee. In meiner künftigen Dachgeschosswohnung in der Hamburger Isestraße meldete sich tatsächlich der Chef der Fliesenleger am Telefon. Sie seien jetzt zu dritt bei der Arbeit. Ich würde auf der Baustelle nur stören, sagte er. Der Fußboden sei ohnehin noch nicht zu betreten. Es schien also endlich voranzugehen. Nein, sie würden mich heute nicht brauchen!

In bester Stimmung holte ich am späten Vormittag das Golfbag aus dem Kofferraum des Saab Cabrios und schnallte es auf den Trolley. Auf dem großen Übungsgrün des Golfplatzes zwischen dem Schloss Herrensee, dem Clubhaus und der Driving Range dampfte der teppichkurze Rasenbelag im Sonnenschein. Ein leichter Wind bewegte noch die Blätter der Bäume. Der Platz würde nach dem heftigen, aber kurzen Gewitterguss schnell wieder trocken sein. Ich rief meinen Freund Wolfram Witt an. Ja, er habe Zeit, ab Mittag eine Runde mit mir zu spielen, sagte er. Ich beschloss also, noch einen Tag in Herrensee zu bleiben. Vielleicht auch noch eine Nacht – wenn Irma tatsächlich aus Hamburg zurückkam. Und bei passender Gelegenheit würde ich sie nach diesem seltsamen kleinen Glasbehälter fragen, den ich in ihrem Badezimmerschrank entdeckt hatte.

Zunächst ging ich zum Übungsgrün hinüber, um an meinen Putts zu arbeiten. Meine Ausholbewegung sei ein wenig zu weit, hatte mir der schottische Head Pro unseres Clubs neulich erklärt. Dadurch sei die Streuung größer. Ich solle versuchen, kürzer auszuholen und den Putter absolut gerade und mit regungslosem Oberkörper durch den Ball zu schwingen. Tatsächlich. Nach einer Stunde Training schienen mir die Bälle ebenmäßiger und präziser über das teppichkurze Grün zu laufen. In etwa zweihundert Meter Entfernung konnte ich den westlichen Flügel von Schloss Herrensee sehen. Im angebauten großen Wintergarten war ein Hausdiener zu erkennen, der dort den Tisch deckte und einen Sonnenschutz über dem Glasdach ausfuhr. »Orangerie« nannten die Mellins das Glashaus im verschnörkelten Jugendstil, in dem Palmen, Orangen- und Zitronenbäume in großen Kübeln wuchsen.

Malte von Mellin war bei bester Gesundheit, als er an diesem Nachmittag seine Todesanzeige las. Jedenfalls konnte er – von den üblichen Malaisen des Alters abgesehen – nicht klagen. Probleme mit einer gutartig vergrößerten Prostata und gelegentliches Herzrasen hatte er mit Tabletten in den Griff bekommen, und der schmerzhafte Knorpelschaden im linken Kniegelenk war nach einer Serie von Spritzen kaum noch zu spüren. Er konnte wieder ein- bis zweimal in der Woche Golf spielen. Und seine zwanzig Jahre jüngere Ehefrau hatte keinerlei Beschwerden hinsichtlich gewisser anderer körperlicher Aktivitäten ihres Gatten. Inzwischen wusste Hedwig von Mellin auch, was sich in ihren Kreisen längst herumgesprochen hatte: dass sich ihr Ehemann auch noch gelegentlich einen Seitensprung mit einer rotblonden Jungakademikerin aus der Marketingabteilung seines Verlages gönnte. Die Affäre störte sie nicht, im Gegenteil – sie konnte damit ihr eigenes Gewissen beruhigen.

Die Eheleute hatten am späten Nachmittag in der Orangerie gemeinsam Kaffee getrunken. Wie an jedem beliebigen Tag in der Woche. Das gehörte zur ihrem sommerlichen Ritual, das sich der Großverleger auf Drängen seiner dritten Frau leistete. Nachher saßen sie noch in dem großen Glashaus zusammen, dessen große Glastüren bei dem schönen Wetter weit geöffnet waren. Von hier aus konnten sie den tiefer liegenden Golfplatz und dahinter einen Teil des Herrensees überblicken. Malte von Mellin blätterte wie immer die druckfrischen Exemplare der Wochenmagazine durch, die ihm ein Bote aus dem Verlag gebracht hatte. Ab und zu heftete der Verleger ein paar Zettel mit Anmerkungen zu Artikeln ein, die ihm gefallen oder seinen Unmut erregt hatten. Manchmal rief er dann später die verantwortlichen Redakteure und Autoren an, seltener diktierte er kurze Hausmeldungen, um Lob und Tadel loszuwerden.

Hedwig von Mellin las indessen die private Post. Die Antworten auf ihre Einladung zum Geburtstag ihres Mannes legte sie auf zwei Stapel. Auf einen großen mit den Zusagen und einen sehr kleinen mit wenigen, bedauernden Absagen. Angewidert und ungläubig blickte sie plötzlich auf einen Brief, den sie mit ausgestreckten Armen weit von sich hielt.

»Das ist … Das ist ja unglaublich … Eine Geschmacklosigkeit sondergleichen!«

Sie sah ihren Mann erst fassungslos, dann mit wütender Empörung an, bevor sie ihm den Brief über den Tisch reichte. Der Umschlag war mit einem schwarzen Kreuz und einem goldenen Palmenzweig in der oberen rechten Ecke verziert. Auf der darinliegenden Karte stand groß und fett gedruckt und schwarz umrandet:

»Mit Bestürzung geben wir Kenntnis vom Ableben unseres hochgeschätzten Mitbürgers Dr. h.c. Malte von Mellin, der plötzlich und unerwartet aus unserer Mitte gerissen worden ist. Von Beileidsbekundungen bitten wir abzusehen!«

Sonst nichts. Keine Absenderangaben, keine letzten Grüße, keine Namensliste von trauernden Hinterbliebenen. Nur ein kleingedruckter Hinweis fand sich noch am Fuß der ominösen Traueranzeige: »*Zweites Buch Mose, Kapitel 21, Vers 12*«.

»Was soll das? Wer erlaubt sich einen derartig geschmacklosen Scherz? Kannst du mir sagen, was das bedeuten soll?«

Hedwig von Mellin schimpfte und schluchzte gleichzeitig. Dabei stieß sie mit zuckenden Händen und Armen gegen den Marmortisch, so dass das teure Frühstücksporzellan klirrte.

Ihr Mann sagte einige Zeit lang nichts.

Malte von Mellin verbarg sein Gesicht hinter der Morgenzeitung. Nachdem er sich zweimal geräuspert hatte, klang seine Stimme belegt. »Das ist kein Scherz«, sagte der große Verleger. »Das ist vermutlich eine Drohung.«

Die Ehefrau bemerkte, dass die Zeitung in den Händen ihres Mannes zitterte.

»Was heißt das? Wer bedroht dich?«

Ihr Mann legte die Zeitung zur Seite. Und betrachtete die Anzeige genauer.

»Ich weiß es nicht, aber ich sollte die Sache wohl ernster nehmen. Wie du weißt, haben es immer wieder mal irgendwelche Psychopathen auf Prominente und auf reiche Leute abgesehen. Denk nur mal an die Sache mit dem Menschenknochen gestern beim Kindergeburtstag und an den Überfall auf das Liebespaar am Golfplatz. Vielleicht hängt das alles irgendwie zusammen ... Möglicherweise will man mich einschüchtern. Wahrscheinlich kommt als Nächstes ein Erpresserbrief.«

»Womit könnte man dich denn erpressen? Doch wohl kaum mit deinem Verhältnis zu einer gewissen rotblonden jungen Dame?«

Mellins Augenlider flackerten kurz, doch es gelang ihm, gelassen zu bleiben.

Er gab seiner Frau wortlos die seltsame Todesanzeige zurück und versteckte sich hinter der Tageszeitung.

»Warum sagst du nichts? Wir müssen die Polizei informieren.« Die Stimme seiner Frau hatte jetzt diesen schrillen Ton, den Malte von Mellin nicht ausstehen konnte.

»Auf gar keinen Fall, hörst du! Wenn diese Geschichte bekannt wird, dann haben wir keinen Moment Ruhe mehr. Die Konkurrenzblätter würden sich natürlich über so eine mysteriöse Angelegenheit im Hause Mellin freuen.«

Beide drehten sich um, als klackende Schritte von der großen Halle her über den Steinfußboden näher kamen.

»Irma! Du kommst wie gerufen«, sagte Hedwig von Mellin. Nach anfänglichen Problemen, nach gegenseitigen Eifersüchteleien verstanden sich Stiefmutter und Stieftochter sehr gut. Gelegentlich verbündeten sie sich sogar gegen das Familienoberhaupt.

»Hier, lies das bitte mal«, sagte sie, nachdem Irma ihren Vater mit einer Umarmung und sie selber mit einem Küsschen auf die Wange begrüßt hatte, und fügte gleich hinzu: »Da müssen wir doch etwas unternehmen, oder was meinst du?«

Auch Irma schüttelte den Kopf, nachdem sie die Traueranzeige gelesen hatte. »Das ist unglaublich!«

Ihr Vater wich ihrem Blick aus.

»Und was bedeutet diese kleine Anmerkung? Was steht im Zweiten Buch Mose, Kapitel 21, Vers 12?«

Es dauerte eine Zeitlang bis der herbeigerufene alte Hausdiener in der großen Bibliothek des Schlosses ein Altes Testament gefunden hatte. Hedwig von Mellin blätterte mit nervösen Fingern in dem goldumrandeten Dünndruckpapier, bis sie die angegebene Stelle im Zweiten Buch Mose gefunden hatte. Was da stand, las sie mit bebenden Lippen halblaut vor: »*Wer einen Menschen schlägt, dass er stirbt, der soll des Todes sterben …*«

Irma erinnerte sich später, dass ihr Vater sich die Augen rieb, als sei ihm gerade etwas in die Pupille geraten.

»Ist das nicht unheimlich?«, sagte Hedwig von Mellin. »Seit dieses Flugzeugwrack in der alten Kiesgrube aufgetaucht ist, passieren merkwürdige Dinge. Wir müssen etwas unternehmen!«

Malte von Mellin sprang auf und wanderte im Raum hin und her.

»Dein Vater hat vorhin gesagt, vielleicht will ihn jemand erpressen und dies alles sind Vorzeichen und Drohungen … Trotzdem will er partout nicht, dass wir die Polizei informieren.« Hedwig von Mellin verschüttete Tee bei dem Versuch, Irma eine Tasse einzuschenken.

»Dann schalten wir eben eine Sicherheitsfirma ein, die ihre Ermittlungen und unseren Schutz absolut diskret betreibt.«

»Wir haben genug Personal.« Malte von Mellin wollte das Thema beenden.

»Unser Personal! Das sind brave, meist ältere Leute. Wir brauchen richtige Ermittler«, sagte Hedwig von Mellin. »Da fällt mir ein: Wir haben doch diesen früheren Kriminalkommissar, der im Golfclub nach dem Rechten sieht. Der Mann macht gute Arbeit. Heißt der nicht Wolf oder so ähnlich?«

»Wolfram Witt. Natürlich! Das ist keine schlechte Idee«, sagte Malte von Mellin noch immer widerstrebend. »Der könnte tatsächlich die Augen offen halten. Ich werde ihn nachher anrufen und mit ihm reden.«

»Und wir sollten zusätzlich noch einen privaten Ermittler einschalten, dem wir vertrauen können. Mir ist da ein geeigneter Mann eingefallen.« Irma griff vertraulich nach dem Arm ihres Vaters.

»Kenne ich den Mann?«

»Noch gestern Abend hast du dich offenbar ganz gut mit ihm unterhalten. Er soll ja einer der besten Rechercheure und Reporter in deinem Verlag gewesen sein, da hat er doch die besten Voraussetzungen, um herauszufinden, was hier eigentlich gespielt wird.«

»Du meinst diesen Anders. Jonas Anders, den sie im Golfclub Bogey nennen?«

Irma nickte.

Hedwig von Mellin zupfte an ihrem Rock und legte die schlanken Beine übereinander.

»Eine gute Idee, finde ich. Vielleicht kann uns dieser Anders jetzt helfen.« Und Irma sagte: »Und außerdem ist Bogey mit Wolfram Witt befreundet, unserem früheren Kripo-Hauptkommissar. Die beiden würden als Team bestimmt gut zusammenarbeiten!«

»Privatermittler …?«

Es klang abfällig, denn Malte von Mellin schnäuzte sich dabei kräftig die Nase und wiederholte das Wort noch einmal. »Privatermittler – eine ziemlich dubiose Tätigkeit für einen ehemals renommierten Journalisten, findest du nicht?«

Irma ging nicht darauf ein. Stattdessen sagte sie entschlossen:

»Ich rufe Bogey gleich an!«

Und als ihr Vater keinen entschiedenen Einspruch einlegte, stand sie auf und ging zum nächsten Telefon in der Eingangshalle.

»Malte …?« Hedwig von Mellin blickte ihren Mann durchdringend an. »Wovor hast du eigentlich Angst?«

Malte von Mellin stand wortlos auf und ging vom Wintergarten in das Innere des Schlosses zurück.

Seine Frau gab dem im Hintergrund wartenden Butler ein Handzeichen: der Tisch könne nun abserviert werden.

14

Mein neues, tragbares Telefon klingelte. Ich holte das klobige Ding vom Format einer Zigarrenkiste aus meinem Bag, genau 125 Meter vor dem 17. Loch. Die Entfernungsangabe stand auf der in den Boden eingelassenen roten Markierung, neben der mein Ball nach dem Abschlag lag. Mit dem zweiten Schlag müsste ich das Grün erreichen können. Normalerweise. Wenn es gut lief. Aber das nervtötende Geräusch störte ausgerechnet in dem Moment, als ich das 7er-Eisen ein wenig hin und her schwang, um meine verkrampften Handgelenke für einen gefühlvollen Annäherungsschlag zu lockern.

»Schalte das verdammte Ding aus, wenn wir spielen.« Mein Freund und Spielpartner Wolfram Witt war genervt. Zu Recht. Telefongespräche sind auf dem Golfplatz verboten.

Ich brach die Schlagvorbereitung ab, murmelte eine Entschuldigung und zog das Telefon aus der Seitentasche des Golfbags. Irma meldete sich.

»Tut mir leid, es ist wirklich dringend«, sagte ich zu Wolfram und ging ein paar Schritte zur Seite.

Das Gespräch dauerte ein paar Minuten. Ich winkte den nach uns spielenden Flight durch. Die drei Clubmitglieder bedankten sich. Wolfram war allerdings stinksauer. »Es geht auch um dich«, sagte ich zwischendurch. Und als Irma endlich fertig war mit der Zusammenfassung der Ereignisse und ihrer Diskussion mit ihrem Vater und ihrer Stiefmutter, sagte ich sehr laut: »Okay, Wolfram Witt und ich spielen die beiden letzten Löcher noch zu Ende und dann treffen wir uns gleich im Clubhaus.«

Den folgenden Annäherungsschlag verschlug ich gründlich. Mein Ball landete in einem Seerosenteich.

Irma wartete nicht erst im Clubhaus, sondern schon am letzten Grün auf uns. Sie saß in einem Elektrocart. Leider konnte sie noch mit ansehen, wie ich den entscheidenden Putt aus knapp zwei Meter Entfernung am Loch vorbeischob. Damit hatte Wolfram unser Wettspiel gewonnen. Wenigstens war er wieder besserer Laune.

Irma begrüßte uns beide mit Handschlag. Ich hatte nach der vergangenen Nacht auf eine herzlichere Geste gehofft. »Nehmt den Elektrokarren da drüben«, sagte sie, »und fahrt hinter mir her. Meine Eltern warten im Schloss auf uns. Die Sache ist offenbar noch dringender geworden, als ich vorhin gesagt habe.«

Unterwegs erklärte ich Wolfram, was Irma mir am Telefon erzählt hatte: dass ihr Vater eine makabere Todesanzeige bekommen und seine Frau Angst habe, besonders nach den Vorfällen von gestern. Der alte Mellin wolle aber jedes Aufsehen vermeiden und auf keinen Fall die Polizei einschalten. Und der Familienrat sei auf die verwegene Idee gekommen, uns beide als Privatdetektive zu engagieren.

Eine ideale Besetzung, sagte ich und versuchte mein schiefes Lächeln geradezubiegen: »Ein entlassener Kriminal-Hauptkommissar und ein gefeuerter Enthüllungsreporter!«

Ich erwähnte auch noch, was Irma am Ende gesagt hatte: dass wir aus einer Kasse des Mellin-Verlages für besondere Aufwendungen recht großzügig honoriert werden würden. Tausend Mark pro Mann und Tag! Spesen extra. Das sei offenbar der Satz für die Spitzenkräfte einer führenden Wirtschaftsdetektei, die Malte von Mellin gelegentlich für den Verlag beschäftige.

»Für mich klingt das alles ziemlich verrückt«, war alles, was Wolfram Witt erst einmal dazu sagte. Aber als ich ihm meine Hand hinhielt, schlug er so kräftig ein, dass ich das Lenkrad des Golfcarts verriss und wir quer über den Kies der Schlosseinfahrt schleuderten. In der Schlosshalle legte Malte von Mellin gerade den Telefonhörer auf, als wir in Irmas Gefolge eintraten. Er stand wie erstarrt in der hohen Halle mit den Ausmaßen einer kleinen Kirche. Von den Wänden blickten die Ölporträts der Vorbesitzer auf uns herab.

»Sie kommen wie gerufen«, sagte er endlich statt einer Begrüßung. Sein Lächeln wirkte gequält.

»Was ich gerade gehört habe, macht die Sache doch ernster, als ich dachte.«

Als wir ihn fragend ansahen, erklärte er: »Eberhard Elvers ist spurlos verschwunden.«

Die Familie mache sich große Sorgen. Elvers habe genauso eine makabere Todesanzeige wie er selber erhalten.

Irma nahm ihrem Vater einen schwarz umrandeten Briefumschlag aus der Hand und reichte ihn mir. Ich las den Text.

Wolfram Witt und ich standen danach ratlos herum, bis uns Irma in die alten Ledersessel vor dem mannshohen Kamin dirigierte. Zwei Wildschweinköpfe und ein Zwölfender-Hirsch blickten auf uns herab. Sie erzählte ihrem Vater, dass sie uns also für die Familie Mellin als private Ermittler engagiert habe. Ihr Vater nickte dazu wortlos.

Dann blickte er mich durchdringend an und sagte: »Ich möchte, dass Sie meiner Tochter täglich über den Stand ihrer Recherchen berichten. Irma wird mich über Ihre Arbeit informieren, wenn sie es für notwendig hält. Ich hoffe, Sie werden unser Vertrauen und das recht üppige Honorar rechtfertigen, dass sie Ihnen zugesagt hat. Natürlich sind Sie zur Geheimhaltung verpflichtet, was immer auch sie herausfinden sollten. Wenn es sein muss, auch gegenüber Behörden.«

Wir sahen uns an und murmelten dann Zustimmung.

»Es wäre für unsere Arbeit hilfreich, wenn Sie unseren Auftrag etwas genauer beschreiben würden«, sagte Wolfram Witt mit professioneller Kühle.

Malte von Mellin schien seine Worte sorgfältig abzuwägen.

»Ich möchte, dass Sie herausfinden: Wer hat sich gestern den geschmacklosen Scherz mit dem Hund und dem Menschenknochen erlaubt? Ist es derselbe Mann, der das Liebespärchen überfallen und den Mann gefesselt hat? Wer hat sich die Mühe gemacht und diese Todesanzeige – oder diese Drohung – hier formuliert und drucken lassen? Wer steckt dahinter, und sind das nur gezielte Warnungen vor viel unangenehmeren Dingen, die auf uns zukommen können? Das Verschwinden von Elvers lässt jedenfalls Schlimmes befürchten!«

»Haben Sie einen Verdacht oder Hinweise, in welchem Zusammenhang diese Geschehnisse möglicherweise stehen? Gibt es da einen gemeinsamen Hintergrund?« Wolfram Witts Stimme bekam eine schneidende Schärfe. So etwa muss er früher seine Verdächtigen gefragt haben, dachte ich. »Vom zeitlichen Ablauf könnten diese Vorkommnisse doch in Zusammenhang mit der Entdeckung des amerikanischen Bombers stehen?«

Malte von Mellin stand auf. Aber er schwieg.

»Was immer der Hintergrund sein mag – das herauszufinden gehört zu eurer Aufgabe«, sagte Irma, bevor ihr Vater sie noch bremsen konnte.

»Vor allem möchte ich, dass Sie beide mit mir zusammen nach meinem verschwundenen Freund Eberhard Elvers suchen«, sagte er. »Und zwar jetzt! Unverzüglich!«

Zu unserer Verblüffung fragte er, ob wir bewaffnet seien. Ich verneinte das, aber Wolfram Witt sagte, er könne in wenigen Minuten seine alte Dienstpistole holen, die habe er auf dem Clubgelände an einem sicheren Ort verwahrt. Für den Fall, dass er sie als Sicherheitsbeauftragter des Golfclubs brauchen würde.

»Dann holen Sie das Ding – für den Notfall«, sagte Malte von Mellin.

Wolfram fuhr mit dem Elektrokarren los. Ich folgte dem Verleger zu der großen Garage, einem früheren Stallgebäude des Schlosses, in der ein Dutzend verschiedene Fahrzeuge abgestellt waren, vom alten Porsche-Trecker bis zum neuesten Mercedes Cabriolet. Der Schlossherr rangierte einen kleinen, grünen Suzuki-Jeep heraus. Offenbar sein kleiner Jagdwagen. Auf dem Blechdach waren Träger und Reling zum Abtransport von Wild montiert. Und ein großer Suchscheinwerfer.

Wolfram Witt wartete schon an der Ausfahrt. Bevor er einstieg, deutete er auf die Pistole, die er jetzt in einem Schulterhalfter unter seinem Golfblouson trug. Er setzte sich auf den Beifahrerplatz. Ich hockte eingeklemmt auf der kleinen Rückbank. Malte von Mellin steuerte den Jeep am Ponyhaus vorbei, in dem inzwischen Licht brannte. Offenbar war Irma jetzt dort.

Wir fuhren in das halbdunkle Wäldchen, das zwischen dem Schloss und dem Golfplatz liegt und sich zwei, drei Kilometer weit hinzieht. Die untergehende Sonne leuchtete noch einmal orangerot in den Wald. Wie Flammen tanzten in Streifen geschnittenen Strahlen vor uns her. Der Wagen hoppelte auf dem sandigen Privatweg über Steine und Baumwurzeln. Malte von Mellin hatte das Fernlicht eingeschaltet, das dichte Tannen und dicke Buchenstämme beleuchtete. Schmetterlinge oder Motten klatschten gegen die Windschutzscheibe. Ab und zu huschten Hasen vorbei. Unter einer Gruppe von alten Eichenbäumen machte sich eine Wildschweinrotte auf und davon, als wir näher kamen. Ein Reh blieb geblendet am Waldrand stehen und flüchtete erst, als die schrille Hupe des Suzuki ertönte.

»Wo fahren wir hin?«, fragte Wolfram.

Malte von Mellin antwortete nicht.

Er lenkte den kleinen Wagen durch eine ausgelichtete Tannenschonung, in der im Winter Weihnachtsbäume geschlagen worden waren, und fuhr am Begrenzungszaun des Golfplatzes entlang. Ich erkannte zur Rechten schemenhaft Sandbunker und kleinere Teiche und die von einem Blitzableiter gekrönte Schutzhütte am Abschlag der elften Spielbahn. Auf dem Grün flatterte die kleine Zielfahne nervös in einem aufkommenden Westwind. Malte von Mellin hielt in der Nähe des alten Hochsitzes mit dem Schild »Einsturzgefahr! Betreten verboten!«

Er schaltete den Motor aus und zog mit einem knarzenden Geräusch die Handbremse an. Dann drückte er uns beiden große Taschenlampen in die Hände. Zu unserem Erstaunen nahm er eine doppelläufige Büchse aus der Halterung des kleinen Jagdwagens. Wolfram griff zu seinem Pistolenhalfter, ließ die Waffe aber doch stecken.

»Die Lampen erst einschalten, wenn ich es sage«, sagte Malte von Mellin.

Wir gingen in den dämmerigen Wald. Wie Jäger auf der Pirsch. Und das waren wir wohl auch. Nach einigen hundert Metern blieb unser Anführer stehen und legte den rechten Zeigefinger auf die Lippen. Er schien etwas gehört zu haben und entsicherte sein Gewehr. Jetzt hörte ich es auch. Seltsame Geräusche. Schnauben. Röcheln. Grunzen.

»Leuchten Sie mal«, sagte Malte von Mellin zu mir und deutete nach vorn. Der Lichtkegel erfasste kaum dreißig, vierzig Meter vor uns ein dunkles Tier. Es war ein gewaltiges Wildschwein. Ein Keiler. Er pflügte mit Hauern und Rüssel in der Erde herum. Immer an derselben Stelle, ein paar Meter hinter dem alten Walnussbaum.

Malte von Mellin gab uns ein Handzeichen. Er stellte sich breitbeinig hin, hob den hölzernen Gewehrkolben an die Wange, zielte und drückte ab. Der erste Feuerstoß blendete mich sekundenlang. Ein zweiter Schuss folgte. Und ein dritter. Der Scheinwerfer schwankte in meinen Händen hin und her. Als ich den Keiler wieder erfasst hatte, lag er am Boden. Seine Läufe zuckten erst wild und dann immer langsamer. Blut spritzte wie eine kleine Fontäne aus einer tellergroßen Wunde an der Bauchseite. Der Boden färbte sich schnell rot.

»Guter Schuss«, sagte Wolfram anerkennend.

Das große Tier bewegte sich nicht mehr.

»Stehen bleiben«, sagte Malte von Mellin, als wir näher herangingen.

Wolfram Witt schien das nicht gehört zu haben. Er richtete den Kegel seiner Taschenlampe auf das tote Wildschwein. Mit einem dicken Ast stieß er das Tier an. Es rührte sich jetzt nicht mehr.

Plötzlich drehte er sich zu uns um.

»Was ist das?«, rief er.

Er kniete sich hin.

»Das sind amerikanische Uniformen gewesen! Und Menschenknochen!«

Malte von Mellin und ich gingen Schritt für Schritt, näher. Wir leuchteten den blutgetränkten Boden ab – und trauten unseren Augen nicht: Tatsächlich! Wo das Wildschwein den Waldboden umgegraben hatte, lagen durcheinandergewühlte Reste von halb vermoderten Uniformen und haufenweise Knochen.

Ich beobachtete Malte von Mellin aus den Augenwinkeln. Es sah aus, als ob er seine Hände zum Gebet ineinander verschränkte. Nach einer Weile wischte er sich über die Stirn und über die Augen. Seine Hand und seine Haut waren danach rot verschmiert. Er sah unheimlich aus.

Dann erkannte ich, dass von oben etwas Rotes auf seine Haare und auf seine Stirn tropfte. Es sah aus wie Blut.

Es war Blut!

Wolfram Witt richtete den Strahl seiner Taschenlampe über den Kopf unseres Begleiters. Ich erkannte als Erster, was in kaum einem Meter Höhe über unseren Köpfen an einem dicken Ast hing.

Ein toter Mann schaukelte im leichten Wind!

Der Kopf des Toten hing an einem langen Seil in einer Schlinge. Der Hals war in die Länge gezogen. Die Augen quollen aus den Höhlen. Die Zunge war herausgestreckt, als wolle er uns verspotten.

Die Hemdbrust war voller Blut. Da, wo das Herz gepumpt hatte, klaffte ein handgroßes, fleischiges Loch.

»Scheiße«, sagte Wolfram Witt. »Der wurde erschossen und dann aufgehängt.«

Malte von Mellin wandte sich ab. Er ging ein paar Schritte zur Seite und sank auf den Waldboden. Er verbarg sein Gesicht in beiden Händen. Er weinte lautlos. Er hatte den Toten erkannt.

Ich hatte seinen alten Schulfreund Eberhard Elvers zwar nur einmal im Vorbeifahren gesehen. Aber dennoch wusste ich gleich: Es war der Baumschulenbesitzer, der da über unseren Köpfen baumelte. Am nackten Fußgelenk hing eine Kette mit einer Art Amulett.

Während Wolfram Witt noch den vom Blut getränkten Waldboden

ableuchtete, muss ich wohl dieses ovale Teil vom Fuß des Toten gelöst und eingesteckt haben. Ich kann nicht sagen, warum. Jedenfalls fand ich das matte Messingplättchen später in meiner Jackentasche.

»Geht in Deckung!«, rief Wolfram, als wir uns vom ersten Schrecken erholt hatten. Der oder die Täter könnten noch in der Nähe sein.

»Der Mann ist erst vor ganz kurzer Zeit erschossen worden. Vermutlich erst vor wenigen Minuten«, sagte der frühere Leiter der Mordkommission.

»Dann hätten wir den Schuss doch hören müssen«, sagte ich.

»Nicht wenn ein Schalldämpfer verwendet wurde.«

Wir knipsten die Taschenlampen aus und schlichen zum Waldrand. Von da aus konnte man ein flaches Tal überblicken. Ein fahler Halbmond war jetzt über den dunklen Baumwipfeln aufgetaucht.

Plötzlich hörten wir einen dumpfen Knall. Eine Explosion!

In westlicher Richtung, nur wenige hundert Meter entfernt, leuchtete ein blitzartiger Feuerschein auf. Und über der Kiesgrube mit dem Bomberwrack stieg eine erst giftgelbe, dann immer dunkler werdende Rauchsäule in den Nachthimmel. Malte von Mellin rannte zu seinem Jeep. Ich dachte, er wolle in panischer Angst davonfahren. Aber er kam mit einem Nachtsichtglas zurück und richtete es auf den Brandherd. Offenbar konnte er mit seinen blutverschmierten Augen nicht gut sehen. Jedenfalls reichte er mir sein Glas.

»Brennt da ein Fahrzeug?«, wollte er wissen.

Ich stellte die Schärfe ein. Tatsächlich. Da brannte ein größerer Wagen. Ein Landrover! Der Wagen von Elvers!

Kurz darauf entdeckte ich vor den Flammen und dem Qualm einen Schatten. Im grünlichen Lichtverstärker des Nachtglases konnte ich einen Mann ausmachen, der seinen Oberkörper schwungvoll hin und her bewegte und dabei seine ausgestreckten Armen schwenkte.

Es sah aus, als ob er einen rituellen Tanz aufführte.

Oder winkte er höhnisch zu uns herüber?

15

Hamburg, Donnerstag, 29. Juli 1993

… wie ein Derwisch tanzte der Schattenmann vor der Feuerwand herum. Er schwenkte die Arme, sprang in den brennenden alten Landrover, hob damit vom Boden ab, zog einen feurigen Schweif hinter sich her, flog eine große Kurve unter dem Sternenhimmel, raste wieder auf die Erde zurück und landete auf der letzten Bahn des Golfplatzes Schloss Herrensee. Und das höhnische Lachen des Schattenmannes dröhnte in meinen Ohren. Neben ihm erschienen die vom flackernden Feuerschein verzerrten Gesichter von Irma und ihrem Vater. »Er will mich holen«, schrie Malte von Mellin. »Hilfe Bogey, Hilfe!«, rief Irma. Dann gingen ihre Stimmen in einem fernen Brummen unter, das näher und näher kam. Und lauter und lauter wurde. Am Himmel erschienen Flugzeuge. Bomber! Hunderte. Tausende. Das anschwellende Brummen und Donnern war unerträglich …

Von diesem Höllenlärm wurde ich wach.

Es war der alte Kühlschrank.

Der Schattenmann und die Bomber verschwanden. Malte von Mellin und seine Tochter Irma hörten auf, um Hilfe zu schreien.

Das schrankgroße Monstrum stand in dem provisorischen Schlafzimmer, in dem ich mich während der Umbauarbeiten im hinteren Teil meiner Dachgeschosswohnung einquartiert hatte, und ratterte und vibrierte vor sich hin. Unsicher stand ich auf, öffnete die Kühlschranktür, knallte sie wieder zu, so dass die Flaschen darin gegeneinander schepperten. Danach kehrte endlich Ruhe ein.

Eigentlich träume ich wenig und noch seltener habe ich Albträume. Und so gut wie nie kann ich mich nach dem Aufwachen noch an die geträumten Bilder erinnern. Aber diesmal war es anders. Manchmal denke ich noch heute an diesen Albtraum – als wäre er eine Vorhersage gewesen.

An diesem Morgen dachte ich: Das alte Kühl-Ungetüm kommt so bald wie möglich auf den Sondermüll. Wenn die Innenausbauer, die Fliesenleger, Installateure und Maler endlich fertig sind, wird sowieso eine neue Pantryküche in das Penthouse eingebaut, weiß glänzend mit einem Tresen aus hellem Granit. Der Architekt und die Handwerker sollten in einer halben Stunde kommen. Und so beeilte ich mich mit dem Duschen. Bei der folgenden kleinen Baubesprechung war ich nicht richtig bei der Sache. Denn ich hatte eine Verabredung mit Irma zum Mittagessen. Um 13 Uhr im Rive.

Vor dem Treffen hatte ich noch einen Termin im Mellin-Verlag. Mit meinem alten Hausausweis kam ich problemlos an den neuen Pförtnern vorbei. In der Dokumentation der *Zenit*-Redaktion wartete die Abteilungsleiterin Frau Dr. Wehle, eine gebildete, charmante Dame, mit der ich als Reporter gerne zusammengearbeitet hatte. Sie stellte für uns Journalisten und Autoren vor Beginn unserer Reisen und Recherchen das Basismaterial aus dem Archiv zusammen. Sie hatte jetzt die neuesten Ausgaben der *New York Times*, der *Washington Post* und des *Wall Street Journal* bereitgelegt. In einer Leseecke der Bibliothek, in der es nach Staub, Altpapier und alter Druckerschwärze roch, blätterte ich die amerikanischen Zeitungen durch. Eine Praktikantin brachte einen Becher mit dünnem Kaffe aus dem Getränkeautomaten. Ich fand tatsächlich ein Dutzend Artikel über die Entdeckung des von den Nazis in den letzten Kriegstagen abgeschossenen US-Bombers in Norddeutschland. Reportagen, Kommentare und kleinere Meldungen mit letzten Neuigkeiten. Die Mischung aus Weltkriegs-Nostalgie, aus Historie und Tragödie schien Blattmacher, Reporter und Leser in den USA zu faszinieren. Besonders das Rätsel um das Schicksal der Bomberbesatzung, von der noch immer jede Spur fehlte.

Wie meistens fand ich erst am Ende, wonach ich gesucht hatte. Ein Reporter der *Washington Post* hatte nach ausgiebigen Recherchen im Pentagon, bei der Air Force und bei der DIA, dem Geheimdienst der US-Streitkräfte, ein Foto der zehnköpfigen Besatzung des wiederentdeckten Bombers von Herrensee entdeckt. Das Bild war dreispaltig abgedruckt.

Aus denselben Quellen stammten auch die Namen der fünf Männer, die die Notlandung und den Absturz der »Pride of New York« zunächst noch überlebt hatten. Es hieß, außer dem jungen Captain Paul F. Mandell seien in einem letzten Funkspruch der Maschine noch vier lebende Besatzungsmitglieder genannt worden: Copilot Patrick Henderson, Bombenschütze John Wriggs, Navigator Bryan Simmons und Maschinengewehrschütze Albert Cunnings.

Und ich sah auf dem Bild tatsächlich den Mann, dessen Erkennungszeichen ich am Fuß des ermordeten Eberhard Elvers gefunden hatte. Ein sympathischer Kerl mit einem offenen, freundlichen Gesicht und einem zuversichtlichen Lächeln: Albert Cunnings, 22 Jahre alt, MG-Schütze. Offenkundig wussten die amerikanischen Kollegen noch nichts vom Fund der Skelette in der Nähe der Kiesgrube. Auch den Mord an dem Baumschulenbesitzer hatten sie nicht in Zusammenhang mit dem Bomberwrack gebracht.

Ich machte mehrere Kopien von dem Foto und von den besten Artikeln. Nachher ließ ich vom führenden Getränkeladen in der Verlagsgegend eine Flasche Champagner ins Büro von Frau Dr. Wehle liefern.

Irma kam ein paar Minuten nach mir ins Rive. Das bei Geschäftsleuten beliebte Spesen-Restaurant war um die Mittagszeit wie immer ausgebucht. Bei dem schönen Wetter hatte Irma einen Tisch am Ende der schmalen Elbterrasse reservieren lassen. Mit dem Hochwasser liefen in kurzen Abständen hochbeladene Containerfrachter, die schwimmenden Lagerhäusern glichen, in Richtung Nordsee aus. Von den Werften am anderen Ufer dröhnten Arbeitsgeräusche herüber, die vom Quietschen der Kräne begleitet wurden. Ein frisch gestrichenes weißes Kreuzfahrtschiff lag wie ein gestrandeter Schwan im Trockendock von Blohm + Voss.

Irma begrüßte mich sehr förmlich.

»Das Rive war wohl doch keine gute Idee.« Sie deutete mit einem Kopfnicken zu einem großen Tisch hinüber, an dem gerade ein paar Chefredakteure und Geschäftsführer des Mellin-Verlages Platz nahmen. Die grüßten und blickten neugierig zu uns herüber. Glücklicherweise war es so laut, das die Herren nicht verstehen konnten, was wir zu besprechen hatten.

Wir entschieden uns beide für ein klassisches Stammgericht des Hauses. Schellfisch gedünstet, mit Senfsoße und Kartoffelpüree. Dazu bestellten wir Weißweinschorle.

Irma war stärker geschminkt als sonst. Und als sie ihre übergroße Sonnenbrille abnahm, um die Speisekarte zu lesen, sah ich noch Schatten und Fältchen unter ihren geröteten Augen.

»Ich schlafe zur Zeit nicht besonders gut«, sagte sie.

»Bin ich der Grund?«, fragte ich und bereute gleich den kläglichen Versuch, ein wenig zu scherzen.

»Du bist wirklich mein geringstes Problem«, sagte sie. Mal abgesehen von dem üblichen Stress im Verlag – ihr Vater mache ihr Sorgen. Sein Verhalten komme ihr immer merkwürdiger vor.

»Seit dieser amerikanische Bomber ausgegraben wurde, verstehe ich Vater einfach nicht mehr. Er war doch sonst immer so klar und logisch im Kopf. Plötzlich scheint er seine Augen und seinen Scharfsinn völlig vor den Realitäten zu verschließen.«

»Was ist denn passiert?«

»Wir geraten immer häufiger aneinander, wenn wir über diese ganze Entwicklung seit dem Bomberfund reden. Er will einfach nicht wahrhaben, dass es da einen Zusammenhang gibt: Erst taucht der Bomber aus der Kiesgrube auf, dann kommen menschliche Knochen zum Vorschein. Wahrscheinlich wurden wir schon auf unserem Geschäftsbesuch in Washington und New York und sogar auf unserem Rückflug nach Deutschland beschattet, von diesem seltsamen Kerl mit dem Pferdeschwanz. Dann bekommt mein Vater seine eigene Todesanzeige zugeschickt. Sein alter Schulfreund Elvers wird erschossen und offenbar demonstrativ in der Nähe der gefundenen Leichenteile der US-Flieger aufgehängt ... Wenn das keine eindeutigen Hinweise auf einen Zusammenhang zwischen dem Absturz damals und den Geschehnissen von heute sind!«

»Und was sagt dein Vater dazu?«

»Nichts. ›Alles Hirngespinste‹,« sagt er.

»Und? Was schließt du daraus? Warum verhält er sich so?«

»Ich sag das nicht gerne«, Irma nahm hinter vorgehaltener Hand mit spitzen Fingern eine Schellfischgräte aus dem Mund und legte sie auf den Tellerrand, »aber inzwischen wächst mein Verdacht, dass er mehr über diese ganze Geschichte weiß, dass er etwas verbergen will und dass er sogar irgendwie in diese Dinge verwickelt ist.«

»Was könnte er denn damit zu tun haben?«

»Das weiß ich eben nicht.« Aber es sehe doch ganz danach aus, als seien gewisse Leute hinter ihrem Vater her. Und vermutlich hätten die auch Gründe dafür.

Irma blickte mich zweifelnd an.

Sie begann zweimal zu sprechen und biss sich jedes Mal auf die Lippen. Doch dann sprach sie es aus: »Ich möchte herausfinden, was mit meinem Vater eigentlich los ist – was er in den letzten Kriegstagen gemacht hat. Ob es dunkle Flecken in seiner Vergangenheit gibt? Wenn er ein Fremder wäre, würde ich sagen: er hat irgendetwas zu verbergen … Warum wird er bedroht? Und von wem?«

Beinahe hätte ich mich jetzt an einer Schellfischgräte verschluckt. Ich hustete und krächzte kräftig. Irma beugte sie sich zu mir über den Tisch und fragte, als sei ich schwer von Begriff:

»Hast du mich verstanden, Bogey?

»Ja«, sagte ich und dachte nach.

»Wenn ich richtig informiert bin, ist dein Vater bei Kriegsende 18 oder 19 Jahre alt gewesen? Und dein Großvater war Druckereibesitzer und Herausgeber einer kleinen Zeitung …«

»So klein war die gar nicht. Der *Norddeutsche Bote* ist in Lüneburg erschienen und im Gebiet zwischen Hamburg und Hannover verbreitet worden mit einer Gesamtauflage von immerhin 80 000 Exemplaren pro Wochentag.«

»War der *Norddeutsche Bote* ein Naziblatt?«

»Nicht direkt, soviel ich weiß. Der *Bote* war jedenfalls kein offizielles Parteiblatt der NSDAP. Allerdings …«

»Allerdings was …?«

»Allerdings gibt es für die politische Ausrichtung keine Belege mehr. Das gesamte Archivmaterial ist gleich nach dem Krieg in einem Lagerraum zusammen mit der ganzen alten Druckerei verbrannt.«

Ich notierte mir für meine Recherchen ein paar Stichworte und fragte nach der Geschichte der Familie Mellin.

»Mein Urgroßvater Wilhelm hat den *Norddeutschen Boten* zur Kaiserzeit gegründet. Ich weiß nur, dass das Blatt früher deutschnational ausgerichtet war und dann immer mehr in die Nähe der Nationalsozialisten gerückt ist. Nach dem gescheiterten Stauffenberg-Attentat auf Hitler hat mein Großvater höchstpersönlich eine untertänige Grußadresse an den ›Führer‹ geschrieben. Der habe ›den hinterhältigen Anschlag mit Gottes Hilfe‹ überlebt … Erstaunlicherweise hat mein Vater trotzdem nach dem Krieg von den Besatzungsmächten eine Lizenz zur Herausgabe einer Zeitung bekommen.«

»Und bei Kriegsende? War dein Vater hier in Norddeutschland, oder ist er wie andere Jugendlichen noch als letztes Aufgebot an die Front geschickt worden?«

»Das weiß ich nicht genau. Ich glaube, er war hier. Die Familie Mellin hat in einem Anwesen am Rande von Lüneburg gelebt, und mein Vater war in der Nähe in einem Internat. Mit Eberhard Elvers übrigens, der ist sein Klassenkamerad gewesen. Dieses Internat war im Schloss Herrensee untergebracht. In den fünfziger oder sechziger Jahren, als mein Vater schon ein erfolgreicher Verleger war und es sich leisten konnte, hat er sein ehemaliges Schulgebäude gekauft, wohl auch aus sentimentalen Gründen.«

»Nach allem, was jetzt passiert ist, sollten wir herausfinden, ob es noch andere Leute gibt, die damals mit deinem Vater zusammen das Internat besucht haben. Oder ob noch ehemalige Lehrer leben. Die wären jetzt allerdings steinalt.«

Auf diese Idee sei sie auch schon gekommen, sagte Irma.

»Hier habe ich einen Namen.« Sie schob mir einen Zettel zu. »Johann Plate« stand darauf. Der sei damals so eine Art Hausmeister im Internat Schloss Herrensee gewesen.

»Er soll noch in der Nähe von Lüneburg in einem ländlichen Altersheim leben. ›Haus Seelenfrieden‹, heißt es«, sagte Irma nach einem Blick auf ihren Notizzettel.

»Ich muss gleich wieder in den Verlag zurück. Ich werde versuchen, mir am nächsten oder übernächsten Wochenende freizunehmen. Wenn du auch Zeit hast, sollten wir mal wieder irgendwohin fahren. Vielleicht in unser Haus auf Sylt. Wie früher.«

Sie blickte zum Tisch mit den leitenden Verlagsangestellten hinüber, bevor sie meine Hand nahm und unter dem Tischtuch auf ihr Knie legte. Sie trug keine Strümpfe und der Minirock ihres dunkelblauen Businesskostüms war hochgerutscht.

Einen Moment lang konnte ich mich nicht konzentrieren. Nachdem der Kellner unseren Tisch abgeräumt hatte, holte ich einen Briefumschlag aus meiner Sakkotasche und schob ihn ihr zu.

»Was ist das?« Irma beugte ihren Kopf vor und sah mich über den Rand ihrer Sonnenbrille hinweg an.

»Der Beweis, dass der Mord an dem Schulfreund deines Vaters etwas mit dem Absturz des US-Bombers und mit dem Schicksal der Besatzung zu tun hat.«

Irma zögerte, dann öffnete sie den unverschlossenen Umschlag. Eine Halskette mit einem ovalen Messingplättchen fiel auf das weiße Tischtuch. Sie nahm die Kette in die Hand und betrachtete angestrengt die eingravierten Buchstaben und Zahlen, die nur schwer zu entziffern waren.

»Was ist das? Ein Amulett?«

»Die Amerikaner nennen es Dogtag.«

»Eine Hundemarke?«

»Ja. Solche Erkennungsmarken trugen amerikanische Flieger bei ihren Feindeinsätzen, damit sie im Ernstfall identifiziert werden konnten. Da stehen Name, Dienstnummer, Herkunft und Blutgruppe drauf.«

»Albert Cunnings ...« Irma hatte den Namen mühsam entziffert.

Ich zog die Kopie des Fotos mit den Besatzungsmitgliedern der »Pride of New York« aus meiner Jackentasche und deutete mit einem Kugelschreiber auf den dritten Mann von links oben.

»Das hier ist er.«

»Albert Cunnings«, sagte Irma noch einmal, nachdem sie die Bildunterschrift gelesen hatte. »Sieht sympathisch aus. Woher hast du das Bild?«

»Aus der Dokumentation des *Zenit*. Und die haben es aus der *Washington Post*. Es ist erst vorgestern erschienen.«

»Und ... und wie bist du an diese Erkennungsplakette gekommen?«

»Sie hing am Fuß von Eberhard Elvers, als wir ihn im Walnussbaum entdeckt haben. Offenbar haben der oder die Mörder buchstäblich ein Markenzeichen hinterlassen wollen.«

»Das ist ja ... unglaublich«, sagte Irma nach längerer Pause. »Weiß die Polizei nichts davon? Hast du verschwiegen, dass du das Ding eingesteckt hast?«

»Ja. Es ist mir auch sehr peinlich, sagte ich, aber am Tatort habe ich wohl ohne nachzudenken danach gegriffen hätte. Nicht einmal meinem Freund und Partner Wolfram Witt habe ich bisher etwas davon gesagt.«

Irma gab mir das Dogtag zurück.

»Du scheinst ja genau so wenig mit der Polizei zu kooperieren wie mein Vater.«

Bevor ich antworten konnte, kam ausgerechnet der Chefredakteur des Society-Magazins aus dem Mellin-Verlag an unseren Tisch. Er sah an mir vorbei und verbeugte sich vor Irma. Er freue sich sehr, sie hier zufällig zu treffen, sagte er, und er würde sich noch mehr freuen, wenn sie als Tochter des Verlegers bei einem von seinem Blatt organisierten Charity-Event in der kommenden Woche eine kleine Rede zur Begrüßung der prominenten Gäste aus dem Showbusiness halten würde.

Irma sah ihn wortlos an.

»Entschuldigung, habe ich gestört?«, stotterte der Chefredakteur.

»Ja!«, sagte Irma kühl.

Der hagere Blattmacher ging nach vorn gebeugt zu seinem Tisch zurück, als habe ihn jemand in eine besonders empfindliche Stelle getreten.

ZWEITER TEIL

Golf ist kein Spiel auf Leben und Tod –
es geht um mehr …

Unbekannter schottischer Denker

16

Herrensee, Freitag, 30. Juli 1993

Vor dem letzten Grün war unser Wettspiel noch nicht entschieden. Wie so oft. Jeder von uns hatte sechs Löcher gewonnen. Fünfmal war es unentschieden ausgegangen. Die nächsten Schläge würden entscheiden. Mein Ball lag vor dem 18. Loch verdammt ungünstig: direkt hinter einem tiefen Sandbunker, und hinter diesem Bunker stand noch eine mächtige deutsche Eiche. Halbhoch spielen und ein wenig um den dicken Stamm herum – das war die schwierige Aufgabe. Ich überlegte lange, welchen Schläger ich nehmen sollte.

»Lass dir nur Zeit, Golf ist bekanntlich eine als Sportart getarnte Meditationsübung«, sagte Wolfram Witt und grinste. Eine gewisse Schadenfreude war angesichts meines Problems nicht zu überhören. »Nun mach schon, ich habe Hunger. Ich freue mich schon auf mein Roastbeef mit Bratkartoffeln.«

Es ging wie immer bei unserem Wettspiel um »eine warme Mahlzeit mit Kaltgetränk«.

Ich zog endlich das Pitching Wedge aus dem Bag, konzentrierte mich, holte nur kurz und flach aus und traf den Ball ziemlich kräftig. Er schaffte es halbhoch über den Bunker, traf dann aber die Borke der deutschen Eiche, prallte seitlich ab, landete auf der erhöhten Ebene des Grüns und rollte und rollte in Richtung Fahne. Ich jubelte bereits und Wolfram guckte verspannt zu. Beinahe wäre der Ball tatsächlich ins Loch gefallen, aber der nächste kurze Schlag würde für den Sieg reichen.

»Glück gehabt!« Wolfram klang ein wenig verkniffen. Sein Ball lag schon am Rand des Grüns, noch sechs, sieben Meter bis zu Fahne, und er müsste ihn jetzt mit einem perfekten Putt versenken, um auf meine Kosten an ein Roastbeef zu kommen. Und das schaffte er tatsächlich. Sein gefühlvoll gespielter Ball fiel wahrhaftig mit dem letzten Vorwärtsdrall ins Loch.

Er reckte beide Arme in Siegerpose in den Julihimmel. Beim anschließenden Mittagessen im Clubhaus-Restaurant war er natürlich bester Laune. Eine passende Gelegenheit, dachte ich, um ihm eine schlechte Nachricht zu überbringen.

»Ich muss dir etwas gestehen …«, sagte ich im selben Moment, als er vom Kellner ans Telefon gerufen wurde.

Es dauerte lange, bis er wiederkam. Seine Bratkartoffeln waren kalt geworden. Von meinem Wiener Schnitzel waren nur noch eine Zitronenscheibe und ein Salatblatt übrig geblieben.

»Das war mein Informant vom Bundeskriminalamt. Es gibt neue Erkenntnisse im Fall Evers«, flüsterte Wolfram, obwohl die Nebentische nicht besetzt waren.

»Was ist passiert?«

»Sage ich dir gleich in unserem Büro.« Er schaufelte die Bratkartoffeln in sich hinein und trank sein alkoholfreies Bier in einem Zug aus.

Ich zahlte und wir gingen eilig über den gepflasterten Innenhof des U-förmigen Schlossgebäudes zum westlichen Seitenflügel. Wolfram öffnete mit einem Sicherheitsschlüssel eine Tür, an die er einen gedruckten Zettel mit der Aufschrift »Anders und Witt BfbA« gepinnt hatte.

Unser Büro – das war ein muffig riechender großer Raum, den wir uns zweckmäßig eingerichtet hatten. Mit Doppelschreibtisch, Computer mit Internetanschluss und Drucker, Telefon- und Faxgerät und mit einem Tresor. Eine ausrangierte Sitzgruppe aus einem der Gästeapartments des Schlosshotels vermittelte einen Hauch von Gemütlichkeit. Sogar einen Kühlschrank und einen Kaffeeautomaten hatte uns die Verwaltung des Schlosshotels besorgt. Durch hohe, aber halbblinde Fenster hatten wir einen Blick zur Auffahrt und in den Schlosspark.

»Nun erzähl endlich«, sagte ich, »was hat das BKA ermittelt?«

»Dass die Firma Elvers und Sohn, Baumschulen und Landschaftsgärtnereien, in ein ziemlich schmutziges Geschäft verwickelt sein soll. Es geht um einen großen Korruptionsfall in Brandenburg. Dort sind Beamte vermutlich mit sechsstelligen Summen bestochen worden, um günstig an ein hundert Hektar großes Gelände am Rande von Potsdam zu kommen.«

»Bauland?«

»Nein.«

»Bauerwartungsland?«

»Auch nicht.«

»Was dann?«

»Nur wenige Entscheidungsträger wissen bisher davon – aber genau auf diesem Gelände soll in ein paar Jahren die Bundesgartenschau stattfinden, und der Grundstückswert wird natürlich um ein Vielfaches steigen. Das ist bisher noch nicht offiziell verkündet worden. Und genau die für diese Entscheidung zuständigen Leute soll die Firma Elvers geschmiert haben. Die Kaufverträge mit den Kommunen sind bereits unterschriftsreif. Entsprechende Unterlagen sind in der Verwaltung von Elvers und Sohn gefunden worden. Das heißt: Das Land Brandenburg müsste das Gelände später entweder sehr teuer von Elvers zurückkaufen oder der Firma den Auftrag für die gesamten Arbeiten für die Bundesgartenschau übertragen. Dabei geht es natürlich um zig Millionen!«

»Und deswegen ist der alte Elvers erst erschossen und dann aufgehängt worden? Von wem denn?«

»Möglicherweise im Auftrag der Konkurrenz. Es gibt da ein ebenfalls an diesem Geschäft interessiertes Großunternehmen, einen Landschaftsbaukonzern aus Berlin. Und der hat nach Erkenntnissen des Wirtschaftsdezernats der Berliner Kripo schon bei früheren Anlässen einen Ableger der Russenmafia für die Durchsetzung seiner Geschäftsinteressen engagiert.«

»Hmm«, sagte ich nur.

»Das würde bedeuten«, sagte Wolfram Witt, der frühpensionierte Hauptkommissar, als sei ich schwer von Begriff, »wir liegen mit unserer These, dass der Mord an Elvers etwas mit dem Fund des amerikanischen Bomberwracks zu tun haben könnte, ganz schön daneben.«

»Das glaube ich kaum«, sagte ich und überlegte, wie ich meinem Partner schonend beibringen könnte, dass ich ihm und der Polizei ein wichtiges Beweisstück vorenthalten hatte. Schließlich machte ich es genauso wie nach dem Essen mit Irma.

Ich legte erst den Umschlag mit dem Dogtag auf den Tisch. Und dann das Foto von der Crew des abgestürzten US-Bombers daneben. Wie

Irma auch buchstabierte Wolfram den Namen Albert Cunnings. Er stellte die gleichen Fragen und ich gab dieselben Antworten. Der Unterschied war nur, dass er mich am Ende zusammenstauchte, als sei ich sein inkompetenter, hinterlistiger Assistent.

»Das war das erste und letzte Mal, dass du so mit mir umgehst! Entweder wir arbeiten in dieser Sache richtig zusammen oder du kannst deinen Scheiß alleine machen!«

Er knallte seine Faust auf den Tisch, trat gegen ein Stuhlbein und brüllte mich weiter an.

Natürlich hatte er Recht. Natürlich konnte ich verstehen, dass er stinksauer war. Und natürlich wollte und konnte ich nicht auf seine Hilfe und seine Kontakte verzichten, also sagte ich ziemlich kleinlaut:

»Entschuldige. Tut mir leid. Ich verspreche, das kommt nicht mehr vor. Wir halten uns ab sofort immer gegenseitig auf dem Laufenden.«

Einen Moment lang wusste ich nicht, wie er reagieren würde. Dann wurde er Gott sei Dank wieder zum Telefon gerufen. Als er wiederkam, sah er durch mich hindurch und schwieg immer noch.

»Was ist?«, fragte ich.

»Einverstanden«, sagte er, »wir halten uns ab sofort immer gegenseitig auf dem neuesten Stand. Und der allerneueste Stand ist: Meine früheren Kollegen haben vor gut einer Stunde den Elvers junior in die Mangel genommen. Und der hat ihnen glaubhaft versichert, dass er für diese ganze Potsdam-Geschichte ganz alleine verantwortlich ist. Sein Vater habe davon keine Ahnung gehabt. Und das würde bedeuten: Die Russenmafia ist raus aus dem Fall Eberhard Elvers ...«

Für den Nachmittag waren Wolfram Witt und ich zu einer ersten Lagebesprechung mit unserer Chefin verabredet. Irmas Sekretär hatte sie für 16 Uhr angekündigt. Sie werde vom Verlagshaus in Hamburg aus zu uns nach Herrensee kommen. Wir warteten. Die Kaffeemaschine blubberte schon länger als eine Stunde vor sich hin. Das Heißgetränk wurde immer schwärzer und konzentrierter. Gegen Viertel nach fünf tauchte endlich der rote Maserati hinter unseren Fensterscheiben auf. Irma parkte den Wagen direkt vor der Eingangstür unseres Büros.

Sie begrüßte mich ebenso freundlich distanziert wie Wolfram Witt.

»Nette Arbeitsatmosphäre habt ihr hier. Was bedeutet das Schild draußen an der Tür – AfbA?«

»Arbeitsgemeinschaft für besondere Aufgaben«, erklärte Wolfram.

»Sehr komisch«, sagte Irma, ohne zu lächeln. Sie entdeckte Wolframs Aschenbecher auf dem Schreibtisch.

»Darf ich?«, sagte sie und steckte sich eine Marlboro an. Mitgenommen sah sie aus.

»Nun, was habt ihr bisher herausgefunden? Wie ist der Stand?«, sagte Irma ohne Vorgeplänkel.

Wolfram Witt gab einen knappen Bericht, wie er es von seiner früheren Arbeit als ermittelnder Hauptkommissar her gewohnt war:

Die Polizei habe den Tatort erst vor wenigen Stunden wieder freigegeben. Der Spielbetrieb auf dem nahen Golfplatz sei nur für einen Tag unterbrochen gewesen. Die Spezialisten von der Spurensicherung hatten in ihren weißen Arbeitsanzügen Quadratzentimeter für Quadratzentimeter jeden Stein, jedes Sandkorn umgedreht und anschließend buchstäblich unter die Lupe genommen. Der Kripochef der Polizeiinspektion in der nahen Kreisstadt habe persönlich die Leitung der Ermittlungen übernommen. Die Sonderkommission, die »Soko Elvers«, sei durch je einen Beamten vom Landeskriminalamt und vom Bundeskriminalamt verstärkt worden.

Ob man irgendwelche Hinweise auf die Täter habe oder ob es Verdächtige gebe, wollte Irma ungeduldig wissen.

Wolf fasste in zwei Worten zusammen, was er von einem früheren Kollegen über den aktuellen Stand der Ermittlungen vertraulich erfahren hatte: »Nichts Konkretes!«

Aber seine Exkollegen hätten natürlich die letzten Stunden im Leben von Eberhard Elvers minutiös rekonstruiert:

»Danach ist der Ermordete zuletzt in der kleinen Festhalle von Roseberg gesehen worden. Dort hatte der Gemeinderat getagt, dessen Ehrenvorsitzender er gewesen ist. Wie immer ist Elvers mit seinem alten Landrover gekommen und auch wieder weggefahren. Er wollte nach Hause. Vermutlich haben ihn der oder die Täter unterwegs gestoppt. Am Ortsausgang hat man jedenfalls Bremsspuren gefunden, die offenbar von den Reifen des Landrover stammen. Das und die Tatsache, dass nirgendwo Spuren eines Kampfes gefunden worden sind, spricht dafür, dass man den alten Mann in seinem eigenen Wagen abtransportiert und umgebracht hat.«

»Warum hat man ihn dann auch noch aufgehängt?«, fragte Irma.

Die Streichholzflamme flackerte stark, als sie sich die dritte Zigarette hintereinander ansteckte.

»Der Ermordete erhängt im Walnussbaum – dieser Schauplatz ist bestimmt kein Zufall. Dort ist vorher ja schon von dem großen Unbekannten das Liebespaar überfallen worden, und bekanntlich hat man die Gebeine der amerikanischen Bomberflieger ganz in der Nähe gefunden, jedenfalls Teile davon.«

Wolfram verschluckte sich an dem zu einer bitteren Brühe zusammengekochten Kaffee.

»Wir müssen uns jetzt genauer informieren, was damals in den letzten Kriegstagen und kurz danach eigentlich hier in der Gegend passiert ist. Vielleicht stoßen wir dabei auf Zusammenhänge mit den aktuellen Vorkommnissen«, sagte ich.

»Tut das«, sagte Irma knapp.

»Bogey und ich befürchten übrigens, dass dies erst der Anfang sein könnte. Wahrscheinlich kommt da noch mehr auf uns zu, wenn unsere Vermutung richtig ist. Und wir haben den Eindruck, Frau von Mellin, dass Ihr Vater bereits eine gewisse Ahnung hat, was da noch passieren könnte – nicht nur weil er selber ja wie sein Freund Eberhard Elvers eine als Todesanzeige getarnte Morddrohung bekommen hat.«

»Welche Vermutung habt ihr?«

»Das hinter all dem ein Plan stehen könnte, vielleicht eine Art Vergeltungsaktion …«

Irma sah Wolfram Witt erschrocken an.

Der stand auf und schüttete seinen ungenießbar gewordenen Kaffee in einen steinernen Ausguss in der hinteren Ecke unseres Ermittlungsbüros.

17

Washington, Sonnabend, 31. Juli 1993

Die große Mahagoni-Uhr schlug zweimal. Ein warmer Widerschein des Abendhimmels fiel durch die Sprossenfenster auf das schön bemalte Ziffernblatt. Die Zeiger standen auf halb zehn Uhr abends Ortszeit in Washington D.C.

Winston, der dunkelhäutige Diener des Lincoln Park Club, knöpfte seine graugestreifte Weste mit dem Clubwappen zu und betrachtete wie so oft, wenn nicht viel zu tun war, die detailreiche Darstellung aus dem Amerikanischen Bürgerkrieg: Unionstruppen stürmen mit aufgesetzten Bajonetten eine Stellung der Konföderierten auf einem grünen Hügel Virginias. Der Schlachtruf »On to Richmond!« steht unter dem Bild, daneben die Jahreszahl 1864. Etwa aus dieser Zeit stammte auch die dreistöckige Backstein-Villa, deren großes Säulenportal von der Straße aus hinter hohen Ahornbäumen gerade noch zu sehen war.

Die oberen Tausend der amerikanischen Hauptstadt, aus denen sich die Mitglieder des Clubs rekrutierten, hatten das prächtige Sommerwochenende in ihren Häusern auf dem Lande oder an der nahen Atlantikküste verbracht.

Nur ein Dutzend Menschen verlor sich zu dieser Stunde in der mit Marmorkaminen, Antiquitäten und Ölgemälden üppig ausgestatteten Hochburg der konservativen Elite auf dem Capitol Hill. Seit Generationen trafen sich hier amtierende und ehemalige Minister, Senatoren und Kongressabgeordnete, Wirtschaftsführer und Meinungsmacher, die eines gemeinsam hatten: eine christlich-patriotische Grundüberzeugung, nach der Macht, Reichtum und Wohlergehen von Gott gegeben sind. »Man sagt, ihr seid die Elite des Landes – aber für mich seid ihr meine Basis!«, hatte Präsident Ronald Reagan bei seinem ersten Besuch mit erhobenem Glas gerufen und dafür zustimmendes Gelächter und Beifall geerntet. Für liberale Demokraten wie den neuen Präsidenten Bill Clinton oder seinen Stellvertreter Al Gore wäre hier kein Platz.

An diesem Sonntagabend gab es kaum Arbeit für die Angestellten des Hauses.

Der junge Winston war zum Dienst in dem etwas abgelegenen Erker-Salon eingeteilt, durch dessen hohe Fenster noch die Kuppel des Capitols zu sehen war. Hier trafen sich Clubmitglieder, die nicht gestört werden wollten. Winston hätte heute seine Gäste an einer Hand abzählen können. Es waren vier. Drei von ihnen kannte er:

Fitzgerald P. Almond, der stets elegant gekleidete Lobbyist und Seniorchef der berühmten Anwaltskanzlei Almond, Lyson & Partner – ohne Einstecktuch, Strohhut und Spazierstöckchen würde er ihn vermutlich nicht wiedererkennen. Heute trug er auch noch braun-beigefarbene Sommerschuhe zum hellen Leinenanzug. Almonds Anwaltsfirma beschäftigte in Washington und New York mehr als hundert Juristen.

Randolph G. Berkowitz war zwei Jahre lang stellvertretender Verteidigungsminister gewesen, bevor er wieder zurück in die Rüstungsindustrie gewechselt war. Er galt als enger Vertrauter des erzkonservativen Vizepräsidenten.

Mortimer W. Marshall, ein früherer Richter am District Court of Columbia, war in den Verdacht der Bestechlichkeit geraten und hatte sein Amt freiwillig niedergelegt. Nun erhielt er als Berater und Aufsichtsratsmitglied des Medienkonzerns »Atlantic Publishing Company« leicht das Vielfache seiner früheren Bezüge.

Almond hatte an der Clubrezeption die Sitzgruppe in der Ecke des Salons reservieren lassen. Er wollte mit seinen Freunden ungestört bleiben. Und anders als sonst wurde bei den Herren an diesem Abend kaum gelacht. Sie hatten sich leise, fast flüsternd unterhalten und ausnahmsweise einmal auf laute und derbe Scherze auf Kosten von anderen mächtigen Männern in Washington verzichtet.

Winston interessierte sich für die Machtspiele und Intrigen, die häufig im Lincoln Park Club gesponnen wurden. Er verdiente sich Geld für sein Jurastudium mit dem abendlichen Job im Lincoln Park Club. Später wollte er selber in die Politik gehen oder politischer Journalist werden. Er hätte etwas darum gegeben, wenn er die Diskussion seiner vier Gäste noch besser verstanden hätte. Aber wahrscheinlich wäre er schockiert gewesen, worüber sie an diesem Abend sprachen.

Von Vergeltung war die Rede. Von Vollzug. Von Vollstreckung. So als seien sie die Richter über Leben und Tod. Und das waren sie nach ihren eigenen Vorstellungen auch.

Einen einzigen vollständigen Satz hatte Winston mitbekommen, als er die zweite Getränkerunde servierte. Den Satz hatte er sich eingeprägt: »Der erste Deutsche hat schon seine gerechte Strafe erhalten …«

Der vierte Gast, Vandenberg, hatte das gesagt. Und darauf hatte Almond den anderen mit einem Handzeichen zu verstehen gegeben, man möge schweigen, bis der Clubdiener wieder außer Hörweite sei.

Winston hatte diesen vierten Mann vorher noch nie gesehen, dennoch war er ihm gleich zu Beginn des Abends bekannt vorgekommen. Winston war über den roten Kokosläufer zur Rezeption hinuntergegangen, um sich das Gästebuch zeigen zu lassen – damit er seinen unbekannten Gast mit Namen ansprechen könne, wie das im Hause üblich sei.

»Vandenberg«, stand da. Vorname: »Erik«. Titel oder Funktion: »Chairman«. Company: »Blackbird Global Security«.

Der Vandenberg war das also!

Der berühmt-berüchtigte, der umstrittene, in allerlei politische und militärische Affären und Skandale verwickelte Boss des Sicherheitskonzerns »BGS«. Vandenberg befehligte eine Privatarmee von mehr als zehntausend Söldnern. In den USA und in vielen Krisengebieten der Welt waren die gut bezahlten, hervorragend ausgebildeten und bestens ausgerüsteten Blackbird-Krieger im Einsatz, meist im Auftrag des Pentagon oder diverser Dienste der US-Regierung.

Über Vandenberg und sein Unternehmen hatte Winston wie Millionen andere Amerikaner auch erst unlängst Enthüllungsgeschichten im *Time*-Magazin und in *Newsweek* gelesen, von Fotos garniert, die den Blackbird-Boss als jungen Kämpfer der berühmten »Navy Seals« zeigten und als Modellathleten, der mit blankem entblößtem Oberköper und mit einem Schnellfeuergewehr im Anschlag auf dem Titel der Söldner-Zeitschrift *Soldiers of Fortune* posierte. Als Anführer einer Spezialeinheit hatte sich der junge Vandenberg im Vietnamkrieg ein halbes Dutzend Orden erkämpft. Dann, so wurde berichtet, habe ihn die CIA angeheuert. Im Hauptquartier in Langley war er Chef einer Abteilung gewesen, die intern »DTD« genannt wurde – »Dirty Tricks Department«.

Danach hatte er sich selbstständig gemacht und aus einer kleinen Detektei in Miami in eineinhalb Jahrzehnten den »Blackbird«-Konzern geschmiedet, dessen Aktien an der Wall Street gehandelt wurden. Die Kurse waren gerade kräftig gestiegen. Das Verteidigungsministerium hatte achttausend Blackbird-Söldner langfristig für besondere Aufgaben und für Kampfeinsätze in Gebieten der Welt engagiert, in denen schon das bloße Erscheinen regulärer US-Truppen mehr politischen Schaden als militärischen Nutzen bringen würde. Vor allem im Nahen Osten und im nördlichen Afrika.

Wilson hatte solche Artikel gelesen, ausgeschnitten, abgeheftet und in seiner kleinen Wohnung im Vorort Arlington in sein Privatarchiv eingeordnet.

Auch über Fitzgerald P. Almond hatte er Material aus dem Internet und aus der Presse gesammelt. Er wusste: Almond ist der Chef einer der größten Anwaltsfirmen des Landes, spezialisiert auf »Personal injuries«. Seine Kanzlei hatte gewaltige Schadenersatz-Summen erstritten: für Babys, die durch ärztliche Geburtsfehler missgebildet auf die Welt gekommen waren, ebenso wie für Greise, die durch falsche Behandlung in Pflegeheimen gesundheitlich geschädigt worden waren. 50 Prozent Erfolgshonorar kassierten Almond und seine Leute dafür. Ein Foto wurde bei aktuellen Anlässen immer wieder gern gedruckt: Es zeigte Almond in einem seiner flotten Maßanzüge mit eleganter Fliege und Einstecktuch, an seinem gewaltigen Schreibtisch stehend – ein Dandy in einer eher konservativen Zunft. An der holzgetäfelten Wand hinter ihm hing ein furchterregendes Samuraischwert. Und zahlreiche Großfotos zeigten ihn mit seinen mächtigen Freunden. Die Präsidenten Ronald Reagan und George Bush senior waren natürlich dabei.

»Der Falke« wurde Almond genannt. Sein schmaler, knochiger Kopf, eng stehende, meist etwas zusammengekniffene Augen und eine schnabelartige Nase gaben ihm tatsächlich etwas Raubvogelhaftes. Winston bemerkt erst jetzt, dass sich der Staranwalt Almond eine Glatze rasiert hatte. Das ließ ihn ein wenig jünger erscheinen, denn sein früherer graubrauner Haarkranz hatte immer mehr wie ein welkender Lorbeerkranz ausgesehen. Winston beobachtete, dass sich Almond immer wieder mit dem Zeigefinger nervös oder nachdenklich über eine auffällige Narbe an der linken Schläfe fuhr, die bei der alten Frisur kaum zu sehen gewesen war.

Vandenberg musste mindestens zehn Jahre jünger sein als Almond. Sein Gesicht war sportlich gebräunt. Sein militärischer Bürstenhaarschnitt wirkte sorgfältig gestylt. Er hatte die Figur eines Halbschwergewichtsboxers, seine Schultern spannten den Stoff des weißen Poloshirts mit dem »Boss«-Etikett. Sein Sommersakko hatte Vandenberg auf einen der frei gewordenen Sessel geworfen.

Winston blickte durch den dichter werdenden Zigarrennebel zur Sitzecke hinüber. Er konnte nichts verstehen, aber er konnte sehen, dass sich Vandenberg und Almond offensichtlich ein intensives Wortgefecht lieferten. Beide gestikulierten dabei heftig und lehnten sich abwechselnd vor und zurück.

»Offen gesagt, ich verstehe immer noch nicht so richtig, warum du bei dieser Geschichte, die ja immerhin 48 Jahre zurückliegt, erst jetzt und nun so plötzlich und so dringend Vergeltung und Rache für den Tod deiner Kameraden vollstrecken willst? Kannst du mir das erklären?« Vandenberg blickte Almond fragend an.

»Dann hast du mir nicht zugehört«, sagte Almond barsch. »Für mich ist diese Geschichte nicht 48 Jahre, sondern genau zwei oder drei Wochen alt. Erst seit ich in der *New York Times* über den Bomberfund gelesen habe und weil mir die Gehirnspezialisten in New York meine Erinnerungsvermögen zurückgegeben haben, weiß ich, was damals geschehen ist. Mein Entsetzen, meine Wut und mein Rachebedürfnis sind noch ganz frisch!«

»Ich kann dich sehr gut verstehen«, sagte Mortimer Marshall. Er klopfte Almond auf die Schulter. Schließlich stießen Almond und Vandenberg gemeinsam an. Sie hatten ihren Disput freundschaftlich beendet.

Gut eine Stunde lang saßen die vier Männer noch zusammen.

Dann verabschiedeten sich zwei von ihnen, Berkowitz und Marshall. Winston räumte die leeren Gläser der beiden ab.

»Noch ein Kentucky Bourbon nur mit Soda für Mister Almond, ein Gin Tonic mit Eis für Mister Vandenberg?«, fragte er die beiden zurückgebliebenen Gäste beflissen. Dann füllte er die schweren Kristallgläser zum dritten Mal nach, stellte die mit Namensplaketten behängten Flaschen zurück und schob den rollenden Butlertisch über das Parkett zu der kleinen Service-Bar neben der Tür.

Almond und Vandenberg lehnten sich sichtlich entspannt zurück. Sie entzündeten mit langen Streichhölzern genussvoll die Zigarren, die sie sorgfältig aus dem bereitgestellten Humidor ausgewählt hatten.

»Ich war überrascht, dass du heute Abend zwei weitere Leute ins Vertrauen gezogen hast«, sagte Vandenberg und beugte sich zu Almond vor. »Ich dachte, die ganze Angelegenheit bleibt unter uns.«

»Ich wollte Berkowitz und Marshall einweihen und ihre Meinung hören, vermutlich werde ich sie später noch brauchen. Und es schien mir wichtig, dass ihr euch kennenlernt.«

Almond zog vergeblich an seiner Zigarre. Er brachte die Glut schließlich mit einem brennenden Holz wieder in Gang.

»Wie du meinst. Es ist dein Fall. Du zahlst die Rechnung!«

Vandenberg holt ein eng beschriebenes Blatt und ein kleines Foto aus seiner Jackentasche.

»Das habe ich zu deiner Information zusammenstellen lassen, damit du dir eine Vorstellung machen kannst, wofür du das hohe Honorar bezahlst. Dieser Mann hier ist der Beste, den man für Geld kaufen kann. Er ist bereits seit einer Woche in Deutschland. Wie gesagt, er hat eben erst angerufen und mir die erste Vollzugsmeldung durchgegeben. Der Erste, den es getroffen hat, ist ein gewisser … – Eberhard Elvers.« Vandenberg sprach den deutschen Namen mühsam aus.

Almond betrachtete das Bild des Spezialisten, das ihm der Blackbird-Chef gegeben hatte, und überflog das dazugehörende knapp gehaltene Dossier.

»Ein Mann mit internationaler Erfahrung. Libanon, Nicaragua, Spanien, Irland, London, Berlin … überall hat er seine Jobs erledigt, ohne Spuren zu hinterlassen?«

»So ist es in diesem Geschäft üblich.«

»Und warum hat er dann im Todesgefängnis von Arizona gesessen?«

»Keine Sorge – er war dienstlich da. Wir hatten ihn auf einen verurteilten Terroristen, einen Flugzeugentführer und Mörder, angesetzt, dessen Anwälte immer wieder Aufschübe für die Hinrichtung erwirkt hatten. Elf Jahre lang! Unser Mann hat diesen Todeskandidaten während einer gemeinsam arrangierten Stunde im Freiluftkäfig vor dem Hochsicherheitstrakt erledigt – mit einem gezielten Schlag. Angeblich im Streit. Und danach haben wir ihn zur Strafe offiziell verlegen lassen – in die Freiheit natürlich.«

Der Blackbird-Chef bat Almond um das Dossier und das Foto. Er zerriss beides sorgfältig und verbrannte die Schnipsel in dem alten Kolonialstil-Kamin an der Seitenwand des Erker-Salons.

»Wie heißt er?« Almond fand seine Frage sogleich unsinnig.

»Er bekommt für jeden Fall einen neuen Namen. Kevin McGovern steht zur Zeit in seinen Papieren.«

»Auf dem Foto sieht er eher ein wenig mexikanisch oder indianisch aus.«

»Seine Großmutter war eine Hopi-Indianerin und der Großvater ein Arizona-Ranger irischer Abstammung.«

Vandenberg schlürfte an seinem Drink.

»Wie gesagt, einer unserer besten Leute. Er war früher Special Agent beim FBI in Miami. Spricht außerdem passabel Deutsch. Er war als GI in Deutschland stationiert.«

Almond drehte die Zigarre in seiner Hand, so dass der Tabak leise knisterte. Dann schnupperte er genüsslich am Deckblatt.

»Und er kann diesen Auftrag ganz alleine erledigen?«

»Einmal hat er das ja schon bewiesen. Aber er hat sicherheitshalber logistische Hilfe von uns bekommen. Jemand, der perfekt Deutsch kann, der für ihn recherchiert, diskrete Kontakte zu Behörden und zu gewissen amerikanischen und deutschen Dienststellen hat.«

»Und dieser Mann gehört auch zu Blackbird?«

»Ja. Dieser Mann ist allerdings eine Frau. Sie war früher in Langley für die CIA-Zentrale in Europa eingesetzt, in Budapest, Berlin und Hamburg. Jetzt arbeitet sie für uns und zur Tarnung in einer Presseagentur. Deutsch ist tatsächlich ihre Muttersprache. Ihre Mutter stammt aus Bayern und hat nach dem Krieg einen GI geheiratet. Ihr Deckname für diesen Fall ist Valerie Stansted, Journalistin.«

»Und was hat dieses Pärchen bisher erreicht? Gibt es schon etwas Konkretes?«

Statt zu antworten, schob Vandenberg ein Foto über den Tisch. Es war die Reproduktion eines Zeitungsbildes, stark vergrößert mit groben Rasterpunkten. Es zeigte fünf junge Männer in kurzen Hosen, die vor einem Mann in schwarzer Uniform strammstanden. Im Hintergrund hing eine Hakenkreuzfahne über dem Eingang eines schlossartigen Gebäudes. Unter dem Bild standen Namen und Alter der abgebildeten Jungen, die gerade einen Orden erhalten hatten.

»Was ist das …?«

»Das Bild hat Valerie beschafft. Es stammt aus einer alten deutschen Zeitung, vom April 1945, genauer gesagt.«

»Und wer sind die Leute? Junge Nazis?«

Almond nickte. »Nach allem, was unser kleines Spezialteam herausgefunden hat, sind das die Mörder deiner Kameraden. In dem Artikel steht, dass sie im tapferen Kampf die überlebenden Besatzungsmitglieder der abgestürzten ›Pride of New York‹ außer Gefecht gesetzt hätten …«

Almond betrachtete das Bild genauer. Seine Hand zitterte dabei.

»Man kann ihre Gesichter kaum erkennen.«

»Aber ihre Namen stehen unter dem Foto. Und, wie eben schon gesagt: Der erste der fünf hat seine Strafe bereits erhalten …«

Vandenbergs Fingerspitze zeigte auf den ersten Namen, der unter dem Bild stand: Eberhard Elvers …

»Und die anderen?«

»Valerie kümmert sich gerade darum. Sie recherchiert, was aus ihnen geworden ist, ob sie noch leben und wo sie sich aufhalten.«

»Was ist mit diesem hier?« Almond deutete auf den Namen Malte von Mellin.

»Von dem wissen wir natürlich am meisten. Er ist ein mächtiger Mann in Deutschland, ein einflussreicher Pressemogul, einer der größten Verleger des Landes. Ihm gehört auch der Golfclub, auf dessen Gelände die Maschine gefunden worden ist.«

»Ich weiß sogar noch einiges mehr …«

»Unsere Leute haben in gewissem Sinne schon Kontakt zum ihm aufgenommen.«

»Was heißt das?«

»Nun ja, du hast dir doch auch psychologische Kriegführung gewünscht – McGovern macht ihm also erst mal ein bisschen Druck. Er hat einige Skelette in der Nähe der Absturzstelle gefunden, ganz in der Nähe des Schlosses. Genau an der Stelle, die wir in einem Untersuchungsbericht der Air Force aus dem Jahr 1945 auf einer Zeichnung gefunden haben.«

»Ganz gut für den Anfang ...«

»McGovern hat diesen Malte von Mellin schon ein paar Warnungen zukommen lassen, die der auch offenbar sehr gut verstanden hat. Er weiß jetzt, dass etwas gegen ihn im Gange ist. Und er dürfte es mit der Angst zu tun bekommen haben.«

»Gut so.« Almond nahm noch einen Schluck.

Vandenberg drückte seine fast abgebrannte Zigarre in einem schweren Aschenbecher aus, dann sagte er: »Du weißt ja: Diskretion ist das oberste Geschäftsprinzip von Blackbird Security. Und deshalb finde ich es an der Zeit, dass du mir endlich anvertraust, wer mit dir hinter dieser Geschichte her ist. Wer sind die eigentlichen Auftraggeber?«

Almond wollte gerade antworten, als Winston an den Tisch trat und die Gläser nachfüllte. Er wartete mit halb geöffnetem Mund und zusammengekniffenen Augen, bis der Clubdiener wieder gegangen war.

»Okay, Vandenberg«, sagte er dann, »wie du weißt, ist dieser Mellin Gründer und Mehrheitsbesitzer der ›Mellin Media AG‹, und das ist einer der größten Medienkonzerne in Deutschland und in Europa. Und Mellin führt deshalb seit einiger Zeit geheime Fusionsverhandlungen mit einem unserer Zeitungs- und Magazinkonzerne ...«

»Mit Atlantic Publishers«, sagte Vandenberg trocken.

»Manchmal denke ich – du weißt mehr, als du wissen solltest.«

Almond nahm wieder einen kräftigen Schluck, stellte das Glas hart auf den Tisch und lehnte sich seufzend zurück.

Vandenberg fuhr mit einem ironischen Grinsen fort: »Wenn ich zusammenfassen darf, was du mir nicht so richtig sagen willst: Abgesehen von deinem persönlichen Interesse an dieser Sache mit dem Wrack des B-17-Bombers, sollen wir diese Verhandlungen ... nun ja: beeinflussen ... Und unsere Leute sollen ein paar alte Leichen ausgraben, damit dieser Mellin unter Druck gesetzt werden kann. Sehe ich das richtig?«

»Das siehst du falsch, Vandenberg. Wir sind keine Gangster. Wir erpressen nicht. Wir arbeiten im Interesse unserer Wirtschaft und unseres Landes. Wir führen eine Abwehrschlacht gegen ausländische Invasoren. Wir wollen verhindern, dass ausländische Medienkonzerne Einfluss auf Menschen und Meinungen in unserem Land ausüben können! Aber wem sage ich das …?«

Nach einer Pause stieß der Alte zweimal mit seinem Gehstock auf und murmelte mehr zu sich selbst: »God bless America!«

Almond wollte gehen, aber Vandenberg griff nach der Hand mit dem Spazierstock.

»Einen Moment noch. Vielleicht habe ich schon etwas, das für deine Partner von Interesse sein könnte.«

Vandenberg machte eine Pause.

»Nun sag schon!«

»Der alte Mellin hat für die Verhandlungen mit Atlantic Publishers einen neuen Verhandlungsführer eingesetzt.«

Almond sah ihn verblüfft an.

»Es ist eine Frau.«

»Hat sie auch einen Namen?«

»Irma von Mellin … die Tochter des Alten.«

»Verdammt, Vandenberg, das ist gut. Das ist wichtig. Das wird unsere Partner wahrhaftig sehr interessieren! Woher weißt du das? Kommt das aus zuverlässiger Quelle?«

»Das hat McGovern sozusagen nebenbei erfahren. Glaubst du jetzt, dass das Team, das ich in Deutschland eingesetzt habe, gute Arbeit macht?«

»Sehr gute Arbeit. Halt mich weiter auf dem Laufenden.«

Nach dem vierten oder fünften Drink sprach Almond mit schwerer Zunge. Er machte eine längere Pause, als müsse er die richtigen Worte finden, dann legte er seine Stirn in Falten, zog die buschigen Augenbrauen zusammen und sagte:

»Weißt du, Vandenberg, diese Verlagsgeschäfte und die Vergeltung für den Tod meiner Kameraden sind eine Sache. Was mich seit meiner Behandlung bei diesen Gehirnspezialisten in New York beinahe noch mehr beschäftigt, ist die Frage: Warum habe ich damals überlebt?

Als Einziger aus meiner Maschine! Die Ärzte haben mir jetzt gesagt, dass ich mich wohl nie wieder daran erinnern werde, was in den drei oder vier Wochen nach der Crashlandung passiert ist, bis ich nach Kriegsende in einem amerikanischen Lazarett wieder zu mir gekommen bin ... Diese Frage hat mich bis heute auch nicht sehr beschäftigt. Aber jetzt, wo unsere Maschine wieder aus der Vergangenheit aufgetaucht ist und seit ich wieder weiß, wie meine Kameraden umgekommen sind, will ich auch diese letzte Wahrheit erfahren. Kannst du das verstehen?«

Vandenberg schwieg.

»Verstehst du das?«

»Ja«, sagte Vandenberg endlich.

Freundschaftlich legte er Almond seine Hand auf die Schulter. »Wir finden auch das für dich heraus.«

Gegen elf Uhr erhoben sich die beiden letzten Gäste des Lincoln Park Club. Almond stand unsicher auf den Beinen. Als er Winston beim Hinausgehen einen Zehn-Dollar-Schein als Trinkgeld in die Hand drückte, schien es einen Moment so, als müsse er sich an dem Clubdiener festhalten. Winston fasste seinen Stammgast unter den Ellenbogen und führte ihn zum Ausgang.

Ein matter, orange-rot-violetter Himmel wölbte sich wie der Schirm einer riesigen Tiffanylampe über den Capitol Hill und über ganz Washington. Almond und Vandenberg warteten unter dem Säulenportal des Clubhauses auf ihre Fahrer. Gut eine Meile entfernt, aber noch in Sichtweite, reckte sich das angestrahlte Washington-Monument einer startbereiten Riesenrakete gleich den Sternen entgegen. Und vom Rasen des Weißen Hauses hob ein gepanzerter Hubschrauber vom Typ *Sikorsky Sea King* ab. Die Luftraumüberwachung Washington empfing die Routinemeldung des Piloten: »Marine One gestartet! Flugziel Maryland.« An Bord legte der Präsident der Vereinigten Staaten für den kleinen Luftsprung zu seinem Landsitz Camp David in den Catoctin Mountains die Sicherheitsgurte an.

An der Auffahrt des Lincoln Park Club hob Fitzgerald P. Almond seinen Spazierstock und fuchtelte damit in Richtung des davonfliegenden Hubschraubers, in dem er während der Amtszeiten von Ronald Reagan und George Bush senior schon selber mitgeflogen war. Es war nicht auszumachen, ob er Bill Clinton nachwinkte oder ob er ihm drohte.

»Nach Georgetown, Sir?«, fragte sein Chauffeur und hielt den Wagenschlag auf.

Der alte Verschwörer nickte.

18

Lüneburg, Sonntag, 1. August 1993

JOHANN PLATE. Der Namen stand in Großbuchstaben auf dem Stück Papier, das Irma mir bei unserem Mittagessen an der Elbe zugeschoben hatte. Plate sei gegen Ende des Zweiten Weltkriegs Hausmeister im Internat Schloss Herrensee gewesen. Er habe damals schon ihren Vater gekannt: den Internatszögling Malte, den Sohn des Druckereibesitzers und Herausgebers des *Norddeutschen Boten*, Wilhelm von Mellin.

Der alte Plate lebe heute in einem Altersheim hinter Lüneburg, hatte Irma hinzugefügt und eine Werbebroschüre aus ihrer Aktenmappe geholt. Ihrem Vater, so hatte sie noch gesagt, dürfe ich auf keinen Fall verraten, dass sie mir den Namen und den Aufenthaltsort des alten Mannes genannt habe.

Nach der Broschüre suchte ich an diesem Sonntagmorgen. Endlich fand ich das Heft im Handschuhfach meines Saab. »Haus Seelenfrieden« stand auf der Titelseite. Das klang mehr nach Sterbehospiz als nach »Gepflegtem Altersruhesitz in einem ehemaligen Gutshaus, umgeben von heimatlicher Landschaft, in dem sich Seniorinnen und Senioren wohlfühlen, die ein gutbürgerliches Ambiente, gesundes Essen und individuelle Betreuung zu schätzen wissen«. Von der Rückseite lachte ein retuschiertes Oldtimer-Pärchen mit rosigen Gesichtern den Betrachter faltenfrei an. »Hier werden wir mit Herz und Verstand gepflegt«, hatte ihnen der Texter in den Mund gelegt.

Die Adresse verhieß tiefste niedersächsische Provinz, »Ochsstedt, Kälberweg«. Ich fuhr von Hamburg über die Autobahn nach Lüneburg und wieder aus der Stadt heraus, weiter über asphaltiere Landstraßen, schlecht gepflasterte Nebenstrecken und schließlich über einen Schotterweg. Mein Saab Cabrio rollte und rappelte über immer holpriger werdenden Straßenbelag. Ein hölzerner Wegweiser deutete schließlich in eine schattige Eichenallee, an deren Ende ein großer Hofplatz mit einem klassischen niedersächsischen Bauernhaus lag. Backstein, grüne Fachwerkbalken, Reetdach und ein Pferdekopf oben am Giebel. Im Hintergrund waren ein halbes Dutzend kleinerer Häuser mit roten Ziegeldächern und grünen Klappläden zu sehen, offenbar die Wohnhäuser der alten Leute.

Ich parkte gleich neben einem nicht gerade behindertengerechten hohen Treppenaufgang zum Haupthaus. »Empfang« stand an der schweren Eichen-Doppeltür. Ich hatte gerade die schwere Messingklinke in der Hand, als die Tür nach innen aufgezogen wurde.

»Herzlich willkommen in der Seniorenresidenz Seelenfrieden! Mein Name ist Holthusen – Amalie Holthusen. Ich bin die Leiterin des Hauses. Sie sind sicher Herr Jonas Anders vom Mellin-Verlag. Mir wurde ihr Besuch schon angekündigt …« Die redselige Frau Holthusen war das, was man eine stattliche Erscheinung nennt. Eine Frau um die fünfzig mit fülliger Oberweite und ausladendem Hinterteil, beides in damenhafte Jagdkleidung aus grünem Tuch gezwängt. Auf ihrer Nase funkelte eine randlose Halbbrille. Die graublonden Haare waren geflochten und zu einem altdeutschen Dutt zusammengedreht.

»Schön, dass Sie den Herrn Plate besuchen wollen. Der hat leider sehr wenig Abwechslung.« Die resolute Leiterin des Altenheimes, drängte mich zu einer grünen Plüschgarnitur mit einer Biedermeiercouch. Darüber hing ein schwarz gerahmtes Ölgemälde. Motiv: »Schafherde mit Schäfer zwischen Wacholdersträuchern in der blühenden Heide«.

Die Herrschaften hatten bis 15 Uhr noch ihre Mittagsruhe, bis dahin könne sie mich ja noch ein wenig über das »Haus Seelenfrieden« informieren, meinte die Herrin des Hauses. Es gebe Speiseraum, Bibliothek und Bridge-Salon. Ein Arzt, vier Schwestern und einige Zivildienstleistende gehörten zum Personal. Rund viertausend Mark berechne man pro Person im Monat. Aber für die meisten Gäste sei das kein Problem, denn die stammten aus begüterten Familien aus dem Raum zwischen Hamburg und Hannover. Und der Herr, den ich besuchen wolle, hätte ja das Glück, dass der großzügige Herr von Mellin seine Kosten begleiche. Ich möge dem Verleger bitte ihre besonders herzlichen Grüße ausrichten. Das versprach ich und dachte: Mellin bezahlt für einen alten Hausmeister so einen komfortablen Alterssitz? Warum?

Plate sei von eher schlichtem Gemüt, erklärte die Herrin des Hauses weiter. Und seit er vor einigen Jahren an Parkinson erkrankt sei, habe er sich noch mehr von den anderen Insassen isoliert.

Ein Zivildienstleistender brachte mich endlich zu dem früheren Hausmeister des Internats Schloss Herrensee.

Das Haus Nr. 7 war das letzte auf dem parkartigen Grundstück. Dahinter kam gleich ein hoher Mischwald, der durch einen Stacheldrahtzaun abgetrennt war. »Wegen der Wildschweine, aber auch damit sich unsere alten Damen und Herren nicht verlaufen«, sagte der freundliche Wehrdienstverweigerer.

»Besuch für Sie, Herr Plate!«, rief er und klopfte gegen die Tür und gegen die Fensterscheibe der Erdgeschosswohnung.

»Ich brauche keine Hilfe«, sagte der alte Mann, der die Tür nur einen Spaltbreit geöffnet hatte. Mit zusammengekniffenen Augen blinzelte er mich an. »Was willst du von mir?« Er hielt seine Hand hinter die rechte Ohrmuschel.

»Ich möchte mit Ihnen über die alten Zeiten reden«, sagte ich laut und deutlich. »Ich bin Historiker und schreibe ein Buch über die Geschichte unserer Heimat vor und nach dem Ende des Zweiten Weltkrieges«, setzte ich hinzu und tätschelte vertraulich seinen Arm.

»Ach du bist das. Komm rein«, brummte er. Er duzte mich gleich, wie das bei alten Leuten auf dem Lande üblich war. »Die Holthusen hat mir Bescheid gesagt, dass du kommst. Dann setz dich schon mal.«

Er ging ins Bad. Die Toilettenspülung rauschte.

Ich setzte mich in einen der beiden alten Cocktailsessel im kleinen Wohnzimmer. Auf einem Nierentischchen unter einer altmodischen Leselampe lag ein Stapel abgegriffener Landserhefte. Ich blätterte darin und hörte, wie der alte Plate pinkelte und stöhnte. Offenbar hatte er Schmerzen. Unter den Heften lag eine Klarsichthülle mit alten Fotos und Zeitungsartikeln. Er hatte sich wohl auf unser Gespräch vorbereitet. Obenauf lag ein vergilbtes Blatt mit der Aufschrift »Verpflichtungsformel«. Der Text lautete: »Ich verspreche als Luftwaffenhelfer allzeit meine Pflicht zu tun, treu und gehorsam und allzeit einsatzbereit, wie es sich für einen Hitlerjungen geziemt«.

Plate nestelte noch an seinem Hosenschlitz, als er zurückkam. Seine zitternden Parkinson-Hände schafften es nicht, die Knöpfe zu schließen. Beinahe hätte ich ihm dabei geholfen, ließ es aber doch sein. Der Hosenstall blieb halb offen.

»Auch einen Weinbrand?«

Er stellte eine Flasche Asbach-Uralt auf den Nierentisch, goss sich ein Wasserglas halb voll und wischte ein paar verschüttete Tropfen von dem obersten Landserheft mit dem Titel »Jungmänner im Endkampf an Oder und Elbe!«.

»Nach ein, zwei Glas kann ich besser denken und flüssiger reden, das ist meine beste Medizin.«

Er kippte das erste Glas in zwei Zügen hinunter und schenkte sich nach.

»Waren Sie damals Luftwaffenhelfer?«, fragte ich ihn. Dabei hob ich das Blatt mit dem Text des Treueschwurs hoch.

»Luftwaffenhelfer-Einsatzleiter war ich sogar.«

Plate sprach das lange Wort so betont aus, als hätte ich seine bedeutende Stellung verkannt. Zugleich sei er auch noch Aufseher in der Napola-Lehranstalt Herrensee gewesen, bis zum Schluss.

Er hörte sich an, als ob ein Sprechautomat redete. Nur die Lippen bewegten sich in seinem ansonsten starren Gesicht.

»Schloss Herrensee war eine Napola …?« Eine nationalsozialistische Eliteschule? Ich sah den Alten ungläubig an. Das hatte mir niemand gesagt. Ob Irma das nicht wusste?

»Ja klar«, sagte Plate, »allerdings nur von Juni 1944 bis Anfang Mai 1945.« Herrensee sei der Ersatz für eine Ordensburg gewesen, die an der Ostfront aufgegeben werden musste, als die Russen näher kamen. Er sei als Aufseher der Napola dem Anstaltsleiter direkt unterstellt gewesen. Der Gauleiter von Lüneburg-Stade selbst habe ihm diesen Posten verschafft, als er mit einem amputierten Bein und einem Eisernen Kreuz für besondere Tapferkeit von der Ostfront zurückgekommen sei. Plate zog sein linkes Hosenbein hoch und klopfte mit dem leeren Weinbrand-Glas gegen eine Unterschenkelprothese.

Ich ließ ihn noch eine Weile von seiner Bedeutung erzählen, bevor ich zu meinem Thema kam.

»Können Sie sich an den April 1945 erinnern und an den Absturz des amerikanischen Bombers in der Kiesgrube beim Schloss Herrensee kurz vor Kriegsende, Herr Plate?«

Natürlich könne er das, sagte er, er habe ja Parkinson und nicht Alzheimer! Offenbar beschleunigte der Weinbrand tatsächlich sein Denk- und Sprechvermögen.

April 1945? Ein paar Wochen vor Kriegsende? Also damals sei das Internat Schloss Herrensee praktisch schon geräumt gewesen. Die rund zweihundert »Jungmänner«, wie er die Schüler der Nazi-Elite-Lehranstalt nannte, seien entweder an die Heimatfront geschickt oder vor den anrückenden »Tommys« in Sicherheit gebracht worden. Britische Truppen marschierten von Westen in Niedersachsen ein. An einigen strategisch wichtigen Stellen in der Lüneburger Heide habe es noch Widerstand gegeben. Versprengte Soldaten und Freiwillige aus den Dörfern hätten dem Feind letzte Gefechte geliefert.

»Erzählen Sie doch, was Sie persönlich erlebt haben, das wäre besonders interessant für meine historische Arbeit«, ermunterte ich ihn. Plate fühlte sich geschmeichelt.

Er erzählte angestrengt und konzentriert. Zwischendurch zogen seine zitternden Finger einige Fotos aus der Klarsichthülle. Er hatte nichts dagegen, als ich ihn um eines der Bilder für eine Veröffentlichung in meinem Heimatbuch bat. Es zeigte das Säulenportal von Schloss Herrensee mit wehenden Hakenkreuzfahnen davor. Und auf der obersten Stufe der Treppe stand ein Mann in SS-Uniform: »Dr. Otto Walchow, Gauleiter von Lüneburg-Stade bei einer Ansprache an Führers Geburtstag 1944«, war auf der Rückseite notiert. Mehr als hundert Napola-Schüler waren in Reih und Glied angetreten und reckten dem mächtigen Nazi die Arme zum Hitlergruß entgegen.

Ja, an den Absturz des amerikanischen Bombers könne er sich gut erinnern. Das sei drei Wochen vor Kriegsende gewesen, an einem Montag Mitte April 1945, gleich nach Einbruch der Dämmerung. Nur sieben oder acht Leute hätten zu dieser Zeit noch die Stellung in Schloss Herrensee gehalten. Der Anstaltsleiter, dessen Stellvertreter, er selbst und fünf Jungmänner, die alle aus der näheren Umgebung stammten. Nein, er könne sich nicht mehr an die anderen Namen erinnern. Doch, einer wäre ihm neulich wieder eingefallen: Eberhard Elvers. Der sei umgebracht worden, wie er in der Zeitung gelesen habe. Komische Geschichte! Der junge Malte von Mellin sei damals jedenfalls auch noch im Schloss gewesen. Mit ihm und mit dem Anstaltsleiter habe man an dem fraglichen Abend gemeinsam vor dem Volksempfänger gesessen und von dem Luftangriff auf den Hamburger Hafen gehört.

Während Plate erzählte, machte ich mir ein paar Notizen. Nach einer Stunde tat ich so, als würde ich ihm eine Zusammenfassung meiner Aufzeichnungen vorlesen, und bat ihn, mich zu korrigieren falls etwas falsch sei.

»Während die anderen jungen Männer an diesem Abend also in einer Baracke oberhalb der Kiesgrube gewesen sind, waren Sie selber mit dem Anstaltsleiter und mit dem jungen Malte von Mellin im Schlossgebäude. Dann haben Sie plötzlich durch ein Fenster gesehen, wie ein tief fliegender feindlicher Bomber direkt auf das Schloss zuraste und die Fahnenstangen an der Auffahrt abrasierte und einen Lagerschuppen zerstörte. Sekunden später hörten Sie einen dumpfen Aufschlag. Die Erde hat gebebt wie bei einem Bombeneinschlag. Als Sie hinausliefen, war weit und breit nichts zu sehen – denn wie Sie später erfahren haben, war der Bomber ja direkt in die tiefer liegende Kiesgrube gestürzt. Der Anstaltsleiter versuchte dann, mit einem Feldtelefon das Hauptquartier des Gauleiters zu über den Vorfall zu informieren, während Sie sich bereits draußen um die Schäden gekümmert haben. Dann ist ein VW-Kübelwagen an Ihnen vorbei in Richtung Kiesgrube gefahren. Nach etwa einer Stunde sind dann vier Napola-Schüler von der Absturzstelle zurückgekehrt. Weil ihre Kleidung und ihre Gesichter mit Dreck und Blut verschmiert waren, haben sie sich in der Gemeinschaftsdusche gereinigt. Dann hat der Anführer – ein gewisser Brockmann oder so ähnlich – dem Anstaltsleiter Meldung erstattet. Die lautete etwa so: Wir haben vier oder fünf überlebende amerikanische Terrorflieger nach heftigen Nahkämpfen außer Gefecht gesetzt … – Habe ich das so richtig wiedergegeben?«

Plate nickte.

»So ist es gewesen, ja.«

»Was ist denn mit den Toten geschehen, wurden die begraben?«

»Ich glaube, die hat man einfach irgendwo verscharrt. Große Zeremonien hat man am Kriegsende nicht mehr gemacht. Schon gar nicht für den Feind.«

»Wie ist es dann weiter gegangen?«

»Wir bereiteten uns auf die Ankunft der britischen Truppen vor, die Tag für Tag näher rückten und schon kurz vor Lüneburg standen.«

»Ich meine, was im Schloss Herrensee passiert ist.«

»Wir haben drei Maschinengewehrstellungen in der Nähe aufgebaut und auf den Zufahrtstraßen einige Landminen verbuddelt. Aber als die Engländer wirklich mit ihren schweren Waffen aufgetaucht sind, haben wir aus allen Fenstern weiße Bettlaken gehängt, als Zeichen der Kapitulation.«

»Ich meinte eigentlich, was ist in den Tagen nach dem Bomberabsturz mit den jungen Männern geschehen?«

»Die haben alle vom Anstaltsleiter einen Tapferkeitsorden bekommen.«

»Wofür?«

»Natürlich weil sie die Ami-Terrorflieger erledigt hatten.«

»Auch Malte von Mellin?«

»Weiß ich nicht mehr. Hat er Ihnen das nicht selber gesagt?«

Plate wurde misstrauisch.

»Ich werde ihn noch danach fragen«, sagte ich.

Der Alte schüttelte die Asbach-Uralt-Flasche über seinem leeren Glas aus und beobachtete missmutig, dass nur noch ein, zwei Tropfen herauskamen.

Ich klappte meinen Notizblock zu und bedankte mich für die interessanten Informationen.

»Schicken Sie mir Ihr Buch, wenn es fertig ist.«

Das versprach ich und verabschiedete mich. Als ich schon vor der Haustür war, öffnete sich ein Fensterflügel von Plates Wohnung, und er rief mir mit lallender Zunge nach, ihm sei gerade doch noch etwas eingefallen.

»Ein paar Tage nach der Ordensverleihung gab es noch einen Bericht im *Norddeutschen Boten* über den Bomberabsturz und über die Ordensverleihung an die Jungmänner. Da war ein Foto dabei und darunter haben doch wahrscheinlich auch alle Namen gestanden.«

Die alte Zeitung müsse es doch noch irgendwo geben, fügte er hinzu.

»Danke, das ist ein guter Tipp«, sagte ich.

Als ich mich noch einmal umdrehte, sah ich Plates schwankende Gestalt am Fenster. Vergeblich versuchte der Alte eine Tüllgardine zur Seite zu schieben, die von einem Luftzug immer wieder vor sein Gesicht geweht wurde.

19

Hamburg/Lüneburg, Montag, 2. August 1993

Eine Scheidung ist ja eine eher freudlose Angelegenheit. Besonders der Gerichtstermin. Aber als nach monatelangem Hin und Her endlich alles vorbei war, habe ich mich doch gefreut. Ein paar sentimentale Erinnerungen an vergangene schöne Zeiten, besonders an die Geburt unserer Tochter, kamen zwischendurch hoch, aber ansonsten ist mir von der Gerichtsverhandlung nur eines haften geblieben: wie die Richterin immer wieder irgendwelche Summen in ihren Taschenrechner tippte und ihre Ergebnisse mit denen der Gerichtsschreiberin verglich. So viel habe ich immerhin verstanden: Je mehr sie addierten, desto weniger Geld würde ich in Zukunft haben. Alles andere ging gleich oder früher oder später auf das Konto meiner Exfrau. Abfindungszahlung, Rentenabstimmung, Versorgungsausgleich. Die gegnerische Anwältin lächelte dabei ihrer Mandantin zu. Die beiden waren offensichtlich mit dem Resultat der richterlichen Berechnungen sehr zufrieden.

Nachdem meine Ehe »Im Namen des Volkes« geschieden worden war, klopfte mir mein Anwalt beim Hinausgehen auf die Schulter. Aber auch bei dieser Gelegenheit ist ihm, wie schon zuvor, kein besonders origineller Satz eingefallen. »Machen Sie sich nichts draus – Geld macht nicht glücklich«, hat er gesagt.

Meine frisch Geschiedene und ich gaben uns zum letzten Mal Küsschen – rechte Wange, linke Wange. Danach trennten sich unsere Wege endgültig. Am Fuß der Gerichtstreppe ging sie nach rechts und ich nach links. Ihr neuer Freund wartete bereits in einem Fünfer-BMW. Und ich rief Irmas Durchwahlnummer im Verlag an.

»Ich bin ein freier Mann«, sagte ich.

»Schön«, sagte sie, »und ich muss gerade zu einer Marketingkonferenz. Ich rufe zurück.«

Ich hatte ja auch selber zu tun. Nach meinem Besuch bei Johann Plate im »Haus Seelenfrieden« hatte ich für den Nachmittag am Tag meiner Scheidung eine Verabredung in Lüneburg, mit Joachim Lühning, dem Jungredakteur der Lokalausgabe der *Norddeutschen Post*, der mir an der Absturzstelle des US-Bombers aufgefallen war. Mit seiner Hilfe wollte ich im Archiv seiner Zeitung nach den letzten Kriegsausgaben des Vorgängerblattes *Norddeutscher Bote* suchen.

Ein milder Sommerregen nieselte auf die Frontscheibe meines Saab Cabrio. Ich legte eine rockige CD von Marius Müller-Westernhagen ein und drehte die Lautstärke auf. »Mit Pfefferminz bin ich dein Prinz …«, dröhnte es aus den Lautsprechern. Vor der Autobahnauffahrt Hamburg-Othmarschen öffnete ich an einer roten Ampel das elektrische Faltdach und fuhr durch den Elbtunnel weiter Richtung Süden – mit mindestens 120 Stundenkilometern. Denn es regnete ein wenig und bei dieser Geschwindigkeit fegten die Tropfen über den offenen Innenraum.

Nach einer Stunde lichtete sich der Himmel und ein milchiger Sonnenschein fiel auf Lüneburg, eine meiner norddeutschen Lieblingsstädte. Sowohl wegen der einfühlsam restaurierten historischen Altstadt wie auch wegen der Bevölkerungsstruktur. Durch die neue Universität haben einige tausend junge Leute frisches Leben in die alten Stadtmauern gebracht. Die Redaktion und der Verlag der *Norddeutschen Post* lagen in einem alten Kontorhaus an dem mittelalterlichen Platz Am Sande. Eine ausgetretene Steintreppe führte ins Hochparterre zur Redaktion. Ein halbes Dutzend Lokalredakteure saß in einem kleinen Großraumbüro an abgestoßenen Schreibtischen und tippte Artikel, Meldungen, Kommentare und Sportberichte, die meisten noch mit alten Schreibmaschinen, zwei schon an neuen Computern. Die Atmosphäre erinnerte mich an meine Lehrzeit als Journalist: Wie in meiner alten Lokalzeitungsredaktion im Ruhrgebiet roch es auch hier nach Zigarettenqualm und nach Klebstoff, mit dem auseinandergeschnittene Manuskriptblätter und Layoutseiten wieder zusammengebastelt werden. Auch die angestrengte Konzentration, durch die die Kollegen kaum etwas um sich herum wahrnahmen, kam mir bekannt vor.

Der junge Lühning wartete an einer kleinen Empfangstheke auf mich. Er habe seine Tagesarbeit bereits abgeliefert, sagte er: aktuelle Polizeimeldungen umgeschrieben und wieder eine Geschichte über sein derzeitiges Spezialthema abgeliefert. Weil es bei den Ermittlungen zum Bomberwrack und zum Mord an Eberhard Elvers nichts Neues gab, berichte er in der morgigen Ausgabe der *Post* darüber, was die großen amerikanischen Zeitungen über den Fall geschrieben hatten. Große Blätter wie die *Washington Post* und die *New York Times* und die TV-Sender ABC und CNN hätten ihre Berliner Korrespondenten nach Lüneburg und zum Schloss Herrensee geschickt.

Er selber, so erzählte Lühning, habe die ortsunkundigen Amerikaner herumgeführt und mit Informationen versorgt – gegen ein sehr ansehnliches Honorar. Ob ich für den Mellin-Verlag auch etwas zahlen würde? Selbstverständlich, sagte ich, vorausgesetzt natürlich, er könne mir bei meiner speziellen Recherche helfen.

»Bestimmt«, sagte er forsch, als wir aus dem Kontorhaus gingen, »worum geht es denn genau?«

Wir setzten uns in ein Eiscafé, dessen Stühle auf dem Gehweg von vielen Nachwuchsakademikern der neuen Lüneburger Universität besetzt waren. Mit seinen geschickt zerzausten Haaren, mit Polohemd und Jeans fiel der junge Journalistenkollege unter den Studenten nicht auf. Eine randlose kleine ovale Brille betonte diesen Eindruck. Ich erklärte ihm, was ich suchte: die letzten Ausgaben des *Norddeutschen Boten*, des Vorläufers seiner Zeitung, vom April 1945. Ob es ein Archiv mit den Blättern aus der Nazizeit gebe?

»Angeblich nicht mehr«, erklärte mir Lühning: Vor ein paar Jahren hätten Schüler des Gymnasiums eine Ausstellung »Unsere Heimatstadt in der Nazizeit« organisiert. Mit Zeitungsseiten und Fotos, auf denen vor bekannten Geschäften der Stadt Hakenkreuzfahnen hingen. Und mit Bildern von Veranstaltungen der örtlichen NSDAP, auf denen etliche noch amtierende Honoratioren zu erkennen gewesen seien, die Arme zum Führergruß ausgestreckt.

Kurze Zeit nach der Ausstellung seien im alten Verlagshaus nachts ebenerdige Fensterscheiben eingeschlagen und Brandbomben durch die Vergitterung in den Keller geworfen worden, in denen die Täter das alte Archiv der Zeitung vermutet hatten.

»Der Raum brannte völlig aus. Seitdem gibt es keine Zeitungen aus unserer NS-Vergangenheit mehr. Offiziell jedenfalls nicht.«

»Und inoffiziell?«

Lühning grinste verschmitzt. Die unbekannten Brandtstifter – man glaube, dass es Neonazis im Auftrag alter Nazis gewesen seien – hätten nur einen Kellerraum mit bedeutungslosen Remittenden abgefackelt. Aber das sei öffentlich nie mitgeteilt worden, um weitere Anschläge zu verhindern. In Wirklichkeit gebe es die Ausgaben des *Norddeutschen Boten* aus der Nazizeit noch. An einem sicheren Ort.

»Und diesen Ort kennen Sie?«

»Ja. Und ich weiß auch, wer die Sicherheitsschlüssel hat.«

»Wir können also zusammen hingehen und die alten Zeitungen durchsuchen?«

»Wenn das Honorar stimmt.«

»500 Mark, wenn wir einen bestimmten Artikel mit einem bestimmen Foto finden.« Ich glaubte, ein großzügiges Angebot gemacht zu haben.

»700 Mark«, sagte Lühning. Er müsse jemanden mit 200 Mark beteiligen – den Mann mit den Schlüsseln.

»Einverstanden«, sagte ich. Den Betrag würde ich auf die Spesenrechnung setzen.

»Ich glaube, ich weiß schon, was Sie suchen«, sagte der clevere junge Kollege, als wir mit meinem Wagen aus den verwinkelten Altstadtgassen herausfuhren.

Ich sah ihn erstaunt an.

»Sie suchen ein Bild von der Ordensverleihung an fünf junge Männer in der ehemaligen Nazischule Schloss Herrensee.«

»Wie kommen Sie denn darauf?« Nun war ich wirklich verblüfft.

»Das erkläre ich Ihnen nachher«, sagte er. Aber erst wenn ich den entsprechenden *Boten* gesehen und er sein Honorar bekommen hätte.

Ich hob die Summe an einem Geldautomaten einer Lüneburger Filiale meiner Bank ab und wir fuhren weiter zur Straße Am Schießgraben. Lühning betrat ein gepflegtes Jugendstilhaus und kam mit einem Schlüsselbund wieder. Er dirigierte mich zu einem heruntergekommenen Gewerbegebiet. Wir hielten vor einer langgestreckten Steinbaracke, deren Dach mit verwitterter Teerpappe gedeckt war. Lühning öffnete ein verrostetes Doppeltor. Der Innenraum war so groß wie zwei hintereinanderliegende Tennisplätze. Und völlig leer. Jemand hatte Rattenköder auf dem kaputten Steinboden ausgelegt. Hier habe früher die alte Zeitungsdruckerei gestanden, erklärte Lühning, während er in einer Ecke eine schwere Eisenluke hochwuchtete, nachdem er das handtellergroße Schloss geöffnet hatte. Wir stiegen eine steile Treppe hinunter. Lühning schloss eine weitere Tür mit einer kreisrunden Lüftungsklappe in Kopfhöhe auf.

»Das hier ist im Krieg der Luftschutzraum für die Druckereiarbeiter gewesen«, sagte Lühning. Wir standen in einem staubtrockenen, fensterlosen Raum, der von nackten Glühbirnen erhellt wurde.

Auf mehreren tiefen und wandhohen Stahlblechregalen lagen zwischen großen Pappdeckeln abgeheftete Zeitungen: die nach Jahrgängen und Monaten sortierten Ausgaben des *Norddeutschen Boten* von 1930 bis 1945.

»Unser geheimes Naziarchiv«, sagte Lühning mit einem Anflug von Ironie, aber auch mit Entdeckerstolz.

Er ging gezielt zum letzten Regal, zog einen relativ dünnen Band heraus und legte ihn auf eine Art Werkbank, die in der Mitte des Raumes von einer Glühbirne beleuchtet wurde.

»April 1945« stand auf einem Etikett, wie es auch zur Kennzeichnung von Marmeladengläsern gebraucht wird.

Lühning schlug den grauen Pappdeckel auf und blätterte vorsichtig ein paar Seiten um. Staub wirbelte hoch. Erschüttert lasen wir Nachrichten und Anzeigen aus den letzten Tagen einer untergehenden Welt.

Auf einer der ersten Titelseiten des *Norddeutschen Boten* stand oben links ein umrandeter Kasten:

»Telegramm des Gauleiters an den Führer!
Mein Führer! Voll Abscheu und Empörung haben wir die Nachrichten von den neuerlichen Terrorangriffen auf unsere Nachbarstadt Hamburg vernommen … Empfangen Sie, mein Führer, aus diesem Anlaß mein und der Männer und Frauen des Gaues Lüneburg-Stade erneutes Gelöbnis unserer Treue. Wir werden unsere Heimat verteidigen und sind überzeugt, daß der Sieg mit Ihnen und mit uns ist. – Heil, mein Führer!
Ihr Otto Walchow, Gauleiter«

In einer der nächsten Ausgaben stand ebenfalls auf der ersten Seite ein knapper Bericht aus dem nahen Bremen, »Ergreifende Abschiedsstunde«. Dort habe sich der Gauleiter Wegener, umgeben von einer großen Trauerversammlung und »vor den Fahnen und Feldzeichen der Bewegung«, von den Opfern der Terrorangriffe verabschiedet und einen großen Kranz des Führers niedergelegt mit der persönlichen Widmung »Über Gräber vorwärts«. Wir blätterten weiter. Es gab nur noch wenige Kleinanzeigen. In einer kündigten die Lichtspiele den Film »Ein Mann geht seinen Weg« an.

»Ich glaube, das hier wird Sie besonders interessieren«, sagte Lühning schließlich und deutete auf einen kleinen Artikel mit einem größeren Bild auf der oberen Hälfte einer Seite im Lokalteil. Tatsächlich, da stand, wonach ich suchte.

Überschrift: »Jungmänner für Tapferkeit am Feind ausgezeichnet«. Unterzeile: »Terrorflieger in Herrensee außer Gefecht gesetzt«. Der Inhalt: Fünf Schüler der aus Sicherheitsgründen geschlossenen Napola-Lehranstalt Schloss Herrensee, die dort als Luftwaffenhelfer die Stellung hielten, hatten erfolgreich mehrere Besatzungsmitglieder eines amerikanischen Bombers bekämpft. Die feigen feindlichen Flieger hätten die Notlandung ihrer Maschine überlebt und seien im Begriffe gewesen, in die umliegenden Wälder zu flüchten. Doch die tapferen Jungmänner hätten sie nicht entkommen lassen … Bei dem schwer beschädigten Flugzeug handele sich um einen Langstreckenbomber vom Typ B-17, der zuvor mit seinem Geschwader den Hamburger Hafen und Wohngebiete in Hamburg-Harburg angegriffen hätten. Nach gezielten Beschuss durch die Luftabwehr im Hamburger Süden sei der feindliche Bomber zu einer Notlandung in der Nähe des Golfplatzes und der Napola Herrensee gezwungen gewesen …

»Tja, so war das damals«, sagte der junge Lühning abgeklärt wie ein alter Historiker, während sein Zeigefinger nach unten wanderte. »Und hier sind die Helden aus der Nazischule.«

In den Artikel war ein Schwarzweißfoto eingeklinkt. Es zeigte fünf junge Burschen in kurzen Hosen mit aufgekrempelten Hemdsärmeln. Gesichter waren im Zeitungsraster nur schwer auszumachen. Vor den Jungen stand ein Mann in SS-Uniform, etwa vierzig Jahre alt, mit Schnauzbärtchen und strengem Scheitel. Er legte gerade dem Dritten von links einen Orden um den Hals.

Im Hintergrund des Bildes waren noch zwei Säulen des Eingangsportals von Schloss Herrensee zu erkennen. Dazwischen hatte man ein Seil gespannt, an dem eine Hakenkreuzfahne hing.

Die Bildunterschrift lautete: »Dr. Hubert Winkelmann, der Leiter unserer nationalpolitischen Lehranstalt Schloss Herrensee, bei der Verleihung der Tapferkeitsmedaillen für erfolgreichen Einsatz an der Heimatfront. Von links nach rechts wurden folgende Jungmänner ausgezeichnet: Eberhard Elvers, 18 Jahre alt, Roseberg; Heinrich Brockdorf, 18, Hamburg; Horst Wetering, 16, Berlin; Rudolf Lambert, 17, Lüneburg; und Malte von Mellin, 19, Hamburg.«

20

Lüneburg/Hamburg, Mittwoch, 4. August 1993

Bevor wir den alten Luftschutzraum verließen, machte ich mit meiner kleinen Canon-Kamera ein paar Reproduktionen von dem Zeitungsbild und von dem Artikel über die Ordensverleihung.

»Darf ich jetzt um das vereinbarte Honorar bitten?«, fragte Lühning.

Noch in der leeren ehemaligen Druckereihalle blätterte ich dem Lokalreporter sieben blaue Hundertmarkscheine in die aufgehaltene

Hand. Er dankte und fragte mich noch, ob ich für seine weitere Karriereplanung ein paar gute Worte in der Redaktion des großen Magazins *Zenit* einlegen könne.

Lühning war wirklich ein cleverer Nachwuchskollege. Ein bisschen zu clever für meinen Geschmack.

Als wir in meinen Saab stiegen, fragte ich ihn, woher er eigentlich so genau gewusst habe, nach welchem Artikel ich suchen würde.

»Weil gestern schon jemand nach derselben Geschichte gefragt hat.«

»Was …? Sie haben dieselben Informationen zweimal verkauft?«

»Von exklusiv war ja nicht die Rede«, sagte er kühl.

Das stimmte leider, denn ich war davon ausgegangen, dass außer mir niemand auf die Idee kommen würde, in den alten Zeitungsbänden zu wühlen.

»Wer war denn dieser jemand?«

»Eine amerikanische Journalistin.« Lühning kramte eine Visitenkarte aus seiner mit meinen Geldscheinen aufgeblähten Brieftasche. Ich las: Valerie Stansted, Special Correspondent, American-German Press Service, Hamburg«.

Ich notierte mir die angegebene Telefonnummer.

Bevor wir uns verabschiedeten, sagte der Lokalreporter noch: »Sie müssten sich eigentlich an die Kollegin erinnern – eine sehr gut aussehende rothaarige Frau. Wir waren doch alle zur selben Zeit am Bomberwrack in der Kiesgrube von Herrensee.« Er habe mit dem Teleobjektiv ein paar schöne Fotos gemacht, auf denen diese Dame und ich sehr nahe zusammenstünden. Ich gab ihm meine Karte und sagte, er möge mir ein paar Vergrößerungen schicken.

»Wird gemacht, das ist in diesem Honorar mit drin«, sagte Lühning. Sein Grinsen dabei gefiel mir nicht.

Was hatte diese Amerikanerin mit dem Foto vom April 1945 und mit den Informationen vor?

Ich fuhr zum Schloss Herrensee. Wolfram Witt telefonierte gerade in unserem abgelegenen Büro mit einem seiner Kontaktleute aus der Sonderkommission der Polizeiinspektion. Er hörte aufmerksam zu. Als er aufgelegt hatte, holte er uns einen Kaffee und sagte: »Heute Vormittag wurde der große Malte von Mellin zum ersten Mal offiziell in seinem

Hamburger Verlag vernommen. Er hat keine Ahnung, warum sein alter Freund Elvers umgebracht worden sein könnte, sagt er. Und angeblich sieht er immer noch keinen Zusammenhang mit dem Fund des US-Bombers und den alten Leichenknochen. Ich werde den Eindruck nicht los, dass unser Auftraggeber etwas zu verbergen hat.«

Ich erzählte Wolfram von meinem Besuch beim alten Plate im Seniorenheim »Seelenfrieden« und von den Recherchen im Zeitungsarchiv unter der verlassenen Druckereihalle: dass Schloss Herrensee früher eine Napola-Schule war und dass nach dem Bomberabsturz fünf Schüler mit einem Tapferkeitsorden ausgezeichnet worden waren, weil sie noch lebende Besatzungsmitglieder ausgeschaltet hatten.

Ich las ihm die Namen der fünf aus meinen Notizen vor.

»Interessant«, sagte Wolfram, »Malte von Mellin war also auch dabei. Davon hat er meinen Kollegen kein Wort gesagt.«

»Du solltest mit deinen Kontakten feststellen, was die vier anderen ehemaligen Schüler heute machen, wo sie leben oder wo sie sich zurzeit aufhalten.«

»Es sind nur noch drei!«, korrigierte Wolf. »Elvers können wir ja von der Liste streichen.«

Er notierte sich die Namen und bat Minuten später einen seiner ehemaligen Kollegen in der Polizeiinspektion um diskrete Personenfeststellungen. Nein, er könne noch nicht sagen, warum er sich für Heinrich Brockdorf, Horst Wetering und Rudolf Lambert interessiere. Später vielleicht. Aber er brauche dringend deren Adressen, Berufsangaben, Aufenthaltsorte, besondere Vorkommnisse. Das Übliche eben. Er werde in einer Stunde wieder anrufen.

Ich wählte eine Nummer in Hamburg. Beim zweiten Mal meldete sich eine amerikanisch klingende Frauenstimme mit einem knappen »Hello?«

»Miss Valerie Stansted?«, fragte ich.

Bevor sie ihren Namen nannte, fragte sie nach meinem.

»Jonas Anders«, sagte ich und erklärte ihr, dass wir Kollegen seien und offenbar dieselbe Story recherchieren würden. Ob sich da nicht eine deutsch-amerikanische Zusammenarbeit anbiete?

»Jonas Anders?«, fragte sie. Ja, sie erinnere sich an unsere kurze

Begegnung in der Kiesgrube beim Schloss Herrensee am Wrack der »Pride of New York«. So ein mittelblonder, mittelgroßer Typ mittleren Alters mit Stoppelbart, der eine nachgemachte Rolex-Uhr trage und ein altes Saab Cabrio fahre?

Sie habe ja eine bemerkenswerte Beobachtungsgabe, sagte ich.

Aber mittleren Alters? Ich wäre erst 42. Bei meiner Uhr handele es sich um eine Tudor-Rolex, und mein Saab sei nicht alt, sondern habe ein klassisches Design

»Na ja, das sind ja kaum Unterschiede«, sagte sie, lachte und zündete sich offenbar eine Zigarette an. Und was eine Zusammenarbeit angehe: Dafür sei es zu spät. Sie habe die Hintergrundgeschichte des Bomberabsturzes und das Foto von der Ordensverleihung am Nazischloss Herrensee bereits einer amerikanischen Agentur verkauft. Die Story werde wohl morgen in den USA erscheinen. Im Übrigen arbeite sie immer allein und exklusiv.

»Erscheint die Story mit den Namen der jungen Männer, die auf dem Bild zu sehen sind?«, wollte ich wissen. Aber sie beendete das Gespräch ziemlich abrupt. Im Hintergrund hörte ich noch eine Männerstimme irgendetwas rufen.

Wolfram Witt war erfolgreicher. Er machte sich bei dem Gespräch mit seinem Informanten eifrig Notizen, stellte ein paar Fragen und versprach als Gegenleistung bald einige Hinweise, die die »Sonderkommission Herrensee« offenbar noch nicht hatte. Dann schrieb er drei Namen nebeneinander auf ein großes leeres Blatt an die Pinnwand hinter unseren Schreibtischen und fügte die Angaben hinzu, die er eben erhalten hatte. Aus den jungen Nazischülern von damals waren erfolgreiche ältere Herren geworden, jeder auf seine Art.

Heinrich Brockdorf, 69, ehemaliger Fleischhändler und früherer Box-Promoter, aktueller Wohnsitz die Prominenten-Insel Sylt, fährt einen Jaguar-Daimler Double Six, in der klassischen Farbe *racing green*, mit Hamburger Kennzeichen. Und noch einige Details hatte Wolfram Witt herausbekommen: Seit Brockdorf nach einem Fleischskandal und einer Bestechungsaffäre seine Firmen angeblich aus gesundheitlichen Gründen verkauft hatte und seine Frau gestorben war, lebte er allein in seiner Villa. Er war kürzlich in einen Wertpapierschwindel mit gestohlenen und gefälschten Aktien verwickelt gewesen – nicht als Täter, sondern als Opfer. Bei dem Deal hatte Brockdorf, wie andere Neureiche der Insel auch, viel Geld verloren, angeblich 1,8 Millionen Mark. Im Übrigen, auch das hatten Wolframs Leute herausbekommen, wurde Brockdorf auf Sylt regelmäßig von einer attraktiven Frau aus Blankenese besucht, die bis vor einigen Jahren als Hure in einem Etablissement auf St. Pauli gearbeitet hatte.

Horst Wetering, genannt »John«, 66, Mitinhaber der Filmproduktion »Vision«, Spezialist für »moderne Heimat- und Liebesfilme«, pendelte zwischen seinen Wohnsitzen in Hamburg und Mallorca hin und her. Derzeit hielt er sich in seiner Villa an der Küste von Illetas, einem Vorort von Palma, auf. Das Anwesen wurde angeblich von einer spanischen Sicherheitsfirma bewacht. Wetering fahre auf Mallorca einen weißen S-Klasse Mercedes mit spanischem PM-Kennzeichen. Der zweifache Witwer sei in der Klatschpresse für sein abwechslungsreiches Liebesleben bekannt. Gewöhnlich stünde ihm eine Hauptdarstellerin seiner aktuellen Produktion zur privaten Verfügung. Derzeit werde »Die Nacht von Valdemossa« mit einem bekannten Busenstar gedreht.

Auch über Rudolf Lambert hatte Wolfram Witt Ermittlungen anstellen lassen. Der sollte jahrelang im Bremer Villenviertel Schwachhausen und später im Tessin, am Lago Maggiore, gewohnt haben. Lambert war früher Repräsentant der Züricher IBZ Bank für Norddeutschland. Weitere Angaben über diesen Mann auf dem Foto wolle sein Informant noch nachliefern. Es müssten noch widersprüchliche Angaben über Lamberts Verbleib geklärt werden.

Und dann, sagte Wolfram Witt, dann sei da natürlich noch Malte von Mellin, unser Auftraggeber, der Chef eines der größten deutschen Verlage. Aber über den brauche er wohl nichts aufzuschreiben.

»Wir sollten ihn nach unseren neuesten Erkenntnissen allerdings sehr dringend um ein Gespräch bitten.« Wolfram sah mich fragend an. »Vielleicht hat er ja zu uns mehr Vertrauen als zur Polizei, denn dort hat er kaum etwas gesagt.«

»Lass uns noch ein paar Tage warten«, sagte ich. »Irma und ich wollen am Wochenende nach Sylt fahren. Bei dieser Gelegenheit können wir uns diesen gelernten Metzgermeister und Multimillionär Heinrich

Brockdorf gleich mal näher ansehen. Vielleicht redet der ja mit uns. Danach haben wir hoffentlich ein paar mehr Fakten für unser Gespräch mit dem alten Mellin.«

Wolfram war einverstanden und sagte noch »Überarbeite dich bloß nicht auf Sylt!«

21

Sylt, Freitag, 6. August 1993

Keine Niederschläge. Angenehmer Westwind der Stärke 3 bis 4. Höchsttemperaturen bis zu 28 Grad! Der Nachrichtensprecher des Norddeutschen Rundfunks hatte für das kommende Wochenende prächtiges Sommerwetter für Schleswig-Holstein und die Nordfriesischen Inseln vorhergesagt.

Irma trug hautenge weiße Jeans und ein besticktes Designer-Jäckchen, dazu weiße Bootsschuhe und eine Sonnenbrille von Dior, als sie sich auf den Beifahrersitz meines Cabrios klemmte. Ihre Haare hatte sie nach hinten zusammengebunden. Ihr Pferdeschwanz flatterte fröhlich im Fahrtwind, als wir über die A7 von Hamburg nach Norden fuhren. Im Autoradio wurden alle halbe Stunden Nachrichten aus Deutschland und aller Welt wiederholt: In Duisburg-Rheinhausen wurden die Stahlwerke nach monatelangen Kämpfen der Belegschaft endgültig geschlossen. – Das Landgericht Berlin erklärte den früheren Ministerpräsidenten der DDR, Willi Stoph, aus gesundheitlichen Gründen für nicht verhandlungsfähig und stellte das Verfahren gegen ihn ein. – Die Nato setzte ihre Luftangriffe gegen serbische Truppen fort, die die Stadt Sarajewo eingekesselt hatten. – In Genf wurden die Friedensverhandlungen des Balkankrieges unterbrochen.

»Ich suche lieber einen Musiksender«, sagte Irma. Eine dänische Station spielte gerade Hits von Boney M. – »Daddy Cool« und »Belfast«. Michel Jackson kreischte »Black or White«. Als unser Zug über den Hindenburgdamm ruckelte, wurde die auf silbrigen Wellen schwimmende

Silhouette von Sylt größer und größer. Meine Beifahrerin schmiegte sich zum Schmusegesang von Whitney Houston an meine Schulter. Dabei lachte Irma mich mit himmelwärts verdrehten Augen an, so dass der Liedzeile »I will always love you ...« der tiefere Ernst genommen wurde. Wir lachten und küssten uns. Sie hielt meinen Kopf lange fest. So hätte es bleiben können!

Die Fahrt nach Sylt war Irmas Idee gewesen. Sie hatte mir am Telefon erklärt, eine ihrer Society-Freundinnen habe zu einem Partywochenende auf die Insel eingeladen. Eine gewisse Gräfin Luise von Wagenfeld. Die habe gleich doppelten Grund zu feiern: ihren Geburtstag und ihre Scheidung. Die lebensfrohe, blaublütige Dame sei durch die Abfindungszahlung ihres steinreichen Ex-Gatten, der eine Kette von exklusiven Juwelierläden betrieb, zur Millionärin geworden. In der Gesellschaft spreche man von Schweigegeld. Die Gräfin wisse nämlich zu viel, über illegale Diamantenimporte, über Liechtensteiner Stiftungen und über trickreiche Wohltätigkeitsveranstaltungen, die hauptsächlich dem Wohle des Veranstalters dienten. Zwei Tage lang sollte die »Unabhängigkeitsfeier« der cleveren Gräfin dauern. »Luise«, so erzählte Irma, habe zwei Dutzend Freundinnen und Freunde zu den bevorzugten Spielplätzen der sogenannten Reichen und Schönen nach Sylt geladen: in die Sansibar in den Rantumer Dünen, ins Kampener Gogärtchen und ins legendäre »Pony«, den einstigen Lieblingstreff so legendärer Zeitgenossen wie Gunter Sachs und Porfirio Rubirosa, Mick Flick und Gunilla von Bismarck, wie Arndt von Bohlen oder Günter Netzer. Auch ein Golfturnier auf dem schönen Wenningstedter Platz stünde auf dem Programm.

»Wir haben nach unserem Wiedersehen immer noch keine Zeit für uns gehabt«, hatte Irma gesagt, »lass uns doch zusammen so eine Art Erinnerungs-Wochenende verbringen.« Das Ferienanwesen der Familie Mellin am Wattenmeer von Kampen sei am kommenden Wochenende frei. Dort könnten wir wohnen. Die Hausdame habe sauber gemacht und die Kühlschränke und den Weinkeller nach Irmas Wünschen aufgefüllt. Natürlich hatte ich sofort zugesagt. Auch weil sich an diesem Wochenende trotz des vorhersehbaren Trubels wohl auch Gelegenheit bot, Irma eine Frage zu stellen, die mich immer wieder beschäftigte:

Warum zum Teufel hatte sie in der ersten Nacht unserer Wiedervereinigung Haarproben, Speichel und Sperma von mir sichergestellt? Warum und wofür brauchte sie solche Beweismittel? Einen naheliegenden Gedanken hatte ich erst für absurd gehalten. Aber vielleicht war er das gar nicht …?

Wie auch immer: Ich freute mich auf das Sylt-Wochenende. Von Freitag bis Montag wollten wir auf der Insel bleiben. Wir fuhren mit meinem Wagen, denn in den winzigen Kofferraum ihres zweisitzigen Maserati hätten unser Gepäck und unsere Golfbags keinen Platz gehabt.

Es gab für mich noch einen guten Grund für diesen Ausflug: Heinrich Brockdorf, so hatte ich herausgefunden, würde in seinem Sylter Haus sein. Jedenfalls meldete sich seine Putzfrau, als ich Brockdorfs Geheimnummer anrief, die Wolfram Witt besorgt hatte.

»Ja, Herr Brockdorf ist auch noch in der kommenden Woche hier in seinem Haus«, hatte sie gesagt und sich ein wenig gewundert, warum die Gasleitungen in kurzer Zeit zum zweiten Mal geprüft werden sollten. »Eine Vorsichtsmaßnahme«, erklärte ich ihr als angeblicher Mitarbeiter der Nordwag-Energie-Gesellschaft. In ihrer Nachbarschaft sei an einer Flanschverbindung einer Zuleitung eine Undichtigkeit aufgetreten, da wolle meine Firma natürlich kein Risiko eingehen und alle Leitungen in der näheren Umgebung noch einmal genauer untersuchen. Ich versprach, noch einen genauen Termin mit dem Hauseigentümer persönlich zu vereinbaren.

Als ich Irma von Heinrich Brockdorf, dem Jugendfreund ihres Vaters, erzählt hatte, der auf dem Foto von der Ordensverleihung am Schloss Herrensee neben ihm stand, war sie keineswegs überrascht gewesen.

»Ich weiß«, hatte sie gesagt, »einen Besuch bei ihm wollte ich dir auch vorschlagen. Ich habe ihn lange nicht gesehen, aber vielleicht kann er mir etwas über die Vergangenheit meines Vaters erzählen. Sein Haus steht nur ein paar Kilometer von unserem entfernt an einer Nebenstraße. Wir können also das Amüsieren und das Recherchieren prima miteinander verbinden.«

Nach zweieinhalb Stunden erreichten wir die Verladestation Niebüll. Der Autozug nach Westerland war ausgebucht. Wir hatten gerade noch einen der letzten Plätze ergattert, ganz hinten und auf der oberen Waggon-Etage. Der Himmel über uns war klar und strahlend blau. Bei geöffnetem Cabrioverdeck hatten wir einen endlosen Blick über die flache Landschaft an der Nordseeküste. In Westerland rollte mein Saab als drittletzter Wagen von der Rampe, vorbei an großen Schildern, die für Waschmittel, Sonnencreme und Ferienimmobilien Reklame machten. An der ersten Straßenkreuzung, an der es links nach Westerland und geradeaus in Richtung Wenningstedt, Kampen und List geht.

»Lass uns einen Umweg machen, wie früher«, sagte Irma und legte ihre Hand auf meinen Oberschenkel. Ich bog nach rechts ab. Wir fuhren über Tinnum und durch das idyllische Keitum, immer am Wattenmeer entlang. Die Keitumer Backsteinkirche stand wie seit Jahrhunderten als sturmfeste Gottesburg vor dem hohen Nordseehimmel. Wir rollten an Munkmarsch vorbei und durch Braderup bis nach Kampen. Irma fing mit erhobenen Armen und Händen den Fahrtwind ein. An einer Nebenstraße, die zum Watt führte, legte ich auf dem Parkplatz eines eher unscheinbaren Reetdachhauses eine Gedenkminute ein. »Hier im Tannnenhof habe ich jahrelang mit meinen Kollegenfreunden Klaus und Jay die Jahreswechsel verbracht«, erzählte ich Irma. Wir waren immer am zweiten Weihnachtstag gekommen und erst im neuen Jahr wieder abgereist. Mit wechselnden Freundinnen und später mit unseren Frauen.

»Woran denkst du«, fragte Irma.

»An gute alte Zeiten.«

»Ich wusste doch, dass du ein Romantiker bist.«

Wir kamen an der legendären Pension Hinchley Wood vorüber und fuhren über Asphaltstraßen und Wege, die immer schmaler wurden, an Straßenschildern vorüber, auf denen Slip Wai, Hansen Wai oder Wulde-Weg stand. Reetgedeckte Häuser wurden von weißen Friesenzäunen und spät blühenden Heckenrosen eingefasst. Gelber Ginster und weinrotes Heidekraut wuchsen auf dem zum Wattenmeer abfallenden Gelände.

»Halt mal an«, sagte Irma.

Auf einem Feldweg warf sie ihre Jacke auf ein niedriges Gebüsch und breitete die Arme aus. Ein blauer Wind blähte ihre weite Bluse zu einem weißen Ballon. Es schien so, als würde sie gleich davonschweben.

»Riech doch mal – dieser Duft!«

Wir hielten unsere Nasen in die Brise und sogen die Luft tief in unsere Lungen. Sylt schmeckte wie immer: nach Meersalz und Brackwasser, nach frischem Heu, nach Heckenrosen und nach Heidekraut.

»Ich bin übrigens gerade sehr glücklich«, sagte Irma und zog mich an sich. Diesmal blieb sie ernsthaft bei der Sache, als wir uns küssten.

Das Anwesen der Mellins lag noch in Sichtweite des beliebten Lokals Kupferkanne, auf einem etwas erhöhten Geestrücken, nur durch einen breiten Heidestreifen vom gerade auflaufenden Wasser des Wattenmeeres getrennt. Der »Hof Mellin« duckte sich in eine Mulde, die von einer groben Steinmauer eingefasst war, auf der Buschwindröschen wuchsen. Von weitem war nur das silbergraue Reetdach zu sehen. Erst beim Näherkommen waren die Ausmaße des U-förmig angelegten Gebäudes mit den weißgeschlämmten Wänden und den dunkelblauen Sprossenfenstern und Türen zu erkennen. Irma öffnete das Einfahrtstor mit einer Fernbedienung. Zwei weiße Torflügel schwenkten auf halbrunden Schienen nach hinten. Unsere Anreise war auf einem kreisförmigen Kiesweg zu Ende. Kieselsteine knirschten unter unseren Schritten.

»Soll ich dich über die Schwelle heben?«

»Es reicht, wenn du meine Koffer reinbringst«, sagte Irma.

Als sie die Alarmanlage ausgeschaltet und das Sicherheitsschloss der schweren Eichen-Eingangstür mit dem hohen Rundbogen geöffnet hatte, hörten wir plötzlich einen schrillen Klingelton. Irma lief über den breiten Flur ins Wohnzimmer. Ich folgte ihr. Und staunte. Die große Wohnhalle der Mellin-Villa bot einen prächtigen Anblick, nach innen und außen. Mächtige, taubenblau gestrichene Deckenbalken, ein mannshoher Kamin, ein mit Teppichen belegter Steinboden aus antiken Steinquadern, zwei üppig gepolsterte Sitzgruppen im englischen Landhausstil, Barockschränke, ein Steinway-Flügel und moderne Glastische. Alles verströmte mondäne Behaglichkeit. Der Raum öffnete sich über die ganze Front zum Wattenmeer hin. Durch die halbrunde Panoramascheibe konnte man von Keitum bis nach List sehen. Eine Aussicht, die Millionen wert war.

Das elfenbeinfarbene Telefon stand auf der Lederplatte eines aufgeklappten Sekretärs. Bevor Irma den Hörer abnehmen konnte, sprang der Anrufbeantworter an. Eine Männerstimme räusperte sich schwer atmend. Der Anrufer schien zu überlegen, ob er eine Nachricht hinterlassen sollte oder nicht. Schließlich war eine beängstigend klingende, kratzende, kehlige Stimme zur hören, die sagte: »Malte ... Grüß dich! ... Du sollst auf der Insel sein – oder in den nächsten Tagen kommen. Habe ich gehört ... Wir haben uns ja lange nicht gesehen, aber wir müssen uns treffen ... Ich brauche jetzt deinen Rat ... Dringend ... Es geht um diese Sache aus den Zeitungen, um die Amerikaner und um unseren toten Freund Elvers ...«

Wieder stockte die Stimme. Das Band der Kassette schleifte vernehmlich im Gerät.

»Falls du meine Stimme nicht erkennst – ich hatte eine Kehlkopfoperation ... Hier spricht Heinrich. Heinrich Brockdorf!«

22

Sylt, Sonntag, 8. August 1993

Wenn unsere Gastgeberin nicht gewesen wäre – es hätte ein wunderbarerer Abend in der Sansibar werden können. An der Nordseeküste von Rantum tauchte die untergehende Sonne das Meer, den Strand und die Dünen in dramatische Farben, während hinter den Scheiben des Prominenten-Lokals allerlei Menschen ihre ab 20 Uhr reservierten Plätze besetzten. Mit großem Getöse, mit Küsschen hier und Küsschen da und dröhnenden Floskeln: »Was, du auch hier? Lange nicht gesehen. Gut siehst du aus!« In den braunrot gebrannten Sommergesichtern spiegelten sich an diesem Abend noch Sonne, Sand und Meer vom vergangenen Urlaubstag wider. Feier- und Ferienlaune schwebte ebenso leicht und prickelnd durch den prallvollen Raum wie die hübschen Serviermädchen, die beidhändig Champagner und Sekt, Kaviar und Antipasti zu den Tischen balancierten.

Männer um die fünfzig beherrschten die Szene. Viele hatte man im

Fernsehen gesehen, in den Nachrichtensendungen oder in Talkshows. Der Ministerpräsident eines Bundeslandes beugte sich tief über die Hand der Gattin eines Autokonzernchefs. Amtierende und abgewählte Politiker, Verleger und Verlagsmanager, Agenturbosse und Chefredakteure taten so, als hätten sie keine Probleme miteinander. Ein bekannter Moderator und eine eitle Talkmasterin waren nicht zu übersehen. Auch Autoren buhlten um Aufmerksamkeit.

Über Geld und Geschäfte redete man nicht. Je später der Abend wurde, desto ungezügelter machten Gerüchte die Runde, wer wen gerade mit wem betrog und wer diesem oder jenem warum die Freundschaft aufgekündigt hatte. Auch über neue Motorjachten, über das Keitumer Poloturnier und über das neue Handicap beim Golf sprachen die Herren. Viele trugen die traditionelle Sylter Sommeruniform – Blazer mit Goldknöpfen, aufgeknöpfte weiße Hemden und mattrote Hosen. Nackte Füße steckten in italienischen Slippern oder in weißen Bootsschuhen.

Schauspielerinnen und Models, Geliebte und Freundinnen zeigten lange Beine in kurzen Röcken und frisch gebräunte Brüste in weit geschnittenen Blusen. Einige nicht mehr ganz so junge Millionärsgattinnen hatten ein Problem mit dem graumelierten Herrn von Tisch 5. Sie mieden jeglichen Kontakt. Der Mann war ein Künstler – bekannt für wohlmodellierte Busen, Lippen und Nasen. Auch Fett und Falten rückte er gegen horrende Honorare in seiner Münchener Privatklinik mit Messers Schneide zu Leibe.

Plötzlich stieß Irma mich an.

»Hast du eben das Gesicht hinter der Scheibe gesehen?« Ihre Hand deutete nach draußen.

Ich schüttelte den Kopf.

»Da war ein Mann, der hat so merkwürdig zu uns hergestarrt. Ich hatte den Eindruck, der wollte mir ein Zeichen geben.«

Sie habe den Kerl schon einmal gesehen. Ganz sicher. Aber es falle ihr einfach nicht ein, wo das gewesen sein könnte.

»Wahrscheinlich fand er dich genauso sehenswert wie ich.«

Irma lächelte wieder.

Der beliebte Chef der Sansibar kam an unseren Tisch. Mit schwäbischer Geschäftstüchtigkeit und einem besonderen Gespür für den Umgang mit prominenten und weniger bekannten, mit bedeutenden und eingebildeten Leuten hatte der Mann, den alle beim Vornamen nannten, aus einer ehemaligen Strandbude ein Gastwirtschaftsunternehmen mit zweistelligen Millionenumsätzen gemacht.

»Herbert …! Heeerrbeeeerrrt …!«

Unüberhörbar gellte ihm der Begrüßungsschrei unserer Gastgeberin entgegen. Es war ihr erster Ausbruch dieser Art an diesem Abend. Noch viele sollten folgen. Irmas Society-Freundin Gräfin Luise von Wagenfeld entpuppte sich als Nervensäge. Unablässig rühmte sie sich ihrer Bekanntschaften aus dem Geld- und Hochadel, aus Wirtschaft und Medienwelt. Wenn ich es richtig verstanden habe, sei sie beispielsweise unlängst mit Prinzessin Beatrice von Hohenfels bei Gunilla von Bismarck in Marbella gewesen. Oder mit der Bismarck bei der Fürstin? Jedenfalls habe der spanische König leider kurzfristig absagen müssen.

Ihre dürre Figur war mit schwerem Schmuck überlastet. Auch wenn es keinen Anlass gab, brachen Luise von Wagenfelds nachgearbeitete Lippen in schrilles Gelächter aus, das mich fatal an ein Foltergeräusch erinnerte, bei dem ich jedes Geständnis ablegen würde: als wenn eine Gabel über den Boden eines Aluminiumkochtopfes schrammt. Leider hatte ich das Pech an der geschwätzigen Gräfin genau gegenüberzusitzen. Sie nannte mich lautstark »Schätzchen«. Ab und zu drückten ihre knochigen Knie absichtsvoll gegen meine Beine. Allerdings: Die Leute an unserem Tisch schienen die schrille Gräfin tatsächlich zu mögen. Sie galt als Betriebsnudel und als umtriebige Netzwerkerin.

»Sie hat ein gutes Herz und man kann sich auf sie verlassen«, versicherte Irma. Nach dem sechsgängigen Abendmahl – das mit »Imperial Kaviar vom Kaspischen Meer und Champagner« begonnen hatte und sich mit vierzig Jahre altem Portwein »Royal Oporto« dem Ende näherte – flüsterte ich Irma ins Ohr: »Lass uns bei nächster Gelegenheit unauffällig verschwinden!«

Ich war erleichtert, als Irma nickte.

Die Gelegenheit bot sich allerdings erst, nachdem um Mitternacht am Strand vor der Sansibar ein großkalibriges Geburtstagsfeuerwerk für unsere Gastgeberin, die Gräfin, in den Nachthimmel geschossen worden war.

Während anschließend in der Sansibar weiter Champagner entkorkt wurde, wankten Irma und ich im Schutze der Dunkelheit Arm in Arm und barfuß durch den Sand zum Parkplatz auf der Landseite der Rantumer Dünen hinunter. Gleich hinter uns kamen noch zwei Pärchen aus Gräfin Luises Tafelrunde. Sie überredeten Irma, noch ins »Pony« nach Kampen mitzukommen.

Der legendäre Partyschuppen aus den stürmischen Sechzigern war wie immer im Sommer so brechend voll, dass wir erst nach einer halben Stunde einen Drink bekamen. Auf der überfüllten Tanzfläche fochten drei Dutzend Paare lebensbedrohliche Nahkämpfe aus. Es roch nach Parfüm und verschüttetem Champagner, nach Sonnenschutzmittel und Tabakqualm. Die beste Luft atmete ich in den Sanitäranlagen. Als ich an der halb geöffneten Tür der Damentoilette vorbeikam, zog gerade eine rothaarige Frau vor dem Spiegel ihre Lidstriche nach. Sie kam mir bekannt vor. Aber woher? Als ich mich wieder bis zur Theke und bis zu Irma durchgedrängelt hatte, fiel es mir ein: War das eben nicht diese amerikanische Journalistin gewesen, die vom Bomber-Fundort am Schloss Herrensee, die vor mir das Foto von der Ordensverleihung in der alten Lokalzeitung entdeckt hatte? Valerie? Valerie …? Der Nachname fiel mir nicht ein. Ich ging zurück. Zu spät. Eine »attraktive Rothaarige« sei ganz sicher nicht mehr da, erklärte mir eine frisch frisierte Blondine und lächelte vertraulich.

Diesmal wollte Irma als Erste aufbrechen. Sie zog mich nach draußen.

»Kannst du noch fahren?«, fragte sie auf dem Parkplatz am Ende der sogenannten Whiskeystraße.

»Nein«, sagte ich und setzte mich ans Steuer.

Zur Ernüchterung öffnete ich das elektrische Verdeck und die Seitenscheiben und hielt den Kopf in den nachtkühlen Fahrtwind.

Um eventuellen Alkoholkontrollen der Polizei auszuweichen, dirigierte mich Irma auf Nebenstraßen und Seitenwege, die an Feldern und Weiden vorbeiführten. Sie ließ mich nach links und rechts und wieder nach links abbiegen und schickte mich ein paar Kilometer weit geradeaus. Hasen hoppelten durch das Scheinwerferlicht. Irma nickte auf dem Beifahrersitz ein. Ich wollte sie nicht wecken und verfuhr mich offenbar mehr und mehr im Gewirr der kleinen Inselstraßen.

Vom »Hof Mellin« war nichts zu sehen. Stattdessen stand ich plötzlich vor einem großen Backsteinhaus mit Ziegeldach. Wir konnten also nicht mehr in Kampen und noch nicht in Keitum sein, wo von den Baubehörden Strohdächer vorgeschrieben waren. Ungewöhnlich war ein runder, dreistöckiger Turm in der Hausmitte, durch dessen Fenster man vermutlich eine wunderbare Weitsicht hatte. Auf einem weißgekälkten Stein stand die Adresse – Distelweg 7. Welch ein Zufall! Zu Beginn des Abends, als ich noch im Wagen auf Irma warten musste, hatte ich mir schon für den nächsten Tag die Adresse von Heinrich Brockdorf notiert – Distelweg 7. Das war also das Haus des ehemaligen Mitschülers von Malte von Mellin. Meine Neugierde war geweckt. Und als Irma schläfrig fragte, ob wir schon zu Hause seien, da erklärte ich, dass ich mich verfahren hatte und wo wir gelandet waren.

»Lass uns doch mal gucken, wie der Brockdorf so wohnt – wenn wir schon mal hier sind«, schlug ich vor.

Ich schaltete den Motor aus. Wir hielten genau vor der Einfahrt, deren zweiflügeliges Tor weit offen stand. Im Haus waren Gardinen und Jalousien vor die Fenster gezogen, aber dahinter brannte noch Licht. Die Eingangstür stand offen. Merkwürdig, um diese Zeit! Alles blieb still. Kein Mensch war zu sehen. Meine Uhr zeigte kurz vor ein Uhr nachts. Die Nachbarhäuser hoben sich einige hundert Meter entfernt gegen den helleren Nachthimmel ab. Dort waren die Fenster dunkel.

Wir warteten noch ein paar Minuten lang, dann stieg ich neugierig aus.

Sofort schalteten Bewegungsmelder die üppige Außenbeleuchtung ein. Bläuliche Sparbirnen flackerten in gusseisernen Laternen und in dreiarmigen Kandelabern. Scheinwerfer strahlten auf rote Backsteinwände, die zum Teil mit Efeu oder wildem Wein bewachsen waren. Der Widerschein erhellte große Rasenflächen, auf denen zwei Strandkörbe standen. An einem gepflasterten Weg, der in einen Garten führte, sahen die Schatten von Wacholderbüschen wie erstarrte Menschen aus. Der Abendwind hatte sich gelegt.

»Komisch«, sagte Irma. »Irgendwie seltsam.«

»Herr Brockdorf«, rief sie zwei, drei Mal.

Als ich auf den Hauseingang zugehen wollte, nahm sie meine Hand und hielt mich zurück.

»Warte!«

Sie holte ihr tragbares C-Netz-Telefon und drückte eine eingespeicherte Nummer. Das Rufzeichen tönte so lange durch die stille Nacht, bis ein Anrufbeantworter ansprang.

»Leider bin ich zurzeit nicht persönlich zu erreichen. Nach dem Piepton können Sie jedoch eine Nachricht hinterlassen.«

Es war die kehlige Stimme von Heinrich Brockdorf.

Wir gingen die paar Schritte zum Wagen zurück. Ohne dass Irma es merkte, holte ich eine Walther PPK 9 mm aus dem Verbandskasten, der unter dem Reserverad im Kofferraum verstaut war. Die alte Polizeipistole war in Watte gepackt. Ich hatte mir die Schusswaffe besorgt, nachdem ich bei Recherchen einmal massiv bedroht worden war.

»Warte hier draußen«, sagte ich zu Irma. »Wenn ich um Hilfe rufe, wenn du Schüsse oder andere seltsame Geräusch hörst – oder wenn ich in genau fünf Minuten nicht wieder draußen bin –, dann bring dich in Sicherheit! Und drück den Notruf der Polizei auf deinem Telefon – den hast du doch sicher gespeichert!«

»Wollen wir nicht doch lieber die Polizei sofort holen?«

»Nein! Warte im Wagen!«

»Pass auf dich auf, Bogey!«

Geduckt lief ich an einer aus Feldsteinen aufgehäuften Mauer entlang auf das Brockdorf-Haus zu. Ich war darauf gefasst, dass eine Alarmanlage losgehen würde. Aber nichts passierte. Alles blieb still. Unheimlich still. Auch auf der Rückseite waren Fenstervorhänge zugezogen. Nirgendwo konnte man ins Hausinnere sehen. Eine Hintertür war mit stabilem Gitter gesichert. Also musste ich durch den Haupteingang.

Ich konnte meinen Herzschlag hören. Kalter Schweiß trat mir auf die Stirn. Ich war kein Held. Schließlich wurde meine Angst durch einen Überschuss an Adrenalin überwunden.

Hinter einem der Strandkörbe entsicherte ich umständlich die Walther. Ich hatte die Waffe jahrelang nicht mehr in der Hand gehabt.

23

Vor dem Haus kauerte sich Irma von Mellin tief in den Beifahrersitz, als von hinten zwei Autoscheinwerfer auftauchten. Ein großer Wagen kam über eine Hügelkuppe, verlangsamte seine Fahrt und näherte sich im Schritttempo. Als er ein paar Meter an dem parkenden Saab vorbeigefahren war, leuchteten die Bremslichter auf. Die Fahrertür wurde geöffnet, aber bald darauf wieder geschlossen, ohne dass jemand ausgestiegen war. Langsam setzte sich der Wagen wieder in Bewegung. Es war ein dunkler Mercedes G-Typ, ein uriger Geländewagen, der gern von reichen Jagdpächtern und adligen Großgrundbesitzern gefahren wird. Ein solches Gefährt gehörte auch zum Fuhrpark der Mellins im Schloss Herrensee. Das Kennzeichen konnte Irma nicht mehr genau erkennen, weil sie ihren Kopf zu spät über das Armaturenbrett hob. Es enthielt dreimal eine Acht oder eine Drei und begann mit NF für Nordfriesland. Sie glaubte eine Frau auf dem Beifahrersitz erkannt zu haben. Die Fahrerseite hatte sie nicht sehen können.

Als der Wagen nach etwa fünfhundert Metern in einer Senke verschwunden war, öffnete Irma die rechte Seitenscheibe und steckte sich hinter vorgehaltener Hand eine Zigarette an. Das Streichholz zitterte, sie konnte im flackernden Schein das Ziffernblatt und die Zeiger ihrer kleinen Damen-Rolex erkennen. Noch drei Minuten. Bogey war jetzt schon zwei Minuten lang irgendwo auf dem Grundstück unterwegs. Sie hatte ihn aus den Augen verloren. Oder war er eben gerade in das Haus gehuscht? Irma glaubte im beleuchteten Eingang einen schnellen Schatten gesehen zu haben.

»Hallo …! Hallo, Herr Brockdorf …!«

Meine Stimme klang belegt, als ich in das Innere des Hauses hinein rief. Niemand meldete sich. Ich rief noch einmal. Diesmal kräftiger und noch lauter. Wieder keine Antwort.

Niemand kam mir entgegen, obwohl ich jetzt vom Ende des Flures, wo offenbar die Wohnräume lagen, undeutlich mehrere Stimmen hören konnte. Ich hatte die Walther noch in der Rechten, aber die Pistolenhand steckte ich jetzt lieber in mein aufgeknöpftes Hemd, so dass ich von harmlosen Leuten nicht gleich für einen bewaffneten Räuber gehalten werden konnte. Und im Ernstfall wäre ich auch so sofort schussbereit gewesen. Ich meldete mich noch einmal, unsinnigerweise sogar mit Namen.

»Hallo Herr Brockdorf, ich heiße Jonas Anders, ich bin ein Freund der Familie Mellin. Irma von Mellin und ich sind zufällig vorbeigekommen … Wir wollten nur mal nachschauen, weil die Haustür offen steht, ob alles in Ordnung ist!«

Wieder nichts. Ich ging weiter und machte absichtlich ein wenig Lärm. Die Stimmen wurden deutlicher.

Die Wohnzimmertür war nur angelehnt. Ich stieß sie mit dem Fuß auf, ging schnell in die Knie und blickte aus dieser tiefen Perspektive vorsichtig um die Ecke. In einer großen Bücherwand flimmerte ein Fernsehgerät. Die Stimmen kamen aus dem Lautsprecher. Offenbar wurde zu dieser nächtlichen Zeit gerade irgendeine Talkshow wiederholt.

Jetzt ging ich hinein und sah mich in dem menschenleeren Haus flüchtig um. Jeden Augenblick erwartete ich, etwas Ungewöhnliches zu entdecken. Vielleicht sogar den toten Hausherrn, der auf dem Bild der Nazi-Jungmänner gleich neben dem inzwischen ermordeten Eberhard Elvers gestanden hatte.

Aber alles schien in Ordnung zu sein. Ich war überrascht. So eine moderne, geschmackvolle Einrichtung hatte ich nicht erwartet. Nach allem, was ich über ihn gehört und gelesen hatte, musste Heinrich »Heini« Brockdorf eher ein rustikaler Typ sein. Gelsenkirchener Barock hätte deshalb zu ihm gepasst. Schließlich kam er ursprünglich aus dem Ruhrgebiet, aus Recklinghausen, und auf dem Höhepunkt seiner Karriere als Fleischgroßhändler und Box-Promoter hatte er den legendären Fußballclub Schalke 04 gesponsert. Mit zwei Millionen in sechs Jahren, wenn die Berichte aus der Dokumentation des Mellin-Verlages stimmten.

Und nun das: weißgrauer, polierter Marmorboden, helle einfarbige Teppiche und zeitlos elegante Ledermöbel von Le Corbusier, Kunststoff-Tische des dänischen Designers Werner Panton und Stühle aus der Miller-Collection. Der Mann hatte auf den ersten Blick einen teuren und guten Geschmack.

Sogar die Bücher in der acht Meter breiten, raumhohen Regal-Schrankwand waren überwiegend weiß. Die meisten Titel stammten aus dem renommierten Diogenes Verlag. Erst als ich dichter heranging, erkannte ich den Schwindel: Es waren vermutlich einige tausend Bücher – allerdings standen reihenweise und zu Dutzenden immer dieselben Titel nebeneinander. Offensichtlich ungelesen und unberührt. Drei Meter »Das Parfüm« von Patrick Südkind, zwei Meter »Der Spion, der aus der Kälte kam« von John le Carré, und der ganze Rest schien meterweise aus Werken der Krimi-Klassiker George Simenon und Patricia Highsmith zu bestehen. Mittendrin in dieser Bücherdekoration hatte Brockdorf in einem durchlaufenden, langen Regalfach Fotos aus seinem Leben und seiner Karriere aufgebaut. In Gold und Silber gerahmt. Brockdorf als lockiger Schlachtergeselle vermutlich in der väterlichen Metzgerei, als Junge beim Fußballspielen und als Boxer mit Lorbeerkranz in einem schmuddeligen Ring. Brockdorf als langhaariger Jungunternehmer vor einem MG-Cabrio aus den sechziger Jahren, in einem offenen, goldfarbenen 220er-Mercedes in den Siebziger oder Achtzigern und in einem knallroten Ferrari Testarossa. Da hatte er schon eine Halbglatze. Es folgte ein Bild der vierstöckigen Firmenzentrale mit allen Angestellten davor und der weithin sichtbaren blauen Neonschrift auf dem Dach: »Brockdorf-Fleisch GmbH«. Rechts davon reihten sich die Fotos des einst erfolgreichen Box-Promoters.

»Box Imperium« hatte er seine Firma bescheiden genannt. Und dieser Schriftzug hing in Hallen und stand auf dem Fußboden von Boxringen, in denen der große Promoter in seiner Erinnerungsfoto-Galerie mit zwei Dutzend verschiedenen Prachtkerlen zu sehen war: Durchtrainierte Faustkämpfer weißer, brauner und schwarzer Hautfarbe und aller Gewichtsklassen. Die meisten trugen hässliche, überbreite Meistergürtel. Heinrich Brockdorf – nun mit vollendeter Vollglatze – grinste mit seinen auffallend ebenmäßigen dritten Zähnen neben seinen Gladiatoren in die Kameras, als habe er selber gerade durch K.o. gewonnen. Superstar des Brockdorf-Stalls war Ende der achtziger Jahre ein furchterregender Riese aus Kasachstan: Juri Kokolow, mehr als zwei Meter groß, 120 Kilo Kampfgewicht, Champion im Superschwergewicht. Neben ihm nahm sich der auch nicht gerade kleine Brockdorf sehr unscheinbar aus.

Seinen Boxstall, daran konnte ich mich beim Betrachten der Bilder erinnern, hatte der »Herr der Ringe«, wie Brockdorf von den Boulevardblättern genannt worden war, nach einem Skandal dichtmachen müssen. Aber ich wusste nicht mehr genau warum: Hatte er aus Kuba zwei oder drei Olympiasieger in den Kapitalismus entführen lassen? Oder Steuern in Millionenhöhe hinterzogen? Oder war es um Bestechung von Punktrichtern gegangen? Irgendetwas war jedenfalls sehr faul gewesen in Brockdorfs Faustkämpfer-Imperium. Er war zu hohen Geldbußen und zu Gefängnis auf Bewährung verurteilt worden. Danach hatte der Multimillionär Kasse gemacht und seine Fleischfirma verkauft. Als Privatier war er beinahe völlig aus der Öffentlichkeit verschwunden.

Vor dem Regal mit der brockdorfschen Bildergalerie entdeckte ich erst jetzt zwei offenbar heruntergefallene, geöffnete Briefumschläge auf dem dicken Teppich. Einer vom ADAC, der andere mit schwarzem Rand.

Sofort fielen mir die seltsamen Trauerkarten ein, die Malte von Mellin und Eberhard Elvers erhalten hatten. Und wirklich: Ich zog genau so eine Karte aus dem aufgeschlitzten Umschlag – gleiches Format, gleiche Gestaltung, gleicher Text wie bei den beiden anderen. Nur der Name des Empfängers war diesmal handschriftlich in Großbuchstaben eingefügt:

»Mit Bestürzung geben wir Kenntnis vom Ableben unseres hochgeschätzten Mitbürgers Heinrich Brockdorf, der plötzlich und unerwartet aus unserer Mitte gerissen worden ist. Von Beileidsbekundungen bitten wir abzusehen!«

Klein darunter stand wieder der Hinweis auf das zweite Buch Mose, Kapitel 21, Vers 12.

Jetzt wurde mir doch mulmig – das offene, leere Haus und diese Todesanzeige …

Mein Blick fiel auf meine Armbanduhr. Die fünf Minuten waren fast um. Ich schaltete das Licht im Flur und am Hauseingang aus und rannte geduckt nach draußen. Gerade noch konnte ich Irma davon abhalten, mit ihrem Telefon die Polizei zu rufen.

»Wo bleibst du denn bloß? Ich hatte schon solche Angst«, sagte sie, stieg aus dem Saab und kam mir entgegen. Ich erzählte, das Haus sei menschenleer. Keine Spur von Heinrich Brockdorf. Von der Trauerkarte sagte ich noch nichts.

»Was hast du mit der Pistole vor?«, fragte Irma, als sie die Walther in meiner Gesäßtasche entdeckte.

»Nur zur Sicherheit«, sagte ich, die Waffe hätte ich mir mal nach einem Einbruch in mein kleines Haus auf dem Lande angeschafft.

Ob wir nicht doch lieber die Polizei holen sollten, fragte Irma. Wieder lehnte ich ab und sagte betont ruhig, vermutlich sei alles ganz harmlos.

»Vielleicht ist Brockdorf nur mal eben Zigaretten holen oder so und kommt gleich wieder zurück.«

Ich wollte mir das Hausinnere noch einmal gründlicher ansehen. Vielleicht würde ich noch irgendwelche Hinweise finden, etwas, das mit Brockdorfs Zeit in der Napola-Schule Schloss Herrensee oder mit dem amerikanischen Bomberwrack vom Schloss Herrensee zu tun hatte. Nach meinen Recherchen und nach der Ansage auf dem Anrufbeantworter im »Hof Mellin« wäre das nicht auszuschließen. Dumm nur, dass ich keine Handschuhe dabei hatte, aber es gab ohnehin schon zahllose Fingerabdrücke von mir im Haus.

»Gut, dann komme ich aber mit«, sagte Irma bestimmt. Schließlich würde der Hausbesitzer Brockdorf sie ja als Tochter seines alten Freundes Malte von Mellin erkennen – falls er doch noch im Haus auftauchen oder von irgendwoher zurückkommen sollte.

Die Villa war auch auf dem zweiten Blick menschenleer. Alles sah aus, als habe kürzlich eine Reinigungsfrau aufgeräumt. Wir warfen Blicke in ein Dutzend Räume. Drei Schlafzimmer in Dachgeschoß, zwei Badezimmer, Gästetoilette, Sauna, Swimmingpool, große, rundum verglaste Terrasse, der elegante Wohnraum mit höher liegendem Essplatz und offener High-Tech-Küche.

Irma entdeckte zwei offenbar gerade erst benutzte Teller mit Salatresten im Geschirrspüler. Und auf einem weißen Butlertischchen im Wohnzimmer standen zwei schwere Bleikristallgläser, die nach Whiskey rochen. An einem waren dunkelrote Lippenstiftspuren. Der Fernseher, ein exklusives Bang & Olufsen-Modell, lief noch immer. Ich fand keinen Bedienungsknopf zum Ausschalten.

Irma probierte ein halbes Dutzend verschiedener Fernbedienungen aus. In diesem Haus funktionierte fast alles auf Knopfdruck. Das Licht ging an und aus. Rollläden auf und zu. Eine Bose-Musikanlange sprang an. Eine Elvis-Presley-CD lief: »Blue Suede Shoes«. Der schnelle Rock 'n' Roll passte nicht in die bedrückende Stimmung

Wir sahen uns um und warteten und wussten nicht so recht, worauf eigentlich.

»Irgendetwas stimmt hier jedenfalls nicht«, sagte Irma. Wir setzten uns nebeneinander in zwei weiße Le-Corbusier-Sessel mit Blick auf die weiße Bücherwand. Irma wollte sich eine Zigarette anstecken und suchte nach einem Aschenbecher. Sie fand einen, in dem mehrere Kippen lagen. Alle mit rotem Lippenstift.

»Was ist denn das hier?«

Sie hatte neben dem Aschenbecher ein kleines, flaches, weißes, mit zwei schwarzen Punkten versehenes Plastikteil gefunden. »Open« und »Close« stand darauf.

Spielerisch drückte sie auf »Open«. Sekunden später war ein knirschendes Geräusch zu hören. Wir waren verblüfft: Vor unseren Augen teilte sich die breite Bücherwand. Von der Mitte aus fuhren zwei gleich große Teile nach rechts und nach links zur Seite. Wie ein zweiflügeliges Tor. Als ein etwa drei, vier Meter breiter Durchgang freigegeben war, flammte in einem Raum dahinter bläuliches Neonlicht auf.

Was wir zu sehen bekamen, werden wir wohl nie vergessen können.

Irma schrie auf. Sie schlug die Hände vors Gesicht und nahm sie gleich wieder herunter, um nachzusehen, ob sie ihren Augen wirklich trauen konnte.

Wir starrten beide wie gebannt auf ein bizarres Stillleben.

Vor uns lag nun ein weißer Raum mit blauem Linoleumboden, ausgestattet mit medizinischen Geräten, Lampen und Tischen wie die Praxis eines Frauenarztes. Kaltes Licht fiel auf einen mit weißem Kunststoff bezogenen Gynäkologenstuhl. Auf diesem Stuhl lag eine knallrote Latexpuppe mit gespreizten Beinen. Aus zwei Öffnungen oben ragten fleischfarbene Brüste heraus und in einer Öffnung unten waren dunkle Schamhaare zu sehen. Eine schwarze Theatermaske verdeckte die Augenpartie.

»Der Brockdorf ist ein perverses Schwein! Der treibt es mit Gummipuppen!«

Irma schüttelte sich angewidert. Sie brauche erst mal dringend einen Schnaps, sagte sie.

Ich fand im Kühlschrank eine halbvolle Flasche Malteser Aquavit.

Wir tranken gleichzeitig.

»So hat eben jeder seine Hobbys«, sagte ich versuchsweise lässig und schüttelte mich, als der scharfe Schnaps durch meine Kehle lief.

In diesem Moment hörten wir ein merkwürdiges Geräusch. Und noch eines. Ein unterdrücktes Stöhnen!

Irma ließ ihr Wodkaglas auf den Boden fallen. Sie klammerte sich ängstlich an mich.

»Oh Gott, mein Gott«, stammelte sie. »Die Puppe ..., guck mal, die Puppe ...!«

Jetzt sah ich es auch. Die Puppe bewegte sich. Ihr Kopf drehte sich langsam in unsere Richtung.

Die Puppe hob den rechten Arm. Wie in Zeitlupe.

24

Es muss sehr komisch ausgesehen haben, als ich mit der Pistole im ausgestreckten rechten Arm vorsichtig auf die rote Latexfigur zuging. Dann beugte ich mich über das Gesicht.

Das rote Wesen mit der schwarzen Gesichtsmaske öffnete mühsam seine Augen. Die Augen starrten durch mich hindurch und blinzelten irritiert in das bläuliche Deckenlicht. Der Mund wollte etwas sagen. Die Lippen öffneten sich. Aber es kam kein Wort heraus – nur ein süßlicher, stechender Geruch. Es stank wie früher in alten Krankenhäusern. Nach Chloroform!

Irma hatte sich wieder gefasst. Sie hob den Oberkörper der roten Latexfrau an und flößte ihr ein Glas Wasser ein. Die schluckte ein paar Mal und schüttelte sich, bevor sie vollends zu erwachen schien.

Es war eine Frau etwa Mitte dreißig. Sie hatte kein schönes, aber ein ebenmäßiges, strenges Gesicht, das in diesem Licht leichenblass aussah. Katzenartige, schieferfarbene Augen fielen mir auf. Weißblond gefärbte Haarsträhnen guckten unter der hochgerutschten Latexkapuze hervor.

Die Latexfrau machte ein paar neue Versuche, bevor sie endlich sprechen konnte.

»Der Kerl … Der Kerl hat mich … betäubt …? Dieses Schwein!« Sie sprach mit schwerer, lallender Zunge.

»Wer? Brockdorf?«, fragte ich. Sie schüttelte den Kopf.

»Nein, der Einbrecher.«

Irma half der Frau aus dem Gynäkologenstuhl, stützte sie und führte sie wie eine Krankenschwester in eines der Badezimmer im Erdgeschoss. Bald hörte ich, wie ein starker Duschstrahl auf Fliesen pladderte. Irma redete dabei. Die Stimme der fremden Frau wurde deutlicher und kräftiger. Sie war offenbar wütend und schimpfte. Die Frauen redeten miteinander. Eine Viertelstunde lang. Eine halbe Stunde. Nur ab und zu konnte ich ein Wort verstehen. Ich machte noch einen Rundgang durch sämtliche Räume des Hauses. Nichts Ungewöhnliches – auch in der Garage nicht. Ein roter Ferrari und ein brauner Bentley waren für diese Gegend ja nichts Besonderes.

Ich ging nach draußen. Diffuses Mondlicht fiel durch eine dünne Wolkenschicht hindurch auf das glatte Wasser des Wattenmeeres. Weit und breit kein Mensch. In den ein paar hundert Meter entfernt liegenden Häusern der nächsten Nachbarn war alles dunkel. Ich ging wieder in das Haus zurück, gerade als die beiden Frauen ins Wohnzimmer kamen.

»Das ist Frau Elvira. Sie ist Domina von Beruf«, sagte Irma, lächelte und machte eine Handbewegung, als stelle sie eine neue Bekannte vor. Die vom Latex befreite Frau trug jetzt einen weißen Bademantel. Ihre nassen Haare waren unter einem Frottee-Turban versteckt.

Irma erzählte, Elvira komme aus Hamburg-Blankenese. Sie lebe mit einem offenbar sehr toleranten Zahnarzt zusammen. Ihr Hauptarbeitsplatz sei früher ein spezielles Haus auf St. Pauli gewesen, das durch die St.-Pauli-Hure Domenica bekannt geworden war. Zwei oder drei Mal im Monat mache Elvira eine Visite hier bei Heinrich Brockdorf in seinem Sylter Haus. Brockdorf sei seit Jahren ihr bester Stammkunde. Er zahle jedes Mal 2000 Mark, bei freier Kost und Logis. Reisespesen extra.

Inzwischen schien es Elvira besser zu gehen. Sie kannte sich im Haus aus und warf für uns in der großen Küche eine Espressomaschine an. Zischend lief das pechschwarze Heißgetränk in die Tassen.

»Nun erzählen Sie mal, was passiert ist, so gut Sie das jetzt schon können«, sagte ich.

»Erst muss ich mich richtig anziehen.«

Elvira drehte sich um und ging die Treppe zum ersten Stock hinauf, offenbar in jenes Zimmer, in dem ich bei meiner Hausdurchsuchung meterweise Frauenkleider und Schubladen voller Dessous in einem begehbaren Schrank gesehen hatte. Auch einen Schminktisch wie im Theater gab es da oben.

Als sie zurückkam, war die Latex-Lady nicht wiederzuerkennen. Sie hatte sich ein elegant geschnittenes blaues Kostüm mit hochgeschlossener weißer Bluse angezogen. Sie war nur dezent geschminkt. Das weißblonde Haar hatte sie hochgesteckt. In der Hand trug sie ein Louis-Vuitton-Bordköfferchen. Wie eine seriöse Geschäftsfrau in einer Lounge der Lufthansa Business Class sah die Sex-Dienstleisterin jetzt aus. Oder wie eine Zahnarztgattin kurz vor dem Abflug. So redete sie auch, sachlich und klar.

Ich fragte noch einmal: Ob sie wisse, wo Heinrich Brockdorf sein könne?

»Warum wird Heinrich eigentlich gesucht? Immer noch wegen der alten Geschichten?«, fragte sie und sah mich prüfend an. »Oder sind Sie doch von der Kripo? Oder kommt die Steuerfahndung jetzt schon mitten in der Nacht?«

»Nein«, sagte Irma. »Es stimmt wirklich, was ich vorhin im Bad gesagt habe: Wir sind Freunde von Brockdorf, genauer gesagt: Mein Vater ist ein alter Schulfreund von ihm, und wir wollten ihn kurz besuchen, weil wir zufallig vorbeigekommen sind.«

»Mitten in der Nacht?«

»Wir hatten auch noch einen anderen Grund«, sagte ich.

»Was für einen Grund?«

»Wir wollten ihn warnen. Brockdorf ist in Lebensgefahr!« Sie blickte mich jetzt ängstlich an.

»Wir vermuten, dass ein Profikiller auf ihn angesetzt ist. Und es spricht viel dafür, dass der Mann, der sie bei Ihren Sexspielen betäubt hat, dieser Killer ist …«

Die Pupillen ihrer Katzenaugen weiteten sich.

»Erzählen Sie uns, was sich vorhin hier abgespielt hat?«

Irma schaltete sich ein.

»Erzählen sie uns Ihre Geschichte, Elvira«, sagte sie. »Das wird uns vielleicht helfen, Herrn Brockdorf zu finden.«

Tot oder lebendig – hätte ich beinahe hinzugefügt. Stattdessen sagte ich: »Sie haben vorhin von einem Einbrecher gesprochen, der Sie überfallen und betäubt habe, während Sie …, während Sie gerade mit ihrem besten Kunden in diesem Behandlungsraum da hinten beschäftigt waren oder er mit Ihnen? Wie kommen Sie darauf, dass es ein Einbrecher war, der sie überfallen und betäubt hat? Haben Sie etwas Verdächtiges gehört? Geräusche? Es gibt im ganzen Haus keinerlei Anzeichen für einen Einbruch.«

Elvira kniff ihre Augen zusammen, blinzelte abwechselnd zu Irma und zu mir herüber und schien zu überlegen.

Seit ihrer Rückkehr aus dem Ankleidezimmer hatte sie mit dem Köfferchen in der Hand sozusagen abreisebereit vor uns gestanden. Jetzt setzte sie sich, schlug die Beine übereinander und zupfte damenhaft an ihrem kniekurzen Rock. Irma, die Tochter des Großverlegers, brachte der Domina aus der Küche ein Glas Mineralwasser. Auf einem Tablett. Wie eine Serviererin.

Elvira trank und spülte ihren offenbar trockenen Mund aus. Irma bot ihr eine Zigarette an. Die beiden Frauen rauchten. Als die Domina uns ihre Geschichte erzählte, war es bereits halb drei Uhr morgens:

Ihr Stammkunde Heinrich Brockdorf habe sie gestern am frühen Abend nach Sylt einfliegen lassen.

Einfliegen? Ja, sie komme häufiger mit einer einmotorigen Cessna vom Flugplatz Uetersen bei Hamburg aus nach Sylt – immer wenn es für Brockdorf besonders dringend sei. Die kleine Maschine gehöre ihm selber und werde von einem mit ihm befreundeten Hobbypiloten geflogen. Vom Flugplatz Westerland sei sie per Taxi hergekommen. Sie hätten gemeinsam gut gegessen und getrunken und sich dann ein paar Pornos angesehen. Das übliche Aufwärmprogramm, wie sie es nannte.

Sie kenne Brockdorf bereits seit etwa sieben Jahren. Noch als bekannter Box-Promoter habe er sie drei, vier Mal im Monat in einem speziellen Haus für Sadomaso-Service in einer Gasse an der Herbertstraße auf St. Pauli besucht. Und als sie sich später selbstständig gemacht habe, sei er ihr als Kunde treu geblieben.

»Warum? Machen Sie denn irgendetwas Besonders?« Irma wurde ein bisschen verlegen, als sie das fragte.

»Es hört sich vielleicht ganz besonders pervers an«, sagte die Domina und lächelte, »aber Heinrich fand es besonders geil, dass ich Abitur habe und ein paar Semester Jura studiert habe. Er selber hatte ja nur Volksschule. Und er wollte schon immer gern besondere Schweinereien mit einer Juristin machen, weil ihn mal eine Staatsanwältin und eine Richterin besonders hart verurteilt haben. Für unsere Spielchen hat er mir deshalb auch eine schwarze Robe besorgt. Damit musste ich vor ihm auf dem Boden herumkriechen und um Gnade winseln, während er mir den Hintern versohlt hat.«

»Und was ist dann heute nach Ihrem sogenannten Aufwärmprogramm passiert?«, sagte ich, um wieder zum Thema zu kommen.

»Nichts Besonderes. Heute war Termin beim Frauenarzt – das war auch eine seiner Lieblingsnummern. Erst hat er mich als Onkel Doktor gründlich untersucht, und dann musste ich mir das rote Latexzeug anziehen und mich damit auf den Behandlungsstuhl legen. Aber er konnte doch nicht so richtig, wie er wollte. Dann ist er rausgegangen und ich dachte: Der wirft sich jetzt noch eine Viagra oder sonst was ein.«

»Danke, das reicht«, sagte Irma. »Erzählen Sie uns von diesem Einbrecher.«

»Wollte ich ja gerade. Heinrich ist also rausgegangen, und ich lag da in voller Montur und habe auf ihn gewartet. Und dann stand plötzlich dieser fremde Kerl hinter mir …« Sie machte eine Pause und bat Irma um eine weitere Zigarette.

»Erst dachte ich noch, Brockdorf hätte den dazugeholt und das sollte ein Dreier werden – aber dann wurde mir ein stechend stinkendes Tuch aufs Gesicht gedrückt. Und ich war gleich weg.«

»Haben Sie den anderen Mann noch gesehen?«, fragte Irma.

Elvira schüttelte den Kopf und schluchzte. »Nicht genau.«

»Und Brockdorf war verschwunden ...?«

»Habe ich doch schon gesagt!«

»Und Sie haben keine Ahnung, wo er sein könnte?«

»Weiß ich doch nicht, ich habe nichts mehr mitgekriegt – habe ich doch auch schon gesagt.«

Sie schluchzte und sah sie mich dabei misstrauisch an. Offenbar glaubte sie nicht, dass ich ihr die Geschichte glaubte. Sie zeigte auf mich.

»Sie selber haben doch das ganze Haus durchsucht. Wenn er nirgendwo ist und wenn die Haustür offen war, dann wird er wohl abgehauen sein. Oder dieser Kerl hat ihn überfallen und entführt.«

Daran hatte ich natürlich auch schon gedacht.

Ihre Nase lief. Sie suchte ein Taschentuch. Irma reichte ihr eine Papierserviette. Sie schnäuzte sich damit, überlegte eine Weile und sagte dann unvermittelt: »Ich habe vielleicht doch eine Idee, wo er sein könnte ...«

Irma und ich rutschten auf unseren Plätzen nach vorn.

»Vielleicht ist er ja im Gefängnis ...«

Wir sahen sie an, als glaubten wir, sie wollte uns veräppeln. Aber Elvira verzog keine Miene.

In ihrem Etablissement auf St. Pauli, so erklärte sie, hätten sie und ihre Kolleginnen unterschiedliche Behandlungszimmer eingerichtet, nicht nur eine nachgebaute Arztpraxis, auch eine mittelalterliche Folterkammer und einen Spiegelraum mit einem Jesuskreuz in der Mitte. Und für besondere Fälle auch eine kleine Gefängniszelle in der Art, wie man sie aus Wildwestfilmen kennt, von der Decke bis zum Boden vergittert. Dort seien besonders ungezogene Kunden auf eigenen Wunsch eingesperrt worden. Für hundert Mark die Stunde.

Irma schüttelte ungläubig den Kopf. So was gebe es tatsächlich, sagte ich, ich hätte für den *Zenit* mal eine Reportage über St. Pauli gemacht.

»Und was hat das mit dem Verschwinden von Brockdorf zu tun?«

»Genauso eine Gefängniszelle hat sich Heinrich hier in sein Haus einbauen lassen«, sagte Elvira. »Ich sollte ihn nachher dort nackt einsperren.«

»Wo ist diese Zelle?«

Elvira stand auf, ging zur Küche und öffnete die weißlackierte Tür zu der dahinterliegenden Vorratskammer, in der Lebensmittel und Wein lagerten. Es war kühl. Auf einer kleinen Bedienungstafel, die wie ein Temperaturregler aussah, gab sie einige Zahlen ein. Ein schmales, aber türhohes Stück der weiß gefliesten Rückwand öffnete sich nach innen. Dahinter führte eine Steintreppe nach unten.

Wir traten hintereinander in einen schmalen, länglichen Raum, dessen Wände grob gemauert waren. Eine Kellerlampe verbreitete funzliges Licht. Hochgestapelte leere Bierkisten und gefüllte Abfallsäcke standen im Weg. Das hintere Ende des Raumes war so vergittert, wie Elvira es beschrieben hatte. Sie drehte einen Schalter um. Ein greller Scheinwerfer strahlte aus der Wand. Für einen Moment schlossen wir geblendet die Augen. Dann sahen wir Heinrich Brockdorf.

Er saß hinter den Gittern am Boden.

Nackt.

Sein massiger Oberkörper lehnte nach links gekippt an der Wand. Sein Doppelkinn war auf seine Brust gesunken. Über seinem Herzen klaffte ein blutiges Einschussloch.

Die beiden Frauen schrien auf und hasteten die Steintreppe nach oben.

Ich versuchte die Gittertür zu öffnen. Sie war abgeschlossen. Neben dem Toten lagen seine Kleider. Hose, Hemd, Boxershorts, Socken, Schuhe. Offenbar hatte der Mörder Brockdorf gezwungen, sich vor der Hinrichtung auszuziehen. Seine Beine waren ausgestreckt und berührten beinahe das Gitter der Zelle, die kaum zwei Meter tief war.

Am rechten Fußgelenk des Toten hing eine Kette mit einer Art Amulett. Es sah aus wie eine kleine Fußfessel.

Mit lang ausgestrecktem Arm konnte ich das Teil gerade noch ergreifen. Auf dem verkratzten Messingplättchen las ich lange Nummernfolgen, Name des Geschwaders, die Blutgruppe, den eingravierten Namen: Bryan Simmons. Wenn ich mich richtig erinnerte, war Simmons der Navigator des abgestürzten US-Bombers vom Schloss Herrensee gewesen.

Ich steckte das Dogtag in meine Hosentasche.

Als ich aus dem Keller wieder nach oben kam, hielt gerade ein Wagen vor dem Haus. Durch das Küchenfenster flackerte das Blaulicht eines Streifenwagens der Sylter Polizei. Eine halbe Stunde später trafen die

Leute der Spurensicherung und des für Tötungsdelikte zuständigen Dezernats der Kriminalaußenstelle ein. Vier Stunden lang gaben wir unsere Aussagen zu Protokoll. Von einem der Beamten erfuhren wir: Der Polizeinotruf 110 hätte einen anonymen Hinweis erhalten. Ein männlicher Anrufer habe mit englischem Akzent gemeldet, im Haus Distelweg 7 läge ein erschossener Mann.

Es war nach 8 Uhr an diesem Montagmorgen, als Irma und ich die kleine Polizeizentrale in Westerland verlassen konnten. Elvira wurde noch länger vernommen.

Wir fuhren in das Haus der Mellins und versuchten trotz unserer Übermüdung vergeblich, noch ein paar Stunden zu schlafen. Gerade als Irma und ich uns im Bad ein wenig frisch gemacht hatten, hörten wir einen Wagen an der Auffahrt. Und ein Geräusch an der Tür. Plötzlich stand der große Verleger Malte von Mellin vor uns.

»Ich hoffe, ich störe euch nicht«, sagte er ohne ein Lächeln. Er sei gerade mit der Verlagsmaschine auf dem Sylter Flughafen gelandet und müsse schon gegen Mittag wieder nach Berlin fliegen. Dort habe er noch einen Termin mit dem Regierenden Bürgermeister, erklärte der vielbeschäftigte Mann beiläufig. Jetzt wolle er nur kurz einen alten Schulfreund besuchen. Der habe ihn gestern angerufen und sehr eindringlich um einen Besuch gebeten habe.

»Es hat sich wie ein Hilferuf angehört, deswegen bin ich hier.«

Ich erinnere mich, dass Irma ihren Vater wie einen Fremden angesehen hat, bevor sie sagte: »Du kommst zu spät, Papa!«

25

Schloss Herrensee, Montag, 9. August 1993

Der Grund des Sylt-Besuches von Malte von Mellin hatte sich also erledigt. Wir erzählten knapp, dass Brockdorf ermordet worden war, ohne unsere Anwesenheit am Tatort zu erwähnen. Malte von Mellin war schockiert, fasste sich dann aber überraschend schnell. Er wollte Genaueres wissen. Aber Irma wich einem längeren Gespräch mit ihrem Vater aus. Sie lehnte auch seinen Vorschlag ab, mit der Verlagsmaschine bis nach Hamburg mitzufliegen. Sie wollte nicht mit ihm über seinen alten Freund Heinrich Brockdorf und dessen bizarres Leben und Sterben reden müssen.

Wir packten also eilig unsere Sachen im Mellin-Haus am Sylter Wattenmeer und fuhren in meinem Saab mit dem nächsten Autozug zurück, so wie wir gekommen waren: Über den Hindenburgdamm von Westerland nach Niebüll, durch das nördliche Schleswig-Holstein, auf die Autobahnauffahrt südlich von Flensburg und über die A7 bis nach Hamburg. Ich versuchte von einer Raststätte aus meinen Partner Wolfram Witt anzurufen. Aber nur sein Anrufbeantworter meldete sich. »Vielleicht hast du ja schon in den Radionachrichten von dem Mordfall Brockdorf auf Sylt gehört«, sagte ich kurz angebunden. »Nachher erzähle ich dir mehr darüber. Irma und ich sind auf dem Rückweg von der Insel. Ich setze sie in Hamburg ab und komme dann direkt nach Herrensee. Bis später!«

Nach den Ereignissen der Nacht fiel Irma auf dem Beifahrersitz in einen tiefen Schlaf. Kurz vor Itzehoe schien sie wirr zu träumen. Sie redete Unverständliches, gestikulierte wild und schreckte schließlich hoch.

»Erinnerst du dich daran, dass ich gestern Abend am Fenster der Sansibar einen Mann entdeckt habe, der mir bekannt vorkam?«

Ich nickte.

»Ich weiß jetzt, wo ich den schon mal gesehen habe: auf dem Rückflug mit meinem Vater aus den USA. Da hat der Kerl direkt hinter uns gesessen.«

Ich sah sie verblüfft an.

»Glaubst du, ich leide schon an Verfolgungswahn?«

»Du bist nur völlig übermüdet«, sagte ich. Aber das hörte sie wahrscheinlich schon nicht mehr, so schnell war sie wieder eingeschlafen.

Auch ich hatte Probleme, meine Augen offen zu halten. Ich lutschte dauernd Vitaminbonbons und trank Cola und schaffte es irgendwie, wach zu bleiben. In Hamburg weckte ich Irma. Offenbar im Halbschlaf hatte sie ihre Pläne geändert. Sie wollte mit nach Herrensee. Ihrem Sekretär gab sie Anweisung, alle Termine für morgen abzusagen oder zu verschieben. Nur im Notfall sei sie zu erreichen. Sie sprach auch mit ihrer kleinen Tochter Lena. Die freute sich, dass sie bei ihrer Freundin übernachten durfte, bei der Chefarztfamilie an der Außenalster.

Am späten Nachmittag rollten wir am Golfplatz von Schloss Herrensee vorüber, auf dem reger Betrieb herrschte. Sportlich ambitionierte Golfer spielten vor dem großen Turnier am kommenden Wochenende noch eine Trainingsrunde.

Ich parkte meinen Wagen am Rande des Kiesweges am Seitenflügel des Schlosses. Wolfram Witt kam uns aus unserem provisorischen Büro entgegen.

»Man kann euch aber auch nicht alleine lassen.« Er schüttelte erst den Kopf und dann unsere Hände. »Ihr seht ziemlich abgekämpft aus.«

Irma verabschiedete sich gleich. Sie werde zum Ponyhaus rübergehen. Sie müsse noch einige Telefongespräche führen. Ich solle später nachkommen.

»Du hast neuerdings die unangenehme Angewohnheit, über Leichen zu stolpern«, sagte Wolfram und schenkte Kaffee ein. »Erst hier im Wald über den toten Eberhard Elvers und nun auf Sylt über Heinrich Brockdorf.«

Frühere Kollegen vom Landeskriminalamt Schleswig-Holstein hätten ihm erzählt, dass ein gewisser Jonas Anders in Begleitung der bekannten Verlegertochter Irma von Mellin am Tatort gewesen sei. Und als dritte Person sei noch eine Elvira van Damme vorgefunden worden, das sei wohl der Künstlername von Brockdorfs Hamburger Edelhure.

»Dann brauche ich dir ja nichts mehr zu erzählen«, sagte ich – und berichtete meinem Partner dann ausführlich, was wir auf Sylt und im Hause Brockdorf erlebt und gesehen hatten.

»Die Spurensicherung hat eure Fingerabdrücke im ganzen Haus gefunden, vom Hobbykeller bis zum Dachgeschoss, natürlich auch die von Brockdorf und seiner Nutte. Aber sonst nichts. Der Profikiller hat vermutlich Latexhandschuhe angehabt – und an Latexzeug hat es in diesem Horrorhaus ja auch sonst offenbar keinen Mangel gegeben.«

Und Wolfram Witt wusste noch mehr: »Der Mann hat natürlich auch keine Schuhabdrücke hinterlassen. Vor dem Haus wurden so dünne blaue Plastiküberzieher gefunden, wie sie Operateure in Krankenhäusern tragen.« Zurzeit werde das Projektil untersucht. Es gebe nur eins. Der Killer habe nur einmal aus kurzer Distanz abgedrückt.«

Ich wunderte mich wieder mal, mit welcher Selbstverständlichkeit die Informationsquellen des frühpensionierten Kriminalhauptkommissars Witt sprudelten. Es gab keinen besseren Partner.

»Schließlich kenne ich die richtigen Leute an den richtigen Stellen seit vielen Jahren, und außerdem beruht das auf Gegenseitigkeit«, erklärte er überflüssigerweise. »Die bekommen von mir auch immer wieder mal wichtige Tipps.«

Die Ergebnisse der Geschoss-Untersuchung werde er morgen im Laufe des Tages erfahren.

»Wetten, dass Brockdorf mit einer Glock-Pistole vom Kaliber 9 mm mit Compact-Schalldämpfer Typ IIa liquidiert worden ist – genau wie Eberhard Elvers?«

Ich hielt nicht dagegen. Wir aßen noch im Clubhaus zusammen, denn ich hatte inzwischen einen gewaltigen Hunger. Ich nahm die Spezialität des Tages, Limandesfilet mit krossen Bratkartoffeln. Nach dem Essen und nach dem zweiten Bier fielen mir die Augen zu. In den letzten 24 Stunden hatte ich so gut wie nicht geschlafen.

Ich verabredete mich mit Wolfram für den nächsten Tag. Dann holte ich noch meine Reisetasche aus dem Kofferraum und ging die paar Hundert Meter am Golfplatz entlang in Richtung Ponyhaus.

Der Himmel hatte sich früher als sonst Anfang August verdunkelt. Eine schwarze Wolkenfront näherte sich von Westen. Sturmböen ließen die letzten Golfer des Tages bei ihren Annäherungsschlägen an das letzte Loch 18 verzweifeln. Einer warf wütend seinen Schläger auf den Boden, als sein hoch fliegender Pitchschlag von einem plötzlichen Windstoß über das Grün hinaus in ein Gebüsch getrieben wurde. Das würde ihn zwei, drei zusätzliche Schläge kosten, mindestens. Den wütenden Mann konnte ich gut verstehen, wahrscheinlich hatte er gerade durch höhere Gewalt ein Wettspiel verloren.

Von weitem sah ich, das hinter dem kleinen Dachgaubenfenster im Schlafzimmer des Ponyhauses Licht brannte.

Irma hatte die Haustür nicht verschlossen. Oben lief das Radio. »Ich bin's, Bogey! Hallo Irma«, rief ich. Keine Antwort.

Leise, Stufe für Stufe, ging ich die halb gewendelte Holztreppe hinauf. Irma lag in einem halbdurchsichtigen Nachthemd mit aufgelösten Haaren quer auf dem breiten französischen Bett. Das Deckenlicht und die Bettlampe brannten. Auf dem Nachttisch lagen aufgeschlagen ihr dickes Notizbuch und ein kleiner Stift neben dem Telefon. Daneben stand ein halbleeres Glas Rotwein und ein geöffnetes Tablettenröhrchen. Ich erschrak bei dem Anblick dieses Stilllebens – aber in dem Röhrchen waren nur Baldrianpillen.

Wahrscheinlich war Irma nach all den Aufregungen überdreht gewesen und hatte keine Ruhe gefunden. Jetzt lag sie allerdings wie bewusstlos da und schlief tief und fest. Ab und zu schnarchte sie. Es hörte sich an wie Vogelgezwitscher. Sie merkte nicht, wie ich sie zudeckte. Ich schloss die Haustür von innen ab. Dann zog ich mich auch aus, setzte mich nur in Boxershorts auf die Bettkante und trank Irmas Rotweinglas leer. Dabei fiel mein Blick auf ihr Adressbuch. Sie hatte das Telefonverzeichnis mit dem Buchstaben »W« aufgeschlagen und einen Namen angestrichen. »Horst Wetering, Mallorca«, entzifferte ich, und eine lange Nummer, die mit der Vorwahl 0034971 begann.

Wetering? Horst Wetering! Das war doch der Filmproduzent, der auf Mallorca lebte! Der dritte der fünf Jungnazis, die vom Anstaltsleiter der Napola-Schule Schloss Herrensee eine Tapferkeitsauszeichnung bekommen hatten!

Mit dieser Erkenntnis und mit Irmas Notizbuch in der Hand schlief ich ein. Es wurde vor dem Gaubenfenster schon heller, als wir dann einige Stunden später etwa zur gleichen Zeit aufwachten. Ich dämmerte noch ein bisschen vor mich hin. Kurz nach sieben hörte ich, wie unten die Haustür aufgeschlossen und zugezogen wurde. Wenig später sprang mit einem unüberhörbaren Röhren der Maserati an, den Irma in der Garage des Schlosses abgestellt hatte.

»Rufe dich aus dem Verlag an. Dicker Kuss!«, hatte sie diesmal auf einen roten Zettel geschrieben, der neben der Kaffeemaschine lag.

Irma meldete sich gegen Mittag aus ihrem Büro. Sie erzählte etwas von einem neu entwickelten Lifestyle-Magazin. Das müsse sie bei den großen Werbeagenturen präsentieren. Im Hintergrund waren Stimmen zu hören. Ihr zweiter Schreibtischapparat klingelte pausenlos.

»Ich muss jetzt Schluss machen«, sagte sie.

»Warum hast du gestern Abend noch diesen Wetering auf Mallorca angerufen?«, konnte ich gerade noch fragen.

»Ich wollte den Mann warnen, nachdem Elvers und Brockdorf umgebracht worden sind, aber ich habe ihn nicht erreicht.«

»Atlantic Publishing New York auf Leitung zwei, Frau von Mellin! Die Stimme ihres Sekretärs klang aufgeregt.

»Du hörst ja, hier ist wieder der Teufel los. Tschüss, Bogey! Wir telefonieren!«

Irma legte auf.

26

Herrensee, Mittwoch, 11. August 1993

Die Boulevardzeitungen waren tagelang voll mit groß aufgemachten Geschichten über Heinrich Brockdorfs Ende: »Bizarrer Sexmord in Sylter Promi-Villa!« – »Auftragsmord? – Wer steckt dahinter?«. Es folgte eine Serie über Brockdorfs Leben: »Vom Metzgerlehrling zum Multimillionär«. Untertitel: »Aufstieg und Fall des Selfmademannes, der prominente Freunde und gefährliche Feinde hatte.« Im Wesentlichen waren die Geschichten aus den Archiven abgeschrieben worden. Seine geschiedene Frau ließ sich interviewen und sprach Gutes über den Toten.

Im Mellin-Verlag war man nach ein paar Tagen beruhigt. Es war keine einzige Zeile darüber erschienen, dass die Tochter des Großverlegers Malte von Mellin und ein ehemaliger Reporter des *Zenit* am Sylter Tatort gewesen waren. Die Abteilung Öffentlichkeitsarbeit des Hauses hatte bei der Polizei und in den Chefredaktionen ganze Arbeit geleistet und jeden Hinweis, jede Berichterstattung darüber im Keim erstickt. Die Domina Elvira war mit fünfstelligem Schweigegeld ruhig gestellt und sicherheitshalber an einen unbekannten Ort ausgeflogen worden.

Die seriösen überregionalen Zeitungen brachten kurze Meldungen und Nachrufe auf den Geschäftsmann und Box-Veranstalter Heinrich Brockdorf, einige im Wirtschaftsteil, andere auf der Sportseite. Nirgendwo wurde ein Zusammenhang mit dem Tod von Eberhard Elvers angedeutet. Auch die Lüneburger Polizei hielt derartige Hinweise aus ermittlungstaktischen Gründen zurück.

»Dabei ist es nun amtlich«, sagte Wolfram Witt, als wir uns zwei Tage nach meiner Rückkehr von Sylt zu einer Lagebesprechung in unserem Büro zusammengesetzt hatten. »Brockdorf ist mit derselben Pistole wie Eberhard Elvers erschossen worden. Eine Glock mit Schalldämpfer!«

Am nächsten Morgen schob er mir die Seite »Vermischtes« der *Süddeutschen Zeitung* über unseren Doppelschreibtisch.

»Lies mal die zweite Meldung, rechte Spalte oben.«

»Deutscher Filmproduzent tot auf Mallorca«, stand da.

»Palma de Mallorca. Die Leiche des in den fünfziger und sechziger Jahren erfolgreichen deutschen Filmproduzenten Horst Joachim Wetering, 69 (›Wenn die Heiderosen blühen‹, ›Eine Sommerliebe auf Capri‹), ist am Mittwochnachmittag in einer kleinen Badebucht zwischen Palma und dem Küstenort Illetas angeschwemmt worden.« Wetering besitze ganz in der Nähe des Fundortes eine feudale Villa. Möglicherweise sei er verunglückt. Aber auch ein Selbstmord oder ein Verbrechen sei zum gegenwärtigen Stand der Ermittlungen nicht auszuschließen. Nähere Angaben könne die mallorquinische Polizei noch nicht machen.

»Was sagst du nun?« fragte Wolfram Witt.

»Scheiße!« sagte ich.

Es hatte also unseren dritten Mann erwischt. Den zweiten von links auf dem Bild von der Verleihung der Tapferkeitsurkunde vor der Napola-Schule Schloss Herrensee Ende April 1945.

»Die Meldung ist allerdings noch ziemlich dürftig.«

»Ich versuche gleich noch mehr zum dem Fall Wetering herauszubekommen. Ich habe ganz gute Kontakte nach Mallorca.«

Beim zweiten Versuch erreichte Wolfram Witt seinen Kollegen Comisario Rodrigo Vidal von der Kriminalpolizei in Palma, der Brigada de Investigación Criminal. Die beiden hatten vor Jahren gemeinsam den Mord an einem deutschen Immobilienmakler und Drogendealer an der Playa de Palma aufgeklärt und seither immer wieder mal Kontakt gehabt. Wolfram hatte den spanischen Kollegen während seiner Mallorca-Ferien sogar ein paar Mal privat besucht, und der Spanier war auch schon bei ihm in Norddeutschland gewesen, im verregneten letzten Sommer, als er Ermittlungen in Hamburg zu führen hatte.

»Buenos días, Rodrigo«, rief Wolfram in den Hörer. Nach einigem fröhlichen Vorgeplänkel erkundigte er sich nach dem Stand der Ermittlungen im Fall Wetering. Das sei zwar nicht direkt sein Fall, sagte Comisario Vidal, aber nach einer knappen weiteren Stunde war er wieder am Apparat.

Wolfram machte sich Notizen auf einem Schreibblock. Die las er mir dann vor:

Wetering sei erdrosselt und dann vermutlich von der Meerterrasse seiner Villa ins Wasser geworfen worden. Der Täter war wohl ein Profi. Er habe Wetering ein dünnes Drahtseil von hinten um den Hals gelegt, zugedreht und sich ihn dann wie einen Sack über die Schulter geworfen. Dann wurde dem Opfer mit einer ruckartigen Bewegung nach vorne das Genick gebrochen.

Ob man an der Leiche oder am Tatort eine kleine Metallplakette mit eingraviertem Namen gefunden habe?

»Mist, danach habe ich nicht gefragt.« Kurze Zeit später hatte er den spanischen Freund zum dritten Mal am Apparat.

Tatsächlich, eine solche Plakette habe der Tote am Hals gehabt, sagte unser Mann in Palma. Das Ding sehe aus wie eine Hundemarke. Es handele sich offenbar um das Identifizierungszeichen eines amerikanischen Soldaten aus dem Zweiten Weltkrieg.«

»Kann man den Namen noch lesen?«

Vidal buchstabierte und Wolfram schrieb mit. Dann bedankte er sich. »Wenn ich dir mal helfen kann, Rodrigo – ich schulde dir einen großen Gefallen.« Dann legte er auf und las den Namen ab.

»›John Wriggs‹ steht auf dem Dogtag!«

Ich blätterte in meinen Unterlagen.

»Wriggs war einer von zwei Bombenschützen, der den Absturz in die Kiesgrube zunächst noch überlebt hatte. Das geht aus dem letzten Funkspruch des Captains hervor, der hatte vor der Notlandung noch insgesamt fünf Namen von Überlebenden in seiner Maschine an sein

Geschwader durchgeben können. Diesen Funkverkehr haben amerikanische Zeitungen kürzlich nach alten Aufzeichnungen der US Air Force zitiert.«

Wolfram Witt trat an eine Art Schultafel, die er hinter seinem Schreibtisch an die Wand genagelt hatte und auf der allerlei Notizen standen. Er nahm ein Stück Kreide und schrieb zehn Namen auf. Zweimal fünf, in zwei Spalten nebeneinander.

»Diese fünf Amerikaner haben den Absturz ihrer Maschine mehr oder weniger schwer verletzt überlebt. Und nach allem, was wir wissen, sind dann alle fünf umgebracht worden.«

Wolfram zeigte auf die zweite Namensliste an der Tafel.

»Und auf der anderen Seite stehen fünf junge Deutsche, diese Napola-Schüler, die damals die sogenannten Terrorflieger außer Gefecht gesetzt haben.«

Er machte eine Pause und fuhr fort wie jemand, der eine leichte Denksportaufgabe gelöst hat:

»Nach aktuellem Stand haben wir also drei tote Deutsche: Elvers, Brockdorf und Wetering. Und drei Erkennungsmarken, die an den Ermordeten oder an den Tatorten hinterlassen wurden und die von drei Mitgliedern der abgestürzten Bomberbesatzung stammen: Cunnings, Wriggs und Simmons.«

Wolfram Witt strich nacheinander diese sechs Namen durch. Dabei drückte er so fest auf, dass die Kreide abbrach.

»Es gibt für mich keinen Zweifel: Jemand will die toten Amerikaner rächen, nach dem biblischen Motto: Auge um Auge, Zahn um Zahn, Mann für Mann. Zurzeit steht es also drei zu drei.«

Ich nahm ihm die Kreide aus der Hand, zog einen Strich unter seine Liste und malte vier weitere Namen an die Tafel. Unter »Amerikaner«: »Mandell, Pilot« und »Henderson, Copilot«. Unter »Deutsche«: »Rudolf Lambert« und »Malte von Mellin«.

»Da waren's nur noch zwei«, sagte ich. »Von den fünf Jungnazis sind jetzt nur noch zwei am Leben. Dieser Bankier Lambert mit Wohnsitzen in Bremen und im schweizerischen Tessin, über dessen derzeitigen Aufenthalt wir noch nichts Genaues wissen, und eben unser Auftraggeber Malte von Mellin …«

Wir sahen uns an und dachten das Gleiche. Wolfram sprach es aus:

»Es wird Zeit, dass wir uns den schweigsamen großen Verleger mal näher vorknöpfen, Bogey. Ich möchte jetzt endlich wissen, warum er einem Gespräch aus dem Wege geht.«

»Vielleicht hat er die Meldung von Weterings Tod noch nicht gelesen, dann könnten wir ihn mit dieser Hiobsbotschaft zum Reden bringen.«

Also rief ich in seinem Büro an. Kurze Zeit später meldete sich die Vorzimmerdame zurück.

»Tut mir leid, Herr von Mellin wird in den nächsten Tagen keine Zeit für ein Gespräch in dieser persönlichen Angelegenheit haben«, sagte seine in treuen Diensten ergraute Vorzimmerdame. Ja, sie habe ihm auf meine Bitte hin auch die Nachricht vom Tod dieses Filmproduzenten Herrn Wetering auf Mallorca übermittelt. Nein, auch das habe nichts an diesem ablehnenden Bescheid geändert. Herr von Mellin wolle nicht über das von mir angedeutete Thema reden.

Irma sollte uns helfen. Und nach einem kurzen Gespräch war ihr klar, dass nach neuester Lage der Dinge ein Treffen und kritisches Gespräch mit ihrem Vater keinen Aufschub duldete. Jemanden musste ihn warnen!

Irma ging also am Nachmittag selbst in das Büro des Großverlegers – und meldete sich danach telefonisch in unserem Büro im Schloss Herrensee mit der Nachricht zurück: »Mein Vater wird heute Abend um 21 Uhr in seinem Privatbüro am Hafen auf mich warten, um über diese ›unangenehme Sache ein paar Worte zu verlieren‹. So hat er das genannt. Vorher habe er keine Zeit. Mit euch will er sich nicht treffen – jedenfalls vorerst noch nicht.«

Sie habe den Eindruck, dass er immer noch nicht über seine Vergangenheit reden wolle.

»Seine sture Reaktion, sein anhaltendes Schweigen werden mir langsam unheimlich«, sagte Irma.

»Es wäre gut, wenn ihr für meinen Vater und für mich eine Zusammenfassung eurer bisherigen Ermittlungen aufschreibt, damit ich ihn damit unter Druck setzen kann.«

27

»Das ist dein Job. Du bist doch der Schreiber«, sagte Wolfram Witt, als wir uns nach dem Telefongespräch mit Irma in unserem Arbeitszimmer im Seitenflügel des Schloss Herrensee zusammensetzten.

»Nein, mach du das lieber, du hast schließlich dein Berufsleben lang Ermittlungsprotokolle geschrieben, genauso trocken und amtlich sollte unser Bericht für den alten Mellin auch sein«, sagte ich.

Schließlich machten wir uns gemeinsam an die Schreibarbeit. Nach einigem Hin und Her einigten wir uns auf einen Text, den ich säuberlich abtippte und ausdruckte.

Jonas Anders & Wolfram Witt, BfbA – Bürogemeinschaft für besondere Aufgaben
Schloss Herrensee, den 11. August 1993
Herrn Malte von Mellin
Frau Irma von Mellin z. K.

Persönlich! Vertraulich!

Zusammenfassung unserer bisherigen Ermittlungen und sich daraus ergebende Konsequenzen.
Aus den beigefügten detaillierten Rechercheberichten ergeben sich mit Stand von heute folgende Erkenntnisse, die wir im Wesentlichen wie folgt zusammenfassen:

Im Auftrag einer uns bisher noch unbekannten Organisation, einer Personengruppe oder eines einzelnen Auftraggebers, hat ein vermutlich logistisch unterstützter Einzeltäter innerhalb kurzer Zeit drei an Hinrichtungen erinnernde professionelle Morde an drei verschiedenen Tatorten begangen.
Die drei Opfer – Eberhard Elvers, Roseburg; Heinrich Brockdorf, Sylt; Horst Wetering, Palma de Mallorca – sind gegen Ende des Zweiten Weltkriegs Angehörige einer nationalsozialistischen Jungmännergruppe und

Schüler der nationalpolitischen Lehranstalt (Napola) Schloss Herrensee gewesen.
Diese Gruppe hat nach alten Zeitungsberichten am 26. April 1945 fünf Besatzungsmitglieder des in der Nähe von Schloss Herrensee abgestürzten amerikanischen Bombers vom Typ B-17 mit der Kennung 909 TB 35 »außer Gefecht gesetzt« (Zitat). Nach der damaligen Sprachregelung bedeutet diese Formulierung zweifellos, dass die mutmaßlich verletzten Amerikaner getötet wurden. (Die näheren Umstände sind nicht bekannt.) Ihre Leichname wurden in einem Massengrab in der Nähe des Tatortes vergraben, das erst unlängst nach dem Bomberfund entdeckt worden ist.
Wir haben eindeutige Indizien gefunden, wonach zwischen dem damaligen Geschehen und den heutigen Ereignissen ein unmittelbarer Zusammenhang besteht.

1. *Die Mordserie hat kurz nach dem Bomberfund auf dem Gelände des Golfplatzes von Schloss Herrensee begonnen.*
2. *Alle drei bisherigen Opfer erhielten zuvor eine Art Todesanzeige gleichlautenden Inhalts mit dem Hinweis auf eine Bibelstelle mit dem Wortlaut: »Wer einen Menschen schlägt, dass er stirbt, der soll des Todes sterben.«*
3. *Bei jedem der drei bisherigen Opfer wurde jeweils eine Erkennungsmarke eines der fünf toten US-Flieger gefunden. Deren Namen lauten: John Wriggs, Bryan Simmons und Albert Cunnings.*
4. *In den ersten beiden Fällen wurde nach kriminaltechnischen Feststellungen dieselbe Tatwaffe verwendet – eine Glock-Pistole Kaliber 9 mm mit Impact-Schalldämpfer.*
5. *Im dritten Fall wurde das Opfer auf Mallorca auf professionelle Weise zu Tode stranguliert – vermutlich weil der reisende Täter die Schusswaffe nicht durch die Flughafenkontrollen bringen wollte.*

Die Polizei sieht bisher nur einen Zusammenhang zwischen den ersten beiden Taten. Auch die oben erwähnten Hintergründe aus der NS-Zeit und das Auffinden der sogenannten »Dogtags« bei allen drei Mordopfern sind offiziell noch nicht bekannt.
Nach dem bisherigen Geschehen ergibt sich die naheliegende Schluss-

folgerung, dass es sich um späte Vergeltung für die Morde an den US-Soldaten handelt. Mit großer Wahrscheinlichkeit sollen noch zwei weitere Besatzungsmitglieder des amerikanischen Bombers gerächt werden – der Pilot Paul Ferdinand Mandell und der Copilot Patrick Henderson.

Nach unserer Einschätzung besteht daher eine sehr konkrete Gefährdung der beiden letzten Überlebenden jener fünfköpfigen Napola-Schülergruppe: für den aus Bremen stammenden und möglicherweise in der Schweiz lebenden Bankmanager Rudolf Lambert und für Herrn Malte von Mellin selbst.

Für diese beiden Personen müsste nach unserem Ermessen dringend ein Sicherheitskonzept erstellt werden, das über den üblichen Personenschutz hinausgeht.

Für einen Informationsaustausch und für eine Beratung über das weitere Vorgehen erbitten wir baldmöglichst einen Gesprächstermin.

gez.

Jonas Anders, Wolfram Witt

PS. Im Übrigen benötigen wir eine Entscheidung darüber, wann wir unsere in Ihrem Auftrag gefundenen Ermittlungsergebnisse den staatlichen Ermittlungsbehörden zur Verfügung stellen sollen.

Mit der Warnung vor einer akuten Bedrohung und mit dem Nachsatz wollten wir Malte von Mellin aus seiner Deckung locken.

»Das habt ihr gut gemacht. Sehr gute Arbeit«, sagte Irma, als ich ihr eine Stunde vor dem Termin bei ihrem Vater dieses Papier übergeben hatte, zusammen mit einer Mappe mit den ausführlichen Rechercheberichten. Sie sei wirklich sehr gespannt, wie ihr verschwiegener Vater darauf reagieren werde.

»Ich auch«, sagte ich.

»Nach dem Treffen melde ich mich noch bei dir. Wo erreiche ich dich heute Abend?«

»Zu Hause. In meiner neuen Wohnung in der Isestraße.«

Ich wartete. Dabei wurde es nicht langweilig. Es gab eine Menge zu tun in der neuen Dachgeschosswohnung. Endlich hatten die Handwerker das Schlachtfeld verlassen, und meine fleißige polnische Putzfrau hatte zwei Tage lang auch die letzten Spuren ihrer Anwesenheit beseitigt. Selbst die Spurensicherung würde hier keine Fingerabdrücke von Maurern, Tischlern und Elektrikern mehr finden. Alles glänzte und blitzte so sauber wie die Fliesen und Armaturen im neuen Badezimmer mit der eingebauten Dampfsauna. Es machte sogar Spaß, Kisten auszupacken und Gegenstände einzuräumen: Kleidung in die Einbauschränke, Bücher in die Regalwände, Geschirr und Kochgerät in die Pantryküche. Von den Decken baumelten drei nackte Glühbirnen. Strahler und Lampen waren nicht rechtzeitig geliefert worden.

Ich schloss den neuen Sony-Fernseher an und programmierte die einzelnen Sender in bestimmter Reihenfolge.

Dabei erfuhr ich von privaten und öffentlich-rechtlichen Sendern das Neueste vom Tage: Der SPD-Vorsitzende Rudolf Scharping warnt vor einem »sozialen und kulturellen Zerreißen in Deutschland«, denn »seit Bundeskanzler Kohl regiere, habe sich die Verarmung der Gesellschaft zugespitzt«. – Boris Becker hat beim Tennisturnier in Indianapolis das Endspiel verloren. – Der Hollywood-Film »Jurassic Park« von Steven Spielberg war weltweit an den Kinokassen der erfolgreichste Film aller Zeiten.

Der Moderator Ulrich Wickert wünschte mir eine angenehme Nacht. Danach kündigte der Hamburger Seewetterdienst heftige Unwetter über Norddeutschland an. Autofahrer wurden vor abgerissenen Ästen und umgestürzten Baumstämmen auf den Landstraßen gewarnt.

Am Himmel über Hamburg sah ich das Gewitter aus westlicher Richtung kommen. Mit einem Glas Pfälzer Riesling in der Hand stand ich auf der Loggia. Unten fuhr die Bahn über die auf Stelzen laufende Hochbrücke, unter der zweimal in der Woche der bekannte Isemarkt stattfindet. Hinter den Baumwipfeln des Innocentiaparks war die Außenalster zu erahnen. Und ganz in der Ferne, fast schon am Hafen, zeichnete sich der Turm der Michaeliskirche ab.

Als die ersten Blitze zuckten, trank ich auf das Wohl meines Erbonkels Friedhelm und wünschte mir viel Glück in meiner neuen Wohnung. Sturmböen schüttelten die Wipfel der Kastanienbäume, die nur bis zum dritten Stockwerk reichten. Minuten später pladderte der Regen auf das Dach und auf das Kunststoffglas der Oberlichter. Ein herrliches Geräusch. Ich fühlte mich so geborgen wie früher im wasserdichten Zelt bei einem Schulausflug.

Gegen 23 Uhr hatte sich Irma noch immer nicht gemeldet.

NDR 2 brachte Musik zur Mitternacht. Tina Turner sang »We don't need another hero …«

Erst als der Song zu Ende war, hörte ich das Klopfen an meiner Tür.

28

Nass wie eine herumstreunende Katze stand Irma vor der Wohnungstür. Regenwasser tropfte auf die neune Kokosmatte. Die Haare hingen ihr ins Gesicht. Das dünne Sommerkleid klebte an ihrer Haut.

Sie sträubte sich kaum, als ich sie über die Schwelle hob und gleich über den frisch abgezogenen Dielenfußboden bis ins Badezimmer trug. Nachdem sie sich ausgezogen und die Haare geföhnt hatte, kam sie mit einem Handtuch um die Hüfte aus dem Bad.

Sie spazierte mit nackten Füßen auf Zehenspitzen herum, von der rückwärtigen Terrasse am Isekanal zur Loggia über dem nach vorn liegenden Isemarkt.

»Schön. Sehr schön hast du es hier, alles hell und klar. Gefällt mir wirklich, deine neue Wohnung.«

»Wie ist es bei deinem Vater gelaufen?«

»Später«, sagte sie, »ich will mir nicht die Stimmung verderben.« Sie holte eine Flasche Champagner aus der Umhängetasche, die sie im Flur abgestellt hatte, und fragte: »Gibt es hier auch ein Schlafzimmer …?«

Ich zog sie an der Hand in den Raum, der das Schlafzimmer werden sollte. Jetzt lag nur eine Matratze und noch nicht einmal ausgepacktes Bettzeug am Boden.

»Sehr gemütlich«, sagte Irma, »das reicht doch völlig für unsere Zwecke.«

Wir gingen erst einmal in den Wohnraum. Hier kuschelten uns auf einen dicken Teppich in der etwas tiefer gelegten Sitzmulde und tranken den mitgebrachten Champagner. Da ich noch kein Kaminholz besorgt hatte, stellte ich eine Kerze in den weißlackierten Stahlblechkamin. Das Gewitter war inzwischen in einen milden Sommerregen übergegangen.

»Sehr romantisch«, sagte Irma.

»... aber nun hast du mich lange genug auf die Folter gespannt. Erzähl von deinem Vater. Was hat er zu unserem Bericht gesagt?«

»Er war beeindruckt. Er war sogar schockiert, als er ihn gelesen hat.«

»Und? Was hat er gesagt?«

»Nichts. Erst einmal nichts. Er hat wirklich minutenlang wie versteinert in seinem verglasten Büro mit Blick über die dunkle Elbe in seinem Lieblingssessel gesessen. Das war schon eine sehr merkwürdige Reaktion, sonst ist er immer schnell mit einer Beurteilung der Lage.«

»Und dann?«

»Dann hat er gesagt: Dieser Bogey und der Witt hätten wirklich gute Arbeit geleistet. Ihr hättet eine Menge herausbekommen, viel mehr als die Polizei ...«

»Und weiter?

»Ich soll euch danken und jedem einen großzügigen Scheck geben, aufgerundet auf 20 000 Mark – und damit sei euer Auftrag aber auch beendet.«

»Waaas?«

»Genauso war es. Aber ich habe auf ihn eingeredet, und es war einer der seltenen Fälle, in denen ich ihn überzeugen konnte, wenigstens halbwegs.«

»Was bedeutet ›halbwegs‹?«

»Euer Ermittlungsauftrag läuft doch weiter, jedenfalls was die Suche nach den Tätern oder dem Täter angeht oder nach dem Killer, von dem ihr vermutet, dass er nacheinander Elvers, Brockstedt und Wetering liquidiert hat. Und natürlich sollt ihr immer noch herausbekommen, wer die Hintermänner sind. Und was diese eigentlichen Auftraggeber wollen? Aber ihr sollt mit den Schnüffeleien in der Vergangenheit aufhören. Es sei schließlich nicht euer Auftrag, euch um die Jugendsünden von einigen damals halbwüchsigen Burschen zu kümmern, die sich inzwischen jeder auf seine Art in der deutschen Nachkriegsdemokratie große Verdienste erworben haben.«

»Das hat er gesagt?«

»Genauso!«

»Aber das eine ist doch von dem anderen nicht zu trennen.«

»Das habe ich auch gedacht, aber ich habe es nicht ausgesprochen, sonst hätte er wohl wirklich eure weiteren Ermittlungen komplett gestoppt.«

»Eigentlich müssten wir jetzt hinschmeißen«, sagte ich. »Aber der ganze Fall fasziniert mich inzwischen zu sehr.«

Das Kinn in beide Hände gestützt, starrte Irma nachdenklich vor sich hin.

»Hier, lies das mal, wenn du Zeit hast«, sagte ich und gab ihr einen Zeitungsartikel und einige an den Rand geschriebene Anmerkungen.

»Was ist das?«

»Informationen zu den Napola-Schulen, da erfährst du etwas über die Jugend und Erziehung deines Vaters. Vielleicht kannst du dich danach ein bisschen besser in seine Situation versetzen.«

Sie werde demnächst kaum Zeit dafür haben. Ich solle ihr doch schnell eine Zusammenfassung geben, sagte Irma. Das tat ich. Ich zeigte ihr auch ein Foto aus dem großen Saal von Schloss Herrensee. Da war auf einem Wandspruch zu lesen: »Glauben. Gehorchen. Kämpfen!« Die Schüler seien militärisch gedrillt worden. Sie hätten auch das kriegerische Töten gelernt: kämpfen, schießen und Handgranaten werfen. »Zäh wie Leder, hart wie Kruppstahl, schnell wie Windhunde« sollten die Mitglieder dieses elitären Jungmännerbundes sein. Ich blätterte und suchte nach weiteren Zitaten. »In meinen Ordensburgen wird eine Jugend heranwachsen, vor der die Welt erschrecken wird«, hat der große Führer verkündet. Und an den Lagerfeuern wurden bis zum bitteren Ende die Lieder der Hitlerjugend gesungen, zum Beispiel: »Deutschland, du wirst erleuchtet sterben, auch wenn wir untergehen.«

»Das ist ja furchtbar. Und da hat mein Vater mitgemacht?«

Das stehe wohl fest, sagte ich und zog einen weiteren Artikel hervor. »Offenbar verklären heute viele damaligen Napola-Schüler ihre Vergangenheit und rechtfertigen ihre braune Jugendzeit. Hier ist eine ziemlich lange Liste von Leuten, die wie dein Vater seit dem Krieg große Karrieren in Deutschland gemacht haben, viele sind ehrbare Demokraten geworden. Nicht wenige Abgeordnete fast aller politischen Parteien haben damals Hitlers Eliteinternate besucht. Auch die Chefs der Deutschen Bank oder Spitzenjournalisten vom *Spiegel* und von der *Zeit*. Künstler und Schreiber waren dabei, wie der Zeichner Horst Jansen oder der Autor Jörg Andrees Elten, der beim Bhagwan in Poona gelandet ist und der den Bestseller *Ganz entspannt im Hier und Jetzt* geschrieben hat. Elten kenne ich übrigens ganz gut«, sagte ich. »Das ist ein besonders nachdenklicher und liebenswerter Zeitgenosse.«

Der von der Roten Armee Fraktion ermordete Bankier Alfred Herrhausen habe über seine Napola-Ausbildung gesagt: »Ich habe aus diesen Jahren keinen Schaden, sondern preußische Tugenden mitbekommen, die mir im Leben weitergeholfen haben.« Und der liberale Chefredakteur Theo Sommer, auch ein Napola-Schüler, ließ sich mit dem Satz zitieren: »Wir wurden zur Wahrhaftigkeit, zur Lauterkeit und zur Rechtschaffenheit erzogen.«

»*Der* Theo Sommer? Der war auch dabei? Das kann ich mir nicht vorstellen«, sagte Irma.

»Was ich dir mit diesen Informationen nur klar machen will«, sagte ich: »Mal abgesehen von den ewig Unverbesserlichen, die ihre Einstellung bis heute kaum geändert haben – dein Vater ist als früherer Napola-Schüler durchaus in ehrenwerter Gesellschaft. Aus heutiger Sicht gesehen jedenfalls. Aber wer weiß, was aus diesen Persönlichkeiten geworden wäre, wenn Hitler den Krieg gewonnen hätte ...«

»Danke für die Aufklärung«, sagte Irma und legte meine Rechercheunterlagen zur Seite.

Ihr Gesicht erschien mir jetzt im Halbdunkel wie eine starre, aber schöne Maske. Nach einer Pause sagte sie: »Jedenfalls macht ihr mit euren Ermittlungen genauso weiter wie bisher. Dabei interessiert mich umso mehr, was mein Vater in seiner Jugend und vor Kriegsende gemacht hat. Was immer ihr noch über diese dunkle Vergangenheit und über die Hintergründe des Bomberabsturzes und der Mordfälle herausbekommt, gebt ihr erst an mich weiter! Und ich werde dann entscheiden, was mein Vater davon erfahren soll.«

Irma streckte mir die Hand hin. Ich schlug ein.

»Was hat dein Vater eigentlich dazu gesagt, dass nach unserer Meinung nicht nur für ihn selber, sondern auch für seinen alten Schulfreund

Rudolf Lambert ein akute Lebensgefahr besteht? Wir haben doch dringend geraten, dass sich beide unter besonderen Schutz stellen müssten.«

»Man müsse sich um ihn keine Sorgen machen, hat er gesagt. Er habe gewisse Kontakte und Möglichkeiten, und die habe er bereits genutzt. Ihm werde schon nichts passieren.«

»Hast du nachgefragt, was das bedeutet?«

»Natürlich.«

»Wer beschützt ihn?«

Irma zögerte mit der Antwort.

»Nun sag schon!«

»Mein Vater hat offenbar Beziehungen zu den Chefs des Verfassungsschutzes, des Bundesnachrichtendienste und auch zur CIA. Ich habe ihn das direkt gefragt, und er hat dazu vielsagend geschwiegen. Mir ist wieder eingefallen, dass es ein paar Monate nach der Wende in der DDR eine Zusammenkunft im Schloss Herrensee mit leitenden Geheimdienstlern gegeben hat. Unter größten Sicherheitsvorkehrungen. Außer meinem Vater war von unserem Verlag auch ein Chefredakteur dabei – der, den du besonders gut kennst.«

Ich erinnerte mich, dass wir in dieser Zeit einige aufsehenerregende Geschichten über frühere Industriespionage und noch unbekannte Auslandsaktivitäten der Hauptverwaltung Aufklärung, der Auslandsspionage der DDR, im Heft hatten. Auch etliche Operationen des KGB in der Bundesrepublik und im europäischen Ausland wurden damals enthüllt. Als Informationsquellen kamen eigentlich nur Überläufer aus dem früheren Ostblock oder führende Leute der westlichen Dienste in Frage, die mit solchen Informanten zu tun gehabt hatten.

»Und wer sorgt jetzt konkret für seine Sicherheit?«

»Mein Vater sagte, einflussreiche Freunde in Washington hätten ihm die Dienste einer amerikanischen Spezialfirma empfohlen, die auch deutsche Experten beschäftigt. Einige dieser Spezialisten würden schon seit einiger Zeit den Sicherheitsdienst im Verlag verstärken. Auch das private Büro meines Vaters am Hafen, sein Hamburger Haus und Schloss Herrensee sollen nun rund um die Uhr überwacht werden. Mein Vater wird in einem gepanzerten Dienstwagen fahren müssen und neue Fahrer bekommen, die ausgebildete Leibwächter sind. Das war für mich alles neu.«

»Wie heißt diese Spezialfirma?«

»Blackstone oder so ähnlich.«

»Blackstone? Das ist ein Investmentunternehmen. Du meinst wahrscheinlich Blackbird?«

»Richtig. Blackbird! Blackbird Global Security, so heißt die Firma, die mein Vater genannt hat.«

»Das ist allerdings mehr als ein Sicherheitsunternehmen. Blackbird unterhält eine Privatarmee mit Tausenden von schwer bewaffneten und für Kampfeinsätze ausgebildeten internationalen Söldnern, die sogar im Auftrag des Weißen Hauses, der CIA und des Pentagon in Afrika und Asien eingesetzt werden. Blackbird ist international sehr umstritten. Denen werden alle möglichen schmutzigen Aktionen nachgesagt, mit denen die US-Dienste offiziell nichts zu tun haben wollen. Ich hoffe, dein Vater weiß, worauf er sich da einlässt.«

Irma sah mich verunsichert an.

»Das hoffe ich auch.«

»Und was ist mit dem anderen noch lebenden Mann aus der Fünfergruppe der Napola-Schule Herrensee? Mit dem Bankier Lambert? Wer kümmert sich um den, auch Blackbird?«

»Was diesen Lambert angeht – da hat sich mein Vater allerdings über eure Warnung ziemlich amüsiert. Es war das einzige Mal, dass er bei unserem Gespräch gelacht hat, auch wenn das nicht ganz echt geklungen hat.«

»Was gibt es denn da zu lachen?«

»Im Fall Rudolf Lambert hätte sich eurer Rat, diesen Mann unter besonderen Schutz zu stellen, bereits erledigt.«

Ich muss im Schein der Kerze ziemlich verdattert ausgesehen haben. Hatte es einen vierten Mordfall gegeben?

»Nein, das nicht«, sagte Irma und versuchte ein Lächeln.

»Rudolf Lambert ist bereits vor zwei Jahren verstorben. An Darmkrebs. Mein Vater war bei seiner Beerdigung im Tessin.«

»Mist, das haben wir verschlampt. Wir hatten in den letzten Tagen keine Zeit, uns weiter mit diesem Lambert zu beschäftigen. Peinlich, wirklich verdammt peinlich.«

Ausgerechnet jetzt, mitten in der Nacht, rief mein Partner an. Wolfram Witt war sauer, dass ich mich noch nicht bei ihm gemeldet hatte.

Wir hätten doch versprochen, uns gegenseitig immer auf dem Laufenden zu halten.

Ich beruhigte ihn und erklärte, dass ich gerade noch mit Irma über ihr Treffen mit ihrem Vater redete und was dabei für unsere künftige Arbeit herausgekommen sei. Das dauerte eine Weile. Währenddessen ging Irma auf die Loggia und rauchte, zwei, drei Zigaretten hintereinander.

Als ich aufgelegt hatte, sagte ich zu ihr: »Wolfram ist sauer, dass dein Vater uns so abbürstet und dass er uns nicht mal gefragt hat, als es um diese Sicherheitsmaßnahmen für ihn ging. Ausgerechnet Blackbird Security – das sind doch Gangster, sagt er.«

»Okay, okay. Regt euch ab mit eurer verletzten Eitelkeit. Ihr sollt ja weitermachen!«

»Was ist eigentlich mit der Geburtstagsfeier und dem Golfturnier?«, wollte ich noch wissen.

»Findet alles so statt wie geplant, als ob nichts gewesen wäre.«

Ihr Vater habe darüber immerhin mit der Familie seines verstorbenen Freundes Eberhard Elvers geredet. Die sei auch dafür gewesen, alles wie vorgesehen zu machen. Das wäre im Sinne des Verstorbenen. »Nur eine Änderung gibt es zur früheren Planung des Festes: Es wird kein Remmidemmi geben, nach dem offiziellen Teil wird nicht getanzt werden wie sonst. Die Agentur der gebuchten Fünf-Mann-Kapelle bekommt ein Ausfallhonorar.«

In der Ferne grummelte noch das abziehende Gewitter. Der Regen hörte auf.

Wir schwiegen minutenlang.

Ob ich noch Zigaretten in der Wohnung hätte? Ihre Schachtel sei leer. Ich suchte in einigen nicht ausgepackten Umzugskartons und fand eine alte Dunhill-Packung aus meiner Raucherzeit. Irma zündete zwei Zigaretten an und schob mir eine zwischen die Lippen. Sie lehnte sich an mich und wir rauchten zusammen.

Nach ein paar Zügen drückte ich die Kippe im neuen Kamin aus. Es hatte scheußlich geschmeckt.

29

Hamburg/Herrensee, Freitag, 20. bis Freitag, 27. August 1993

Vor dem großen Geburtstags- und Turnierwochenende bin ich Malte von Mellin nur noch einmal begegnet. Am Freitagnachmittag liefen wir uns vor dem Clubhaus-Restaurant über den Weg. In seinem Windschatten kamen zwei Männer, die wie Karikaturen von Bodyguards aus amerikanischen Filmen aussahen. Breite Schultern, verspiegelte Sonnenbrillen, Schießeisen am Hosenbund. Knopfgroße Hörer steckten in ihren Ohren. Wahrscheinlich wollten sie absichtlich auffallen und signalisieren: Achtung – dieser Mann wird scharf beschützt!

Die Abteilung Öffentlichkeitsarbeit des Mellin-Verlages hatte durchsickern lassen, wegen einer kritischen Berichterstattung über die kurdische Arbeiterpartei PKK habe es Drohungen gegen den Verleger und einige Journalisten des Hauses gegeben. Deshalb seien Vorsorgemaßnahmen getroffen worden. So lautete die offizielle Version.

»Gute Arbeit. Danke für den Rechercheberícht«, sagte der Herr von Schloss Herrensee knapp, aber freundlich. »Wie ich höre, spielen wir am Sonntag zusammen in einem Flight.« Und wie alle Golfer vor dem ersten Abschlag wünschte er uns schon ziemlich früh »Ein schönes Spiel«. Die Bodyguards drehten sich noch einmal neugierig zu mir um, als sie ihrem Schutzobjekt zum Haupteingang folgten.

Ich vermutete, dass Irma mein Zusammenspiel mit ihrem Vater arrangiert hatte, aber es stellte sich auf dem im Clubhaus ausgehängten Turnierplan auch heraus, dass wir beide ein ähnliches Handicap hatten – er 17,1 und ich 16,8. Wir passten also der Spielstärke nach durchaus zusammen. Dem alten Mellin wurde auch beim Golf ein ziemlicher Ehrgeiz nachgesagt. Einmal in der Woche ließ er seine Schlagtechnik bei einer Trainerstunde vom Headpro des Clubs nachjustieren.

Das konnte ich an diesem Freitag noch beobachten. Ich schlug zwei Körbe mit jeweils fünfzig Bällen von der Driving Range aus mit Eisen und Hölzern. Malte von Mellin übte mit seinem Coach Schläge aus dem Sandbunker. Die Bodyguards sahen in einigem Abstand zu.

Am Abend fuhr ich nach Hamburg zurück.

In der folgenden Woche konnte ich nur ein paar Mal mit Irma telefonieren. Sie hetze von einer Besprechung zur nächsten, sagte sie. Es gehe drunter und drüber im Verlag. Sie deutete an, dass es ein Problem mit ihrem Bruder Ortwin gebe. Nach einer Woche kündigte sie endlich einen Besuch bei mir an. »Ich brauche dringend eine Verschnaufpause. Ich hätte nichts dagegen, wenn wir uns einen schönen, entspannten Abend machen.«

Sie kam mit ihrem Kosmetiktäschchen und einem Bordcase.

»Mein Beischlafköfferchen«, sagte sie und steuerte zielsicher auf das Schlafzimmer zu, das inzwischen mit breitem Bett, dezenter Beleuchtung und einem begehbaren Kleiderschrank ausgestattet worden war.

Ich hatte eine von zwei, drei Speisen gemacht, die ich einigermaßen unfallfrei zubereiten konnte: Ein auf dem Isemarkt gekaufter frischer Saibling außen und innen mit Olivenöl bepinselt, mit Dill und Basilikum, Salz und grobem Pfeffer gewürzt und in Alufolie verpackt, garte im Backofen. Es roch schon köstlich, als Irma ihre Sachen ausgepackt hatte. Ich öffnete die Alufolie und drehte die Betriebstemperatur noch für ein paar Minuten auf 200 Grad hoch.

»Französischer Chardonnay oder Pfälzer Riesling?«, fragte ich.

»Champagner und dann den Riesling«, entschied Irma.

Genauso hatte ich mir in der Zeit meiner privaten Turbulenzen einen perfekten Abend in der neuen Wohnung vorgestellt: gutes Essen, ein trockener Wein und eine Frau, die wusste, was sie wollte. Und was ich wollte. Dabei war mir schon klar, dass unser wiederbelebtes Verhältnis auch diesmal kaum für die Ewigkeit bestimmt sein würde. Aber ich hatte beschlossen, jede Stunde, jede Minute zu genießen. Irma sah das offenbar ganz genauso – wir brauchten nicht einmal darüber zu reden. Und dennoch: Als wir später in dieser Nacht erschöpft, schwitzend und zufrieden Körper an Körper ineinander verschachtelt auf dem Bett lagen, da platzte die Frage aus mir heraus, die ich lange unterdrückt hatte, weil ich befürchtete, die Antwort könnte unsere zweite Affäre gleich wieder beenden. Ich streichelte Irma zärtlich, und sagte dann:

»Warum hast du nach unserer ersten Nacht neulich einen Vaterschaftstest machen lassen?«

Sie schien nicht überrascht.

Und nachdem ich ihr erzählt hatte, dass ich gewisse Proben mit meinen Haaren, mit Speichel und Sperma zufällig im Badezimmer des Ponyhauses entdeckt hatte, sagte sie mit verblüffender Offenheit:

»Das kannst du dir doch sicher denken?«

»Sag du es mir«, sagte ich.

»Weil ich feststellen lassen wollte, ob du der Vater von Lena bist … Zeitlich käme es hin. Ich habe damals absichtlich nicht die Pille genommen, und wir haben ungefähr acht, neun Monate vor Lenas Geburt zum letzten Mal miteinander geschlafen. Lena hat übrigens heute eine ziemliche Ähnlichkeit mit deiner Tochter auf den früheren Bildern, und sie hat einige Eigenschaften von dir. Deine Neugier, deinen Dickkopf und dein Bedürfnis nach Zärtlichkeit zum Beispiel.«

»Und wie ist der Test ausgegangen? Bin ich der Vater?«

»Das weiß ich nicht.«

»Hast du das Ergebnis noch nicht bekommen?«

»Doch.«

»Jetzt versteh ich gar nichts mehr.«

Sie habe sich die Auswertung des Vaterschaftstests in einem verschlossenen Umschlag geben lassen und diesen Umschlag ungeöffnet in einen Banksafe einschließen lassen, erklärte Irma. Genauso wie die beiden anderen Testergebnisse.

Ich glaubte nicht richtig gehört zu haben.

Aber Irma erklärte sachlich, sie habe damals in dem in Frage kommenden Zeitraum von etwa vier bis sechs Wochen mit drei Männern geschlafen.

»Ich wollte schwanger werden. Ich wollte ein Kind, aber keinen Mann, schon gar keinen Ehemann. Und daran hat sich bis heute übrigens nichts geändert. Aber seit Lena mich vor ein paar Wochen gefragt hat, warum ihre Freundinnen einen Papa hätten und sie nicht, da habe ich mir einige Gedanken gemacht. Ich möchte, dass Lena eines Tages, wenn sie es unbedingt will, erfahren kann, wessen Gene sie geerbt hat. Dann werde ich zu diesem Safe gehen und mir die Ergebnisse ansehen und mit ihr darüber reden. Und falls mir etwas passieren sollte, habe ich in meinem Testament festgelegt, dass meine Tochter selber Zugang zu diesen Vaterschaftstests bekommen kann – wenn sie volljährig ist.«

»Hast du jetzt mit den beiden anderen Kandidaten auch noch mal … um an Testmaterial zu kommen?«

»Ja.«

»Ich glaub's nicht«, sagte ich und stand auf.

»Aber mit den beiden anderen nur einmal. Bei denen war es nur so eine Art Nachrecherche, wie ihr Journalisten sagt.«

Irma steckte mich mit ihrem Grinsen an.

»Und bei mir ist das anders?«

»Wir werden sehen.«

Irma schlief auf meinem rechten Arm ein. Sie atmete tief und kicherte ein paar Mal im Traum.

Ich beneidete sie. Ich fand keinen Schlaf. Auch ein großes Glas Rotwein half nicht.

Ruhelos wanderte ich nachts in der Wohnung umher und beobachtete, wie der Himmel über der Außenalster allmählich heller wurde. Um mir die Zeit zu vertreiben, deckte ich den Frühstückstisch für zwei Personen. Irmas Reisewecker ging um fünf vor sechs.

»Was hast du denn die ganze Nacht über gemacht? Du siehst ganz schön zerknittert aus«, sagte sie, als sie geduscht, geschminkt und in einem hellgrauen Businesskostüm damenhaft gekleidet tatendurstig aus dem Bad kam.

»Ich habe darüber nachgedacht, was du mir erzählt hast, und das hat mich um den Schlaf gebracht.«

Sie ging nicht darauf ein.

»Pack deine Sachen fürs Wochenende zusammen, wir wohnen zusammen im Ponyhaus – wenn du trotz allem, was ich dir gebeichtet habe, noch mit mir zusammen sein willst?«

Ich schwieg. Und als wir uns unter dem Glasdach im Treppenhaus zwischen Wohnungstür und Fahrstuhl ein wenig verklemmt verabschiedeten, sagte sie noch: »Gib uns Zeit.«

Es klang wie eine Mutter, die ihr Kind tröstet und sagt: Alles wird gut!

Ich blickte ihr nach, als sie mit dem Fahrstuhl nach unten entschwand.

Nachher legte ich mich übermüdet aufs Bett. Ich habe wirres Zeug geträumt. Mal wie in Zeitlupe, mal rasend schnell bewegte ich mich durch lauter verrückte Szenen, als sei ein Film zerschnitten und dann falsch zusammenmontiert worden: eine Domina in rotem Latexzeug tobte durch ein Seniorenheim in der Heide – Malte von Mellin lachte dazu mit blutverschmiertem Gesicht – Wolfram Witt winkte fröhlich aus dem Cockpit eines abstürzenden Bombers – der dicke Brockdorf rannte splitternackt durch die Sylter Sansibar – auf einem Golfplatz wehten lauter Hakenkreuzfahnen auf den Grüns – und ein Mann in SS-Uniform übergab den Siegern eines Golfturniers Pokale und Urkunden. – Dabei wurde dieser Nazi von einem amerikanischen Killer mit einer Schalldämpfer-Pistole lautlos erschossen …

Gott sei Dank klingelte es. Ich richtete mich ruckartig auf und ging dann auf unsicheren Beinen zur Tür. Die Wirklichkeit war kaum erfreulicher als mein Albtraum. Ein Bote überreichte ein Einschreiben mit Empfangsbestätigung. Die Anwältin meiner Exfrau forderte eine weitere Erhöhung der Unterhaltszahlungen.

Beim Rasieren erschien die Sonne hinter einer dünner werdenden Wolkendecke. Der Mann im Radio sagte, nach dem Durchzug einer Gewitterfront in der Nacht zum Sonnabend über dem Norden Deutschlands sei am Wochenende mit schönem Sommerwetter und mit Höchsttemperaturen um 27 Grad zu rechnen.

Ich packte einen kleinen Koffer, einen Kleidersack mit frischen Hemden und einem hellen Sommeranzug für den Geburtstagsempfang im Schloss Herrensee ein. Es war schon Mittag, als ich schließlich mein Golfbag aus dem Keller holte und im Kofferraum des Saab verstaute.

»Gib uns Zeit …«, hatte Irma gesagt.

Bei diesem Gedanken ging es mir viel besser.

30

Herrensee, Samstag, 28. August 1993

Der Wettermann hatte ausnahmsweise Recht. Es wurde wirklich ein prächtiger Sommertag. Über immer schmaler werdende Straßen fuhr ich von Hamburg nach Herrensee, über Beton und Asphalt und am Ende über das Kopfsteinpflaster des Dorfes Herrensee, von dem die freiwillige Feuerwehr gerade frische Kuhfladen spritzte. Die Fahrzeuge der noblen Geburtstagsgäste des Schlossherrn und Golfclubbesitzers Malte von Mellin sollten nicht verunreinigt werden. Ich steuerte aus dem Dorf hinaus und setzte mich noch eine Weile auf meinen Lieblingsplatz, einen vom Sturm gefällten dicken Baumstamm am Waldrand. Von hier aus konnte man das Tal mit dem Dorf, dem Schloss und dem Golfplatz überblicken. Eine Parade von Limousinen, Cabriolets und edlen Oldtimern bog von der Kreisstraße in die private Lindenallee ab. Durch ein Opernglas konnte ich sehen, wie sich uniformierte Sicherheitsleute an der großen Toreinfahrt die Einladungskarten zeigen ließen. Sie telefonierten mit ihren Walkie Talkies die Ankunft der jeweiligen Herrschaften durch und wiesen mit ausgestreckten Armen beflissen den Weg zur kiesbedeckten Auffahrt an der Rückseite des Haupthauses. Als Autoliebhaber bewunderte ich einen beige-braunen Maybach und einen silbernen Flügeltüren-Mercedes aus den fünfziger Jahren, zwei Rolls-Royce, ein paar Bentleys und klassische Jaguar-E-Type-Sportwagen aus den sechziger Jahren. Die üblichen Porsche, BMW und Mercedes füllten bald den größten Teil des Parkplatzes.

Schließlich lenkte ich meinen frisch polierten alten Schweden auf Anweisung der Wachmänner durch eine Nebeneinfahrt zum Ponyhaus. Irma hatte den Schlüssel in unserem Versteck deponiert. Sie war offenbar schon da gewesen. Im Kleiderschrank hingen elegante Kostüme, Abendkleider und sportliche Golfsachen. Ich zog mich um und ging dann zu Fuß zum Geburtstagsempfang meines ehemaligen Arbeitgebers Malte von Mellin.

Vor dem Haupteingang des Schlosses war ein dunkelroter Kokosteppich ausgerollt worden. Dunkelblau livrierte Empfangsdiener hefteten mir nach einem Blick auf die Gästeliste ein vorbereites Namensschild ans Jackett.

Ein paar Fotografen lauerten links und rechts auf Prominente. Ich schloss mich unauffällig einer Gruppe von drei Paaren an und folgte ihnen über den Teppich durch das Foyer, durch die große Kaminhalle und durch die üppig begrünte Orangerie. Auf der anderen Seite des Gebäudes betraten wir die große Terrasse an der Seeseite. Drei Dutzend lange, weiß gedeckte Tische wurden von roten Sonnenschirmen beschattet. Die neu ankommenden Gäste suchten ihre mit kleinen Namensschildern markierten Plätze. Mein Schild stand ziemlich weit hinten, auf Tisch 15. Immerhin: Von hier aus hatte man einen wunderbaren Blick über den langen See, der früher mal ein Schlossgraben gewesen war, auf den dahinterliegenden Golfplatz. Auf dem 17. Grün machten sich gerade drei Spieler zum Putten bereit. Einer von ihnen war Wolfram Witt. Ich stand auf und winkte hinüber. Er sah mich auch und spreizte die Finger zum Victory-Zeichen – nachdem er seinen Ball aus gut fünf Metern eingelocht hatte. Ich machte mit der rechten Hand ein Zeichen: Wir telefonieren! Auch er hielt sich die Hand wie einen Hörer ans Ohr.

Wie die anderen Gäste auch wanderte ich ein wenig umher. Hübsche Serviererinnen reichten wahlweise Saft, Cocktails oder Champagner. Ich nahm Orangensaft.

Am Rande des Geschehens, auf einer etwas erhöhten Rasenfläche, lauerte zwischen mannshohen kugelrunden Buchsbäumen Freifrau Lisa von Dinghoff. Eine zu stark geschminkte Gesellschaftsreporterin unbestimmbaren Alters, aus heimatvertriebenem, ostpreußischem Adelsgeschlecht. Lisa stand da im wallenden Rüschenkleid, musterte ihre Umgebung durch eine lila umrandete Brille und machte sich im Dienste des Hochglanzmagazins *Society* so ihre Gedanken und Notizen: Welche Prominenten aus Politik, Wirtschaft und Kultur und welche Größen aus Showbusiness und Sport an den Hof Mellin gebeten worden waren; welche Ehegattin, Lebensgefährtin oder Geliebte »in Galliano« und welche »in Prada« oder »in Dolce und Gabbana« gekommen war. Einige der Damen trugen zu Lisas Unmut bereits zum zweiten Mal in dieser Gesellschaftssaison dieselben pompösen Hüte, mit denen sie schon beim

Deutschen Derby in Hamburg-Horn geschmacklich gescheitert waren. Bei den Herren hatte die Bekleidungsanregung »sommerlich-festlich« auf der Einladungskarte noch mehr Verwirrung gestiftet. Vom weißen Frack über die Uniform der Sylter Society – blauer Blazer, weißes Hemd, weinrote Hose – bis zu Bermudashort und Kniestrümpfen waren die unterschiedlichsten Stilrichtungen vertreten. Mit meinem sandfarbenen Leinenanzug lag ich im sicheren geschmacklichen Mittelfeld.

»Was machst denn du hier, Jonas Anders?« Lisa lächelte vertraulich. »Ich habe da was läuten hören. Man munkelt, du hättest nach deinem Rauswurf beim *Zenit* im Lotto gewonnen beziehungsweise ein paar Häuser an der Alster geerbt.«

»Ein Mietshaus am Isekanal. Wir wollen nicht übertreiben, Lisa«, sagte ich. »Die Einkünfte reichen gerade mal so zum Leben – wenn man sparsam ist.«

Lisa gab ihrem Fotografen während unserer Plauderei mit scharfen Zischlauten Anweisungen, gegen wen er seine Kamera in Anschlag bringen sollte und bei wem sich die Mühe nicht lohnte. Bei meinem Auftritt hatte er sich natürlich die Mühe sparen können.

»Verrate mir doch mal, welche Herrschaften bei dieser kleinen, privaten Feier meines großen Ex-Arbeitgebers dabei sein dürfen. Ich kenne mich bei deinen Promis nicht so aus.«

Die »Klatschfürstin«, wie die Freifrau durchaus respektvoll genannt wurde, setzte eine Lesebrille auf die Nasenspitze, blickte in ihre Notizen und spießte mit einem dünnen, silbernen Kugelschreiber in die Richtung der Leute, die sie gerade erwähnte. Sie hatte ihre Zielpersonen säuberlich in Rubriken aufgeteilt. Vom Hochadel waren erschienen: die Fürsten von Hohenberg-Schönhausen und von Grainau-Wehrleben, der Herzog und die Herzogin von Bardowieck. Der mittlere Adel wurde von einige Dutzend Grafen und Baronen mit ihren Damen sowie Lords und Ladys aus englischen Grafschaften repräsentiert. Aus Politik und Wirtschaft hatten sich eingefunden: die Bankiers-Sippe von Berenbaum, ein Dutzend Unternehmer aus Großindustrie und Großhandel sowie mehrere hanseatische Reeder. Der ehemalige Außenminister stand von Zuhörern umringt an der zweiten Säule. Der regierende Hamburger Bürgermeister, ein amtierender und zwei frühere Ministerpräsidenten, mehrere Bundes- und Landesminister, Botschafter und Generalkonsuln bildeten kleinere Gruppen. Eher am Rande platzierten sich Fernseh- und Theaterintendanten, TV-Moderatoren und Großschauspieler. Später tauchten ein ehemalige Wimbledonsieger, ein amtierender Boxweltmeister und einige Golfprofis auf. Dabei war natürlich auch die Führungselite des Mellin-Imperiums, Vorstandmitglieder, Chefredakteure und ein paar bekannte Autoren.

Die ganze Gesellschaft war mit ansehnlichen Jungschauspielerinnen und Topmodels durchmischt, die in kurzen Röcken oder freizügigen Oberteilen tief blicken ließen. Auch die unvermeidliche frühere Heidekönigin tauchte wieder auf. »Wenn Fotografen da sind, kommt die auch zur Eröffnung einer Sardinenbüchse«, sagte ein Chefredakteur süffisant. Laurenz Jansen, der Investment-Makler, näherte sich ihr mit zwei Gläsern Champagner in der Hand. Allein mit Namen, Kurzbeschreibungen und Fotos der prominentesten Gäste würde die Klatschkolumnistin schon drei Seiten füllen können. Das war wichtig für die ganze Gesellschaft. Denn erst wenn man sich in *Society* erwähnt oder gar abgebildet fand, war ein Fest auch ein gelungenes Ereignis. Deswegen war Lisa von Dinghoff eine Institution in diesen Kreisen.

»Und nun verrate aber einer alten Klatschtante mal, was du hier eigentlich machst?«, fragte Lisa mich.

»Du wirst es nicht glauben: Ich bin in meiner Eigenschaft als Freund der Familie Mellin eingeladen.«

Die Society-Fachfrau guckte noch zweifelnd, als Irma aus einem Pulk von Gästen auftauchte. Die Tochter des Konzernchefs und Gastgebers tänzelte in einem schwingendem, glockenförmigem Designerkleid auf hohen Pumps die Terrassentreppe herunter, zog mich beidhändig zum Begrüßungsküsschen an sich und sagte vernehmlich:

»Jonas! Ich freue mich, dass du gekommen bist! Ich freue mich wirklich sehr!«

Laut und deutlich, sagte sie das. Es klang wie eine offizielle Mitteilung an die umstehende Festgemeinde. Ich war verblüfft. So etwas hätte sie früher nie getan.

Auch ich tat so, als hätten wir uns länger nicht gesehen.

»Du wirst immer schöner«, sagte ich. Und das war wirklich nicht übertrieben. Ihr Gesicht mit den großen, bernsteinfarbenen Augen und den hohen Wangenknochen, das vor ein paar Jahren noch mädchenhaft unerwachsen gewirkt hatte, war schmaler geworden. Fältchen um Augen und Mundwinkel waren die Lebenszeichen einer reifer gewordenen Frau. Ihr dunkelblondes Haar, das sie schon seit einiger Zeit mit Strähnen aufhellen ließ, schien die Sonnenstrahlen einzufangen.

Ein Blitzlicht blendete uns. Der Fotograf hatte abgedrückt, als wir drei so eng nebeneinander standen. Lisa zischte, er solle das gefälligst lassen. Aber Irma meinte, das sei in Ordnung, sie hätte gern eine Vergrößerung dieses Bildes – doch wehe, es würde irgendwo veröffentlicht! Damit war auch klargestellt, dass Lisa in ihrer Kolumne keine Zeile über uns verlieren durfte.

»Wir sehen uns nachher, Bogey«, sagte Irma noch. Dann flatterte sie wie ein Schmetterling weiter, von einer Gästegruppe zur anderen, begrüßte hier und küsste da.

Der vollschlanke Juniorchef einer Hotelkette, mit dem sich Irma in Bayreuth zur Premiere des »Parsifal« gezeigt hatte, blickte angestrengt in eine andere Richtung, als ich auf ihn zuging. Ob der auch einer der Vaterschaftskandidaten war? Und mir kam der Gedanke: Vielleicht benutzte Irma mich heute, um diesen oder andere Hoffnungsträger abzuschrecken? Ich fühlte mich nicht unwohl bei dieser Vorstellung.

Unsere kleine Begrüßungsszene hatte jedenfalls einiges Aufsehen erregt. Ein paar in der Nähe stehende Chefredakteure des Hauses, die erst unentschlossen durch mich hindurchgeblickt hatten, ließen sich nun zu einem Lächeln verleiten.

Alle warteten gespannt auf den traditionellen Auftritt des Gastgebers.

Malte von Mellin pflegte seine Geburtstagsfeier mit einer Art Rede zur Lage der Nation zu eröffnen: mit einem ernsten und heiteren Rückblick auf das vergangene und einen Ausblick auf das kommende Geschäftsjahr. Dabei lobte und tadelte er mal süffisant, mal messerscharf einzelne Objekte und Geschäftsbereiche seines Unternehmens, ohne die Namen der Verantwortlichen zu nennen. Aber natürlich wussten die meisten Zuhörer, wer jeweils gemeint war. Für die betroffenen Chefredakteure und Manager war dies eine öffentliche, nicht selten peinliche Zeugnisvergabe.

Schließlich sprach sich herum, Malte von Mellin habe überraschend die Vorstandsmitglieder des Verlages in die Bibliothek des Schlosses rufen lassen. Seine Tochter Irma sei ebenfalls dabei. Sein Sohn Ortwin war nicht gesehen worden.

Eine unbestimmte Unruhe pflanzte sich auf der Schlossterrasse von Gruppe zu Gruppe fort.

31

Als Malte von Mellin aus der Bibliothek kam, richteten sich alle Blicke auf ihn. Der Verleger wirkte erleichtert und angespannt zugleich. Er lächelte routiniert, aber seine unruhig hin und her wandernden Augen verrieten seine Nervosität. Er nahm an dem großen Tisch mit der unübersehbaren Nummer »1« Platz. Er klopfte an sein Glas und erhob sich gleich wieder. Dann nahm er ein Redemanuskript zur Hand und wedelte damit vor seinem Gesicht herum, als wolle er sich Kühlung verschaffen, obwohl die Hitze des Tages bereits einer milden Abendluft gewichen war.

»Liebe Gäste, liebe Freunde«, begann er endlich. »Das, was in dieser sorgsam vorbereiteten Rede steht, sollte ihnen heute Abend eigentlich als Vorspeise des sicherlich vorzüglichen Menüs serviert werden, das uns gleich erwartet. Damit wollte ich, wie stets an meinem Geburtstag, ein wenig zu Ihrer Erheiterung und Ihrer Erbauung, aber auch zu Ihrer Information über die aktuelle Lage unseres Unternehmen beitragen. Leider muss ich Ihnen stattdessen heute eine schwerere Kost zumuten, die für einige von Ihnen möglicherweise schwer verdaulich sein kann.«

Mellin legte das Manuskript auf die Sitzfläche des Stuhles hinter sich und zog ein einzelnes Blatt aus der linken Außentasche seines Jacketts. Er entfaltete das Papier sorgfältig, überflog den Text noch einmal und räusperte sich.

»Um Sie nicht weiter auf die Folter zu spannen, lassen Sie mich diese kurze Pressemitteilung verlesen, die unsere Abteilung für Öffentlichkeitsarbeit in wenigen Minuten an die Nachrichtenagenturen geben wird. Ich lege Wert darauf, dass Sie, meine Freunde und meine wichtigsten Mitarbeiter, von mir persönlich zuerst unterrichtet werden.«

Wieder machte der Gastgeber eine Pause. In der folgenden Stille hörte man auch an den hinteren Tischen noch das Knistern seines Papiers. Er wippte von den Zehenspitzen auf die Hacken. Dann las er mit rauer Stimme eine handgeschriebene Meldung vor, die offenbar eben erst in der Bibliothek formuliert und beschlossen worden war:

»*Die Geschäftsführung der Mellin Media AG gibt im Vorfeld der kommenden Jahrespressekonferenz zwei Personalentscheidungen bekannt. Erstens: Dr. Ortwin von Mellin, 39, der einzige Sohn des Verlagsgründers, wird mit sofortiger Wirkung aus dem Management des Hauses ausscheiden und zukünftig eigenen unternehmerischen Tätigkeiten im Bereich der Neuen Medien nachgehen. Der Vorstand dankt ihm für seine geleistete Arbeit und wünscht Erfolg bei den neuen Aufgaben. Zweitens: Irma von Mellin, 37, die bereits erfolgreich als Chefredakteurin, Objektgeschäftsführerin und zuletzt als Projektentwicklerin in unserem Hause tätig war, wird ab sofort in den Vorstand der Mellin Media Holding berufen. Sie wird eigenverantwortlich einen neuen Geschäftsbereich ›Strategie und Planung‹ aufbauen und leiten. Wir freuen uns, Frau Mellin für diese zukunftsweisende Aufgabe gewonnen zu haben. Weitere Einzelheiten werden am Montag bei einer Pressekonferenz in der Zentrale des Medienhauses Mellin in Hamburg bekannt gegeben ...*«

Malte von Mellin räusperte sich noch einmal, faltete das Blatt Papier umständlich zusammen und steckte es in die Tasche zurück. Er machte Anstalten, sich zu setzen, blieb aber dann doch stehen. Er zerknüllte er eine steifleinene Serviette und wischte sich damit über die Stirn.

»Was ist denn mit ihm los?«, murmelte meine Tischnachbarin.

»Er hat gerade seinen Sohn rausgeschmissen, das hat ihn wohl ziemlich mitgenommen«, flüsterte deren Freundin.

»Warum um Himmels willen hat er das aber ausgerechnet heute an seinem Geburtstag und vor aller Augen zelebriert?«

»Vermutlich stand er plötzlich unter Zugzwang. Wie ich gehört habe, sollen Konkurrenzzeitungen schon Wind von diesem Revirement bekommen haben und da wollte unser großer Verleger die Bombe dann doch lieber selber platzen lassen«, sagte ein Wirtschaftsjournalist des Verlages hinter vorgehaltener Hand.

So unsicher hatte auch ich Malte von Mellin noch nicht erlebt.

Doch, einmal, vor sieben oder acht Jahren. Damals musste er die Einstellung einer Familienzeitschrift verkünden, die er in den fünfziger Jahren selber gegründet hatte. Die Auflage war kontinuierlich gesunken und das Anzeigenaufkommen dramatisch zurückgegangen. Das Ende des Blattes ging ihm so nahe wie der Tod eines Freundes. Beinahe wäre er damals vor den versammelten Mitarbeitern in Tränen ausgebrochen.

Das hatte alle angerührt, die den Selfmade-Milliardär als kühlen Geschäftsmann und harten Hund kannten.

Meistens gab er sich distanziert, unnahbar, rechthaberisch. In letzter Zeit hatte er sich ein herrisches Gebaren zugelegt. Gesund war das offenbar nicht. Ein Magenleiden hatte scharfe Falten in sein Gesicht gefräst. Er habe keine Angst vor dem Alter und nicht vor dem Tod, hatte er einem Interviewer gesagt, aber vor schweren Krankheiten und vor einem langen Sterben fürchte er sich schon.

Vor ein paar Jahren hatte er den Fragebogen der *Frankfurter Allgemeinen Zeitung* ausgefüllt und ein paar Antworten gegeben, die mir in Erinnerung geblieben sind.

Welche Eigenschaften schätzen Sie bei einem Mann am meisten?

»Bescheidenheit im Erfolg.«

Welche militärische Leistung bewundern sie?

»Den Sieg der Alliierten über die Nazis.«

Was ist für sie Glück?

»Nach getaner Arbeit noch allein eine Runde Golf zu spielen.«

Ihr gegenwärtiges Lebensmotto?

»Die Hoffnung stirbt nie.«

Titelgeschichten und Doktorarbeiten hatten die Bedeutung dieses liberalkonservativen Mannes für das Nachkriegsdeutschland gerühmt. Er war, das hatte er nun auch an seinem Geburtstag bewiesen, immer für Überraschungen gut. Malte Friedrich Wilhelm von Mellin, einziger Sohn des Druckereibesitzers und Herausgebers einer dem Nationalsozialismus nahestehenden Provinzzeitung, Wilhelm von Mellin, hatte sich gleich nach dem Krieg entschlossen für die Demokratisierung des neuen Deutschland eingesetzt. Für eine von den Engländern herausgegebene norddeutsche Zeitung hatte er flammende Leserbriefe gegen unverbesserliche alte Nazis geschrieben, die bereits wieder in führende Positionen in Politik, Justiz und Wirtschaft zurückgekehrt waren. Die Siegermächte waren von dem jungen Mann beeindruckt. Ende 1947 erhielt Malte von Mellin eine Lizenz zur Herausgabe einer Wochenzeitschrift. Er entwickelte ein illustriertes Magazin, eine Mischung aus den großen amerikanischen Vorbildern *Life* und *Time*. Er wollte großartige Bilder großformatig drucken und brillante Reportagen, Enthüllungsgeschichten und Kommentare veröffentlichen. Er nannte sein Blatt *Zenit*. Es war von der ersten Nummer an ein Erfolg. Mellin wurde schnell ein reicher Mann. *Zenit* war der Grundstein für einen der größten Verlagskonzerne Deutschlands und Europas. Jetzt gab die Mellin Media AG in 16 Ländern mehr als fünfzig Zeitungen und Zeitschriften heraus.

Alles, was der dynamische Verleger anfasste, schien zu glücken. »Deutschlands Goldfinger« nannten ihn ausländische Medien. Privat hatte er weniger Glück. Er war zum dritten Mal verheiratet. Sein Sohn Ortwin stammte aus der ersten Ehe, seine Tochter Irma aus der zweiten. Seine dritte, dreißig Jahre jüngere Frau Hedwig war als Hausdame für die Verwaltung und das Management seiner Häuser und Wohnungen zuständig gewesen. Wie immer saß sie an seinem Geburtstag neben ihm – eine Dame von freundlich-kühler Eleganz, die neugierige Blicke an sich abgleiten ließ.

Mit einer seltenen, zärtlichen Geste griff sie jetzt in aller Öffentlichkeit nach der Hand ihres Mannes.

Nach seiner ersten Erklärung wartete Malte von Mellin, bis das nervöse Gemurmel abgeebbt war. Dann sagte er, wieder selbstsicher wie gewohnt: »Lassen Sie mich dieser ersten Mitteilung noch etwas hinzufügen. Unser Haus führt derzeit in New York und Washington Verhandlungen mit einem renommierten amerikanischen Verlag, die möglicherweise zu einer Kooperation oder zu einer Fusion führen können. Es wird eine der ersten Aufgaben des designierten Vorstandsmitgliedes Irma von Mellin sein, diese Gespräche gemeinsam mit einigen bewährten Unterhändlern zu einem erfolgreichen Abschluss zu bringen.«

Wieder folgte aufgeregtes Gemurmel.

»Ich vermute, dass diese Nachricht besonders die Verlagsleute und Medienvertreter unter Ihnen zu interessanten Überlegungen animieren wird«, sagte Malte von Mellin. »Bitte genießen Sie jetzt dennoch die vorzüglichen Speisen und Getränke. Ich wünsche allen ganz herzlich ›Guten Appetit!‹.«

Der Verleger lächelte dünn und nahm endgültig Platz.

Im Hintergrund versuchten die beiden neuen Bodyguards vergeblich, unauffällig auszusehen. Sie trugen noch immer die dunklen Brillen. Vielleicht hätte ihnen jemand sagen sollen, dass die Sonne schon untergegangen war.

32

Die meisten Gäste saßen erst schweigend da und sprachen dann nur im Flüsterton miteinander, wie Geheimnisträger, die etwas ganz Bedeutsames erfahren haben. Die eben noch erwartungsfrohe Stimmung hatte sich jetzt in »ratlose Verstörtheit« oder »verstörte Ratlosigkeit« verwandelt«.

»Da erleben wir ja gerade eine Palastrevolution im Hause Mellin«, sagte die stark transpirierende Reeder-Witwe, die mir von der Festtags-Regie als Tischdame zugeordnet worden war. Ich nagte das Gebein eines Kleinvogels ab, der als zweiter Gang auf der Menükarte stand: »Perlhuhn mit Honig-Pfeffer-Glasur an Rosmarinkartöffelchen«.

Wo war nur die gerade gekurte Kronprinzessin des Medienkonzerns Mellin geblieben? Ich versuchte vergeblich Irma zu entdecken. Der rechte Platz neben ihrem Vater war leer geblieben.

Ich erinnerte mich, dass wir früher einmal über ihre schwierige Rolle als Tochter eines übergroßen Vaters gesprochen hatten. Sie war damals eine vielversprechende engagierte Journalistin gewesen. Unter einem Pseudonym schrieb sie einfühlsame Reportagen für eine angesehene

Zeitung, die nicht zum Mellin-Konzern gehörte. Die Wahl zwischen einer Karriere im Verlag oder einem unabhängigen Beruf als Autorin wolle sie sich so lange wie möglich offenhalten, hatte sie damals gesagt. Nun war also die Entscheidung gefallen.

Nach dem Hauptgang ging ich in das ehemalige Stallgebäude des Schlosses, in dem Schwimmbad, Sauna und Fitnessraum untergebracht waren, nur ein paar Türen neben unserem provisorischen Ermittlungsbüro. Auf der mit grauem Granit gefliesten Herrentoilette machte ich es mir in einer der beiden Kabinen bequem. Kurz nach mir traten zwei Männer geräuschvoll an die Pinkelbecken. Sie hatten offenbar keine Ahnung, dass sie nicht allein im Raum waren. Und so bekam ich mit, wie zwei Führungskräfte des Hauses Mellin ihre Blasen und ihre Gedanken entleerten. Die Stimmen erkannte ich sofort.

»Dass der Alte seinen nichtsnutzigen Sohnemann rausgeschmissen hat, war eine längst überfällige Maßnahme. Wenn der schon mal im Verlag aufgetaucht ist, hat der doch bloß den Betrieb behindert.«

Das war eindeutig der nasale, immer ein wenig ölige Originalton von Dr. Henning Sender, einem alten Haudegen und berüchtigten Zyniker, der als Chefredakteur schon mehrere Redaktionen des Hauses drangsaliert hatte. Ein erstklassiger und ehrgeiziger Journalist allerdings. Sender galt als Vielzweckwaffe des Hauses. Seit einiger Zeit schon verdiente er sein hohes, sechsstelliges Gehalt eigentlich nicht mehr – obwohl es noch immer regelmäßig auf sein Konto überwiesen wurde. Man hatte ihn auf ein Abstellgleis abgeschoben, und dort entwickelte er nun immer neue Zeitschriften, die niemals den Bahnhofskiosk erreichen würden, weil sie schon in der Marktforschung scheiterten. Aber Sender hielt sich noch immer für einen der großen Blattmacher des Landes.

»Und weißt du auch, warum der Alte den Jungen jetzt so plötzlich gefeuert hat, ausgerechnet an seinem Geburtstag?«

Das war unverkennbar die Stimme von Viktor von Lausitz, dem mit allen Schmutzwassern gewaschenen Sprecher des Hauses und Leiter der Abteilung Unternehmenskommunikation. Der dicke Mann hatte eine durchdringende, dünne Stimme. Er galt als erfolgreicher Krisenmanager, als »spin doctor«, wie die Amerikaner sagen.

»Nee, aber du wirst es mir ja gleich sagen«, meinte Dr. Sender.

»Weil der Junior ein krummes Ding gedreht hat.«

»Nun erzähl schon!«

»Der Ortwin hat vor ein paar Wochen ein kleines Internet-Auktionshaus gekauft. Für elf Millionen. ›Smash‹ heißt der Laden. Damit wollte er ›eBay‹ in Deutschland Konkurrenz machen.«

»Ja und? Klingt doch nicht schlecht? Ist doch ungewöhnlich innovativ für diese Schlafmütze!«

»Er hat allerdings das Geschäft auf seinen eigenen Namen abgewickelt und das Geld einer, sagen wir mal, steuersparenden Stiftung des Hauses in Liechtenstein entnommen. Weder der Alte noch der Vorstand waren informiert!«

»Das ist allerdings ein Ding!«

»Es kommt noch besser«, sagte Kommunikationsdirektor von Lausitz. »Ein Konkurrenzblatt hat Wind davon bekommen – vermutlich die übliche gezielte Indiskretion. Die haben mich also heute Vormittag genüsslich zu Hause angerufen. Sie wollten von mir Näheres wissen und natürlich ganz dringend eine persönliche Stellungnahme des Alten haben. Ich hatte keine Ahnung von der ganzen Geschichte und kam mir blöd wie ein Schuljunge vor, der im Unterricht nicht aufgepasst hat. Natürlich konnte ich so das Feuer nicht mehr rechtzeitig austreten.«

»Schöne Scheiße! Und dann?«

»Dann musste ich natürlich sofort den alten Mellin informieren. Der ist sofort explodiert. So habe ich ihn noch nie erlebt. Und nun hat er seinen abwesenden Sohn heute Nachmittag einen Kopf kürzer gemacht.«

Dr. Sender, der offenbar von meiner Kabine aus gesehen an der linken Seite stand, drückte die Spülung seines Urinals.

Als er weitersprach, triefte seine Stimme vor Ironie.

»Das ist ja wieder mal ein ganz erstklassiges Krisenmanagement, Viktor. Glückwunsch! Jetzt stürzen sich doch alle auf die Story: Warum der große Malte von Mellin sein eigen Fleisch und Blut so gedemütigt hat? Jetzt wollen doch alle ganz genau die Hintergründe wissen. Die Konkurrenz wird sich noch tage- und wochenlang genüsslich mit dem Generationenkonflikt im Hause Mellin beschäftigen.«

»Mensch, Henning, wir sind nicht ganz so blöd, wie du immer

denkst. Wir haben heute in kleinem Kreis die Geschichte gedreht und gewendet – und jetzt ist alles unter Kontrolle und in trockenen Tüchern!«

»Das glaubst du doch selber nicht.«

»Doch! Unter uns kann ich dir ja verraten, wie die Geschichte bei der Pressekonferenz am Montag laufen wird.«

»Ich bitte darum.«

»Der alte Malte wird sich hinstellen und seine Charme-Brause aufdrehen, was ihm ja heute nicht so gelungen ist. Er wird ein Loblied auf seinen tüchtigen Sohn singen: Der habe mit seinem Engagement an diesem Internet-Auktionshaus unternehmerische Weitsicht bewiesen. Dann wird der Alte maliziös lächeln und auf Nachfrage einräumen, er habe seinem prächtigen Buben natürlich eine gewisse finanzielle Grundausstattung mit auf seinen Weg in die Selbstständigkeit gegeben. Summen könnten natürlich nicht genannt werden. Mit anderen Worten: Der alte Mellin hat nach jahrelangen Frustrationen die Gelegenheit genutzt. Er hat seinen Junior gefeuert und ihm noch als Abfindung diese halbschwarze Kasse und die ganze dubiose Liechtensteiner Steuersparfirma hinterhergeworfen. Keinen Pfennig mehr. Da dürften zwar immer noch etliche Millionen drin sein, aber im Vergleich zu den eigentlichen Erbansprüchen sind das natürlich Peanuts.«

»Der Junior war ein Arschkriecher.«

»Gutes Stichwort. Wusstest du eigentlich, dass er schwul ist?«

Ungläubiges Schweigen erfüllte den Sanitärraum.

»Der Alte soll das auch erst kürzlich erfahren haben, und da hat es ihm wohl endgültig gereicht. Wie ich höre, ist der Junior gleich nach seinem Krach mit dem Alten noch gestern mit seinem aktuellen Lover nach Mykonos abgeflogen.«

Dr. Sender hatten diese Nachrichten offenbar ausnahmsweise die Sprache verschlagen. Einen Moment lang war nur das Geräusch eines Reißverschlusses zu hören, der sehr langsam zugezogen wurde.

»Der Alte ›is scho a Hund‹«, sagte er dann in missglücktem norddeutschem Bayrisch. »Der ist jetzt zwei Übel auf einen Schlag los: seinen schwulen Sohn und diese heiße Klitsche in Liechtenstein.«

»Genial, nicht?« Das war wieder Kommunikationschef von Lausitz, der seinen Wissensvorsprung buchstäblich bis zum letzten Tropfen ausnutzte. Denn als er ebenfalls hörbar seine Hose schloss und sich seine Schritte zu den Waschbecken bewegten, setzte er noch einen drauf:

»Übrigens: Auch der Schachzug mit Irma ist auch nicht von schlechten Eltern. Wetten, dass die Geschichte mit dem Sohnemann schnell vergessen ist und sich alle deine Journalisten-Berufskollegen lieber auf sie stürzen werden? Die seriösen Zeitungen werden Porträts über die nun offizielle Erbin des großen Malte von Mellin schreiben und sich auf die Nachricht von den Fusionsverhandlungen in den USA stürzen – in Wirklichkeit wollen wir übrigens den Laden übernehmen. Auch die Boulevardblätter und Gesellschaftsmagazine werden gut zu tun haben. Ich sehe schon die Schlagzeilen: ›Irma von Mellin, Deutschlands schöne Medienprinzessin. – Ihr Aufstieg. Ihr Leben. Ihre heimlichen Liebschaften‹. So was in der Art. Wir wissen doch, wie man solche Stories einfädelt, nicht wahr, Henning?«

Die beiden Führungskräfte drehten die Wasserhähne auf und wuschen sich die Hände.

»Apropos heimliche Liebschaften: Hast du mitgekriegt, wie unsere lebenslustige Irma vorhin den Anders begrüßt hat?«

Das war wieder Dr. Sender.

Ich hielt den Atem an und zog nach erledigtem Geschäft lautlos meine Hose hoch.

»Hab ich natürlich gesehen«, sagte von Lausitz. »Und? Was lernen wir daraus?«

»Dass er sie bumst«!

»Das siehst du falsch. Wenn, dann bumst sie ihn!«

»Und der Anders war oder ist ja bestimmt nicht der Einzige, mit dem sie was hat – leider sind wir beide ja zu alt für unsere lebenslustige Nachwuchsverlegerin.«

Ich zog die Spülung, öffnete geräuschvoll die Klotür und trat hinter die beiden Herren, die gerade ihre Hände abtrockneten.

»Hallo, Doktor Sender! – Guten Tag, Herr von Lausitz!«, sagte ich. Und genoss den erschrockenen Ausdruck in ihren Gesichtern, der sich im Waschtischspiegel verdoppelte. Dazwischen spiegelte sich mein breites Grinsen.

33

Irma war wieder da. Sie hatte sich umgezogen und trug jetzt ein weißes, gerafftes Seidenkleid, das ihre Figur betonte und in Kniehöhe endete, so dass ihre Beine ausreichend zur Geltung kamen. »Damenhaft elegant«, notierte Lisa, die Gesellschaftsreporterin, die sich auf den frei gewordenen Platz neben mich gesetzt hatte. In Klammern schrieb sie dahinter: »wie eine Hitchcock-Blondine«. Sie schubste mich zurück, als sie merkte, dass ich ihr über die Schulter geblickt hatte.

Irma saß jetzt rechts neben ihrem Vater. Nach dem Hauptgang und vor dem Dessert blickten beide scheinbar konzentriert zu den Rednern, die trotz des jüngsten Ereignisses ihre vorbereiteten Texte loswerden wollten.

Ein ehemaliger Wirtschaftsminister stellte Malte von Mellin zusammen mit den ganz großen deutschen Unternehmerfiguren auf einen Sockel, mit den Quandts, den Neckermanns, den Albrechts und Ottos. Politiker der beiden großen Parteien hoben die Meinungsvielfalt innerhalb des Mellin-Konzerns hervor, die sich auch in den verschiedenen Blättern widerspiegele. Ein Redakteurssprecher lobte den Verleger, weil er seinen Redaktionen immer wieder journalistische Unabhängigkeit garantiert habe. Der Betriebsratsvorsitzende pries seine Fürsorge und soziale Verantwortung auch in schwierigen Zeiten. Ein Theaterintendant bedankte sich für seine Förderung der schönen Künste. Die Vorsitzende eines großen Kinderhilfswerkes erwähnte seine regelmäßigen Spenden.

Nach jeder Laudatio erhob sich Malte von Mellin jeweils kurz und nickte den Sprechern zu. Nach der letzten Rede legte er sichtlich erleichtert seine beiden Arme um die Schultern seiner Frau und seiner Tochter. Alle drei lächelten in die Kamera des Fotografen, der mit klackendem Motor eine Serie von Bildern schoss. Als er fertig war, beugte sich Lisa von Dinghoff zu Irma herunter, gratulierte ihr und bat um einen Termin für ein Interview oder für eine Homestory. Sie wurde auf eine unbestimmte Zeit vertröstet.

Vor Irma und Malte von Mellin reihten sich nun Gratulanten auf, die Vater und Tochter Gesundheit, Glück und Erfolg wünschten. Ich beobachtete, wie die Herren Sender und von Lausitz sich tief vor der kommenden Chefin des Hauses verbeugten und ihr andeutungsweise den Handrücken küssten.

Nach dieser Szene ging ich zur Rezeption des Golf-Clubhauses hinüber. Die Startliste für das große Geburtstagsturnier am nächsten Morgen war endlich ausgehängt. Neunzig Teilnehmer standen darauf. Der erste von dreißig Dreier-Flights sollte um 9 Uhr abschlagen. Meinen Namen fand ich zusammen mit dem von Malte von Mellin und mit einem mir unbekannten Dritten hinter der Zeitangabe »10:12 Uhr«. Irma startete eine halbe Stunde nach mir. Das war gut. So würden wir morgen vor unserem Turnierstart noch zusammen frühstücken können. Während ich noch ein wenig mit der netten Clubsekretärin plauderte, betrat ein auffällig gekleideter Herr die Rezeption und den dazugehörigen Pro-Shop. Er trug einen hellen Leinenanzug mit weinrotem Einstecktuch und einen Panamahut. Er sah aus wie ein in die Jahre gekommener Dandy, hatte eine sehnige Figur und ein asketisches, schmales Gesicht mit auffallend großer Nase und engstehenden Augen unter buschigen Brauen. Sein Alter war schwer zu schätzen, er konnte Mitte fünfzig, aber auch schon Anfang siebzig sein. Den Hut behielt er auf, als er sich erkundigte, ob er noch an dem Turnier morgen teilnehmen könne. Er sei gerade erst zusammen mit einer kleinen Delegation der Atlantik Publishing Company aus New York gekommen, zu Gesprächen im Mellin-Verlag in der nächsten Woche. Der Mann mit dem Hut sprach mit einem unverkennbar amerikanischen Akzent.

Sie werde mit dem Turnierleiter und mit dem Bürochef von Herrn von Mellin darüber reden, sagte die Sekretärin. Es hätte wahrscheinlich ein Teilnehmer kurzfristig abgesagt. Wo sie ihn im Laufe des Abends oder morgen früh erreichen könne?

Er wohne im Schlosshotel, sagte der Amerikaner. Sie ließ sich den Nachnamen sagen, notierte sein Handicap und fragte nach seinem Heimatclub.

Ich bekam noch mit, wie er »Long Island Golf and Country Club« sagte.

»Schönes Spiel morgen, Bogey!«, rief mir die Sekretärin hinterher, als ich zum Geburtstagsempfang zurückging. Wie fast alle im Club nannte sie mich bei meinem Golfernamen.

Nach der Anspannung am Nachmittag hatte sich die Stimmung gegen Abend endgültig gelöst. Aus dem verhaltenen Gemurmel war ein fröhlich aufbrausendes Durcheinander von Stimmen, Wortfetzen und Gelächter geworden. Mit einem Glas in der Hand spazierte ich auf der Terrasse herum, machte dann und wann ein wenig Smalltalk und genoss die Atmosphäre.

Inzwischen hatte sich eine Harfenistin auf einem blumenumrankten Podium am Rande der Terrasse aufgebaut, eine etwas füllige Blondine in einem goldglänzenden, wallenden Kleid. Es sah aus, als sei dieser Barockengel von einem zu optischer Opulenz neigenden Raumausstatter dort postiert worden, der auch für die lebensgroßen römisch-griechischen Gipsfiguren an den Ecken der Terrasse verantwortlich war.

Zu den Klängen genoss ich den Blick zum Golfplatz und zum spiegelnden See, auf dem die rötlichen Reflexe der Abendsonne blitzten. Das Licht schien im Rhythmus der Harfenklänge über die Fassaden von Schloss Herrensee zu tanzen.

Zwei Tauben saßen gurrend auf der Dachrinne. Schwalben segelten ganz hoch unter dem glasigen blauen Himmel. Es würde auch morgen schön bleiben. Gute Aussichten für das Golfturnier.

Ich spürte im Rücken, dass ich beobachtet wurde. Als ich mich umdrehte, lächelte Irma herüber und winkte. Sie wurde noch immer von allen Seiten angesprochen. Geschäftsfreunde beglückwünschten sie zum Karrieresprung. Richtige Freunde sprachen ihr ihre Anteilnahme aus. Sie selber verbarg ihre Gefühle hinter routiniertem Frohsinn. Ich kämpfte mich zu ihr durch und gratulierte ein wenig unbeholfen.

»Wir sehen uns nachher, wenn der offizielle Teil vorbei ist.« Sie flüsterte und drückte meinen Arm.

Immerhin: Auch der alte Mellin lächelte mir zu, als er mich erkannte. Dann verschwand sein Gesicht wieder in einer Qualmwolke seiner Zigarre.

Der Gastgeber wurde immer entspannter. Er erzählte in dem kleinen Kreis von einem Dutzend Zuhörern bereits bestens bekannte Geschichten aus seinem Geschäftsleben: wie er in den USA gegen den Widerstand der Gewerkschaften eine Druckerei gekauft hatte, wie er der deutschen Konkurrenz einen Chefredakteur ausgespannt habe und wie er es im exklusiven Golfclub am Lago Maggiore abgelehnt habe, mit zwei bekannten Steuerflüchtlingen zusammenzuspielen, einem ehemaligen Kaufhauschef und einem Unternehmer aus der Lebensmittelbranche. Und als jemand danach fragte, erklärte er: Ja, das Bomberwrack liege immer noch gut abgesichert in der Kiesgrube, die US Air Force wolle jetzt ein spezielles Untersuchungsteam schicken. So lange müssten die Bauarbeiten für die Golfplatzerweiterung an dieser Stelle gestoppt werden. Doch, so sagte der Gastgeber dann mit ausgestrecktem Arm, er wolle lieber über Erfreulicheres reden, zum Beispiel über die junge Harfenistin dort drüben, »eine hochbegabte russische Künstlerin«. Die habe morgens immer zum Frühstück im wunderschönen Jugendstil-Kuppelsaal des Hotels Metropol gespielt, als er kürzlich in Moskau gewesen sei. Dort habe er sie spontan zu diesem Auftritt auf seiner Geburtstagsfeier eingeladen. Demnächst werde Olga Soundso auf seine Empfehlung hin bei einem Konzert des Orchesters der Nationen in Berlin ihren ersten großen Soloauftritt haben.

Nach dieser Ausführung lauschten wir wie verzaubert den Sirenenklängen des Moskauer Harfenengels, der bis dahin weitgehend unbeachtet vor sich hingezupft hatte. Der Mond leuchtete durch eine dünne, milchige Wolkenschicht.

Kurz nach Mitternacht verdrückte ich mich von der Geburtstagsgesellschaft, die in der warmen Augustnacht noch immer auf der Schlossterrasse ausharrte. »Geh schon vor, ich komme gleich nach«, hatte Irma gesagt. Sie müsse nur noch ein befreundetes Ehepaar verabschieden.

Auf dem Fußweg zum Ponyhaus kam ich an dem bereits dunklen Clubhaus vorbei. Im Zwielicht saß noch ein einzelner Mann auf der kleinen Terrasse. Er trug einen Panamahut und rauchte, dabei balancierte er eine überlange Zigarettenspitze zwischen Zeige- und Mittelfinger. Es war der Amerikaner, den ich am Abend in der Golfrezeption gesehen hatte.

»Na, hat es geklappt? Können Sie morgen das Turnier doch noch mitspielen?«, fragte ich freundlich.

»Let's wait and see«, antwortete er nur und drehte sich zur Seite.

Als ich weiterging, spürte ich, dass er mir nachblickte.

34

Im Nachtprogramm lief noch eine Folge der Krimiserie »Inspektor Columbo«. Dabei muss ich vor dem Fernseher auf der breiten Couch im Kaminzimmer des Ponyhauses eingeschlafen sein. Als ich von einem Geräusch an der Tür hochschreckte, sagte der Ermittler mit dem Glasauge und dem zerknautschten Trenchcoat gerade wieder mal seinen Standardsatz: »Ich hätte da vielleicht doch noch eine Frage, Sir …«

Irma legte ihre Arme von hinten um meinen Oberkörper und kitzelte mich endgültig wach. Sie war noch munter und aufgekratzt. Kein Wunder, nach den Aufregungen des Tages.

»Komm, du Schlafmütze, ich hätte noch Lust auf einen kleinen Nachtspaziergang«, sagte sie. »Nur eine halbe Stunde.« Dabei könne sie entspannen. »Es ist eine unglaublich schöne Vollmondnacht draußen.«

Na gut, sagte ich, immerhin wäre es das erste Mal, dass ich mit der Topmanagerin eines großen Medienkonzerns im Mondschein spazieren ginge.

»Warum hast du mir übrigens vorher nichts von deinem bevorstehenden Karrieresprung erzählt?«

»Weil mich mein Vater mich zum Schweigen vergattert hatte.«

»Und? Wie fühlst du dich jetzt? Bist du glücklich?«

»Glücklich? Ich weiß nicht. Glück ist doch eher ein privates Gefühl. Aber beruflich zufrieden bin ich schon, vielleicht auch ein bisschen stolz. Wie du sicher weißt, sagt man mir im Verlag nach, ziemlich ehrgeizig zu sein. Wahrscheinlich zu Recht, denn ich will beweisen, dass ich nicht Tochter von Beruf bin, sondern auch selbst etwas leisten kann, und die neue Aufgabe ist natürlich eine Herausforderung, auf die ich gewartet habe.«

»Auf Kosten deines Bruders. Warum hat dein Vater den in die Wüste geschickt?«

»Ach, das mit Ortwin ist eine traurige Sache. Einerseits tut er mir leid. Mein Vater ist doch sehr schockiert, weil sein einziger Sohn schwul ist. Aber Ortwin hat sich auch nicht um seinen Job im Verlag gekümmert. Die Leute haben ihn nicht ernst genommen. Und er hat zuletzt auch ein paar schwere Fehler gemacht. Mein Vater hat immer wieder die Augen zugedrückt, aber jetzt war es wohl doch zu viel. Vielleicht hat Ortwin seinen Rausschmiss sogar provoziert.«

»Du meinst die Sache mit dieser Internet-Agentur, die er heimlich mit Firmengeldern gekauft hat?«

»Woher weißt du das denn?«

»Man hört manchmal so Latrinenparolen«, sagte ich und unterdrückte ein Grinsen. Ich erzählte nicht, dass ich auf dem Herrenklo das Gespräch zweier Verlags-Führungsleute über ihren Bruder mitgehört hatte.

»Du scheinst wirklich ein guter Rechercheur zu sein, Bogey. Ich dachte immer, deine Ex-Kollegen übertreiben.«

Irma zog mich von der Couch hoch.

»Ich muss noch mal schnell für Jungens«, sagte ich.

»Beeil dich. Ich gehe schon mal ein paar Schritte vor.«

Als ich mir gerade die Schuhe zuband, wurde die Haustür wieder aufgerissen. Irma kam zurück. Kreidebleich. Zitternd vor Angst.

»Wo ist der Schlüssel? Schnell! Schließ die Tür ab«, rief sie. »Da draußen ist jemand!«

Ich schloss ab, schubste Irma auf die Couch und löschte das Licht.

»Bleib unten, geh in Deckung«, sagte ich. Ihre Angst hatte mich angesteckt. Ich versuchte ein Zittern unter Kontrolle zu bekommen, als ich im Halbdunkel des Mondscheins, der durch die Fenster fiel, nach meiner Walther PPK suchte. Gott sei Dank hatte ich das Golfbag mit ins Haus genommen. Die Pistole steckte in einer der Außentaschen. Mit der entsicherten Waffe in der Hand schlich ich geduckt von einem Fenster zum anderen. Erst unten und dann im Dachgeschoss. Bei dem hellen Mondschein konnte ich die nähere Umgebung des Hauses gut überblicken. Nirgendwo war etwas Verdächtiges zu sehen. Schließlich ging ich nach draußen. Alles war friedlich.

Als ich zurückkam, stand Irma im Dunkeln am offenen Kühlschrank in der Küche.

»Willst du auch einen Schnaps?« Sie knipste das Licht wieder an und schenkte mir und sich selber einen doppelten Aquavit ein. »Glaubst du, dass ich schon Halluzinationen kriege?«

Ich nahm sie in den Arm.

»Du hast einiges mitgemacht in letzter Zeit. Kein Wunder, dass dir die Nerven einen Streich spielen.«

»Ich glaube, ich sehe tatsächlich Gespenster.« Die Flamme ihres Dunhill-Feuerzeuges flackerte stark, als sie sich eine Zigarette anzündete.

Sie sog den Rauch tief ein.

»Vielleicht hältst du mich für verrückt, aber ich glaube, dass ich heute Abend wieder diesen Mann gesehen habe …«

»Welchen Mann?«

»Den aus der Lufthansamaschine, mit der mein Vater und ich aus den USA zurückgeflogen sind.«

»Der hinter deinem Sitz in der Business Class gesessen und geschnarcht hat? Der so eine Art Indianergesicht hatte? Und einen Pferdeschwanz …?«

»Ja.«

»… und dessen Gesicht in der Sylter Sansibar hinter der großen Panoramascheibe aufgetaucht ist …«

»Ja, der.«

»Hmmm.«

»Und noch etwas, was ich dir noch nicht erzählt habe, damit du nicht denkst, ich bin übergeschnappt.«

»Tue ich nicht. Also erzähl schon.«

»Als du auf Sylt alleine in das noch offen stehende Brockdorf-Haus gegangen bist und ich draußen am Straßenrand in deinem Saab gewartet habe, da ist ein großer Wagen zweimal vorbeigefahren, ganz langsam, im Schritttempo.«

»Ja und?«

»Am Steuer saß wieder dieser Kerl.«

»Und das sagst du mir erst jetzt? Hast du ihn wirklich wiedererkannt?«

»Nein, nicht wirklich. Es war so mehr ein Eindruck. So ein … so ein deutliches Gefühl.«

»Ach ja …«

»Siehst du – du denkst, ich spinne!«

»Und heute Abend? Wo war da der Lufthansapassagier mit dem Indianergesicht?«

»Während mein Vater die Presseerklärung verlesen hat, stand er im Hintergrund, direkt neben einem dieser beiden neuen Bodyguards mit den dicken Sonnenbrillen von der Sicherheitsfirma Blackstone ...«

»Blackbird!«

»War der die ganze Zeit da?«

»Nein, nur kurz. Ein, zwei Minuten vielleicht. Er stand ungefähr zehn Meter hinter meinen Vater und hat ihn angestarrt, und dann hat er auch mich angesehen, und dann war er plötzlich verschwunden. Vielleicht hat er ja gemerkt, dass ich ihn bemerkt habe?«

»Hmmm ... Bist du sicher, dass es wieder derselbe gewesen ist?«

»Nein.«

»Und eben? Hast du draußen vor der Tür auch wieder diesen Mann gesehen?«

»Nein, da waren nur so komische Geräusche und dann ein Schrei, und da habe ich mich zu Tode erschreckt.«

»Das war vielleicht ein Käuzchen oder eine der halbwilden Katze, die hier herumschleichen.«

»Siehst du, du nimmst mich nicht ernst«, sagte Irma und versuchte einen Schmollmund zu machen, aber das gelang ihr nicht.

Ob wir nach diesem Schrecken noch den kleinen Nachtspaziergang machen sollten? Das wäre psychologisch vielleicht ganz gut, damit sie ihre Angst überwinden könne, schlug ich vor.

»Gut, wenn du mich vor bösen Geistern und bösen Männern beschützt.« Ihr Lächeln kam nicht über die Mundwinkel hinaus.

Bevor wir aus dem Ponyhaus gingen, steckte ich, ohne dass Irma es merkte, meine alte Walther PPK und eine kleine Taschenlampe ein.

Es war wirklich eine romantische Stimmung. Die dünnen Wolken hatten sich aufgelöst. Der Mond leuchtete erst noch rötlich und dann weißgelb. Wie ein Fesselballon stand er über der norddeutschen Landschaft. Kein Wind wehte. Es war nicht kalt und beinahe taghell. Und still.

Doch plötzlich wurde die Stille von einem lauten Rascheln unterbrochen. Und dann von spitzen Schreien. Irma zuckte zusammen. Sie wollte weglaufen, aber ich hielt sie fest.

Die Schreie kamen aus einem Gebüsch und wurden lauter. Ich leuchtete mit meiner Taschenlampe. Und dann sahen wir sie: zwei kopulierende Igel.

»Kennst du den alten Witz? Wie treiben es die Igel? – Antwort: Ganz, gaaaanz vorsichtig …«

Irma lachte erleichtert.

»Da siehst du mal, dass das nicht stimmt – so vorsichtig sind die kleinen Stacheltieren gar nicht.«

»Gut, dass wir das geklärt haben«, sagte Irma. Jetzt habe sie keine Angst mehr.

Arm in Arm gingen wir weiter über einen von Baumwurzeln durchwachsenen Sandweg, der vom Schloss Herrensee an dem von Wildschutzzäunen eingeschlossenen Golfplatz entlang zu einem dunklen Tannenwald führte.

Ich wollte vermeiden, dass wir zu der Stelle kamen, an der Eberhard Elvers tot im Walnussbaum gehangen hatte. Deshalb drängte ich Irma an einer Weggabelung nach links in ein offeneres Gelände, auf dem Wacholderbüsche und Heidekraut wuchsen. Irma erzählte, sie habe hier früher mit Jungen und Mädchen aus dem nahen Dorf Räuber und Gendarm gespielt. Und die Bretterbude da drüben, das sei ihr Western-Saloon gewesen. Diese Hütte hätte den Arbeitern der Kiesgrube früher als Aufenthaltsraum oder als Baubüro gedient. Bis Ende der fünfziger Jahre sei hier Kies für den Wiederaufbau zerstörter Wohnviertel in Hamburg abgebaut worden. Seitdem sei hier dieses schöne Biotop entstanden, und in der alten Baubude könnten jetzt Spaziergänger bei Regen oder Gewitter Unterschlupf finden oder ein Picknick machen und die weite Aussicht genießen.

Die Hütte war nach einer Seite, zur Kiesgrube hin, offen. Wir setzten uns auf eine grobe Holzbank an einen klobigen Tisch. Irma lehnte sich an mich und rauchte. Ich legte meinen Arm um ihre Schulter. Die riesige alte Kiesgrube lag, tief in die Landschaft eingeschnitten, wie ein Canyon vor uns. Darüber stand die runde Scheibe des Mondes. Die Szenerie erinnerte mich an ein berühmtes Schwarzweißbild des amerikanischen Landschaftsfotografen Ansel Adams.

Von unserem Platz aus konnten wir das Wrack des amerikanischen Bombers nicht sehen. Es lag unterhalb einer Art Steilwand und war von

Büschen und Birken verdeckt. Das war gut so, sonst hätten wir wahrscheinlich wieder über die ganze Geschichte geredet. So aber saßen wir da, sagten nichts und genossen die Nähe des anderen und die helle Mondnacht. Etwa fünfzig Meter entfernt standen ein paar Wacholder. Mittendrin lag ein großer, fast mannshoher Findling. Der Stein sei am Ende der Eiszeit mit Unmengen von Geröll aus Skandinavien bis in diese Gegend gekommen, erklärte Irma leise.

Ihre Stimme klang gedehnt und müde. Bald kippte ihr Kopf nach vorn. Die glühende Zigarette fiel ihr aus der Hand. Sie war eingeschlafen. Ich hielt sie fest im Arm und fühlte mich als ihr Beschützer sehr wohl.

So saßen wir vielleicht eine halbe Stunde lang. Fledermäuse flatterten um die Hütte herum. Eine Nachteule auf Beutejagd schwebte lautlos vorüber. Ein Igel suchte schmatzend nach Nahrung. Ein Käuzchen rief. Mein Arm fühlte sich taub an, aber ich rührte mich nicht.

Plötzlich hörte ich Schritte auf demselben Weg, auf dem wir gekommen waren. Weil ich Irma nicht erschrecken wollte, blieb ich reglos sitzen. Die Schritte kamen näher, entfernten sich aber wieder. Dann tauchte im Gegenlicht des hellen Mondes die Silhouette eines Mannes in meinem Blickfeld auf. Er ging am steil abfallenden Rande der Kiesgrube auf und ab, blieb stehen und blickte hinunter. Offenbar hatte er gerade das Bomberwrack entdeckt. Dann bückte sich die dunkle Gestalt und hob etwas vom Boden auf. Ein paar Mal hintereinander. Schließlich ging der Mann auf den großen Findling zu. Dort blieb er stehen. Wie erstarrt. Im fahlen Mondlicht sah er jetzt aus wie einer der Wacholdersträucher.

Irma seufzte und bewegte sich im Schlaf. Sie hob ihren Kopf und wollte etwas sagen. Ich legte ihr einen Zeigefinger auf die Lippen und deutete zu dem Mann am Felsbrocken hinüber, der sich jetzt wieder bewegte. Er wippte auf der Stelle hin und her. Von den Fußspitzen auf die Hacken und wieder zurück. Als ob er sich in Trance schaukeln würde. Dabei sprach er etwas in einer fremden Sprache vor sich hin. Viele Minuten lang. Endlich verharrte er wieder regungslos. Schließlich legte er etwas oben auf den großen Felsstein. Dann drehte er sich um und kam langsam auf unsere Hütte zu.

Irma wollte schreien oder etwas sagen, aber ich hielt ihr sanft den Mund zu. Ich spürte, wie sie vor Angst zitterte.

Der Schattenmann blieb stehen. Er schien zu überlegen, dann drehte er ab und ging den Weg zurück, den er gekommen war. Bald war er aus unserem Blickfeld verschwunden.

Er hatte uns in der dunklen Hütte nicht sehen können. Aber ich hatte ihn erkannt – es war der Mann aus der Golfrezeption. Der Raucher mit der langen Zigarettenspitze. Der dandyhaft gekleidete Amerikaner. Und mir fiel auch ein, wo ich solche meditativen, schaukelnden Bewegungen schon gesehen hatte – in der Altstadt von Jerusalem. An der Klagemauer.

»Was hat er da gemacht?«, fragte Irma.

»Er hat gebetet«, sagte ich, »er hat ein jüdisches Gebet gesprochen. Ein Totengebet.«

Als wir zu dem großen Findling hinübergingen, fand ich diese Annahme bestätigt. Auf der platten Oberseite lagen nebeneinander aufgereiht kleine handliche Steine. Steine, wie sie gläubige Juden zum Gedenken auf die Gräber ihrer Toten legen.

Vier Steine waren es. Nur vier …

Ich erzählte Irma, was ich dachte.

»Aber sind hier nach dem Bomberabsturz nicht fünf Männer umgekommen? Oder umgebracht worden?« Irma sah mich fragend an.

Vermutlich hätte ihr Gesicht nicht nur im fahlen Mondschein sehr blass ausgesehen.

35

Golfplatz Schloss Herrensee, Sonntag, 29. August 1993

Am nächsten Morgen haben wir verschlafen. Ausgerechnet am Tag des großen Turniers. Wir frühstückten im Stehen an der Küchentheke im Ponyhaus. Irma ging dann schon zur Driving Range vor und ich sah ich mich noch nach diesem Amerikaner um. Im Frühstücksraum des Schlosshotels mit dem üppigen Büfett war er nicht, auch nicht in der verglasten Orangerie mit den Rattanmöbeln unter den tropischen Pflanzen und nicht in der düsteren Empfangshalle mit der geschwungenen breiten Treppe aus dunklem Eichenholz und dem verrauchten Sandsteinkamin von der Größe eines kleinen Kinderzimmers.

Bei der Turnierleitung im Clubhaus erfuhr ich, dass man nach dem offiziellen Meldeschluss keine weiteren Spieler mehr zugelassen hatte.

Nein, auch nicht diesen Amerikaner mit den guten Beziehungen. Es werde nach der offiziellen Handicap-Spielstärke gestartet, und durch einen einzelnen neuen Teilnehmer wäre der ganze Spielplan durcheinandergekommen. Meldeschluss sei bereits vor einer Woche gewesen und es habe eine längere Warteliste gegeben. Genau 90 Spieler von mehr als 200 Interessenten hatten es auf die exklusive Teilnehmerliste geschafft. Etwa die Hälfte war in die Kategorie Prominenz einzuordnen – bekannt aus Film und Fernsehen, aus Politik, Wirtschaft und Kultur. Schauspieler, Sänger, Adlige. Die Damen und Herren der zweiten Hälfte waren nicht prominent. Sie hatten nur Geld. Mein Freund und Partner Wolfram Witt und ich waren, wie gesagt, durch besondere Umstände in diese feine Gesellschaft gekommen.

Dreißig Flights mit je drei Spielern sollten nacheinander vom ersten Tee abschlagen. Die ersten um 9 Uhr. Jonas Anders, Handicap 16,8; Malte von Mellin, Hcp. 17,2; Dr. Stoltenberg, Hcp. 18,1 waren auf der Startliste um 10:12 Uhr registriert. Dr. Martin Stoltenberg? Das sei der Chef einer großen Werbe- und Public-Relations-Agentur mit Sitz an der Hamburger Außenalster, erklärte mir die Sekretärin. Wolfram Witt war eine halbe Stunde nach uns dran. Irma startete später.

An den Namen des Amerikaners konnten sich die Leute in der Turnierleitung nicht erinnern. Albers, Albert – irgendetwas mit »A« am Anfang jedenfalls.

Auf der Driving Range erzählte ich Wolfram Witt von der nächtlichen Begegnung mit dem Amerikaner an der Kiesgrube oberhalb des Bomberwracks. Ich bat ihn in seiner Eigenschaft als Sicherheitsbeauftragter des Golf- und Schlosshotels und des Golfclubs, doch mal diskret an der Hotelrezeption nach diesem Mann zu fragen. Ja, sagte er kurze Zeit später, gestern habe ein Amerikaner eingecheckt, ein gewisser Mister Almond aus Washington. Er habe die kleine Suite Nr. 23 mit Golfplatzblick gebucht und werde erst am späten Nachmittag, abreisen. Gegen einen Aufschlag auf den normalen Tagespreis.

Nach dem Turnier wollten Wolfram und ich uns den Mann näher ansehen, aber jetzt hatten wir keine Zeit.

Kurz vor Turnierbeginn herrschte erwartungsvolles Durcheinander auf dem Clubgelände. Spieler holten ihre Golftaschen aus ihren Autos, ordneten die Schläger im Bag, schüttelten nagelneue Bälle aus den Verpackungen, drängten sich vor der Startliste und versuchten bei einem letzten kurzen Einschlagen auf der Driving Range ihre Nervosität zu überwinden und ein gutes Gefühl für ihre Schläge zu bekommen, für die Länge, für den Wind und für ihre Tagesform. Auf dem Übungsgrün putteten noch zwei Dutzend Spieler.

Ich musste auf solche Vorbereitungen verzichten. Wegen der kleinen Recherche nach dem Amerikaner war meine Zeit schon sehr knapp geworden. Atemlos hastete ich deshalb mit meinen Trolley und mit dem Golfbag die kleine Anhöhe zu dem reetgedeckten Starterhäuschen am ersten Abschlag hinauf. Meine beiden Flightpartner und der Turnierleiter blickten schon demonstrativ auf ihre Uhren.

Malte von Mellin lächelte mir immerhin kurz zu. Der Werbemensch Stoltenberg gab mir seine Hand, an deren Gelenk ein schweres Tag-Heuer-Chronometer befestigt war. Er trug die Uhr rechts, wie das gerade »in« war. Dann machte er den üblichen Vorschlag: Man könne sich ja während der Runde duzen, das mache die Angelegenheit lockerer. Nachher könne man dann wieder zum »Sie« zurückkehren.

»Ich bin Martin«, sagte er gönnerhaft mit einem Dauerlächeln, das seine Mundwinkel auch dann umspielte, wenn es eigentlich keinen Grund dafür gab.

»Malte«, sagte der Gastgeber des Turniers ein wenig überrumpelt.

»Jonas«, sagte ich, »meine Freunde nennen mich Bogey.«

»Sehr originell«, sagte der Werbemensch abschätzig.

Leider musste ich als Erster abschlagen. Mein Puls war noch hoch und ich war nervös. Zu mehr als zwei, drei Dehnübungen reichte die Vorbereitung nicht. Kein Wunder, dass ich mich nicht so konzentrierte, wie das gerade beim ersten Abschlag notwendig ist. Ich hatte meinen Ball ein wenig zu hoch auf das Tee gelegt und ihn deswegen unterschlagen. Der Ball stieg viel zu steil in die Luft und landete schon nach lächerlichen achtzig Metern auf dem Fairway. Immerhin genau in der Mitte.

»Ist ja noch nichts verdorben.« Mein neuer Golffreund Martin lächelte, diesmal mit kaum verhüllter Schadenfreude.

Die beiden anderen kamen besser weg. Ihre Bälle flogen an die 200 Meter weit. Aber ich steigerte mich, und schließlich gab mir ein gelungener Fairway-Schlag mit dem Holz 3, bei dem mein Ball schön weit und schnurgerade bis an den Rand des Grüns flog, Selbstvertrauen. Meine verkrampften Handgelenke und meine Stimmung wurden lockerer.

Aber es kostete mich doch eine kleine Überwindung, als ich auf der vierten Spielbahn den großen Verleger zum ersten Mal duzte.

»Schöner Schlag Malte«, sagte ich, »aber ich glaube, dein Ball ist leider im Bunker gelandet.«

»Das habe ich selber gesehen – Herr Bogey!« Der Großverleger sah mich unfroh an, bevor er mit dem Kopf seines Schlägers wütend auf den Boden stampfte.

»Aber noch ist nichts verloren«, sagte Stoltenberg wieder mit seinem unguten Grinsen.

Unser Spiel war ziemlich ausgeglichen. Mal gewann der eine ein Loch, mal der andere. Es machte Spaß bei diesem idealen Golfwetter auf dem malerischen Platz von Schloss Herrensee. Allerdings sind mir zwei kleine Zwischenfälle in Erinnerung geblieben. Auf dem fünften Fairway fiel mir auf, dass es der im richtigen Leben als korrekt und durch und durch ehrpusselig geltende Malte von Mellin beim Golfspiel offensichtlich nicht ganz so genau nahm. Aus den Augenwinkeln beobachtete ich, wie er seitlich hinter mir seinen Ball mit der Schuhspitze aus einer kleinen Bodenvertiefung in eine günstigere Lage schubste. Er hatte sein »Lederwedge« benutzt, wie Zyniker so einen Regelverstoß nennen. Im zweiten Fall konnten wir seinen verschlagenen Ball in einem kleinen Wäldchen nicht wiederfinden.

»Es war ein *Titleist* 2«, sagte Malte, nachdem wir ihn nach der Kennzeichnung gefragt hatten. Schließlich fand er seinen Ball selber vor einem Blaubeergestrüpp.

»Glück gehabt«, sagte er und spielte weiter.

Als ich mir diesen Ball nach dem nächsten Schlag genauer ansah, weil er zufällig direkt neben meinem im Gras lag, da sah ich: Es war ein *Titleist* mit der Markierungsziffer 4. Mein Mitspieler muss also im Wald einen neuen Ball aus der Hand oder aus der Hosentasche fallen gelassen haben, um Strafpunkte für einen Ballverlust zu vermeiden. So etwas kann eine Disqualifikation bedeuten. Und ein überführter Golf-Betrüger wird in diesem Gentlemansport etwa so geächtet wie ein Kinderschänder unter gewöhnlichen Knastbrüdern.

In beiden Fällen sagte ich natürlich nichts, um einen Eklat zu vermeiden. Aber ich machte mir so meine Gedanken, denn eine Golferweisheit hat sich häufig bestätigt: Im Laufe einer Runde lernt man den Charakter eines Menschen besser kennen als nach ein paar gemeinsamen Jahren im Büro. Der als überkorrekt geltende Großverleger Malte von Mellin konnte also auch ein richtiges Schlitzohr sein.

Wir kamen zunächst recht zügig voran. In diskretem Abstand begleiteten uns über den knapp sechs Kilometer langen Platz die beiden neuen Bodyguards des Verlegers. Die Sonnenbrillenträger fuhren in einem Elektrokarren am Rand der Fairways entlang und behielten die Umgebung und ihren Schützling im Auge. Um nicht aufzufallen, trugen sie Golfkleidung und Golfschuhe. In ihren auf dem Karren festgeschnallten Golfbags stecken vermutlich Schießeisen.

Zwischen den Schlägen und während wir über den Platz marschierten, plauderten wir über dies und das. Wir empfahlen uns gegenseitig Plätze für den nächsten Golfurlaub. Martin Stoltenberg schwärmte vom legendären St. Andrews in Schottland. Ich erwähnte Menaggio oberhalb des Comer Sees. Und Malte von Mellin erzählte, wie er im Golfclub Ascona einem ebenso prominenten wie berüchtigten deutschen Großunternehmer den Handschlag verweigert habe.

»Diesem Steuerhinterzieher wollte ich nicht zu nahe kommen, schon gar nicht, weil auch ein Fotograf in der Nähe war.«

»Apropos Steuerflucht«, sagte Golffreund Martin vor dem 6. Loch, »der Kerl, der uns seinen Ball jetzt schon zum zweiten Mal beinahe in die Füße spielt – ist das nicht dieser Vermögensberater Laurenz Jansen? Gegen den ermitteln doch die Steuerfahndung und die Hamburger Staatsanwaltschaft, wie ich vor ein paar Tagen gehört habe.« Man sah Stoltenberg an, was er dachte, aber dann doch nicht aussprach: Warum darf so ein Gauner eigentlich in diesem feinen Club mitspielen?

»Der Laurenz ist der Sohn eines alten Freundes von mir«, sagte Malte von Mellin schmallippig. Dann konzentrierte er sich auf den nächsten, besonders schwierigen Schlag. Er holte extrem weit aus, bevor er seinen Ball mit roher Gewalt aus sehr hoch und dicht gewachsenem Gras wieder auf das Fairway befördern wollte. Stattdessen hackte eine Grassode aus dem Boden.

»So ein Mist!«

Malte von Mellin fluchte vor sich hin und stopfte seinen Schläger missmutig ins Bag zurück.

»Du wolltest mit Gewalt Länge machen«, sagte Martin, unser dritter Mann. Statt Eisen 9 hätte er besser ein Lobwedge genommen, denn Hauptsache, der Ball komme erst einmal irgendwie aus dem Rough.

»Klugscheißer!«, murmelte Malte von Mellin noch gut hörbar.

»Vielleicht finden wir den Ball ja doch noch«, sagte ich, um die Stimmung zu entspannen.

»Müssen wir auch«, sagte Mellin, »ich will mir hier nicht das erste Streichergebnis dieser Runde anschreiben lassen.«

Ich blieb diesmal beim gemeinsamen Ballsuchen in seiner Nähe, damit er nicht wieder auf dumme Gedanken kam.

Wir suchten. Und suchten. Und suchten. Eine Minute. Zwei Minuten. Drei Minuten lang. Fünf Minuten Zeit zum Suchen – das ist nach den Golfregeln das Maximum. Danach gilt ein Ball als verloren. Der Spieler erhält einen Strafpunkt und muss zu der Stelle zurückgehen, von der er zuletzt geschlagen hat, und mit einem neuen Ball weiterspielen. Das ist unangenehm für alle Beteiligten und verzögert das ganze Spiel ungemein.

Die drei Spieler des Flights hinter uns traten schon längere Zeit ungeduldig von einem Bein aufs andere. Sie winkten sogar genervt mit ihren Schlägern zu uns herüber, was bedeuten sollte: Nun macht aber endlich mal voran, ihr Pfeifen! Einer trug eine buntkarierte Hose, ein weithin sichtbares Angeberteil.

»Wie lange macht ihr drei denn da vorne noch rum? Lasst uns doch endlich durchspielen!« Etwas in dieser Art brüllte er aus etwa hundert Metern Entfernung, dabei hatte er seine Hände zu einem Schalltrichter geformt.

Es war Jansen. Und es war das Letzte, was wir von ihm hören sollten.

36

Wohl oder übel mussten wir in dieser Situation den schnelleren Flight durchspielen lassen. So was macht der ambitionierte Golfer nicht gern, denn es kann leicht als Spielschwäche ausgelegt werden. Im Nachhinein betrachtet, hat uns diese Maßnahme allerdings in diesem Fall vermutlich das Leben gerettet.

Als alles vorbei war, habe ich mir noch Gedanken gemacht: Darüber, wie plötzlich und unerwartet alles zu Ende sein kann. Und was dieser so reichlich unsympathische Laurenz Jansen wohl noch in seinen letzten Minuten und Sekunden gefühlt und gedacht haben mag. Vermutlich hat sich das unwesentlich von meinen eigenen Empfindungen unterschieden und von denen aller Teilnehmer, die an diesem wunderschönen Sonntagmorgen im August beim Turnier auf dem Golfplatz Schloss Herrensee dabei gewesen sind.

Mein Gott, war das schön! So etwa stellen sich Golfspieler das Himmelreich vor: leicht ondulierte Grüns und frisch gemähte Fairways, die im Sonnenschein glänzen; gelbe Kornfelder, die sich im Hintergrund wie auslaufende Wellen in einen großen blauen See ergießen: Vogelgezwitscher, das aus Eichen und Buchen tönt und aus Obstbäumen, in denen Äpfel, Birnen, Mirabellen reifen. Neben dem siebenten Fairway plätscherte ein kleiner Bach, in dem zwar nicht Milch und Honig, aber doch sauberes Wasser floss. Er mündete in einen Seerosenteich, auf dem ein Schwanenpärchen seinem Nachwuchs voranschwamm. Und über allem wölbte sich ein glasblaues Firmament von Horizont zu Horizont. Fehlten nur noch ein paar glutäugigen Jungfrauen – und das Bild vom himmlischen Jenseits wäre für Christen, Juden und Muslime gleichermaßen perfekt gewesen, jedenfalls haben alte Meister in Orient und Okzident so ähnlich das himmlische Paradies gemalt.

Das Schönste aber wird an diesem Sommertag, gegen 11:35 Uhr etwa, für den Golfspieler Laurenz Jansen der Blick auf das vor ihm liegende Fairway der siebenten Bahn gewesen sein, auf dem er mit federnden Schritten die letzten Meter seines Lebens zurücklegte. Dabei ging er nur etwa dreißig Meter weit an Malte von Mellin, Martin Stoltenberg und mir vorbei. Er beachtete uns kaum. Er hatte wie die meisten Sportler den sogenannten Tunnelblick, wenn alles gut läuft. Seine Augen konzentrierten sich auf einen kleinen weißen Punkt, der weithin sichtbar im Gegenlicht glänzte. Jansens Ball! Es soll ein *Titanium Premium Extra* gewesen sein. Das teure Stück hatte er zuvor mit einem fulminanten Abschlag mehr als 230 Meter weit befördert. Mindestens. Seine Mitspielerin, eine gewisse Nadine, deren knallenge Hose im Zusammenwirken mit einem prall gefüllten Polohemd vor Spielbeginn größeres Aufsehen erregt hatte, war nach diesem Hammer-Drive in einen Schrei des Entzückens ausgebrochen.

Nun waren es also für Jansen nur noch hundertfünfzig Meter bis zu dem auf einem Hügel liegenden Grün. Eine gute Position für den folgenden Annäherungsschlag. Hinter einem hellgelben Sandbunker war schon die Fahne zu sehen. Auf der gut besuchten Terrasse des Clubhauses verfolgten die Zuschauer die folgende Aktion.

Auch Malte von Mellin, Martin Stoltenberg und ich beobachteten Jansen. Dabei sahen wir auch, wie plötzlich ein roter Spezial-Rasenmäher auf dem Hügel des Grüns auftauchte. Ein Greenkeeper machte sich an der Fahne zu schaffen, hob sie aus dem Loch und schien etwas nachzusehen, bevor er sie wieder hineinsteckte.

»Was macht der denn da – mitten im Turnier?«, fragte Martin Stoltenberg. Auch Malte von Mellin schüttelte den Kopf und sagte, so etwas gehe natürlich gar nicht, er werde nachher mit dem Turnierleiter reden. Der Mann und sein Fahrzeug waren aber ebenso schnell wieder verschwunden, wie sie gekommen waren.

Jansen hatte sich bei seiner Schlagvorbereitung gestört gefühlt. Aber nun legte er wieder die Hand über die Augen und peilte gegen die Sonne sein Ziel an. Das siebente Grün. Er war ein guter Clubspieler mit Handicap 11,3. Er zog, wie seine Mitspielerin später berichtete, erst das 6er-Eisen aus seinem Bag, entschied sich dann aber doch für das Eisen 7. Das würde er zwar ein paar Meter kürzer, aber doch sicherer schlagen können. Erst dann wollte er die Fahne direkt angreifen. Jansen nahm breitbeinig die Schlagposition ein, umfasste den Schlägergriff und atmete tief ein. Dann holte er langsam aus. Er beschleunigte den Schlägerkopf beim Abschwung und zog den Ausschwung voll durch.

Mit einem satten Plopp traf das geschmiedete Eisen auf die Kunststoffschale des Balles.

Jansen wird es gleich gemerkt haben. Jedenfalls schüttelte er noch mit erhobenem Schläger den Kopf. Der weiße Ball hob sich wie ein Komet gegen den blauen Himmel ab, flog zunächst geradeaus, machte aber im letzten Drittel eine scharfe Rechtskurve, kam nach etwa hundertzwanzig Metern ganz am Rand des gemähten Fairways auf und sprang dann in das ungemähte Rough.

Wütend schlug Jansen den Schlägerkopf in die Erde, so dass Gras im hohen Bogen herausflog. Nach einigem Suchen fand er seinen Ball, etwa acht bis zehn Meter vor einem hohen Gehölz.

Jansen griff also zu seinem Lobwedge, holte weit und dennoch locker aus, wie es sich für so einen anspruchsvollen Golfschlag gehört. Der Ball stieg fast senkrecht in die Luft, fiel ebenso steil herunter und klatschte hinter den Büschen auf das erhöht liegende Grün. Auf der Terrasse sprangen ein paar Leute von ihren Rattanstühlen und klatschten. Auch Jansen selbst ahnte offenbar die Sensation. Schnell und behände, wie man es ihm kaum zugetraut hätte, sprang er den Hügel zum Grün hinauf. Aus der Nähe beobachtete er den rollenden Ball, der ein kaum sichtbares Gefälle hinab ganz langsam in Richtung Fahne und Loch rollte.

Jansen stieß seine geballte Faust in die Luft und feuerte seinen Ball an, der sich mit letzter Energie dem Loch näherte. Es wäre wahrhaftig ein Birdie geworden.

Aber es kam ganz anders. Jansens Begleiterin versuchte ihm aufs Grün zu folgen. Sie stolperte dabei über eine Harke, die am Rande des Bunkers gelegen hatte. Das war ihr Glück. Das hat ihr vermutlich das Leben gerettet! Denn die Dame fiel rückwärts und landete der Länge nach in dem tiefer liegenden, pulverigen Sand, als habe sie sich in Deckung geworfen. Gerade noch rechtzeitig. Denn über ihr plumpste der Ball jetzt mit einem klackenden Geräusch ins Loch. Und dann geschah das Unfassbare.

In dieser Sekunde flog der ganze Hügel in die Luft …

Nachdem sie im Krankenhaus wieder zu sich gekommen war, gab Jansens Golfpartnerin, die Zeugin Nadine Kalkreuth, 34, selbstständige

Steuer- und Finanzberaterin aus Hamburg, einem Vernehmungsbeamten der Mordkommission Lüneburg zu Protokoll:

»Ich sah noch eine riesige, grelle Stichflamme ... Dann wurden große Erdklumpen und Grassoden in die Luft geschleudert und prasselten auf mich nieder ... Vor mir tat sich ein Krater auf ...«

Blut sei ihr ins Gesicht gespritzt. Sie habe nicht unterscheiden können, ob es ihr eigenes Blut gewesen sei oder das von Jansen, denn der habe plötzlich neben ihr im Sandbunker gelegen. Jedenfalls nehme sie das an. Denn der Körper, der neben ihr in den Bunkersand gestürzt sei, habe keinen Kopf mehr gehabt. Zwischen den Schultern sei nur noch eine Masse aus Fleisch, Blut und Knochen gewesen. Bei diesem Anblick sei sie wohl in Ohnmacht gefallen, sagte die Zeugin aus, bevor sie wieder in ein haltloses Schluchzen ausbrach. Trotz der Beruhigungsspritze, die ihr ein Notarzt noch vor ihrer Aussage gegeben hatte.

Als es ihr wieder ein wenig besser ging, fasste Frau Kalkreuth ihren Eindruck von dem unfassbaren Geschehen in einem Satz zusammen:

»Es war wie bei einem Vulkanausbruch!«

37

Diesen Eindruck kann ich bestätigen. Wie ein feuerspeiender kleiner Vulkan – so hat die Bombenexplosion auch aus unserer Sicht ausgesehen.

Wir drei gingen zu diesem Zeitpunkt gerade zum nächsten Schlag auf unsere Bälle zu, die nicht weit voneinander entfernt in zirka fünfzig, sechzig Meter Abstand vor dem siebenten Grün gelegen hatten. Die herumfliegenden Erdbrocken erreichten uns nicht mehr.

Ich erinnere mich noch, dass kurz vorher das Glockengeläut der Dorfkirche von Herrensee zu uns herübergeklungen hatte. Vielleicht fand dort gerade eine Hochzeit statt. Oder eine Beerdigung. Jedenfalls habe ich durch das Geläut hindurch auch noch Jansens begeisterte Schreie gehört, mit denen er den Weg seines Balles in Richtung Loch begleitet hat.

Daran musste ich später denken. Aber in den Sekunden nach dem Bombenanschlag habe ich genauso kopflos reagiert wie die anderen, die alles aus nächster Näher miterlebt haben. Auf dem Platz und auf der Clubhausterrasse. Die meisten liefen schreiend davon oder suchten Deckung aus Angst vor einer zweiten Detonation. Einige warfen sich zu Boden und schützten ihre Köpfe mit Armen und Händen. Ich aber rannte wie von Sinnen zum Ort des Geschehens. Warum, kann ich nicht mehr sagen. Wahrscheinlich war es Idiotie. Oder einfach die instinktive Neugier des alten Reporters.

Wie auch immer: Ich hätte nicht dort hingehen sollen, dann wäre mir ein Anblick erspart geblieben, den ich nie wieder vergessen werde.

In der Mitte des Grüns klaffte ein runder, qualmender Krater. Die Fahnenstange war wie ein Speer durch die Luft geschleudert worden und steckte jetzt schief im tiefen Sandbunker rechts hinter dem Grün. Der Sand war rot bespritzt. Mittendrin sah ich den regungslosen, mit blutigem Sand bedeckten Körper einer Frau. Darüber lag, mit Sand, Erde und Grasklumpen halb bedeckt, ein zerfetzter Körper. Ein Torso. Denn zwischen den Schultern war nur noch eine fleischige, knochige Wunde, aus der noch Blut strömte. Die Sprengbombe hatte Jansens Kopf weggerissen, als er sich gerade über das Loch gebeugt hatte.

Mir wurde übel. Offenbar bin ich noch den Abhang des Grünhügels hinuntergetaumelt. Dann brach mein Kreislauf zusammen.

Als ich zu mir kam, schlug mir jemand rechts und links ins Gesicht, bevor er mir eine Spritze in die Armbeuge gab. Es war ein Notarzt, der mit einem Rettungshubschrauber gelandet war. Natürlich hatte er sich zuerst um die Frau im Sandbunker gekümmert. Nadine Kalkreuth war körperlich beinahe unversehrt, aber sie stand unter einem furchtbaren Schock.

Es ging mir bald wieder ganz gut. Aber durch den Schock oder durch die Spritze hatte ich ein wenig die Orientierung und das Zeitgefühl verloren. Das Chaos in meinem Kopf entsprach dem lärmenden Durcheinander um mich herum. Ein Polizeiwagen, ein Feuerwehr- und ein Rettungsfahrzeug rasten mit heulenden Sirenen über das Golfplatzgelände. Hubschrauber von der Polizei und vom Roten Kreuz kreisten über unseren Köpfen und landeten in der Nähe. Gespensterhaft aussehende Männer von der Spurensicherung in weißer Ganzkörperbekleidung sicherten herumliegende Teile und kennzeichneten sie mit Nummernschildern.

Polizeifotografen machten aus allen möglichen Perspektiven ihre Bilder. All das geschah am helllichten Tag, bei prallem Sonnenschein. Das machte alles nur noch unwirklicher.

Malte von Mellin war gleich nach der Explosion von seinen Bodyguards in Sicherheit gebracht worden.

Irma tauchte plötzlich neben mir auf.

»Bist du verletzt?«

Sie weinte und umarmte mich und streichelte meinen Kopf. Sie hatte noch immer ihren weißen Golfhandschuh an. Wir wollten beide etwas sagen. Aber wir drückten uns nur minutenlang wortlos aneinander.

Wolfram Witt schilderte indessen auf der Terrasse des Clubhauses seinen früheren Kollegen von der Lüneburger Kripo sachlich, was er gesehen und gehört hatte. Und er machte die ersten Angaben über das Todesopfer: Dr. Laurenz Jansen, selbstständiger Investmentberater, wohnhaft in Hamburg-Eppendorf. Jansen müsse der Hamburger Polizei, der Staatsanwaltschaft und Steuerfahndung wegen diverser laufender Betrugs- und Steuerstrafsache eigentlich bekannt sein, fügte er hinzu.

Wolfram wollte später wissen, ob mir etwas Besonderes aufgefallen sei, weil ich doch sehr nahe am Tatort war. Da fiel es mir wieder ein: Der Greenkeeper! Der war doch kurz vor der Explosion mit dem großen roten Rasenmäher an das siebente Grün herangefahren und hatte sich auf merkwürdige Weise an der Fahne und am Loch zu schaffen gemacht.

»War es Helmut Schulte, der Chef der Greenkeeper?«

»Ich habe nicht erkannt, wer es war.«

Uniformierte Polizisten schwärmten aus. Die Suche hatte schon nach kurzer Zeit Erfolg. Greenkeeper Schulte wurde in dem großen Geräteschuppen gefunden, in dem die Trecker, Mäher und Kleinbagger untergebracht waren. Er hockte in einer halbdunklen Ecke am Boden und schnaufte laut durch die Nase, um auf sich aufmerksam zu machen.

In seinem Mund steckte ein Stoffknebel. Seine Arme waren nach hinten um einen dicken Holzpfosten gedreht. Plastikfesseln schnürten seine Handgelenke zusammen.

Der Knebel roch noch stechend nach Chloroform. Der Greenkeeper, so stellte sich heraus, war genauso betäubt worden wie die Domina Elvira vor dem Mord an Heinrich Brockdorf auf Sylt. Auch von einem einzelnen Mann.

Nein, er habe dessen Gesicht nicht sehen können, gab der Überfallene an.

»Ich habe nur kräftige Hände gespürt und das stinkende Tuch gerochen, und dann bin ich ja sofort weg gewesen.«

Der Täter war dann offenbar mit dem Rasenmäher zum Tatort gefahren und hatte dort einen Sprengsatz ins Loch gelegt. Der Zünder war vermutlich durch das Herausziehen der Fahne oder durch den ins Loch fallenden Golfball ausgelöst worden. Wahrscheinlich mit einer Zeitverzögerung. Die Sprengstoffexperten des Landeskriminalamtes seien bereits unterwegs, sagte der leitende Kriminalbeamte.

Er war noch verhältnismäßig jung, Mitte dreißig, höchstens vierzig, und leitete erst neuerdings die Mordkommission. Trotzdem machte er in dieser dramatischen Situation einen souveränen Eindruck. Mit der Routine eines Nachrichtensprechers, den keine Hiobsbotschaft aus der Ruhe bringen kann, gab er seinen nervösen, scheinbar planlos hin und her eilenden Leuten präzise Anweisungen, beantwortete Fragen und koordinierte mit einem älteren Beamten auch den Einsatz der uniformierten Polizei am Tatort.

Wolfram Witt war seinem Nachfolger noch nicht begegnet.

»Kriminalhauptkommissar Ulrich Mann«, stellte er sich selber knapp vor. Ein sympathischer Kerl mit einem offenen, freundlichen Gesicht, vertrauenerweckend und doch auf Distanz bedacht. Sein dunkelblonder Schnauzbart passte nicht so ganz zu dem jungenhaften Aussehen. Vielleicht wollte er damit den beginnenden Haarausfall kompensieren, denn seine Geheimratsecken hatten sich bereits weit nach hinten ausgedehnt.

»Bedauerlich, dass man sich unter diesen Umständen zum ersten Mal begegnet«, sagte er. Er habe schon viel von seinem Vorgänger gehört, dem Kollegen Wolfram Witt.

Wolfram gab die doppeldeutige Schmeicheleinheit zurück. »Glückwunsch nachträglich zur schnellen Aufklärung des Sexualmordes in Lüneburg«, sagte er. »Nur vier Monate. Zügige Arbeit – wenn man bedenkt, dass der Täter mit dem Opfer liiert gewesen ist.«

Der alte Platzhirsch hatte dem Neuen noch eins mitgegeben. Sehr unpassend in unserer Lage. Ich gab Wolfram unauffällig ein beruhigendes Handzeichen. Schließlich wollten wir ja was von dem Mann, aber der schien unbeeindruckt. Ja, sagte er gedehnt, allmählich zahle es sich aus, dass er die die Arbeitsabläufe im früheren Dezernat von Wolfram Witt ein wenig gestrafft habe.

»Neue Besen kehren bekanntlich gut«, sagte ich betont freundlich. Und um das Geplänkel zu beenden, fügte ich hinzu, wir würden uns gern mit dem Herrn Dezernatsleiter bei einer passenden Gelegenheit treffen. Zu einem Informationsaustausch über die möglichen Hintergründe diverser Geschehnisse seit der Entdeckung des abgestürzten US-Bombers am Schloss Herrensee, die möglicherweise auch mit dem Sprengstoffanschlag in Verbindung stehen könnten.

»Sie sprechen in Rätseln«, antwortete der Hauptkommissar ungeduldig, denn er hatte jetzt natürlich Wichtigeres zu tun.

»Näheres würden wir gerne ausführlicher und später besprechen«, sagte Wolfram. Wie der Herr Kollege vielleicht wisse, sei er nach seiner Frühpensionierung nebenbei so eine Art Sicherheitsbeauftragter des Golfclubs und des Hotels Schloss Herrensee geworden …

»Schöner Karrieresprung.« Der jungdynamische Chef der Mordkommission sah seinen Vorgänger mitleidig an.

Immerhin: Der ehemalige und der amtierende Kripochef tauschten noch schnell ihre Karten mit ihren Telefonnummern aus. Er werde versuchen kurzfristig ein Treffen zu arrangieren, versprach Hauptkommissar Mann versöhnlich. Im Dezernat in Lüneburg natürlich. Kollege Witt werde den Weg ja noch kennen.

Dann eilte er zu einem Einsatzfahrzeug, in dem ein uniformierter Polizist einen Hörer aus dem Fenster hielt. »Gespräch für Sie, Herr Hauptkommissar. Das LKA!«

Am Tatort ordnete sich das Chaos allmählich. Die Hubschrauber waren abgeflogen und die Rettungswagen davongefahren. Konzentriert gingen die Männer der Spurensicherung in ihren weißen Astronautenanzügen weiterhin ihrer Arbeit nach.

In der Nähe des zerstörten siebenten Grüns hoben zwei Männer eine Zinkwanne aus einem Leichenwagen und setzen sie auf den Boden.

Dann warteten sie mit herabhängenden Armen auf die Anweisung zu ihrem Einsatz.

Bevor ich den Schauplatz des Anschlags verließ, ging ich noch einmal zum Bombenkrater und zu dem Sandbunker hinüber. Es war wie eine Mutprobe für mich. Diesmal konnte ich den Anblick einigermaßen ertragen. Allerdings war die Leiche inzwischen mit einem grauen Tuch abgedeckt worden.

Auch hier hatte die Spurensicherung alle Fundstücke mit Nummernschildern markiert.

Eines dieser Teile war die Fahnenstange. Nummer 43. Sie war durch die Explosion wie ein Speer aus ihrem Loch geschleudert worden und gut zwanzig Meter weit geflogen. Jetzt steckte sie ein paar Meter neben dem zugedeckten Körper von Laurenz Jansen im Sand. Die kleine rote Stofffahne mit dem vornehmen Schriftzug »Schloss Herrensee« war zur Hälfte verbrannt.

Ich war mir nicht sicher, ob ich meinen Augen schon wieder trauen konnte, aber am Ende dieser Fahnenstange glaubte ich etwas zu sehen, was da nicht hingehörte. Nur mühsam unterdrückte ich die Versuchung, in den Sandbunker hinabzusteigen. Nach einem ersten halbherzigen Schritt blickten zwei in der Nähe stehende uniformierte Polizisten bereits argwöhnisch zu mir herüber. So kniff ich nur angestrengt die Augen zusammen, um das Ding an der Fahnenstange schärfer in den Fokus zu bekommen. Da baumelte und blitzte wirklich etwas im Sonnenlicht. Ich war mir zunächst nicht sicher, aber es sah aus wie eine Kette. Wie eine Kette, an der ein ovales Metallplättchen hing. Aber dann hatte ich keinen Zweifel mehr. Es war ein amerikanisches Dogtag.

DRITTER TEIL

Das Leben wird vorwärts gelebt, aber rückwärts begriffen

Søren Kierkegaard

38

Auf dem Parkplatz am Schloss sah ich Irma wieder. Sie verstaute gerade ihr Handgepäck im kleinen Kofferraum ihres Maserati. Sie hatte sich umgezogen und trug jetzt ihr Business-Kostüm. Sie war stärker als sonst geschminkt, um die Spuren zu verdecken, die das schockierende Geschehen in ihrem Gesicht hinterlassen hatte.

Sie habe bereits im Ponyhaus nach mir gesucht, sagte sie.

»Mein Vater hat angerufen. Er ist schon wieder in Hamburg im Verlag. Die Bodyguards haben ihn mit dem gepanzerten Mercedes hingefahren. Er will mich so schnell wie möglich sehen. Es gebe etwas zu besprechen und zu regeln. Keine Ahnung, was er damit meint. Es war ein seltsames Gespräch. Er hat gesagt, dass er mich sehr lieb hat – das hat er seit meiner Kindheit nicht mehr getan.«

»Wahrscheinlich denkt er, dass der Anschlag eigentlich ihm gegolten hat«, sagte ich vorsichtig.

Ich zögerte, aber dann erklärte ich Irma, es sei ein unglaublicher Zufall, dass wir nicht vor Jansen auf das siebente Grün gekommen seien. Und ich erzählte ihr, dass ihr Vater seinen Ball so lange gesucht habe, bis wir den nachfolgenden Flight durchspielen lassen mussten. »Vielleicht hat uns das ja das Leben gerettet.«

Irma umarmte mich lange. Wir hatten beide Tränen in den Augen. Während wir so dastanden, löste sich hinter uns ein schwarzer Cadillac aus der Reihe der parkenden Fahrzeuge. Weil ein anderer Wagen zu dicht neben ihm geparkt hatte, musste der Fahrer hin und her rangieren, um rückwärts aus der engen Lücke herauszukommen. Wir traten ein paar Schritte zur Seite. Als der Cadillac auf uns zufuhr, waren die Gesichter hinter den dunkel getönten Seitenscheiben nur schemenhaft zu sehen.

Und dennoch erkannte ich in einem Sekundenbruchteil, wie bei einer Blitzlichtaufnahme, den Mann auf dem Beifahrersitz: Es war der elegante, ältere Amerikaner! Der verhinderte Teilnehmer des Golfturniers.

Der Zigarettenraucher mit der langen Silberspitze. Der Mann, der mitten in der Nacht an dem Findling an der Abbruchkante der Kiesgrube ein jüdisches Totengebet gesprochen hatte. Ich stellte mich dem Wagen in den Weg und breitete beide Arme aus. Doch der Fahrer reagierte nicht auf das Haltezeichen. Im Gegenteil. Er gab mehr Gas und wäre mir beinahe über die Füße gefahren. Er beschleunigte und raste davon. Ich versuchte mir das Kennzeichen einzuprägen: »HH« wie Hamburg. Dann die »17«. Dann nur noch zwei weitere Ziffern, die ich allerdings nicht mehr genau erkennen konnte. Aber das CD-Schild neben dem Schlusslicht war nicht zu übersehen gewesen.

Als ich mich wieder zu Irma umdrehte, waren ihre Augen vor Entsetzen geweitet. Sie versuchte zu sprechen, aber erst nach einigen Versuchen brachte sie stotternd hervor:

»Da! Das war er wieder! Der Mann mit dem Indianergesicht …!«

Nun hat sie wirklich den Verstand verloren, dachte ich zuerst. Oder ich war nicht mehr bei Trost. Ich hatte den alten Amerikaner erkannt und sie redete von diesem mysteriösen Verfolger, den sie angeblich schon im Flugzeug und auf Sylt gesehen zu haben glaubte.

Doch dann klärte sich auf, dass sie den Fahrer des Cadillac meinte, während ich mich auf den Beifahrer konzentriert hatte. Es dauerte abermals eine Weile, bis uns klar wurde, was das bedeutete: Kurze Zeit nachdem auf dem Golfplatz von Schloss Herrensee eine heimtückisch platzierte Sprengbombe explodiert war, fuhren diese beiden seltsamen, ja unheimlichen Männer Seite an Seite in einem amerikanischen Diplomatenwagen davon. Aus meiner Reporterzeit wusste ich noch, dass Hamburger CD-Fahrzeuge mit der Anfangsziffer 17 zum Generalkonsulat der USA an der Außenalster gehörten.

Noch am ganzen Körper zitternd, sprang Irma in ihren Maserati. Der Motor heulte auf. Und mit durchdrehenden Rädern schleuderte der rote Sportwagen davon. Es sah so aus, als ob sie die Verfolgung des Cadillac aufnehmen wollte.

»Ein amerikanischer Diplomatenwagen mit zwei dubiosen Gestalten drin …?« Wolfram Witt sah mich zweifelnd an, als ich ihm später in unserem Büro im Seitenflügel von Schloss Herrensee von diesem merkwürdigen Vorfall erzählte und von dem alten Amerikaner und dem Mann mit dem Indianergesicht.

»Allerdings kann das Nummernschild auch gestohlen oder gefälscht gewesen sein«, meinte er.

Jedenfalls ging er sofort zur Hotelrezeption hinüber und erkundigte sich in seiner Eigenschaft als Sicherheitsberater des Golfclubs genauer als zuvor nach den Personalien des älteren amerikanischen Gastes, der gerade erst ausgecheckt habe.

»Dein Mann heißt Almond«, sagte er dann mit einem Blick auf einen Notizzettel. »Jedenfalls hat er sich als Fitzgerald P. Almond aus New York registrieren lassen.« Einen Pass habe er nicht vorlegen müssen. Nein, an einen wesentlich jüngeren, etwas indianisch aussehenden Gast, vermutlich ebenfalls Amerikaner, hätte sich niemand vom Empfangspersonal erinnern können.

Am nächsten Abend saßen Wolfram Witt und ich noch spät in unserem Büro im Seitenflügel von Schloss Herrensee.

Immer wieder gingen wir die Ereignisse seit der Entdeckung des US-Bombers durch. Wolfram Witt trat an die Schiefertafel, auf der immer noch die Namen und Daten der Beteiligten standen.

Auf der linken Seite die fünf Amerikaner, die die Notlandung offenbar zunächst überlebt hatten und die dann doch umgekommen waren: John Wriggs – Bryan Simmons – Albert Cunnings – Patrick Henderson – Ferdinand P. Mandell.

Auf der rechten Seite die fünf jungen Deutschen, die Schüler der Napola Schloss Herrensee, die vom Anstaltsleiter kurz nach dem Bomberabsturz ausgezeichnet worden waren, weil sie »feindliche Terrorflieger außer Gefecht gesetzt« hätten: Eberhard Elvers – Heinrich Brockstedt – Horst Wetering – Rudolf Lambert – Malte von Mellin.

Wolfram markierte die Namen der bisher ermordeten drei Deutschen. Und die Amerikaner, deren Erkennungsmarken bisher gefunden worden waren. Anders als ein paar Tage zuvor schrieb er nun hinter den Namen des vierten Mannes von dem Foto der Ordensverleihung in der Napola-Lehranstalt, Rudolf Lambert, in Klammern: Krebstod vor zwei Jahren. Und hinter den vierten toten Deutschen – hinter Laurenz Jansen – machte er drei Fragezeichen.

Schließlich sagte er:

»Der aktuelle Stand lautet also: Von diesen fünf Deutschen lebt nur noch einer – unser Auftraggeber Malte von Mellin!«

Und wir wüssten nicht, ob und was das Bombenattentat auf dem Golfplatz mit unserem Fall zu tun hat. War Jansen wirklich gemeint oder sollte eigentlich Malte von Mellin in die Luft gejagt werden?

»Das ist die eine der Frage, die wir beantworten müssen«, sagte Wolfram. »Und die andere betrifft die Amerikaner: Bisher sind drei der notgelandeten US-Flieger, sagen wir mal, gerächt worden – Wriggs, Cunnings und Simmons. Jedenfalls hat der Täter deren Dogtags hinterlassen. Was ist mit Henderson und Mandell ...? Was kommt da noch auf uns zu?«

An dieser Stelle erzählte ich Wolfram, dass ich nicht wirklich sicher sei, weil ich ja nach der Explosion doch unter Schock gestanden habe, aber ich hätte ich an der Fahnenstange neben der Leiche von Jansen eine Kette mit einem Anhänger gesehen.

»Das ist wahrscheinlich wieder so ein Dogtag gewesen!«

»Und das sagst du mir erst jetzt?«

»Der oder die Täter hätten nach dem Schock der Explosion und in dem allgemeinen Durcheinander Gelegenheit gehabt, die Dogtag-Kette neben der Leiche an die Fahnenstange zu hängen.«

»Und das heißt: Mit dem Bombenanschlag sollten der der Pilot Mandell oder der Copilot Henderson gerächt werden?« Mein Partner unterstrich diese Namen an der Tafel.

»Allerdings passt unser spezieller Freund Jansen überhaupt nicht in das Schema dieser Vergeltungsaktion«, sagte Wolfram Witt. »Der war doch viel zu jung, um etwas mit dem Tod der Amerikaner im April 1945 zu tun zu haben.«

Wolfram schrieb schließlich auch noch an unsere Tafel, wo Irma von Mellin angeblich diesen merkwürdigen Amerikaner gesehen hatte, den Mann mit dem Indianergesicht: in der Lufthansamaschine von New York nach Hamburg; auf Sylt kurz vor dem Mord an Heinrick Brockstedt; nach dem Bombenattentat auf dem Parkplatz von Schloss Herrensee – zusammen mit einem gewissen Mister Almond in einem Cadillac mit amerikanischen Diplomatenkennzeichen.

Alle Namen und Angaben übertrug Wolfram Witt mit Daten und Uhrzeiten versehen in eine Art Handakte. Als Grundlage für unser Gespräch mit seinem Amtsnachfolger Hauptkommissar Ulrich Mann.

Am nächsten Nachmittag kamen wir auf dem Weg zur Lüneburger Polizeiinspektion an einem Zeitungskiosk vorbei. Von der Titelseite sprang uns das schwarzumrandete Bild von Laurenz Jansen entgegen. Darunter stand die fette Zeile: »War es die Mafia?« Der Text ließ sich in einem Satz zusammenfassen: Es gebe Hinweise, nach denen der ermordete Hamburger Investmentberater in dubiose internationale Spekulationsgeschäfte verwickelt gewesen sei. Die zuständigen Behörden hätten dies wegen der laufenden Ermittlungen allerdings weder bestätigt noch dementiert.

Um Viertel nach fünf betraten wir die Polizeiinspektion, einen ausgedehnten, architektonisch belanglosen Gebäudekomplex außerhalb der schönen historischen Altstadt.

Im elften Dezernat, seinem früheren Arbeitsbereich, musste der frühpensionierte Hauptkommissar Wolfram Witt an fast jeder der meist halb offen stehenden Türen Hände schütteln und immer wieder die scherzhafte Frage beantworten, ob er sich wieder zum Dienst zurückmelden wolle. Er schien ein beliebter Dezernatsleiter gewesen zu sein. Als sein Nachfolger uns aus dem Chefzimmer entgegenkam, verstummten die fröhlichen Stimmen sofort. Hauptkommissar Ulrich Mann bat uns förmlich in ein kleines Konferenzzimmer. Zwei Fenster, furnierte Schränke, ein grauweißer Tisch mit schwarzen Eisenfüßen, sechs mit grünem Stoff bezogene Stühle. Von der Decke hing eine Milchglas-Kugellampe. Der gesprenkelte Linoleumboden roch nach scharfen Reinigungsmitteln. An die Raufasertapete der Längswand waren das Organigramm der Polizeiinspektion und eine Liste mit Dienststellen, Namen und Telefonnummern gepinnt.

»Schönes Zimmer. Es hat sich seit meiner Zeit nichts geändert, jedenfalls nicht, was das geschmackvolle Design betrifft«, sagte Wolfram. Wasserflaschen und Gläser, drei Kaffeetassen und eine Thermoskanne standen auf der Tischplatte. Der neue Chef schenkte seinem Vorgänger und mir ein und stellte dann die originelle Frage.

»Meine Herren, was kann ich für Sie tun?«

Ich überließ es Wolfram, von Hauptkommissar zu Hauptkommissar die Modalitäten unseres Treffens zu besprechen. Es lief darauf hinaus, dass wir als Vertrauenspersonen und als Ermittler der betroffenen Familie Mellin der Kriminalpolizei unsere Rechercheergebnisse seit dem Fund des US-Bombers am Schloss Herrensee mitteilen wollten. Streng vertraulich natürlich. Als Gegenleistung erwarteten wir ebenso vertraulich Informationen darüber, was die Sonderkommission im Mordfall Laurenz Jansen bisher herausgefunden hatte.

»Das heißt, Sie schlagen eine Kooperation zwischen zwei privaten Ermittlern und der offiziellen Kriminalpolizei des Landes Niedersachsen und der Stadt Lüneburg vor?« Hauptkommissar Mann strich sich mit besorgter Miene über seinen Schnauzbart, als solle er in ein krummes Geschäft verwickelt werden.

Wir schwiegen abwartend.

Für so eine unkonventionelle Zusammenarbeit müsse er sich hausintern Rückendeckung verschaffen, erklärte der Hauptkommissar offen. Er stand auf und telefonierte vom Nebenraum aus. Wir konnten durch die Tür seine Stimme hören, aber kein Wort verstehen.

Als er zurückkam, lächelte er zufrieden.

»Ich habe ausnahmsweise das Okay für dieses ungewöhnliche Verfahren bekommen. Weil Sie es sind«, sagte er und blickte über seine Tasse hinweg zu Wolfram Witt hinüber. »Vorausgesetzt, es wird tatsächlich absolute Vertraulichkeit gewährleistet.«

Wir waren damit einverstanden, dass ein älterer Beamter, der noch die schöne Kunst der Stenographie beherrschte, sich während unseres Gedankenaustausches Notizen machen konnte.

»Dann schießen Sie mal los«, sagte Hauptkommissar Ulrich Mann. »Erzählen Sie mir zunächst, was Sie herausgefunden haben, bevor ich Ihre Fragen beantworte.«

39

Lüneburg, Montag, 30. August 1993

Der junge Leiter der Mordkommission lehnte sich in seinen unbequemen Behördenstuhl zurück und nippte an seinem kalt gewordenen Kaffee. Seine Körpersprache war leicht zu verstehen. Wenn ihm etwas belanglos vorkam, schloss er seine Augen, als wolle er ein Nickerchen machen. Wenn sein Interesse geweckt wurde, streichelte er mit Daumen und Zeigefinger seinen Schnauzbart. Wenn ihn etwas beeindruckte, weiteten sich seine Pupillen. Und wenn etwas neu oder wichtig war, gab er dem Protokollführer mit vorgestrecktem Zeigefinger das Zeichen zum Einsatz. Dann kratzte ein spitzer Bleistift über die Seiten des Stenoblocks.

Am Ende war dieser Block fast voll. Ich hatte aufmerksam registriert, was für den Leiter der Ermittlungen neu war.

Ganz besonders interessierte sich der Chef der Mordkommission für die beiden Amerikaner, die wir erwähnt hatten: für den jüngeren mit dem Indianergesicht und für den älteren, der neben ihm in dem Cadillac mit amerikanischen CD-Kennzeichen gesessen hatte. Den Namen Fitzgerald P. Almond ließ er dick im Protokoll unterstreichen. Dann sollte ich die beiden so genau beschreiben, wie ich das nach den Angaben von Irma und nach eigener Beobachtung nur konnte.

Was ich beziehungsweise was Frau von Mellin mit »Indianergesicht« meine – ob es auch sein könne, dass dieser Mann mit der ausgeprägten Adlernase vielleicht eher ein südländischer Typ sei? Ein Italo-Amerikaner vielleicht?

Als ich erklärte, das könne ich nicht sagen, der Mann sei jeweils nur flüchtig gesehen worden, stand Hauptkommissar Mann abrupt auf und wanderte im Zimmer ein paar Schritte auf und ab. Dann hielt er mir eine Standpauke: Das einzig Konkrete, was er von uns erfahren habe, seien diese seltsamen Todesanzeigen mit dem seltsamen Text »Bitte kein Beileid …« und so weiter und diese Sache mit den Dogtags, die Identifizierungsmarken der amerikanischen Flieger, die wir an zwei der drei Tatorten gefunden hätten, denn beim Fall Wetering auf Mallorca seien wir ja ausnahmsweise nicht am Tatort gewesen. Und ich – er stieß seinen Zeigefinger nach mir – ich hätte also zwei dieser Metallmarken an mich genommen. Damit seien vorsätzlich wichtige Beweismittel unterschlagen worden. Er sah mich an, als wolle er gleich rufen: »Abführen, diesen Kerl!«

Aber noch bevor er mich auffordern konnte, die Kettchen mit den Messingplättchen herauszugeben, legte ich mit reumütigem Gesichtsausdruck zwei beschriftete Umschläge auf den Tisch. Auf dem einen stand »Wriggs«, auf dem anderen »Cunnings«.

Die Geste beschwichtigte den empörten Staatsbeamten. Er öffnete die Umschläge und betrachtete die Identifizierungsmarken der beiden US-Flieger genau. Dann fuhr er fort: Weder die deutsche noch die spanische Polizei hätten gewusst, dass der Mord an diesem deutschen Filmproduzenten Wietering oder Wederking auf Mallorca aufgrund des auch dort gefundenen Dogtags offenbar in unmittelbaren Zusammenhang mit den Fällen Elvers in Herrensee und Brockdorf auf Sylt stehe. Das sei eine schwere Panne. Man hätte allein schon aufgrund des polizeibekannten alten Fotos von der Ordensverleihung vor der Napola-Schule Schloss Herrensee darauf kommen müssen. So wie wir. Einerseits sei er uns natürlich dankbar, dass wir jetzt mit unseren Erkenntnissen herausgerückt seien, aber andererseits sei er empört, dass wir den Behörden unser Wissen so lange verschwiegen hätten.

Um sich abzureagieren, öffnete er die Tür zum Flur und brüllte hinaus: »Frau Sievers! Können wir noch eine Kanne mit Kaffee haben! Mit heißem Inhalt, wenn es möglich ist …!« Und dann brüllte er: »Schlichting! Herr Kriminalmeister Gerhard Schlichting bitte ins Konferenzzimmer!« Und als an etwas gebeugter Beamter um die Fünfzig erschien, bellte er ihn an:

»Ich brauche die Zusammenfassung der Ermittlungen im Fall Laurenz Jansen, auch die Kopien der Beiakten aus Hamburg! Sofort, wenn es sich einrichten lässt.«

»Und die Auflistung der Spurensicherung«, sagte Wolfram Witt freundlich, als Schlichting schon gegangen war.

»Und die Akte der Spurensicherung im Fall Jansen!« rief Hauptkommissar Mann hinterher.

»Sind wir jetzt mit unseren Fragen dran?«, fragte ich.

»Schießen Sie los.«

»Bitte bringen Sie uns zunächst auf den aktuellen Stand der offiziellen Ermittlungen im Mordfall Jansen«, sagte Wolfram Witt und dankte für den frischen Kaffee.

»Der offiziellen Ermittlungen?«, fragte der Leiter der Mordkommission. »Wie soll ich das verstehen? Gibt es auch inoffizielle Ermittlungen? Ihre wahrscheinlich!«

Wolfram Witt ging nicht darauf ein.

»Gibt es irgendwelche Hinweise auf mögliche Täter und auf die Hintergründe des Anschlags? Und ob an dieser Mafia-Story des berüchtigten Boulevardblattes irgendetwas dran sei, würden wir auch gern wissen.«

»Nun ja«, sagte Hauptkommissar Mann gedehnt, »dass solche sensiblen Interna in die Presse gelangen, ist immer ausgesprochen ärgerlich!« Aber diese gezielten Indiskretionen kenne der Kollege Witt vermutlich auch aus seiner Amtszeit. Und ich als früherer Reporter wisse ja wohl am besten, wie und auf welchen krummen Wegen die Presse an derartige Informationen komme …

Er machte eine Pause. Schlichting erschien wieder in der Tür, mit einer Akte in der Hand.

Ulrich Mann blätterte darin, dann begann seinen Bericht mit einer Vorbemerkung: »Seit dem Mordanschlag auf Jansen kooperieren wir sehr eng mit der Hamburger Staatsanwaltschaft und mit dem Dezernat für Wirtschaftsstraftaten der Hamburger Kripo. Denn in der großen Nachbarstadt ist bereits seit Monaten intensiv gegen den Finanz- und Investmentberater Laurenz Jansen ermittelt worden. In mehr als hundert Fällen geht es dabei vor allem um Beihilfe zur Steuerhinterziehung. Der Finanz- und Investmentberater Jansen hat Schwarzgeld seiner Klienten – insgesamt eine hohe zweistellige Millionensumme – an deutschen Finanzämtern vorbei in Steuerparadiese wie Liechtenstein, Luxemburg, die Cayman-Inseln oder auf die Kanalinsel Guernsey auf die Konten von Stiftungen transferiert. Anfangs hat er seinen Kunden auch wie versprochen hohe Zinsen gezahlt, aber seit einigen Monaten nicht mehr oder nur noch zögernd und nicht in vollem Umfang. Ganz offensichtlich war also sein Schneeballsystem zusammengebrochen: Wie in solchen Fällen üblich, seien die Zinsen der alten Kunden so lange mit den Einzahlungen neuer Klienten bezahlt worden, bis diese Neueinnahmen nicht mehr gereicht hätten.

Natürlich habe der Finanzberater etliche Millionen in die eigene Tasche umgeleitet, also auf eigene Konten abgezweigt. Mehrere Dutzend angesehene Bürger seien auf diese Weise um ihre Einlagen gebracht worden.

Etwa ein halbes Dutzend dieser Betrogenen hätte sich zu einer Art Interessengemeinschaft zusammengetan und ihr Geld immer rigider zurückgefordert. Erst hätten sie damit gedroht, Jansen anzuzeigen, was natürlich ein Bluff gewesen sei, denn sonst hätten sie sich auch gleich selber anzeigen müssen. Dann hätten die Betrogenen einige Halbweltler aus der Sankt-Pauli-Szene zum Schuldeneintreiben engagiert und zuletzt ein gefürchtetes Inkassounternehmen mit Sitz in Moskau beauftragt. Diese der Russenmafia zugerechnete Firma habe Jansen massiv bedroht. Seine Autoreifen seien mehrfach zerstochen worden, und einmal wurde die Lenkung manipuliert und ein kleiner Sprengsatz habe seine Wohnungstür demoliert. Jansen habe auch zwei schriftliche Morddrohungen erhalten. Auf Russisch, mit deutscher Übersetzung. Ob das ernst gemeint sei oder nur der Einschüchterung dienen sollte, könne noch nicht gesagt werden.

»Und in diesen Kreisen vermuten Sie jedenfalls die Täter beziehungsweise die Hintermänner der Tat?« Wolfram Witt unterbrach die interessante, aber ausschweifende Geschichte.

»Eher nicht. Warten Sie doch ab«, sagte Ulrich Mann und wanderte dabei um den Konferenztisch herum. »Unser Freund Jansen hat sich nämlich noch andere Feinde gemacht. Nach dem Druck der Russen hat er die eben genannten Gläubiger mit Geldern ruhiggestellt, die aus einer noch weitaus gefährlicheren Quelle gesprudelt sind.«

»Mit Geldern der New Yorker Mafia?«, sagte Wolfram.

»Wie kommen Sie darauf?«

»Wir haben vorhin Zeitung gelesen.«

»Ach ja.«

Hauptkommissar Mann erzählte eine zweite, noch abenteuerlichere

Geschichte: »In den USA sind im Dezember 1992 frisch gedruckte Aktien eines kanadischen Waggonherstellers auf dem Weg von einer Druckerei in Boston zum Bestimmungsort Montreal gestohlen worden. Nennwert dieser Papier: rund 140 Millionen US-Dollar. Hinter diesem Coup steckt die Familie des New Yorker Mafiabosses Joe Gottano. Die Wertpapiere wurden über diverse Kanäle unter anderem nach Deutschland gebracht und von Wirtschafts- und Investmentberatern unter der Hand zu Vorzugspreisen von zehn bis zwanzig Prozent unter Nennwert an sogenannte Premiumkunden verkauft. Auch in Berlin und Hamburg, auf Sylt und St. Moritz. Ein Abgesandter der New Yorker Mafia hatte den in Bedrängnis geratenen Laurenz Jansen als Zwischenhändler angeworben. Der drehte diese geklauten Aktien zum Teil seinen unruhig gewordenen Kunden zur Abdeckung seiner Schulden an. Zum größten Teil verkaufte er diese Papiere aber an ehrbare und wohlsituierte hanseatische Kaufleute, an mittlere und größere Unternehmer, an Zahnärzte und an Rechtsanwälte. Ingesamt soll er nach gut einem halben Jahr Waggon-Aktien für etwa zwölf Millionen Mark abgesetzt haben.«

Hauptkommissar Mann schloss die Akte mit einem klatschenden Geräusch.

»So weit, so gut …« Allerdings habe Jansen dann einem nach Hamburg entsandten Kontaktmann, einem *consigliere* der Gottano-Familie, nur Geschäfte für rund fünf Millionen belegen können. Seither sei er bedroht worden.

Einen der Abnehmer von Jansens geklauten US-Aktien kennen Sie beide übrigens sehr gut«, sagte Hauptkommissar Ulrich Mann mit süffisantem Lächeln.

»Sie meinen doch nicht etwa …«, sagte ich.

»Doch, den meine ich – Malte von Mellin! Ihr früherer Chef, Ihr heutiger Auftraggeber, der große Verleger hat für mehr als zwei Millionen Deutschmark von Jansen gekauft.«

Wolfram Witt verbarg seine Fassungslosigkeit hinter einem starren Gesichtsausdruck. Und ich hörte, wie sehr es in meinem Inneren rumorte. Ich hätte nicht so viel Kaffee trinken sollen.

40

Hauptkommissar Ulrich Mann war noch nicht fertig.

»Dass diese Wertpapiere geklaut und wertlos sind, hat Herr von Mellin übrigens erst jetzt, nach dem Tod von Jansen, von einem jungen Hamburger Staatsanwalt erfahren.«

Auch zwei andere deutsche Verleger, ein Dutzend Unternehmer und Topmanager, Mitglieder der hanseatischen Gesellschaft und der Schickimicki-Society seien von Investmentberater Jansen mit den angeblich so günstigen US-Aktien hereingelegt worden.

»Mein Mitleid hält sich in Grenzen. Es trifft keine Armen, sondern reiche Leute, die immer noch reicher werden wollen.«

Wolfram Witt unterbrach weitere sozialkritische Gedanken seines Amtsnachfolgers.

»Verstehe ich das richtig: Sie glauben, dass Laurenz Jansen liquidiert worden ist, weil er Mafiagelder unterschlagen hat?«

»Das wäre zumindest ein Motiv.«

»Und deshalb haben Sie sich vorhin auch besonders für diesen Kerl mit dem Indianergesicht interessiert und gefragt, ob es sich auch um einen Italo-Amerikaner handeln könnte? Glauben Sie, das könnte ein auf Jansen angesetzter Mafia-Killer gewesen sein?«

Statt zu antworten, zupfte sich Hauptkommissar Mann am rechten Ohrläppchen. Dann nahm er ein paar zusammengeheftete Papiere zur Hand.

»Es gibt ein Indiz, das durchaus zu so einer These passen könnte … Kurz bevor Sie gekommen sind, habe ich vorhin dieses vorläufige Untersuchungsergebnis der Sprengstoff-Experten des Landeskriminalamtes erhalten. Danach ist Jansen mit einer kleinen, aber effektiven amerikanischen Landmine recht neuer Bauart in die Luft gejagt worden. Den sichergestellten Splitterteilen nach handelt es sich vermutlich um ein Modell der Serie *Smallpack Demolotion*, eine Sprengmine, die auch von US-Spezialeinheiten eingesetzt wird. Sie war vermutlich mit einem besonders sensiblen Zünder versehen, der durch den Aufprall des ins Loch fallenden Golfballes aktiviert worden ist.«

Hauptkommissar Mann legte den Bericht zur Seite.

»Sie sehen also, dass wir uns in diesem Fall wenigstens einig sind: Der Anschlag auf Laurenz Jansen passt nicht in die Reihe der Mordfälle Elvers, Brockdorf und Wetering, die tatsächlich alle mit der früheren Napola-Schule und dem gefundenen Bomberwrack in Verbindung zu stehen scheinen. Laurenz Jansen kann allein schon aufgrund seines Alters mit dieser Sache nicht das Geringste zu tun gehabt haben. Meines Wissen war er bei Kriegsende noch nicht mal geboren.«

Er rührte geräuschvoll mit einem Löffel in seiner leeren Kaffeetasse herum. Wolfram Witt störte die Stille.

»Haben Sie schon an die Möglichkeit gedacht, dass die Sprengladung den Jansen nur aus Versehen erwischt hat? Dass die oder der Täter eigentlich einen anderen umbringen wollten, der bekanntlich zu der Gruppe der fünf Nazi-Schüler gehört hat und der während der Explosion in unmittelbarer Nähe gewesen ist? Wie wir wissen, war Herr von Mellin nur rund fünfzig Meter entfernt. Und wie mein Freund Jonas Anders am besten weiß, ist es ein Zufall gewesen, dass Jansen aufgrund einer dieser merkwürdigen Golfregeln Herrn von Mellin und Herrn Anders kurz vor dem Anschlag überholt hat. Aber das kann Ihnen mein Partner besser selber erzählen.« Ich sagte:

»Das stimmt wohl, aber ich halte eine Verwechslung dennoch für unwahrscheinlich. Wir haben Minuten vorher den Täter gesehen: Es war ein Mann, den wir für einen Greenkeeper gehalten hatten, weil er den großen Rasenmäher gefahren hat. Wie wir jetzt wissen, ist er abgestiegen und hat in aller Ruhe und direkt vor unseren Augen die Sprengbombe deponiert. Das bedeutet aber auch, der Täter hat unsere beiden Flights, also den von Laurenz Jansen und unseren mit Malte von Mellin, aus kurzer Entfernung genau beobachten können. Und ich halte es für ausgeschlossen, dass er die beiden verwechselt haben könnte. Herr von Mellin war wie immer beim Golf zurückhaltend gekleidet mit einer dunkelblauen Hose und einem weißen Poloshirt – dagegen sah Jansen mit seiner rotkarierten Hose schon von Weitem wie ein bunter Papagei aus …«

»Nun gut«, sagte Hauptkommissar Mann und blickte zu der tellerförmigen Wanduhr, die über der Tür des Konferenzzimmers hörbar tickte.

»Trotzdem möchten wir Ihre Zeit doch noch ein wenig in Anspruch nehmen«, sagte ich bestimmt, »denn gibt es doch ein oder zwei Indizien, die trotz der unterschiedlichen Tatausführung im Fall Jansen und bei den drei anderen Mordfällen auf denselben Täter hinweisen.«

»Ich bin gespannt«, sagte Hauptkommissar Mann mit gelangweiltem Gesichtsausdruck und ließ seinen Blick neugierig zwischen mir und Wolfram Witt hin und her wandern. »Aber spannen Sie mich nicht zu lange auf die Folter. Ich habe gleich einen Termin.«

»Da ist einmal das Chloroform«, sagte ich. »Vor dem Mord an Heinrich Brockdorf auf Sylt wurde die am Tatort anwesende Domina von einem einzelnen Mann überfallen und mit Chloroform betäubt. Und vor dem Bombenanschlag auf dem Golfplatz hat ein Täter den Greenkeeper mit Chloroform außer Gefecht gesetzt, weil er den Rasenmäher als Tatfahrzeug und als Fluchtfahrzeug gebraucht hat.«

»Interessant. Aber nicht sehr überzeugend. Chloroform ist ein immer noch recht populäres Betäubungsmittel in Ganovenkreisen. Was haben Sie denn noch zu bieten?«

Wolfram Witt zögerte absichtlich, bevor er sagte:

»Würden Sie freundlicherweise in der Auflistung der Spurensicherung von den am Tatort auf dem Golfplatz sichergestellten Fundstücken nachsehen, was dort unter der Nummer …«

Wolfram sah mich fragend an.

»Dreiundvierzig«, sagte ich.

»… unter der Nummer 43 erfasst worden ist?«

Hauptkommissar Mann nahm die Spuren-Akte und blätterte darin. Als er die richtige Seite gefunden hatte, las er halblaut vor:

»Fundstück Nummer 43. Fahnenstange des Golfclubs Schloss Herrensee, Länge 1,85. Schaft aus weißem Kunststoffmaterial. Rote, angesengte Fahne mit weißem Clubnamen und der Nummer 7 (es handelt sich um die Fahne zur Markierung des 7. Loches des Golfplatzes Herrensee), Originalgröße 40 mal 30 Zentimeter, vermutlich zur Hälfte durch die Stichflamme der Explosion verbrannt …«

Ob wir das beiliegende Foto sehen wollten?

Nein, nicht nötig, sagte ich. Aber da müsse es noch etwas anderes geben.

»Richtig, hier ist noch etwas«, sagte Ulrich Mann. »Hier steht unter Fundstück Nummer 43b: Einfache Metallkette mit Namensanhänger aus Messing oder ähnlichem Material. Wahrscheinlich eine Erkennungsmarke der US Air Force aus dem Zweiten Weltkrieg. Eingravierter Name Patrick Henderson … Auf der Plakette befinden sich noch diverse Angaben zur Person, Ziffern und Kürzel mit den Namen der Einheit oder des Geschwaders sowie der Heimatdresse und der Blutgruppe dieses Henderson.

»Hier ist ein sehr gutes Bild von dem Objekt.« Hauptkommissar Mann fingerte das Foto der Spurensicherung aus einer Klarsichthülle. Er brauchte eine Weile.

Endlich legte der Leiter der Mordkommission ein postkartengroßes Bild der US-Flieger-Erkennungsmarke wie eine Spielkarte auf den Tisch.

»Da haben wir doch tatsächlich wieder so eine Hundemarke, so ein Dogtag oder wie die Amerikaner das Ding nennen.«

»Wie bei den drei anderen Toten auch!«

Wolfram Witt blickte seinen Nachfolger mit mühsam unterdrückter Genugtuung an.

»Und Sie glauben also, dass der oder die Täter dieses Ding nach der Explosion an diese Fahne neben den Toten gehängt haben? Sozusagen als Markenzeichen?«

Wie bei einer Wortmeldung schlug ich mit meinem Kaffeelöffel gegen die Tasse.

»Wir werden jedenfalls das Gefühl nicht los, dass es zwischen dem Bombenanschlag und den Mordfällen Elvers, Brockdorf und Wetering einen Zusammenhang geben muss Wir haben es hier mit einem Profikiller zu tun, vielleicht sogar mit einer Art Organisation, die Vergeltung für mögliche Verbrechen an den amerikanischen Flieger übt …«

Ich erinnerte noch einmal an den alten Amerikaner, den Irma und ich nachts beim Totengebet an der Kiesgrube und später zusammen mit dem »Indianergesicht« auf dem Parkplatz gesehen hatten.

»Nicht schon wieder die Mafia«, sagte Wolfram Witt.

Hauptkommissar Ulrich Mann konnte über diesen versuchten Scherz nicht lachen.

Der Leiter der Mordkommission strich sich über seinen Schnauzbart. Dann ging er auf den Flur, öffnete dort eine der Nebentüren und sagte vernehmlich: »Haben wir schon die Ermittlungsunterlagen in Sachen Laurenz Jansen aus Hamburg bekommen? Die brauche ich dringend!«

Nach seiner Rückkehr erklärte er: »Die Hamburger Staatsanwaltschaft für Wirtschaftsstraftaten hat uns eine Kopie der Handakte über diverse Ermittlungen gegen Laurenz Jansen zugesagt, und dazu gehört auch ein Dossier zur Person. Jansen sei eine schillernde Figur mit einer vielschichtigen Vergangenheit, hat mir der Staatsanwalt gesagt.«

Wir warteten auf die Akte. Der Dezernatsleiter plauderte inzwischen kollegialer mit seinem Vorgänger Wolfram Witt. Wie es ihm nach dem Ausscheiden aus dem Amt denn so ergangen sei? Was denn eigentlich das Faszinierende am Golfspiel wäre? Und wie hoch eigentlich die Aufnahmegebühren und Jahresbeiträge im Golfclub Schloss Herrensee seien?

Vielleicht könne er da etwas machen, sagte Wolfram. Ob er mal mit dem Clubmanager Prahl über einen prominenten Neuzugang reden solle? Es gebe da auch bestimmte Sonderkonditionen.

Endlich kam eine altgediente Sekretärin mit nervös gerötetem Gesicht herein und legte eine dünne Mappe auf den Tisch. Nur etwa dreißig, vierzig eng beschriebene Seiten waren in einem rotem Pappumschlag mit dem unübersehbaren blauen Stempelaufdruck »Nur für den Dienstgebrauch!« zusammengeheftet.

Hauptkommissar Ulrich Mann begann die Seiten zu überfliegen. Offenbar beherrschte er eine Schnelllesetechnik, bei der man auf bestimmte Stichworte achten muss.

Ob er etwas Bestimmtes suche?, fragte Wolfram Witt.

Ein Kollege von der Hamburger Kripo, so erklärte Ulrich Mann unsicher, habe ihn neulich in der Hektik nach dem Bombenanschlag am Telefon über die alten Vorermittlungen gegen Jansen nur sehr kurz und knapp in Kenntnis gesetzt, etwa so, wie er uns vorhin ja auch berichtet habe. Aber da sei dennoch irgendetwas Merkwürdiges gewesen, es falle ihm nicht mehr ein, aber danach suche er jetzt gerade, ohne zu wissen, was genau es sei.

Wir sollten ihm ein paar Minuten Zeit geben. Er könne uns auch anrufen, falls wir keine Zeit mehr hätten.

Er werde solange noch ein wenig mit einigen seiner alten Kollegen plaudern, sagte Wolfram und ging auf den Flur hinaus. Ich rief von einem Nebenraum aus im Mellin-Verlag an. Irmas Sekretär war, wie jetzt immer, sehr freundlich. Frau von Mellin sei gerade in einer Besprechung beim Verleger. Ob er etwas ausrichten könne?

»Ja, sie möchte mich am Abend in meiner Hamburger Wohnung anrufen.«

Als wir in das Konferenzzimmer zurückkamen, stand der Leiter der Mordkommission am Fenster. Er hatte die Hände auf dem Rücken verschränkt und wippte auf den Zehenspitzen. Mir fiel auf, dass er eine Cordhose trug, die zu tief am Hintern hing. Hauptkommissar Mann stützte sich mit beiden gespreizten Händen auf dem Fenstersims ab. Er blickte über rote Ziegeldächer und auf spitze Kirchtürme, die in einen dunkler werdenden Augusthimmel ragten. Endlich drehte er sich zu uns um.

»Einer dieser fünf Burschen, die im April 1945 vom Anstaltsleiter der Nazi-Schule Schloss Herrenberg mit Orden oder Urkunden ausgezeichnet worden sind – hieß der nicht Lambert?«

Hauptkommissar Ulrich Mann kehrte uns noch immer den Rücken zu.

»Rudolf Lambert«, sagte ich, »der war Bankier in Bremen und ist vor zwei Jahren in der Schweiz an Krebs gestorben. Er soll im Tessin beerdigt worden sein.«

»Setzen Sie sich lieber wieder hin, sonst wird Sie möglicherweise umhauen, was ich jetzt sage.«

Wir sahen ihn gespannt an.

»So, jetzt hören Sie sich mal an, was sich eben in dieser Akte gelesen habe: Der ermordete Finanzberater Dr. Laurenz Jansen war der einzige Sohn des verstorbenen Bankiers Rudolf Lambert …!«

»Waaas …?«

Beinahe gleichzeitig kippten unsere Oberkörper nach vorn über die Tischplatte.

»So ist es mir eben auch gegangen, als ich das hier gelesen habe.« Er schlug mit der Hand auf eine Seite der Akte.

»Darf man hier rauchen?« Wolfram Witt zog eine zerknitterte Schachtel aus der Hemdtasche.

»Ausnahmsweise«, sagte der Dezernatsleiter. »Nur wenn Sie mir auch eine geben.« Er öffnete beide Fensterflügel, und die beiden pafften blauen Dunst in die Luft, während er uns des Rätsels Lösung erklärte und dabei immer wieder in das vor ihm liegende Schriftstück blickte:

»Der einzige Sohn des Bankiers Rudolf Lambert wurde am 6. September 1953 geboren und im Bremer Dom auf den Namen Konrad Laurenz Lambert getauft. Nach abgebrochenem Wirtschaftsstudium und abgeschlossener Ausbildung zum Bankkaufmann hat er im Alter von nur 23 Jahren die ›Versicherungs- und Immobilienagentur Konrad Lambert GmbH‹ gegründet. Zunächst sehr erfolgreich. Aber er hat sich dann wohl übernommen. Mit 28 musste er Konkurs anmelden. Deshalb ist es zu einem dauerhaften Zerwürfnis zwischen Sohn und Vater gekommen. Auch um den Makel seines Offenbarungseides zu verschleiern, nahm der junge Lambert bei seiner Hochzeit im Januar 1988 den Namen seiner Frau an. Und nach einem längeren Aufenthalt in England machte er unter dem Namen Laurenz Jansen in Hamburg eine Finanz- und Investmentberatung auf. Geschäftsführerin ist seine Ehefrau. Der Doktortitel, mit dem sich Jansen gelegentlich geschmückt hat, ist übrigens gekauft.«

Wolfram Witt und ich uns sahen uns kopfschüttelnd an.

»Meine Herren«, sagte Hauptkommissar Ulrich Mann schließlich und atmete tief ein und aus, »da hätten wir also das Missing Link, wie die Engländer sagen, die fehlende Verbindung zwischen den ersten drei Morden und dem Bombenanschlag auf diesen Jansen. Es sieht ganz so aus, als ob die Täter bis ins zweite Glied Vergeltung üben für das, was vor einem halben Jahrhundert in Zusammenhang mit der Notlandung des amerikanischen Bombers und dem Tod der überlebenden Besatzung geschehen sein muss!«

Als wir uns verabschiedeten, sagte Hauptkommissar Ulrich Mann erst zu seinem Vorgänger im Amt, aber dann auch zu mir: »Ohne Ihre Ermittlungen wären wir möglicherweise nicht auf diese Zusammenhänge gestoßen. Jedenfalls nicht so schnell.«

Wir hätten bei ihm etwas gut.

Weil er die biblische Redewendung von der »Vergeltung bis ins zweite Glied« gebraucht hatte, fiel mir später noch eine Frage ein. Ich rief unseren neuen Vertrauensmann an und bat ihn, etwas zu klären. Am nächsten Vormittag klingelte das Telefon in unserem Büro. Ja, wir hätte auch recht mit unserer Vermutung: »Bei einer Hausdurchsuchung nach dem Tod von Jansen hat man auf seinem Schreibtisch tatsächlich eine seltsame Trauerkarte gefunden. Der Text laute: ›*Mit Bestürzung geben wir Kenntnis vom Ableben unseres hochgeschätzten Mitbürgers Laurenz Jansen, der plötzlich und unerwartet aus unserer Mitte gerissen worden ist. Von Beileidsbekundungen bitten wir abzusehen!*‹«

Ein klein gedruckter Hinweis befände sich noch darunter: »Zweites Buch Mose, Kapitel 21, Vers 12«.

Ob wir wüssten, was das bedeute?

»Ja«, sagte ich, »da steht: Wer einen Menschen schlägt, dass er stirbt, der soll des Todes sterben.‹«

Inzwischen kannte ich diese Stelle aus dem Alten Testament auswendig.

41

Hamburg, Verlagshaus Mellin

»Schlafen Sie auch mit diesen Sonnenbrillen?«

Irma konnte sich die Bemerkung nicht verkneifen, als sie die beiden Leibwächter mit den dunklen Gläsern in den Gesichtern an der Tür zum Vorzimmer ihres Vaters sah. Der Horizont und das Wasser der Elbe hatten sich bereits hinter den raumhohen Fenstern in der 18. Etage des Mellin-Verlagsgebäudes am Hamburger Hafen blaurot gefärbt.

Die beiden Männer verzogen keine Miene.

»Ihr Vater hat gerade aufgelegt«, sagte die graue Vorzimmerdame und drückte die grüne Taste der Gegensprechanlage.

»Herr von Mellin, Ihre Tochter ist jetzt da.«

Der Verleger öffnete selbst die schwere Eichentür zu seinem Chefzimmer.

Irma hatte erwartet, dass ihr Vater etwas zum Bombenanschlag auf dem Golfplatz Schloss Herrensee sagen würde. Und zum Tod von Laurenz Jansen. Und über seine Geschäftsbeziehung zu Jansen, die ihn offenbar ein paar Millionen gekostet hatte, wie sie inzwischen von mir erfahren hatte. Stattdessen tat er so, als sei nichts passiert. Er begrüßte seine Tochter freundlich und kam gleich zum Geschäftlichen.

»Ich musste auf einen Rückruf aus Washington von Atlantic Publishing warten. Die drängen jetzt plötzlich sehr. Wir sollen unseren Besuch und die entscheidenden Verhandlungen vorziehen, offenbar weil deren Chairman Clarksfield zu einer Bypass-Operation ins Walter Reed Hospital muss. Und angeblich haben die Australier, unsere Hauptkonkurrenten, ihr Angebot noch einmal nachgebessert. Im Gegensatz zu uns wollen die jetzt angeblich auch alle Zeitschriften übernehmen, das ganze Paket von Atlantic Publishing, auch die schwächeren Special-Interest-Titel, die wir ja eigentlich nicht haben wollen.«

Der Konzernchef ging hinter seinen englischen Mahagonischreibtisch. An die Wand hatten Mitarbeiter eine Tafel mit den aktuellen Titelbildern der im Verlag erscheinenden Magazine gehängt, darunter die Cover der jeweiligen Konkurrenz. Unter jeder der deutschen und internationalen Publikationen des Mellin-Verlages stand die aktuelle Auflage, die Zahl der Anzeigenseiten und eine Umsatzkurve seit Beginn des Jahres. Die Gesamtentwicklung war erfreulich.

Irma kannte die neuen Zahlen bereits.

»Dem Verlag geht es offenbar gut«, sagte sie, »und wie geht es dir?«

Er hat sich verändert, dachte sie. Auch äußerlich. Seine Wangen sind hohler geworden. Er ist in den letzten Wochen um ein paar Jahre gealtert. Er hat abgenommen. Seine Sachen passen ihm nicht mehr.

Malte von Mellin schien über ihre Frage nachzudenken, aber dann ging er nur auf den ersten Teil ein.

»Ja, unserem Haus geht es wirklich gut, mit Tendenz zu sehr gut sogar. Allerdings haben wir ein Problem; wir haben zu viel Eigenkapital in die neue Druckerei gesteckt. Für die geplanten Akquisitionen in den USA müssten wir uns bei den Banken teures Geld besorgen … Aber es gibt jetzt eine andere Möglichkeit. Der amerikanisch-kanadische Private Equity Fond ›Art + Media‹ will sich zu sehr günstigen Konditionen als stiller Teilhaber an unserer Mellin-Holding in den USA beteiligen, in die wir die neuen Titel integrieren wollen. Die haben bisher für ihre Geldgeber einige hundert Millionen in das Geschäft mit moderner Kunst investiert und wollen sich nun in unserer Branche engagieren.«

»Das Kaufmännische ist nicht so meine Sache. Meine Interessen liegen mehr im kreativen Bereich, wie du ja weißt. Ich möchte mich um Innovationen, um Neueinführungen von Zeitschriften und in Zusammenarbeit mit den Chefredakteuren um das Blattmachen kümmern.«

»Einverstanden, darüber haben wir ja grundsätzlich schon gesprochen. Und deshalb will ich auch mit dir reden.«

»Ich bin gespannt.« Irma bemühte sich um einen sachlichen Ton.

»Das *Life*-Magazin sagt dir etwas?«

»Ich bitte dich – das weltberühmte amerikanische Fotoreportagen-Magazin, das vor ein paar Jahren eingestellt worden ist!«

»Genau das. Was hältst du davon, wenn wir das neu herausbringen, international, in Englisch und in Deutsch?«

»Du machst Scherze!«

»Nein, das ist der alte Traum deines Vaters als Verleger. Jetzt bietet sich eine Möglichkeit, von der ich erst gestern erfahren habe: Atlantic Publishing hält nämlich alle Rechte an diesem Titel. Und die können wir sozusagen im Gesamtpaket zusammen mit den anderen Magazinen zu einem symbolischen Preis mit erwerben.«

»Aber ein so anspruchsvolles Blatt wieder neu auf den Markt zu bringen – das kostet doch eine gewaltige Millionensumme. Ich denke, wir haben kein flüssiges Geld.«

»Die Geldgeber des erwähnten Private-Equity-Fonds sind ganz begeistert von dieser Idee, die machen ihr Investment sogar abhängig davon. Da sind publizistisch erstaunlich engagierte Leute dabei, die möchten sich dieses Symbol des großen amerikanischen Journalismus an ihre Fahne heften, gerade weil sie nur als unersättliche Finanzhaie gelten. Die wollen ihr Image verbessern.«

»Und wer soll dieses gewaltige Projekt managen?«

»Du.«

»Ich …?«

»Ja, du. Du wirst Projektleiterin und später Herausgeberin. In dieser Funktion sollst du das Magazin zusammen mit zwei Chefredakteuren, einem Deutschen und einem Amerikaner, auf den Markt bringen und im Markt durchsetzen mit allem, was journalistisch, kaufmännisch und marketingmäßig dazugehört.«

»Das ist eine gewaltige Aufgabe.«

»Ich weiß. Genau die richtige Herausforderung für die künftige Chefin des Verlagshauses Mellin.«

»Und wie ich dich kenne, hast du auch schon an die anderen Personalien gedacht. Wer sollen die Chefredakteure werden?«

»Der Amerikaner Nicklas Coburn, der war früher der stellvertretende jüngere Chefredakteur von *Life*, und in unserem Haus habe ich an Dr. Sender gedacht, der hat große Erfahrungen in allen möglichen Bereichen.«

»... besonders darin, wie man Mitarbeiter fertigmacht und ganze Redaktionen demotiviert. Das ist ein Zyniker, ein Kotzbrocken.«

»Ich weiß. Aber er hat Durchsetzungsvermögen.«

»Dr. Sender ...? Ohne mich! Auf keinen Fall will ich mit dem Kerl zusammenarbeiten müssen.«

»So entschieden gefällst du mir. Aber hast du eine bessere Idee?«

»Ich glaube schon. Wie wäre es mit Klaus Lütke ... Der kann mit Menschen umgehen, der war früher Amerika-Korrespondent, der hat Erfahrung als Blattmacher bei *Zenit* und in unserer Entwicklungsredaktion und ist jetzt Chefredakteur der Deutschland-Ausgabe von ...«

»Sehr gute Idee. Guter Mann, der Lütke, dass ich nicht selber auf den gekommen bin ...«

Irma merkte erst jetzt, dass sie während der ganzen Zeit gestanden hatten. Sie ging über den Parkettboden in die großzügige Besucherecke des tennisplatzgroßen Verlegerzimmers und ließ sich tief in eines der drei weichen Sofas sinken. Der Blick durch das Panoramafenster über den Hamburger Hafen war immer wieder atemberaubend. Den Elbstrom hinunter konnte man über die Landungsbrücken und das Hochufer von Sankt Pauli bis nach Teufelsbrück und nach Blankenese sehen, wo die Insel Schweinesand mitten im Strom lag. Ein hochbeladenes Containerschiff von China Shipping nahm gerade Kurs auf den Containerumschlaghafen Altenwerder.

Malte von Mellin setzte seine Lesebrille auf und wieder ab und steckte sie schließlich in die Brusttasche seines Jacketts. Dann setzte er sich schräg gegenüber von seiner Tochter auf seinen Stammplatz, in den ausladenden Sessel, bei dem auf Knopfdruck eine Fußbank ausfuhr, so dass er seine Beine hochlegen konnte.

»Vater?«

»Ja.«

»Wenn ich diesen Job mache, dann habe ich die volle Entscheidungsbefugnis – auch personell?«

»Im Prinzip ja … Über die Feinabstimmungen zwischen uns und über alles andere werden wir dann reden, wenn der Vertrag mit den Amerikanern in trockenen Tüchern ist.«

»Okay, dann sage ich jetzt auch nur im Prinzip zu.«

»Gut. Dann kann ich dir ja jetzt auch sagen, dass wir beide schon morgen wieder zu den entscheidenden Gesprächen und Verhandlungen mit diesen Geldgebern und mit den Leuten von Atlantic Publishing nach Washington fliegen werden. Es ist wichtig, dass unsere Verhandlungspartner dich kennenlernen – als neues Vorstandsmitglied und als mögliche Herausgeberin von *Life.*«

»Das kommt zwar wie immer bei dir sehr überraschend. Aber einverstanden. Ich möchte jetzt mit dir hier und jetzt auch noch über etwas reden, das mir eigentlich noch wichtiger ist.«

»Worüber?«

Malte von Mellin sah seine Tochter an, skeptisch, beinahe ängstlich, so schien es ihr.

Irma überlegte und zögerte eine Weile, bevor sie sagte: »Ich habe eine Frage, die mir wichtiger als vieles andere ist …«

»Nun sag schon!«

»Ich möchte wissen, was in deinem Inneren eigentlich vorgeht? Wie du dich fühlst – nach allem, was in letzter Zeit passiert ist? Wie wirst du mit den Morden an deinen alten Freunde fertig und mit dem Anschlag auf dem Golfplatz, der vielleicht dir gegolten hat und nicht diesem Jansen. Ich bin schließlich auch deine Tochter und nicht nur deine Erbin oder deine Nachfolgerin. Ich habe Angst um dich, Papa!«

42

Malte von Mellin erhob sich umständlich und griff sich dabei an seinen schmerzenden Rücken.

Auf einem englischen Butlertisch vor der hohen Bücherwand stand eine bereits entkorkte Flasche Bordeaux, wie immer um diese Tageszeit. Er goss zwei große Riedel-Gläser halb voll und probierte schmatzend einen ersten Schluck.

»Ein hervorragender Wein, gehaltvoll und doch nicht zu schwer, jedenfalls behält man einen klaren Kopf. Den hat mir unser neuer Verlagsrepräsentant in Frankreich schicken lassen. Auf seine Kosten. Ein guter Mann übrigens, du solltest ihn bald kennenlernen.«

»Ich habe dich etwas gefragt, Papa!«

Malte von Mellin machte einen Ansatz, sich wieder zu setzen. Aber er blieb stehen, wandte sich um und blickte auf den Hafen hinunter. Schweigend. Minutenlang.

»Ich will und muss auch mit dir reden, Irma«, sagte er endlich. »Nicht nur über die Pläne, die ich mit dir im Verlag habe. Du weißt, ich mag dieses Pathetische nicht, aber es lässt sich nicht immer vermeiden: Wie du ja weißt, will ich irgendwann mein Lebenswerk in deine Hände legen, und damit den Verlag und das Schicksal von vielen tausend Mitarbeitern und ihren Familien.«

»Vater, ich wollte mir dir nicht über den Verlag reden …«

»Unterbrich mich bitte nicht. Was ich sagen will, ist dies: Ich möchte auch, dass du weißt, wie dieses Lebenswerk entstanden ist, worauf es gegründet ist. Wie dieses Wort schon sagt – ein Lebenswerk besteht aus einem Werk und aus einem Leben, und das ist in diesem Fall mein Leben. Und es gibt in diesem Leben einige Dinge, von denen du noch nichts weißt, die du aber erfahren solltest, wenn die Zeit dafür reif ist, weil sie auch mit dem Verlag zu tun haben, den du weiterführen sollst. Nur braucht es dazu eine gewisse …, eine gewisse innere Ruhe und Ausgeglichenheit und eine Grundstimmung. Ich kann darüber nicht so auf Kommando sprechen.«

Malte von Mellin schluckte. Ein Kloß steckte ihm im Hals. Ohne sich seiner Tochter zuzuwenden, öffnete er die schmale Tapetentür neben seinem Schreibtisch, hinter der sich ein kleiner Sanitärraum mit Waschbecken und WC verbarg.

So hatte Irma ihren Vater nur selten erlebt. Es dauerte eine Weile, bis er zurückkam. Er hatte sich wieder gefasst.

»Was ich dazu heute nur sagen kann – gib mir noch ein bisschen Zeit.«

Die Beklommenheit ihres Vaters übertrug sich auf Irma. Eigentlich hatte sie ihn diesmal wirklich zur Rede stellen wollen. Aber jetzt tat er ihr leid. Sie suchte nach Worten und fand zunächst keine.

»Einverstanden«, sagte sie schließlich und stand auf. »Nach unserer Rückkehr aus den USA reden wir. Versprochen?«

»Versprochen!«

Ihr Vater schien erleichtert zu sein. Mit schnellen Schritten ging er zu seinem Schreibtisch.

»Wann geht unsere Maschine morgen?«, fragte er über die Sprechanlage.

»Um 9:30 Uhr ab Hamburg. Von Frankfurt nach Washington habe ich für Sie und Ihre Tochter nur noch zwei Plätze in der First Class bekommen.«

»Wir wollten doch sparen«, sagte der große Verleger mit wieder fest klingender Stimme.

»Die Business Class war schon komplett ausgebucht«, entgegnete die Vorzimmerdame. »Dr. Schlümmer wird in zwei Tagen nachkommen, als vorbildlicher Finanzvorstand fliegt er übrigens Touristenklasse.«

»Guter Mann«, sagte Malte von Mellin. Zum ersten Mal lächelte er an diesem Abend ein wenig.

An der Tür glaubte Irma einen Moment lang, ihr Vater wolle sie an sich drücken, aber dann gab er ihr doch nur die Hand. Wie immer im Verlag. Zum Abschied sagte er: »Lass dir im Vorzimmer die dicke Mappe über das ›Projekt Life-Magazin‹ geben, ich habe für dich ein paar Arbeitsunterlagen und Informationsmaterial zusammenstellen lassen. Sag mir im Flugzeug, was du darüber denkst.«

Ich war mit Irma in der Nähe des Verlagsgebäudes in einem Café verabredet. Neugierig fragte ich, wie das Gespräch mit ihrem Vater gelaufen sei. Doch sie machte nur ein paar Andeutungen.

»Er war bedrückt. Er hat offenbar Angst davor, mir etwas anzuvertrauen. Ich glaube, ich muss mich auf etwas sehr Unangenehmes gefasst machen, was seine Vergangenheit betrifft.«

»An Unangenehmes bist du doch inzwischen gewöhnt«, sagte ich sarkastisch.

Wir wollten eigentlich bei meinem Lieblingsitaliener an der Eppendorfer Landstraße zu Abend essen, aber sie sagte, sie habe leider nicht mehr so viel Zeit. Irma deutete auf einen größeren Pilotenkoffer. »Mein Vater hat mir ein paar Hausaufgaben mitgegeben. Ich fliege morgen mit ihm über Frankfurt nach Washington und muss mich auf einen neuen Geschäftsbesuch in den USA vorbereiten. Arbeitspapiere, Prognosen und Memoranden lesen. Die Leute kennen mich zwar schon, aber es soll immerhin mein erster Auftritt als Verhandlungsführerin des Mellin-Verlages bei unserem Partner von Atlantic Publishing sein. Und da muss ich einen kompetenten Eindruck machen, sonst nehmen die mich nie mehr ernst.«

»Verstehe«, sagte ich und konnte meine Enttäuschung wohl nicht verbergen.

»Wenn du mich zu einem Drink und zu einem Snack in deine Wohnung einlädst – dazu wird es vielleicht doch noch reichen.« Irma lehnte sich an mich. Sie hatte das Geschäftsmäßige abgelegt und lächelte vielsagend.

»Wunderbare Idee«, sagte ich, »dann müssten wir allerdings noch schnell ein paar Kleinigkeiten einkaufen. Im Feinkost-Bioladen gegenüber von meiner Wohnung haben sie selbstgemachte Antipasti und einen sehr guten Pfälzer Riesling.«

Wir fanden, was wir suchten. Und da wir schon mal beim Einkaufen waren, warf ich für mich auch noch schnell Milch, Früchtemüsli und Honig fürs nächste Frühstück in den Einkaufskorb. Walnüsse fehlten noch.

Eine Verkäuferin führte uns zu einem Regal mit Sonnenblumenkernen, Pistazien und Nüssen aller Art.

»Komm jetzt endlich!« Irma warf eilig eine Packung »Original California Walnuts« zu den anderen Lebensmitteln.

Aber ich blieb wie angewurzelt stehen. Als könne ich meinen Augen nicht trauen, starrte ich auf eine kleine, knallgelbe Plastiktüte mit roter Aufschrift und einem kleinen Foto, die vor mir in Augenhöhe direkt neben den Walnüssen lag.

»Was hast du denn? Komm endlich zur Kasse, du weißt doch, ich hab's eilig.«

Irma griff ungeduldig zum Henkel des Einkaufskorbes und versuchte mich wegzuziehen.

»Hier, guck dir das mal an«, sagte ich und hielt sie zurück.

»Was ist denn?«

»Diese Tüte hier. Lies doch mal die Aufschrift und guck dir das kleine Bild dazu an.«

»Orginal California Almonds«, sagte sie und warf die Packung zu den anderen Sachen in den Korb. »Mandeln aus Kalifornien. Na und?«

»Wie hieß der ältere Amerikaner, den wir in der Nacht vor dem Bombenanschlag auf Laurenz Jansen beim Totengebet an dem Findling beobachtet haben – oberhalb der Kiesgrube?«

»Almond«, sagte Irma. »Jedenfalls hat er sich unter diesem Namen im Schlosshotel angemeldet, wie ihr herausgefunden habt. Seinen Vornamen habe ich vergessen.«

»Richtig«, sagte ich, »Fitzgerald P. Almond! – Und erinnerst du dich auch an den Namen des Piloten des abgestürzten amerikanischen Bombers?«

»Nun sag schon, wir haben keine Zeit für ein Namensquiz hier mitten im Laden.«

»Der Mann hieß Mandell«, sagte ich. »Captain Ferdinand Paul Mandell!«

»Ehrlich gesagt, ich verstehe immer noch nicht, worauf du hinauswillst«, sagte Irma und schob mich zur Kasse. Nachdem ich gezahlt hatte, erklärte ich ihr draußen, was ich meinte. Wir standen dabei auf der Isestraße unter der Hochbrücke, über die ab und zu die Bahn ratterte.

»Mandell – das klingt doch wie Mandel. Und die Übersetzung von Mandel heißt – Almond …!«

Ich dachte nach und redete laut dabei.

»Fünf Besatzungsmitglieder sind vor dem Bomberabsturz noch lebend an Bord der Maschine gewesen – das hatte der Captain noch in seinem letzten Funkspruch durchgegeben, der von seinem Geschwader aufgefangen wurde. Aber es wurden bis jetzt nur Leichenteile von vier Männern gefunden. Und es sind ebenfalls bisher nur vier Erkennungsmarken von vier US-Fliegern jeweils bei den vier ermordeten Deutschen hinterlegt worden, sozusagen als Markenzeichen. Kann es also sein, dass der fünfte Mann nicht nur den Crash überlebt hat, sondern auch das, was danach in dieser Nacht im April 1945 geschehen ist und worüber wir noch nichts Genaues wissen? Kann es weiter sein, dass dieser Mann später seinen Namen geändert hat – von Mandell in Almond? Dann wäre dieser junge Captain Mandell von damals heute ein alter Herr von etwa siebzig ...«

Das Licht einer Straßenlaterne spiegelte sich in Irmas Augen.

»Wenn ich dich richtig verstehe, dann willst du damit sagen: Der alte Mann, den wir in der Mondnacht am Felsen über der Kiesgrube und am Tag nach dem Bombenanschlag auf dem Schloss-Parkplatz gesehen haben – der war in den letzten Kriegstagen der Pilot des abgestürzten US-Bombers?«

»Genau das! Und vielleicht ist er auch der Mann, der nach einem halben Jahrhundert Vergeltung üben und den Tod seiner vier Kameraden rächen will. Und dafür hat er einen Killer angeheuert.«

»Den Mann mit dem Indianergesicht ...«

Der dröhnende Lärm der Hochbahn verschluckte Irmas weitere Worte.

43

Washington D.C., Mittwoch, 1. September 1993

Am Dulles International Airport standen trotz der schwülen Augusthitze zwei Männer in korrekten grauen Anzügen, mit blauen Hemden und rotgestreiften Krawatten. Ihre Augen waren hinter dunklen Brillengläsern verborgen. Ihre zugeknöpften Jacketts beulten sich oberhalb der linken Taille, an der Stelle, an der die Profis ihre Pistolen im Schulterholster tragen. Der eine war groß und breitschultrig wie ein in die Jahre gekommener Schwergewichtsboxer. Schweiß perlte auf seiner braungebrannten Glatze. Der andere war jünger und kleiner. Er ähnelte einem dieser Nebendarsteller, die in Mafiafilmen gut aussehende, gerissene Gangster mit Aufstiegschancen verkörpern. Die beiden ließen ihre Blicke über die Passagiere schweifen, die mit der planmäßig gelandeten Maschine aus Frankfurt gekommen waren. Der Kleine hielt ein Stück Pappe über seinen Kopf. Darauf stand mit ungelenker Handschrift: »Mr. and Mrs. Mellin, please!«

Malte von Mellin und seine Tochter Irma hatten ihre Koffer und Taschen nach der Zollkontrolle am Gepäckband 24 auf einen Trolley heben lassen. Ein dunkelhäutiger Gepäckträger pflügte sich vor ihnen einen Weg durch die Menschenmenge in der Ankunftshalle.

Ein angenehmer Flug lag hinter ihnen. Sie waren um 13:10 Uhr mit LH 418 in Frankfurt gestartet und nach knapp neun Stunden ohne Zwischenlandung um 16 Uhr Ortszeit in Washington gelandet. Irma hatte, ein paar Mal vom erstklassigen Speiseservice unterbrochen, auf der ersten Hälfte des Fluges die Unterlagen über das Geschäft mit Atlantic Publishing durchgearbeitet, die ihr Vater ihr gegeben hatte. In den letzten Stunden hatte sie in dem breiten, bequemen Liegesessel ein wenig gedöst, während ihr Vater auf dem Platz neben ihr nach mehreren durchwachten Nächten in einen tiefen, erschöpften Schlaf gefallen war. Sein sägendes Schnarchen ließ sie immer wieder aufschrecken. Wenn sie ihn anstieß, war wieder einer Zeitlang Ruhe gewesen. So wurde es nichts mit der geplanten Besprechung über das »*Life*-Magazin-Projekt«. Sie würden das vor dem ersten Treffen mit den amerikanischen Verhandlungspartnern nachholen müssen.

Die Sekretärin des Verlegers hatte im legendären *Willard Hotel* an der Pennsylvania Avenue in Sichtweite des Weißen Hauses eine Suite mit zwei Schlafzimmern zum Vorzugspreis für Stammgäste gebucht.

»Da hinten links warten schon wieder zwei von diesen betont unauffälligen Bodyguard-Typen auf uns«, sagte Irma zu ihrem Vater und dirigierte den Gepäckträger zu den Männern mit dem Pappschild.

Der Kleine nahm seinen Kaugummi aus dem Mund, behielt ihn aber in der geschlossenen Hand, als er einen Namen nuschelte. Dann machte er laut und deutlich Meldung, so, wie er es mal als GI in der US Army gelernt hatte: »Blackbird Security Service! Welcome in Washington DC, Mister and Miss Mälläng!«

Direkt hinter der Schiebetür stand noch vor der langen Reihe der Taxis eine schwarze Stretch-Limousine mit dunklen Heck- und Seitenscheiben vom Typ Lincoln Continental an der Bordsteinkante. Ein livrierter Chauffeur riss den hinteren Wagenschlag auf. Der kleine Bodyguard setzte sich ihnen gegenüber nach hinten, der Schwergewichtler rutschte neben den Fahrer auf die vordere Sitzbank. Als der Wagen anfuhr, wurden die Türen aus Sicherheitsgründen automatisch verriegelt.

Die Air-Condition-Anlage hatte den Innenraum stark gekühlt. Auf Irmas Armen bildete sich eine Gänsehaut. Draußen hinter den dunklen Scheiben flimmerte das sechsspurige Asphaltband des Virginia Highway 267 East in der Nachmittagshitze. Der Fahrer hatte einen Verkehrssender eingeschaltet.

Nach etwa zehn Meilen klappte der Mann auf dem Beifahrersitz seinen Jackettkragen nach vorn und sprach in ein knopfgroßes Mikrofon: »Limo-Service! Dulles Airport zum Willard-Hotel. Passieren euch in wenigen Minuten.«

In Höhe des Wolf Trap National Park rollte eine Jeep Cherokee von einem Parkplatz auf die Schnellstraße und folgte der überlangen Limousine unauffällig.

»Wir haben euch«, sagte der Fahrer in sein Mikrofon.

Im Abstand von hundert bis zweihundert Metern überquerten die beiden Fahrzeuge den Potomac auf der Theodore Roosevelt Memorial Bridge, rollten über die Constitution Avenue am Park des Weißen Hauses vorüber und bogen an der 14. Straße nach links in die Pennsylvania Avenue ab. Nach vierzig Minuten hielt die dunkle Limousine vor den breiten Treppen und den haushohen Eingangssäulen des imposanten Jugendstilgebäudes mit den schlichten Lettern *The Willard*.

Malte und Irma von Mellin merkten nicht, dass sie beschattet wurden. Bei ihrer Ankunft nicht und auch nicht, als sie in der pompösen Marmorhalle eincheckten.

Der Empfangschef begrüßte sie untertänig, wünschte einen angenehmen und erfolgreichen Aufenthalt in Washington und händigte ihnen zwei Briefumschläge aus, die für sie abgegeben worden waren. Ein livrierter Hoteldiener führte sie zum Fahrstuhl und in ihre Suite in der oberste Etage.

»Was für eine Aussicht!«, sagte Irma. Sie öffnete eines der großen Fenster, beugte sich hinaus und blickte über mächtige Baumkronen zum Schatzamt hinüber, neben dem ein Stück des großen Parks zu sehen ist, in dem das Weiße Haus nur einige hundert Meter entfernt liegt. Erst dann wandte sie sich der Suite zu. Das Interieur schien einem englisch-französischen Landhaus entnommen: Parkettböden und schwere Orientteppiche, weißpatinierte Bücherschrankwand, weinrote Ledersessel, Sofas mit gleichfarbigem Gobelinstoff und üppigen Daunenkissen, Landschaftsgemälde in Öl. Dazu Barschrank und Großbildfernseher. Zwei Bäder prunkten mit Marmor, Facettenspiegeln und goldglänzenden Armaturen.

Irma riss die beiden Umschläge auf.

Eine Nachricht war für ihren Vater von dem Private-Equity-Unternehmen. Einer der beiden Präsidenten von »Art + Media« bat um einen Anruf wegen einer Terminabsprache.

Der andere Brief war an Irma adressiert.

»Ein gewisser Nick Coburn will heute Abend mit mir essen gehen.«

»Von dem habe ich dir doch erzählt, der gehörte zur letzten Chefredaktion des *Life*-Magazins. Hast du in deinen Unterlagen nicht die Informationen über ihn gelesen?«

»Ach ja richtig«, sagte Irma, obwohl sie sich nur vage erinnerte. »Woher weiß der Mann, dass ich heute schon in Washington bin?«

»Weil ich ihm eine Nachricht geschickt habe. Habe ich vergessen, dir das zu sagen?«

»Allerdings.«

»Also verabrede dich. Ruf ihn an. Verschaff dir einen Eindruck von ihm. Ich möchte wissen, was du von ihm hältst, welche Vorstellungen er von einem neuen *Life*-Magazin hat und ob du dir eine Zusammenarbeit mit ihm vorstellen kannst.«

Coburn hatte am Telefon eine angenehme Stimme. Er versuchte ein wenig deutsch zu sprechen. Es hörte sich sympathisch an.

Er fragte sie, ob sie in ein bestimmtes Restaurant gehen wolle.

Kein bestimmtes Lokal, sagte sie, aber Georgetown wäre schön. Sie mochte diesen 300 Jahre alten, von Diplomaten, Journalisten und kreativen Leuten bevorzugten Stadtteil mit der berühmten Universität oberhalb des Potomac.

Okay, sagte der Amerikaner, dann schlage er eines seiner Lieblingsrestaurants vor. Das *Clyde's of Georgetown*. Um 20 Uhr?

Ob er sie im *Willard* abholen solle? Nein, sagte Irma, sie werde mit einem Taxi kommen.

Gut, sagte er, er habe Fotos von ihr gesehen und werde sie sicherlich gleich erkennen. Und lachend fügte Coburn hinzu: »Ich bin übrigens mittelgroß, mittelblond und mittelalt – also ein unverwechselbarer Typ.«

Als Erkennungszeichen werde er ein altes *Life*-Magazin in Händen halten.

44

Irma probierte verschiedene Kleider an, dann entschied sie sich für ein marineblaues, sportlich-flottes Kostüm mit weißem T-Shirt. Sie schminkte sich kaum und legte nur eine schlichte Goldkette an. Sie fand sich passend gekleidet, wie eine Geschäftsfrau nach Feierabend.

»Gut siehst du aus«, sagte Malte von Mellin, als sich seine Tochter verabschiedete. Er selber sei zu einem ersten Treffen mit diesen Investmentleuten in einen vermutlich versnobten Club auf dem Capitol Hill eingeladen worden.

Vorher wolle er sich noch ein bisschen frisch machen.

Um Viertel vor acht Uhr Washingtoner Zeit meldete der Concierge des Willard-Hotels, ein Wagen für Mister Mellin stehe an der Auffahrt bereit. Als der Verleger die Tür der Suite hinter sich ins Schloss zog, näherte sich der kleinere der beiden Leibwächter, der am Ende des Flures Wache gehalten hatte.

»Ich brauche Sie heute nicht«, sagte Malte von Mellin.

»Tut mir leid«, sagte der Bodyguard energisch, »ich habe von meinen Vorgesetzten den Auftrag, Sie zusammen mit meinem Kollegen in Washington ständig zu begleiten. Zu Ihrer Sicherheit!«

Sein dicker Kollege stand unten an der Fahrstuhltür.

Draußen warteten derselbe Fahrer, der ihn und seine Tochter bereits vom Flughafen abgeholt hatten.

»Zum Lincoln Park Club.« Malte von Mellin nannte dem Fahrer den Treffpunkt auf dem Capitol Hill. Der tippte mit der gestreckten rechten Hand an seine Stirn, wie zu einem lässigen militärischen Gruß. Diesmal setzten sich die beiden Bodyguards zu ihm nach hinten in den Fond der großen Limousine. Wieder bemerkte Malte von Mellin den dunklen Cherokee nicht, der ihnen folgte.

Sie fuhren über die Independence Avenue parallel zu dem breiten Grünstreifen der Mall, der auf das Capitol zuführt. Die mächtige Kuppel leuchtete im späten Sonnenschein. Sie erreichten die North Carolina Avenue und den Capitol Hill, ein gutbürgerlich anmutendes Viertel der amerikanischen Hauptstadt, dessen Grundriss mit breiten Avenuen, idyllischen Plätzen und behaglichen Nebenstraßen noch beinahe unverändert aus dem 18. Jahrhundert stammt. Mittendrin liegt der Lincoln Park, ein grünes Rechteck von der Größe einiger Fußballfelder. Malte von Mellin mochte diese gepflegte Gegend. Hier wechselten sich Straßenzüge mit schlichten Einfamilienhäusern, Supermärkten, Restaurants und prächtigen Gebäuden mit parkähnlichen Gärten ab, die auf den Wohlstand der Erbauer und der gegenwärtigen Besitzer schließen ließen. Nach einer Viertelstunde hatte Malte von Mellin den Eindruck, dass sie immer wieder durch dieselben Straßen fuhren. Schon zum dritten Mal sah er durch Bäume und Büsche hindurch das große Denkmal von Abraham Lincoln, der die Unabhängigkeitserklärung in der Hand hält, während ein Schwarzer vor ihm kniet. Spaziergänger ließen ihre Hunde frei herumlaufen. Auch das kleine Restaurant mit der Aufschrift »Park Cafe« und den Blumenkübeln davor hatte er inzwischen schon mehrmals gesehen.

»Kennt der Fahrer die Adresse nicht? Ich habe eine Verabredung!«, sagte er schließlich ungehalten, während der kleine Bodyguard eine Nachricht in seinem knopfgroßen Kopfhörer erhielt.

»Okay, okay!«, war alles, was er antwortete.

Als hätten sie auf dieses Signal gewartet, stürzten sich die beiden Leibwächter auf Malte von Mellin.

Einer drückte seinen Kopf nach hinten. Der andere klebte ihm mit einem breiten Band den Mund zu. Sie drehten ihm die Arme auf den Rücken und zogen eine Plastikfessel um seine Handgelenke. Sie verdeckten seine entsetzten Augen mit einer Schlafmaske, wie man sie im Flugzeug bekommt, setzten ihm eine Baseballkappe auf und drückten den Schirm in sein Gesicht.

»Sorry, Sir«, sagte der kleine Bodyguard schnaufend, als sie mit ihrer Arbeit fertig waren. Dann zogen sich die beiden Entführer weiße Kittel über.

Minuten später bremste der Wagen. Die Seitentür wurde aufgerissen. Kräftige Arme zogen den Gefesselten nach draußen. Malte von Mellin strampelte und schnaubte durch die Nase, als man ihn wegtrug. Er spürte, wie er auf eine Trage gelegt und mit Gurten festgeschnallt wurde. Er konnte nicht sehen, dass ein dunkler Jeep Cherokee am Straßenrand hielt, in dessen Rückfenster jetzt ein Leuchtschild mit der Aufschrift »Doctor in emergency« blinkte. Ein Mann mit einem Arztkoffer in der Hand sprang heraus und lief hinter den beiden Trägern her.

Zwei ältere Damen führten auf der anderen Straßenseite ihre Schoßhündchen spazieren. Sie beachteten der vermeintlichen Krankentransport kaum. So etwas kam häufiger vor in dieser von vielen Pensionären bewohnten Gegend. Sie wunderten sich auch nicht, dass der Mann auf der Trage nicht in den Notarztwagen, sondern in ein großes, heruntergekommenes Jugendstilgebäude gebracht wurde, dessen einstmals weiße Fassadenfarbe von braunen Backsteinwänden platzte.

Der letzte Pächter hatte in dem Haus erst ein »Bed & Breakfast«-Gästehaus und dann ein getarntes Edelbordell betrieben. Beide Einrichtungen waren gern von Kongressabgeordneten frequentiert worden, doch nach einem Dachstuhlbrand hatte die einstige Washington-Residenz eines texanischen Ölmillionärs lange Zeit leer gestanden. Die Holzveranda in der obersten Etage war verkokelt, die Fensterhöhlen mit Brettern vernagelt und das zerstörte Spitzdach des Rundturmes mit einer Plastikplane notdürftig abgedichtet. Offenbar hatte es Probleme mit der Brandschutz-Versicherung gegeben.

Nun schien das Haus endlich verkauft worden zu sein. Jedenfalls war seit einigen Tagen das Maklerschild mit der Aufschrift »For Sale« aus dem verwilderten großen Grundstück verschwunden, das auf der Rückseite an den Park des renommierten Lincoln Park Clubs grenzte. Nur eine dichte Hecke trennte die beiden Anwesen.

»Vielleicht ist dem neuen Besitzer schlecht geworden, als er den Zustand des Hauses genauer gesehen hat«, sagte eine der beiden Hundehalterinnen, die in der Nachbarschaft wegen ihrer spitzen Zunge gefürchtet war.

Irma von Mellin steckte sich im Taxi ihre offenen, langen Haare zu einem Knoten zusammen und blickte dabei über die Vordersitze in den Rückspiegel. Das sieht seriöser aus, fand sie.

Ob sie in Eile sei, fragte der dunkelhäutige Taxifahrer, nachdem er die Zähluhr eingeschaltet hatte. Um diese Zeit würden sie bis nach Georgetown normalerweise zwanzig Minuten brauchen, er könne es aber auch in einer Viertelstunde schaffen, wenn er einen schnelleren Umweg fahre.

An der M Street, dem verkehrsreichen Georgetown-Boulevard mit seinen exklusiven Modeläden, Cafés und Restaurants, kam der Wagen trotzdem nur langsam voran. Die Gegend erinnerte Irma an das London der sechziger und siebziger Jahre, an Hampstead und an die King's Road.

Das *Clyde's* war typisch für Georgetown: amerikanischer Kolonialstil, viel altes Eichenholz, Leder und Messing, Tiffany-Lampen, gerahmte Ölbilder an unverputzten Wänden, Holzmodelle von historischen Flugzeugen unter der Decke. In einem grob gemauerten Kamin flackerten auch im August Gasflammen um imitierte Holzscheite aus Stein. Irma sah sich suchend um. Das Lokal war voll und laut. Coburn hatte einen ruhigen Tisch in einer Nische reserviert. Er stand auf und wedelte mit einem *Life*-Magazin. Kein schöner, aber ein interessant aussehender Mann, befand Irma auf den ersten Blick. Er trug ein schwarzes Polohemd zu einem braunen Cordsakko. Mit randloser Brille und dem graublonden Stoppelbart wirkte er wie ein Dozent der Georgetown University für Kunstgeschichte oder Literatur, der sich mit Tennis oder Rudern fit hält. Sie schätzte ihn auf Mitte fünfzig.

»Just call me Nick«, sagte er gleich nach der Begrüßung.

Irma nannte ihn jedoch hartnäckig »Mister Coburn«, schließlich war es eine geschäftliche Verabredung.

Sie bestellten beide das klassische Dinner-Special des Hauses: Rib Eye Steak, dazu Salat und eine Flasche kalifornischen Chardonnay. Das Steak war groß, dick und perfekt gegrillt, außen kross und innen zartrosa. Der kräftige Chardonnay passte bestens dazu. Die anfänglich etwas verkrampfte Stimmung wurde lockerer. Die deutsche Verlegertochter und der amerikanische Journalist plauderten über Washington und Hamburg, über den Niedergang der Fernsehprogramme in ihren Ländern, und sie stellten fest, dass sie beide Golf spielten. Coburn lud Irma zu einer Runde auf dem City-Golfplatz von Washington ein, der auf einer Halbinsel im Potomac liegt. Beim nächsten Besuch vielleicht, sagte sie ausweichend. Erst als sie Mango-Sorbet zum Dessert bestellten, kamen sie zum eigentlichen Thema ihres Treffens.

»Glauben Sie nicht, dass die Zeit der großen Reportagemagazine, besonders der Fotoreportagen, vorbei ist?«, fragte Irma den ehemaligen stellvertretenden Chefredakteur. »Das Fernsehen bringt heute aktuellere, schnellere, bewegte Bilder. Und Touristen reisen in entlegene Winkel der Erde, in die sich früher nur Reporter und andere Abenteurer gewagt hätten.« Aus diesen Gründen sei *Life* doch vor gut einem Jahrzehnt eingestellt worden.

Coburn kannte diese Argumente.

»Nein, im Gegenteil«, sagt er. »*Life* wurde eingestellt, weil es zu erfolgreich war. Wir hatten bis zuletzt eine sehr hohe Auflage und die Anzeigenpreise waren mit einigen hunderttausend Dollar pro Seite deshalb so teuer, dass sie sich nur noch wenige große Konzerne leisten konnten.«

Er sei überzeugt, dass ein wiederbelebtes Magazin mit dem legendären Namen *Life* eine große Chance auf dem internationalen Markt haben würde.

»Weil sich die Zeit wieder geändert hat.«

Zumindest besser gebildete Leute würden wegen des flüchtigen, oberflächlichen, von hirnlosen Werbespots unterbrochenen Fernsehens wieder mehr lesen und mehr Sinn für nachhaltig wirkende, erstklassige Fotografie und für gute Reportagen haben. Eine Marktforschungsagentur sei jedenfalls zu diesem Ergebnis gekommen. Das neue *Life*-Magazin müsse gut und teuer sein. Deshalb sollten neben einem relativ kleinen Redaktionsstamm die besten freien Schreiber und Fotografen in Deutschland und Amerika als Mitarbeiter gewonnen werden. Er würde auch eine vertragliche Kooperation mit der weltbesten Fotografenagentur *Magnum* in New York vorschlagen.

Irma war von Coburns Analysen und Vorschlägen beeindruckt, aber sie bemühte sich, das nicht zu zeigen. Auch noch bei der zweiten Flasche Chardonnay bliebt sie distanziert. Durch den Zeitunterschied sei sie müde, erklärte sie. Sie bat um die Rechnung und verabschiedete sich.

»Wir werden das Gespräch fortsetzen«, sagte sie beim Abschied. Es wäre gut, wenn Coburn dafür ein konkreteres Arbeitspapier schreiben würde: Erscheinungsweise, Format, geschätzte Redaktionskosten, mögliche Auflagen, realistische Anzeigenaufkommen in beiden Ländern und so weiter und so fort.

Coburn winkte Irmas Taxi hinterher.

Kurz vor Mitternacht herrschte wenig Verkehr in Washington. Der Nachtportier des Willard-Hotels riss mit einer tiefen Verbeugung die gläserne Eingangstür vor Irma auf. An der Rezeption gab man ihr aus einem der Fächer in der Rückwand die Sicherheitskarte für die Tür zu ihrer Suite.

Ihr Vater war noch nicht da. Irma wunderte sich, dass er nach dem langen Flug und bei dem Jetlag so lange durchhielt – aber vermutlich führte er auch interessante Gespräche.

Sie trank noch einen Portwein aus dem großen Barschrank und blickte über das nächtliche Washington. Sie wartete fast eine Stunde lang. Irma hätte ihrem Vater noch gern von ihrem Gespräch mit Nick Coburn erzählt.

Gegen ein Uhr legte sie einen Zettel für ihn auf den Parkettboden des Flurs.

»Schlaf gut! Wollen wir um 8 Uhr zusammen frühstücken? Liebe Grüße Irma!«

Dann ging sie in ihr Schlafzimmer und zog die Tür hinter sich zu. Im Bett versuchte sie noch im Lokalteil der *Washington Post* zu lesen, aber dabei fielen ihr fast die Augen zu. Sie löschte das Licht.

Das alte Telefon klingelte hart und schrill wie eine Kreissäge.

Irma schreckte aus einem unruhigen Schlaf hoch. Ihr Herz klopfte laut. Sie wusste im ersten Moment nicht, wo sie war, und es dauerte eine Weile, bis sie neben dem breiten Queen-Size-Bett den Schalter der Nachttischlampe gefunden hatte. Das Telefon schrillte immer weiter. Als sie endlich den schweren Hörer aus der Gabel genommen hatte, hörte sie merkwürdige kratzende Geräusche im Hintergrund. Und dann eine rauchige Stimme mit amerikanischem Akzent. Die Stimme sagte in gutem Deutsch:

»Keine Sorge, Fräulein Mellin ... Ihrem Vater geht es gut ... Er lässt Sie grüßen und bittet Sie dringend, nicht die Polizei zu alarmieren ...«

Hatte sie richtig gehört?

»Wer ist da?«

»Keine Polizei!«, sagte der Anrufer.

Irma wollte schreien, aber ihre Stimme versagte kläglich.

45

Washington D.C., Donnerstag, 2. September 1993

Ein Eichhörnchen sammelte Vorräte für den Winter – das war das Erste, was Malte von Mellin am Morgen von der Außenwelt wahrnahm.

Das putzige Tier mit dem langen, buschigen Schwanz machte Männchen und hielt eine Haselnuss in den Vorderpfoten. Dabei guckte es neugierig durch das vergitterte Fenster herein, durch das er in einen verwilderten Garten hinausblicken konnte. Das Eichhörnchen saß in Augenhöhe vor ihm, denn er stand auf einem Stuhl in einem Kellerraum mit mehreren hoch liegenden, schmalen Fenstern aus dickem Sicherheitsglas. Die Fenster waren abgeschlossen und mit rostigen, aber stabilen Gitterstäben gegen Einbrecher gesichert.

Die Wirkung des Schlafmittels, das man ihm injiziert hatte, ließ nur allmählich nach. Ein Heftpflaster klebte noch in seiner linken Armbeuge an der Einstichstelle der Spritze.

Malte von Mellin trug einen fremden, noch nach Waschpulver riechenden Schlafanzug und Wegwerf-Frotteesandalen, die aus irgendeinem Hotel stammten. In der hinteren Ecke des großen, quadratischen Raumes lag eine Matratze mit zerwühltem Bettzeug. Fitnessgeräte standen herum, ein Fahrradtrainer, ein Stepper, ein Rudergerät, eine Sprossenwand. Auch ein Holztisch und ein Stuhl gehörten zur Raumausstattung. In eine Wand waren zwei Lautsprecher eingelassen. Offenbar hatte es früher eine Musikanlage gegeben. Über allem lag eine dünne Staubschicht, und es roch stickig. Der türgroße Spiegel neben der Fensterwand war verschmiert. Er konnte darin nur verschwommen einen Mann in einem gestreiften Schlafanzug erkennen, der eine entfernte Ähnlichkeit mit ihm hatte. Der Mann sah krank und älter aus als er.

An der Sprossenwand hingen sein Anzug und seine übrigen Sachen. Seine Schuhe standen darunter. Nur seine Brieftasche fehlte.

Seine klassische Omega-Armbanduhr hatte man ihm gelassen. Es war 8:26 Uhr Washington-Zeit. Vor mehr als zwölf Stunden hatten ihn die beiden Männer überfallen, die er für seine Leibwächter gehalten hatte. Er konnte sich noch erinnern, dass er gefesselt und geknebelt und auf eine Trage geschnallt worden war. Dabei war die Schlafmaske verrutscht. Dann hatte sich ein Mann mit einer Spritze in der Hand über ihn gebeugt. Und dann war es um ihn herum dunkel geworden. Wie er hierher gekommen war, wusste er nicht mehr.

Durch die Fenster und durch davor wachsendes Buschwerk fiel eine grünliche Helligkeit in den verstaubten Fitnesskeller. Das Eichhörnchen sprang über eine Wiese und kletterte eilig den dicken Stamm einer nur wenige Meter entfernt stehenden Rotbuche hinauf.

Malte von Mellin erkundete weiter sein Kellerverlies. In einem Nebenraum gab es zwei Waschbecken, zwei Duschen und ein WC. Alles funktionierte. Auch das Licht. Die Ausgangstür war verschlossen. Es war eine dicke Brandschutztür mit einer aufgesetzten Metallplatte.

Der gefangene Verleger setzte sich auf den Stuhl und überlegte, was das alles zu bedeuten hatte. Wer steckte hinter seiner Entführung? Was wollte man von ihm? Seine Gedanken verwirrten sich. Deshalb tat er das Naheliegende. Er ging unter die Dusche. Sogar eine neue Flasche Shampoo lag bereit. Auch an Handtücher hatte man gedacht.

Kurz nachdem er sich angezogen hatte, wurde die Eingangstür aufgerissen. Der dicke Entführer blieb in der Tür stehen. Der Kleinere balancierte ein volles Tablett herein und stellte es auf den Tisch.

»Breakfast, Sir«, sagte er und vermied es, den Gefangenen anzusehen.

»Was soll das alles?«, fragte Malte von Mellin.

Die beiden verschwanden wortlos. Der Sicherheitsschlüssel wurde zweimal herumgedreht.

Das Frühstück sah appetitanregend aus. Und er hatte Hunger. Kaffee duftete aus einer bauchigen Kanne. Es gab Orangensaft, fertiges Müsli mit Obst, ein gekochtes Ei, Toastbrot und Marmelade. Malte von Mellin aß mit erstaunlich gutem Appetit für einen Mann in seiner Lage. Auf der Unterseite des schlichten weißen Geschirrs entdeckte er einen verwaschenen Aufdruck »Capitol Hill Bed & Breakfast House«.

Als er fertig war, knackte es in einem der beiden Wandlautsprecher. Erschrocken zuckte er zusammen. Eine Stimme räusperte sich und sagte dann in einer Mischung aus Deutsch und amerikanischem Englisch:

»Guten Tag, Mister von Mellin. Schön, dass es Ihnen geschmeckt hat. Wir hoffen, Sie haben sich gut erholt, denn vor Ihnen liegt ein anstrengender Tag.«

»Wer sind Sie? Was wollen Sie von mir?« Malte von Mellin erkannte seine eigene Stimme nicht. Sie klang angstvoll.

»Übrigens können wir Sie nicht verstehen, dies ist eine einseitige Sprechanlage«, sagte der Lautsprecher.

»Sie werden wissen wollen, warum Sie in diese Situation gekommen sind. Vermutlich werden Sie es ahnen. Wir werden Ihnen dennoch einige Papiere bringen lassen, die Sie darüber aufklären werden, was Ihnen bevorsteht. Im Übrigen haben wir Ihre Tochter darüber informiert, dass es Ihnen gut geht. Sie werden bald mit ihr sprechen können …«

Es knackte wieder. Dann war es still.

Offenbar hatte man abgewartet, bis er zu Ende gefrühstückt hatte. Wahrscheinlich wurde der Raum mit Abhörwanzen oder versteckten Kameras überwacht. Er suchte im Raum herum, fand aber nichts. Malte von Mellin nahm sich vor, kontrolliert und selbstbewusst zu erscheinen. Er musste an die Entführung des Industriellen Richard Oetker denken. Der war in eine Holzkiste gelegt und mit Stromstößen gefoltert worden, bevor er gegen ein Lösegeld von 21 Millionen Mark freigelassen worden war. Da ging es ihm in seinem Kellergefängnis noch recht gut, geradezu komfortabel war es hier.

Ob seine Kidnapper auch Lösegeld kassieren wollten? Er machte sich darüber wenig Illusionen. Und er ärgerte sich, dass er in eine gut gestellte Falle gegangen war: Nach allem, was in den letzten Wochen geschehen war, nach den Morden an seinen Jugendfreunden, hatte seine Entführung etwas mit seiner Vergangenheit zu tun – daran zweifelte er kaum noch.

Nachdem er etwa eine Stunde lang in dem Raum auf und ab gelaufen war, stellte er sich wieder auf den Stuhl, um in den verwilderten Garten hinaussehen zu können. Ein leichter Regen hatte eingesetzt. Das Eichhörnchen war verschwunden.

In seinem Rücken wurde die Metalltür geöffnet und gleich wieder zugeschlagen. Als er sich umdrehte, stand ein alter Telefonapparat mit einer Schnur und einem Stecker am Boden. Daneben lag ein Blatt Papier. Er hob es auf und las, was dort in fehlerfreiem Deutsch mit einer Schreibmaschine getippt worden war:

»Hallo Irma. Hier spricht dein Vater. Mir geht es gut. Informiere niemanden über mein Verschwinden. Niemanden! Sag meine Termine in Washington für heute und für die nächsten Tage ab mit der Begründung, ich sei schon wieder wegen überraschender geschäftlicher Probleme nach Deutschland zurückgeflogen und werde mich wieder melden. Unternimm nichts, rede mit niemandem. Schalte nicht die Polizei ein. Sonst werde ich sterben! Auch dein Leben ist in Gefahr. Du wirst ständig überwacht. Ich muss das Gespräch jetzt beenden! Warte, bis ich mich wieder melde!«

Wieder knackte der Lautsprecher.

»Sie können das Telefon jetzt an die Wandbuchse hinter dem Tisch anschließen. Wir werden gleich eine Verbindung zu Ihrer Tochter herstellen. Lesen Sie ihr dann nur diesen Text Wort für Wort langsam und deutlich vor und legen Sie danach sofort auf. Sofort, haben Sie verstanden? Keine sonstigen Mitteilungen, keine Fragen beantworten, sofort auflegen!«

Kurz darauf klingelte das Telefon. Malte von Mellin griff hastig zum Hörer. »Hallo …! Bist du es, Papa …?«

»Ja, Irma.«

»Wo bist du? Wie geht es dir? Was ist passiert?«

Malte von Mellin las den vorgeschriebenen Text ab. Er hörte, wie seine Tochter noch einmal »Papa!« rief. Dann drückte er die Gabel herunter.

»Gut gemacht, stellen Sie das Telefon wieder an die Tür«, sagte die Lautsprecherstimme in einem betont deutlich gesprochenen, amerikanischen Englisch.

Das Rascheln von Papier war zu hören.

»Sie werden sich fragen, warum Sie gefangen genommen worden sind und was Sie erwartet. Die Antwort ist: Ihnen wird ein Prozess wegen eines schweren Kriegsverbrechens gemacht. Näheres darüber werden Sie in Kürze erfahren.«

Der Lautsprecher knackte erneut. Dann war es still. Kurz darauf wurde die Tür des Kellergefängnisses aufgerissen und ein Umschlag auf den alten Linoleumboden geworfen. Darauf stand in großen schwarzen Buchstaben: *»Anklage gegen M. v. Mellin wegen Kriegsverbrechen«*.

46

Seine Armbanduhr zeigte 16:30 Uhr, als die beiden Kidnapper erneut in seinem Kellerverlies erschienen.

»Sorry, Mister Mellin. Wir haben Auftrag, Sie zu fesseln und Ihnen die Augen zu verbinden«, sagte der kleinere der beiden Männer, die er für seine Leibwächter gehalten hatte. »Es ist besser für uns alle, wenn Sie keinen Widerstand leisten.«

Er fügte sich in sein Schicksal.

Sie führten ihren Gefangenen eine steile Treppe hinauf, über einen langen Flur oder durch ein großes Zimmer mit einem rissigen Stein- oder Fliesenfußboden. Den Bodenbelag konnte er unter den Schuhsohlen spüren. Von einer nahen Straße hörte er Verkehrsgeräusche. Vor ihm wurde eine quietschende Tür geöffnet und hinter ihm wieder geschlossen. Danach kam von draußen kein Laut mehr. Jemand hustete unterdrückt. Jemand schnäuzte sich. Die Geräusche hallten nach. Offenbar befand er sich in einem großen, leeren Raum. Dann hörte er eine befehlsgewohnte Stimme.

»Nehmen Sie Mister Mellin die Handfesseln und die Augenbinde ab!«

Er stand mitten in einem spärlich erleuchteten großbürgerlichen Salon. Wände und Decken waren mit Stuckelementen versehen, der Parkettboden mit einer dunklen Intarsieneinlage in Form eines großen Sterns verziert. Von der Decke hing ein gewaltiger Kronleuchter, in dem aber nur wenige Birnen brannten. Alles machte einen leicht morbiden Eindruck. Seine beiden Begleiter hatten ihn mitten in den Raum hinter einen einzelnen Thonetstuhl gestellt. Seine Hände berührten die geschwungene Buchenholzlehne und hielten sich dann daran fest. Es war das einzige Möbelstück in dem ansonsten leeren Zimmer; erst als sich seine Augen an die Lichtverhältnisse gewöhnt hatten, sah er vor der gegenüberliegenden Wand drei nebeneinander geschobene Tische, auf denen Bürolampen aus den dreißiger Jahren standen. Schwache Lichtkegel fielen auf die mit grünem Filz belegten Tischplatten. Hinter dieser Tischreihe saßen vier Männer nebeneinander und blickten ihn schweigend und mit dem aufmerksamen Interesse von Sammlern an, denen ein besonderes Fundstück präsentiert wird. Ihre Gesichter wurden schwach vom Widerschein der Lampen erhellt.

Malte von Mellin holte seine randlose Brille aus dem dünnen Futteral, das in seiner Jackentasche gesteckt hatte. Er putzte sie sorgfältig mit einem Papiertaschentuch, weil die verschmierten Gläser den Blick getrübt hatten, aber auch, weil er Gelassenheit demonstrieren wollte. Tatsächlich wurde er durch diese kleine Geste innerlich ruhiger. Und nun konnte er auch die Namensschilder auf den Tischen lesen, hinter denen die Männer wie Teilnehmer einer Podiumsdiskussion saßen. Wenn das ihre richtigen Namen waren dann war es kein gutes Zeichen. Das dürfte seine Überlebenschancen erheblich verringern. Man würde ihn kaum als Zeugen und Opfer einer gewaltsamen Entführung davonkommen lassen.

Die Männer taxierten ihn noch immer wortlos.

Malte von Mellin blickte ebenso schweigend zurück und prägte sich ihre Gesichter ein.

Die beiden in der Mitte waren vermutlich um die sechzig. Sie sahen aus wie Geschäftsleute, wie Bankmanager oder höhere Beamte, die in der Business Class Lounge auf ihre Flüge warteten. Der mit der hohen Stirn schien sein Gesicht hinter einer schweren, übergroßen Hornbrille zu verstecken. »Randolph G. Berkowitz« stand auf seinem Schild. Sein Nebenmann, ein »Mortimer W. Marshall«, hatte graubraune Haare, hängende Backen und gerötete Augen. Ein halb offen stehender Mund verstärkte die Ähnlichkeit mit einem alternden Jagdhund, der auf Beute lauert.

Der Mann rechts außen war vermutlich erst fünfzig. »Erik Vandenberg« entzifferte Malte von Mellin mit vorgerecktem Kopf. Vandenberg hatte breite Schultern, ein kantiges, hartes Gesicht und einen kurz gestutzten mittelblonden Bürstenhaarschnitt. Er trug ein graues Glencheck-Sakko mit hellblauem Polohemd, eine Uniform hätte besser zu ihm gepasst. Der Mann ganz links war offenkundig der älteste. Er war groß und hager. Sein schmales Gesicht wurde von einer ausgeprägten Nase beherrscht. Er hatte sein Kinn gehoben und sah dadurch hochmütig oder herablassend aus. Malte von Mellin schätzte ihn auf etwa siebzig. Seine dandyhafte Kleidung passte nicht zu ihm. Zu einem beigefarbenen Anzug trug er ein hellblaues Hemd und dazu ein Halstuch und rotes Einstecktuch im Jackett, beides in weinrot. Als er sich vorbeugte und eine Mappe aufschlug, fiel Licht auf seinen fast kahlen Schädel. Über der linken Schläfe war eine auffällige Narbe nicht zu übersehen. Auf seinem Schild stand der Name »Fitzgerald P. Almond«.

Malte von Mellin überlegte, wo er diesen Mann schon einmal gesehen hatte. Aber er kam nicht darauf.

Das also sind meine Richter, dachte er. Das sind die Männer, die schon die Morde an meinen Jugendfreunden beschlossen haben und die über mein Schicksal entscheiden wollen.

Zwei der Namen kamen ihm bekannt vor. Berkowitz und Vandenberg. Der erste war nach seiner Erinnerung ein ehemaliger Politiker, aber an seine Position konnte er sich nicht erinnern, der zweite schien in irgendwelche Politaffären verwickelt gewesen zu sein, aber Genaueres wusste er nicht mehr. Als habe er seine Gedanken erraten, sagte der Mann mit dem Aussehen eines alten Jagdhundes: »Guten Tag, Mister

Mellin. Wir hoffen, es geht Ihnen den Umständen entsprechend gut. Wir sind gespannt darauf, was Sie uns zu sagen haben.«

Anscheinend wartete er auf eine Entgegnung, aber Malte von Mellin sagte nichts.

»Damit Sie wissen, mit wem Sie es hier zu tun haben, haben wir für Sie unsere Namen auf diese Papiere hier geschrieben. Lassen Sie mich aber noch ein paar Worte über mich und meine Partner sagen: Wie Sie sehen können, ist mein Name Mortimer William Marshall, ich war viele Jahre lang Richter am District Court of Columbia und bin heute als Wirtschaftsberater tätig. Meine Freunde haben mich gebeten, als Sprecher dieser Jury zu fungieren und den Vorsitz dieser Verhandlung zu führen.« Er deutete nach rechts. »Vermutlich werden Sie von Mister Berkowitz gehört haben, er war einige Jahre lang stellvertretender Verteidigungsminister der Vereinigten Staaten und arbeitet heute für die Militärindustrie. Mister Vandenberg ist Gründer und Chairman von »Blackbird Global Security«, dem bekannten Sicherheitskonzern, der auch für unsere Regierung arbeitet. Mister Almond leitet als Seniorchef noch immer tatkräftig die große Anwaltskanzlei Almond, Lyson & Partner in New York, und er hat einigen Einfluss hier in Washington.

Sie sehen, Sie haben es mit Leuten von einiger Reputation zu tun. Und lassen Sie mich auch sagen, dass wir unabhängig von dem hier anstehenden Verfahren Ihr Lebenswerk ebenfalls durchaus respektieren.«

Marshall blätterte in den Papieren, die vor ihm lagen, und hob eine dünne Mappe empor.

»Wir haben Ihnen diese Anklageschrift hier zugestellt. Haben Sie sie gelesen?«

Malte von Mellin schwieg. Er ließ seinen Blick von links nach rechts über die Gesichter seiner Ankläger wandern und wunderte sich dabei über seine Ruhe.

»Nun, wenn Sie wollen, kann ich Ihnen auch noch einmal kurz zusammengefasst vortragen, was Ihnen vorgeworfen wird.«

Der alte Richter schob seinen Stuhl nach hinten und schlug das rechte Bein über das Linke. In dieser bequemen Haltung schien er in einen gemütlichen Plauderton zu verfallen.

»Sie können ebenfalls Platz nehmen, Mister Mellin.«

Malte von Mellin setzte sich auf das Rohrgeflecht des unbequemen Stuhls.

»Vorweg möchte ich Ihnen etwas erklären«, begann Marshall noch einmal. »Wir sind selbstverständlich kein ordentliches Gericht. Wir wollen hier auch keine Farce aufführen und Gerichtsverhandlung spielen, mit Richter und Geschworenen, Ankläger und Verteidiger. Wir vier sind das alles zusammen. Wir sind eine Jury, die keine Gerechtigkeit im herkömmlichen juristischen oder philosophischen Sinne sucht – wir wollen vielmehr über eine späte Vergeltung für eine unmenschliche Schandtat entscheiden, an der Sie mitgewirkt haben. Sie können unser Projekt auch Rache nennen. Diese Jury besteht aus amerikanischen Patrioten. Es gibt Leute, die uns radikale Konservative nennen. Wir fühlen uns berechtigt, auch noch nach langer Zeit ein bestialisches Verbrechen zu sühnen, das an jungen, tapferen Amerikanern kurz vor Ende des Krieges in Ihrem Nazideutschland begangen worden ist. Einer von uns hat damals seine vier Kameraden verloren. Mit ihm zusammen wollen wir alle Schuldigen bestrafen. Also Sie und Ihre Freunde, Mister Mellin. Sie habe damals unsere Männer ermordet. Sie haben ihren Familien und Angehörigen die Söhne, die Ehemänner und in zwei Fällen auch den Vater genommen. Nun handeln wir nach dem alttestamentarischen Prinzip ›Auge um Auge, Zahn um Zahn!‹«

Marshall hatte sich in Eifer geredet. Er musste zweimal tief Luft holen, bevor er fortfahren konnte.

»Warum ich das alles erkläre? Nun, wir haben uns auf Initiative eines Mannes aus unserer Mitte zusammengefunden, der bei dem Kriegsverbrechen, über das hier verhandelt werden wird, dabei gewesen ist. Unser Freund Fitzgerald P. Almond gehörte damals zu den Opfern. Und Sie zu den Tätern. Wir werden hier über Ihre ganz persönliche Schuld oder Unschuld befinden. Und wir sind dabei natürlich keineswegs neutral, Mister Mellin.«

Der Sprecher wischte sich mit einem Taschentuch über die Stirn.

»Viermal haben wir in dieser Angelegenheit bereits unser Urteil gesprochen. Die Schuldigen sind in Deutschland in unserem Auftrag hingerichtet worden.

In Ihrem Fall, Mister Mellin, haben wir uns entschlossen, Sie zuvor als

Angeklagten anzuhören, bevor wir unsere Entscheidung fällen werden. Das hat auch, wir wollen das nicht verhehlen, mit Ihrer Lebensleistung nach dem Krieg und mit Ihrer heutigen Stellung in Deutschland zu tun. Und es gibt für uns Fragen, was Ihre spezielle Rolle bei dieser unmenschlichen Tat angeht, die im April des Jahres 1945 geschehen ist. Dabei gehen wir von Ihrer Mitwirkung bei der Aufklärung aus. Ein Schweigen, eine Aussageverweigerung werden wir als Schuldeingeständnis werten. Wir werden also, so oder so, zu einem Urteil kommen. Zu einem Urteil über Ihr Leben oder über Ihren Tod, Mister Mellin ...«

Der alte Richter Mortimer Marshall ließ seine Worte in dem leeren Raum nachklingen, und dabei blickte er Malte von Mellin aus seinen wässrigen Hundeaugen geradezu treuherzig an.

»Ich fasse also unsere Anklage gegen Sie zusammen: Ihnen wird vorgeworfen, als Mitglied einer Naziorganisation gemeinschaftlich mit vier anderen deutschen Tätern am 26. April 1945 vier Besatzungsmitglieder einer notgelandeten Maschine der US Army Air Force ermordet sowie den Piloten schwer misshandelt zu haben. – Diese Kriegsverbrechen wurde besonders heimtückisch und brutal gegen wehrlose Angehörige der Air Force der Vereinigten Staaten verübt, die als Kriegsgefangene unter dem besonderen Schutz der Genfer Konvention gestanden hätten. Ich nenne noch einmal die Namen der Opfer: Copilot Patrick Henderson, Bombenschütze John Wriggs, Navigator Bryan Simmons, Maschinengewehrschütze Albert Cunnings und Captain Paul F. Mandell. Captain Mandell ist der Einzige, der mit dem Leben davongekommen ist.«

Mit dem ausgestreckten rechten Arm deutete Marshall auf den Mann mit der Stirnnarbe hinter dem Namensschild *Fitzgerald P. Almond.*

»Und die Namen der deutschen Täter sind: Eberhard Elvers, Heinrich Brockdorf, Horst Wetering, Rudolf Lambert und Malte von Mellin.«

Diesmal zeigte er auf den Mann in der Mitte des Raumes.

Mortimer W. Marshall klappte seine schmale Mappe zu.

»Sie haben also die Kurzform der Anklage gehört. Darüber hinaus haben Sie die schriftliche Begründung sowie das Protokoll mit der Aussage des hier anwesenden Belastungszeugen Fitzgerald P. Almond bereits zur Kenntnis nehmen können.

Ich stelle Ihnen jetzt zunächst zwei Fragen, Mister Mellin. Antworten sie bitte nur mit Ja oder Nein.«

Er beugte sich nach vorn über die Tischplatte.

Haben Sie verstanden, was Ihnen vorgeworfen wird?«

»Ja.«

»Bekennen Sie sich im Sinne dieser Anklage für schuldig?«

»Nein.«

47

Als er »Nein« gesagt hatte, spürte Malte von Mellin die Blicke des Mannes mit der Narbe. Sie brannten wie Wundmale auf seiner Haut. Er fühlte, dass er rot wurde, und er schämte und ärgerte sich über dieses Zeichen der Schwäche, die nicht zu einem Mann seines Alters, seines Selbstbewusstseins und seiner Lebenserfahrung passte.

Berkowitz eröffnete mit einer Salve von Fragen das Kreuzverhör.

»Mister Mellin, da Sie sich erstaunlicherweise für unschuldig erklären, beginnen wir also mit Ihrer Befragung. Haben Sie das Protokoll der Aussagen von Mister Almond gelesen, in dem er detailliert schildert, was in dieser Nacht des 26. April 1945 geschehen ist, wie seine Kameraden einer nach dem anderen unbarmherzig abgeschlachtet worden sind wie Tiere – selbst Tieren wünscht man natürlich nicht so ein Ende.«

Malte von Mellin schwieg.

»Haben Sie das zur Kenntnis genommen?«

»Ja.«

»Ist diese Aussage richtig? Entspricht sie den Ihnen bekannten Tatsachen?«

»Ich vermute das.«

»Was heißt das – Sie vermuten …?«

»Es heißt, dass ich davon ausgehe, dass die Schilderung von Captain Mandell beziehungsweise von Mister Almond richtig ist – aber ich kann das nicht aus eigener Anschauung und eigenem Erleben bestätigen.«

»Warum nicht?«

»Weil ich nicht dabei gewesen bin!«

Berkowitz sah ihn wütend an und stieß mit einem Kugelschreiber in seine Richtung.

»Sie leugnen, bei dem Massaker dabei gewesen zu sein?«

»Richtig ist, dass ich in jener Nacht am Ort des Geschehens gewesen bin, aber nicht zu dem Zeitpunkt, als die Besatzungsmitglieder des Bomberflugzeuges getötet wurden. Ich bin erst dazugekommen, als sie bereits tot waren. Nur der Fünfte war noch am Leben.«

»Und das sollen wir Ihnen abnehmen, Mister Mellin?«

Berkowitz klatschte seine flache Hand am Ende des Satzes auf die Tischplatte. Es klang wie ein Schuss.

Almond saß immer noch schweigend da. Unbeweglich wie zuvor konzentrierte er sein Augenmerk auf den Deutschen, so, als versuche er ihn zu erkennen oder ihn zu durchschauen.

Malte von Mellin schaffte es jetzt, Almonds durchdringenden Blick zu erwidern.

»Mister Almond … Mister Mandell«, sagte er dann so leise, dass alle aufmerksam hinhören mussten, »in dem Protokoll Ihrer Aussage aus einer neurologischen Klinik in New York, das mir mit der sogenannten Anklageschrift hier zur Einsicht gegeben worden ist, schildern Sie am Ende, dass – ich zitiere – »ein dicker Mann mit einem fleischigen, runden Gesicht und abstehenden Ohren« mit einem Knüppel über Ihnen gestanden und zum Schlag ausgeholt habe. Soll ich dieser Mann gewesen sein?«

»Wir stellen hier die Fragen!«, rief Berkowitz.

Almond sagte nichts.

»Ich könnte Ihnen Fotos von mir aus dieser Zeit zeigen. Ich war im Alter von 17 Jahren ein sehr schmächtiger Bursche, mit hagerem Gesicht und normal anliegenden Ohren.«

»Niemand hat behauptet, dass Sie dieser Schläger gewesen sind. Es hat sich dabei offenbar um diesen Brockdorf gehandelt, der bereits seine Strafe erhalten hat. – Aber da Sie von alten Fotos sprechen: Ich habe hier ein Bild von Ihnen aus jener Zeit. Hier stehen Sie als junger Kerl stramm vor einer Hakenkreuzfahne und vor einem Naziführer, der Ihnen und den anderen vier Mördern gerade einen Orden oder eine Urkunde überreicht. In der Zeitung stand damals, Sie und Ihre Freunde hätten amerikanische Terrorflieger, wie das damals auf Nazideutsch genannt wurde, außer Gefecht gesetzt. Außer Gefecht gesetzt … damit ist doch gemeint: Sie haben diese Amerikaner umgebracht. Sie waren also einer von fünf jungen Nazis, die für diese schändliche Heldentat geehrt worden sind.«

Malte von Mellin antwortete nicht. Er schloss die Augen. Er überlegte, ob er aussprechen sollte, was ihm durch den Kopf ging.

»Haben Sie dazu nichts zu sagen, Mister Mellin?«

»Doch«, sagte er, »aber ich glaube nicht, dass Sie verstehen werden, was ich zunächst zu dem Hintergrund dieses tragischen Geschehens sagen will.«

»Ein tragisches Geschehen nennen Sie dieses barbarische Massaker?«

»Meine jungen Freunde und ich sind damals im Alter von 12 bis 14 Jahren, also beinahe noch als Kinder, für diese sogenannte Napola-Eliteschule aus Hunderten und Tausenden von Kandidaten ausgesucht worden. Wir waren nicht in der Lage zu begreifen, welche Verbrechen und welches Unrecht damals in Deutschland und im Namen Deutschlands angerichtet worden ist. Wir sind verblendet gewesen, man hatte uns in der Schule einer Gehirnwäsche unterzogen, um einen modernen Ausdruck zu gebrauchen …«

»Wollen Sie sich wirklich auf so billige Weise von Ihrer Verantwortung freisprechen? Sie sind doch angeblich besonders intelligente junge Leute in diesen Napola-Eliteanstalten gewesen – und da haben Sie nicht erkannt und durchschaut, was um Sie herum für Verbrechen begangen wurden?«

Malte von Mellin schwieg wie ein Schuljunge, der vor der Klasse abgekanzelt wird.

»Den Ort Bergen-Belsen werden Sie doch kennen?«

Malte von Mellin blickte zu Boden.

»Wie weit ist Herrensee von Bergen-Belsen entfernt?«

Er schwieg weiter.

»Dann will ich es Ihnen sagen: Es sind etwa 50 oder 60 Meilen von Ihrer damaligen Nazi-Schule bis zu einem der schlimmsten Schauplätze der Nazi-Barbarei, an dem noch im letzten Kriegsjahr mehr als 50 000 Menschen umgebracht worden sind. Und davon wollen Sie nichts gewusst haben?«

Noch bevor er es aussprach, wusste Malte von Mellin, dass es jämmerlich klingen würde, aber er sagte es trotzdem:

»Ich schwöre, dass ich nichts davon gewusst habe!« Und als Berkowitz ihn voller Verachtung ansah, fügte er hinzu: »Ich habe von Bergen-Belsen, von Auschwitz und den anderen Konzentrationslagern erst nach Kriegsende erfahren!«

Niemand sagte etwas. Das Schweigen lastete so drückend in dem Raum wie die stickige Hitze des vergangenen Tages. Schließlich nahm der alte Richter Mortimer W. Marshall wieder das Wort.

»Kommen Sie also zur Sache, zu dem Fall den wir hier und jetzt verhandeln, Mister Mellin!«

»In unserer Isolierung in der Napola Schloss Herrensee wurden wir natürlich ausführlich über die Bombenangriffe der Alliierten auf deutsche Städte informiert, besonders auf die Angriffe britischer und amerikanischer Flugzeuge auf unsere Nachbarstadt Hamburg. Meine Mitschüler und ich hatten viele Angehörige und Freunde in Hamburg. Ganze Stadtteile wurden dort zerstört. Zehntausende von Zivilisten sind umgekommen!«

»Zur Sache!«

Berkowitz schlug auf die Tischplatte.

»... von den damaligen Machthabern und auch unseren Lehrern wurden Piloten und Besatzungen dieser feindlichen Bomber zu feigen Mördern erklärt, die eine gerechte Wut zu fürchten hatten, wenn sie in die Hände des deutschen Volkes fielen. Ich erinnere mich noch an diese Propaganda kurz vor Kriegsende. Denn es gab damals wohl einige hundert Abstürze und Notlandungen alliierter Bomber über Deutschland. Gelegentlich wurde sogar in den Zeitungen darüber berichtet, um die Heldentaten der deutschen Flugabwehr zu würdigen.«

Die Blicke von Mellin und Almond trafen sich.

»... in dieser Situation musste Captain Mandell nach einem Angriff auf Hamburg mit seiner Maschine und seiner Besatzung in der Nähe von Schloss Herrensee eine Notlandung versuchen ...«

Berkowitz trank aus einem Wasserglas, als wolle er auch seinen Ärger herunterschlucken.

»Zum letzten Mal, Mister Mellin, kommen Sie jetzt endlich zu unserem Fall. Nehmen Sie konkret zur Anklageschrift und zur den Erinnerungen von Mister Almond Stellung, in der er eindringlich geschildert hat, wie seine vier Fliegerkameraden ermordet worden sind.«

Einen Moment lang schien es so, als wollte Malte von Mellin aufstehen, aber er blieb sitzen und blätterte in der Mappe. Schließlich fand er die Stelle, die er gesucht hatte. Er wandte sich an Almond.

»Gegen Ende Ihrer Aussage haben Sie sich daran erinnert, Mister Almond, dass ein Fahrzeug in der Nähe der Kiesgrube und Ihrer abgestürzten Maschine gehalten hat. Ein einzelner Mann sei herbeigelaufen – in dem Moment, in dem der Dicke mit erhobenem Knüppel auf Sie einschlagen wollte. Sie haben diesen Mann in Ihrer Aussage hier den ›fünften Schatten‹ genannt, weil Sie zuvor auch die vier anderen Deutschen im Halbdunkel dieser Frühjahrsnacht nur als schemenhaft dunkle Gestalten wahrgenommen haben.«

Almond hatte seine Augen geschlossen.

»Dieser fünfte Schatten hat nach Ihrer Schilderung dem dicken Schläger zugerufen: ›Aufhören! Schmeiß sofort den Knüppel weg ... Das ist ein Kriegsgefangener ...!‹ – Sie schildern dann weiter, dass dieser Mann mit einer Pistole in den Händen geschrien habe: ›Lass sofort den Knüppel fallen!‹ Gebe ich das so richtig wieder?«

Almond nickte beinahe unmerklich.

»Haben Sie diesen Mann erkannt? Und würden Sie ihn nach so vielen Jahren wiedererkennen?«

»Nein«, sagte Almond beinahe unhörbar.

»Wollten Sie nicht erfahren, wer das gewesen ist? Dieser fünfte Schattenmann, der offenbar Ihr Leben retten wollte ...«

Almond knetete, faltete und schloss seine Hände, als suche er einen Halt.

»Ich hatte fast ein halbes Jahrhundert lang mein Gedächtnis verloren«, antwortete er schließlich, »und erst nachdem das Wrack meiner Maschine in Deutschland wieder aufgetaucht ist und nachdem ich in

New York behandelt worden bin, sind meine Erinnerungen zurückgekommen, allerdings nur bis zu einem gewissen Grad.«

»Ich kann Ihnen sagen, wer das damals gewesen ist, Mister Almond – dieser fünfte Mann war ich …«

Es war jetzt so still in dem halbdunklen Raum, dass man noch das auf und ab schwellende Heulen einer Polizeisirene hören konnte. Es kam aus der Richtung des Capitol.

48

Berkowitz fand als Erster seine Sprache wieder.

»Wirklich sehr geschickt«, Mister Mellin«, sagte er sarkastisch. »Sie haben also die schwache Stelle in den Erinnerungen von Mister Almond erkannt und zu Ihrem Vorteil interpretiert. Wir wussten ja bereits, dass Sie ein intelligenter Mann sind und ein erfolgreicher Unternehmer, der sich darauf verstehen muss, die Schwächen anderer auszunutzen. Aber Sie glauben doch nicht ernsthaft, dass wir Ihnen das glauben.«

Mortimer M. Marshall ging dazwischen.

»Dann erzählen Sie uns doch mal Ihre Version«, Mister von Mellin.

»Offen gestanden reicht meine Phantasie nicht aus, mir das vorzustellen: Sie sind gemeinsam mit den vier von uns bereits bestraften Mördern Mitglied oder Mitschüler einer Nazi-Brutstätte gewesen. Und nachdem in dieser Nacht von Ihren Kameraden bereits ein blutiges Massaker an feindlichen Fliegern verübt worden war, wollen Sie sich mit der Pistole in der Hand gegen einen ihrer eigenen Leute gestellt haben? Mitten im noch existierenden Nazi-Deutschland? In Sichtweite Ihrer Nazi-Schule?«

Richter Marshall drückte die Fingerspitzen seiner Hände gegeneinander. »Wir sind gespannt, wie das gegangen sein soll!«

»Ich war … Ich war schockiert, als ich sah, was meine Kameraden angerichtet hatten. Und ich war wütend. Und meine Wut muss größer gewesen sein als das, was man uns als sogenannten Corpsgeist beigebracht hatte … Ich sah, wie Heinrich Brockdorf – er war der Dicke mit dem Knüppel – trotz meiner Warnung bereits einmal auf den wehrlos am

Boden liegenden Mann eingeschlagen hatte und wie er zum zweiten Mal ausholte. Offenbar wollte er sein Opfer jetzt totschlagen ... Da habe ich geschossen. Der Schuss hat Brockdorf verfehlt. Aber der ließ von seinem Opfer ab. Er wollte sich auf mich stürzen, aber ich richtete meine Pistole auf ihn, und da hat er den Knüppel weggeworfen und ist fluchend davongerannt. Die drei anderen sind ihm gefolgt. Sie dachten wohl auch, der fünfte Amerikaner sei bereits tot. Er blutete aus einer furchtbaren Wunde an der Stirn, aber ich spürte noch seinen Puls und seinen Herzschlag. Dann habe ich mit dem Wagen Hilfe aus dem nahen Dorf Herrensee geholt.«

»Und woher kam dieser plötzliche Edelmut, Mister Mellin?«

Berkowitz stach mit seinem rechten Zeigefinger nach vorn.

»Ich weiß nicht. Vielleicht war es ein Instinkt, vielleicht meine familiäre Erziehung, vielleicht sogar der Konfirmationsunterricht, in dem uns Nächstenliebe gepredigt worden war. Ich weiß es nicht.«

»Erzählen Sie weiter«, sagte Marshall.

»Im Dorf Herrensee gab es ein kleines Landkrankenhaus, das in den letzten Kriegstagen als Lazarett beschlagnahmt worden war. Ich kannte dort einen alten Arzt, der noch zum Lazarettdienst einberufen worden war. Mit diesem Arzt und mit einer Krankenschwester haben wir den verwundeten ..., den lebensgefährlich verletzten jungen Amerikaner von der Kiesgrube in dieses Lazarett transportiert. Der alte Chirurg hat die gebrochene Schädeldecke des amerikanischen Patienten operiert. Und wie durch ein Wunder ist diese Operation trotz der unvorstellbaren Umstände erfolgreich verlaufen. Aber der Patient ist nicht aus seinem Koma erwacht. Und wir wussten nicht, ob er überleben würde. Auf meine Bitte und auf die Bitte meines Vaters, der noch immer einigen Einfluss hatte, haben sich der Arzt und eine ebenfalls ältere Krankenschwester auch weiterhin um den bewusstlosen Amerikaner gekümmert. Bis zum Kriegsende ...«

Berkowitz konnte nicht mehr an sich halten.

»Mein lieber Herr von Mellin«, sagte er wieder in seinem sarkastischen Ton, »als Kind haben mir meine aus dem deutschen Grenzgebiet in Polen in die USA eingewanderten Eltern auch deutsche Märchen vorgelesen – aber im Vergleich zu dem, was Sie uns hier weismachen wollen, erscheinen mir die Geschichten der Gebrüder Grimm wie Tatsachenberichte. Sie glauben doch nicht allen Ernstes, dass wir Ihnen das abnehmen?«

Almond erhob sich langsam, ging um den langen Tisch herum und stellte sich zum Erstaunen der anderen drei auf das Intarsienparkett neben dem Stuhl von Malte von Mellin.

»Mir geht es anders als dir, Randolph«, sagte er, an Berkowitz gewandt. »Ich möchte wissen, wie diese Geschichte weitergeht. Das hat sicher mit dieser Narbe hier zu tun.« Almond fasste sich an die linke Stirnseite.

»Vor allem quält mich die Frage, wie es möglich war, dass ich dieses Massaker von Schloss Herrensee als Einziger meiner Crew überlebt habe. Mir fehlen zwei, fast drei Wochen meines Lebens – bis zu dem Tag, an dem ich in einem Hospital der US Army in der Stadt Bremerhaven wieder zu Bewusstsein gekommen bin. Wie bin ich dort hingekommen, Mister von Mellin?«

»Wir – der alte Arzt, die Krankenschwester und ich – haben uns bis zum Kriegsende in einem abgelegenen kleinen Raum des Lazarettkrankenhauses von Herrensee um Sie gekümmert. Sie waren während der ganzen Zeit ohne Bewusstsein, und das war in dieser Situation auch gut, denn es wäre wohl unmöglich gewesen, Sie nach dem Aufwachen medizinisch richtig zu versorgen. Am 9. Mai 1945 haben wir Sie an die britischen Truppen übergeben, die in unser Dorf einmarschiert sind. Und die Engländer haben Sie dann, so wie ich gehört habe, weiter nach Bremen oder nach Bremerhaven in ein amerikanisches Militärhospital gebracht.«

Almond und die drei anderen sahen Malte von Mellin fragend an, als wenn sie noch mehr horen wollten.

»Das war's«, sagte er, »das war die ganze Geschichte in Kürze.«

Der alte Richter Mortimer W. Marshall hatte lange geschwiegen. Jetzt klopfte er mit einem Bleistift auf die Tischplatte.

»Einerseits hat mich Ihre Geschichte beeindruckt, die offenbar meinen Freund Almond sehr bewegt hat. Andererseits bin ich ebenso skeptisch wie mein Freund Berkowitz. Ein Mann wie Sie, ein kreativer Kopf, ein erfolgreicher Zeitschriftenverleger, kann sich so eine Story selbstverständlich auch ausdenken. Und möglicherweise haben Sie sich diese schöne Geschichte selber so lange eingeredet, bis Sie daran glaubten. Aber diese Jury braucht Beweise wie ein Gericht. Gibt es Zeugen für Ihre Version?«

»Nein, nicht mehr. Es gab bis vor Kurzem noch drei, aber die sind jetzt tot.«

»Eine hübsche Geschichte, Mister Mellin, wirklich sehr interessant. Aber wie gesagt: Wir brauchen Beweise!«

Marshall blickte mit seinem treuherzigen Hundegesicht zu Malte von Mellin hinüber.

Der erhob sich und ging in der Mitte des Raumes um seinen Stuhl herum, als könne er dabei besser nachdenken. Der dicke der beiden Wächter machte zwei, drei Schritte in seine Richtung. Aber Marshall hielt ihn mit einer beschwichtigenden Geste zurück.

Malte von Mellin stellte sich schließlich hinter den Stuhl, stützte sich vorgebeugt auf die Lehne und sagte, als habe er lange mit sich gerungen.

»Es gibt noch Beweise, und diese Beweisstücke könnten vielleicht bis morgen hier in Washington sein.«

Dabei blickte er Fitzgerald P. Almond unverwandt an.

Diese Beweise, so erklärte er weiter, seien in einem Banksafe in der Stadt Bremen in Norddeutschland seit mehr als vierzig Jahren sicher aufgehoben. Man könne sie holen lassen.

Nach einigen Diskussionen setzte sich Almond dafür ein, dem Angeklagten diese Chance zu geben: Er sollte Gelegenheit bekommen, seine Beweise zu präsentieren.

Erik Vandenberg, der bis dahin scheinbar teilnahmslos zugehört hatte, schloss sich an. Der Chef von Blackbird Global Security versprach sogar, bei der Beweisbeschaffung behilflich zu sein. Er rief in seinem Hauptquartier an und ließ von dort aus bei der Schweizer Firma Star Aviation einen Privatjet vom Typ Gulfstream chartern. Als er die Bestätigung bekommen hatte, erklärte er Malte von Mellin gönnerhaft, als Stammkunde habe man für ihn bei den Schweizern für den Langstreckenflug von Zürich über Bremen nach Washington einen günstigen Pauschalpreis von 80 000 Dollar aushandeln können.

49

Herrensee, Freitag, 3. September 1993

Mein nagelneuer *Titleist Pro* verschwand mit klatschendem Geräusch in der Entengrütze. Schade um den schönen Ball. Ich fischte noch zum Missfallen eines wütend fauchenden Schwanenpaares mit einem Eisen 5 im trüben Wasser am Rande des großen Teiches herum. Es brachte nichts. Das weiße runde Ding tauchte nicht wieder auf. Nach den Golfregeln musste ich also am Ufer einen neuen Ball droppen. Vom gegenüberliegenden Ufer sahen drei Teilnehmerinnen einer Damenrunde meinem Tun mitleidlos zu. Hinter mir wartete ungeduldig ein sportlich-dynamischer Mensch, dessen letzter Abschlag schon sehr in meiner Nähe gelandet war. Und neben mir sagte meine Tochter Eva in weiser Voraussicht: »Vergiss beim Zählen den Strafschlag nicht, Papa.«

Immerhin hatte sie sich großzügigerweise bereit erklärt, mich auf einer halben Runde zu begleiten. Denn »Golf ist was für Leute, die nichts Besseres vorhaben«, hatte sie unlängst noch ihrem golfspielenden Vater erklärt. Und das war leider ein ziemlich guter dummer Spruch.

»Was kostet so ein Ball?«, wollte mein Kind wissen.

»Der war teuer«, sagte ich leichtsinnigerweise, »fast zehn Mark.«

»Die hättest du lieber mir geben sollen.«

Ich fummelte also einen Zehnmarkschein aus meinem hinteren Hosentaschen-Portemonnaie, um gegen den Rat führender Erziehungsberater väterliche Großzügigkeit zu demonstrieren.

»Damit Ruhe ist!«

Sie steckte den Schein tatsächlich ein.

Nun gut, es waren noch Ferien und ich wollte Eva doch dieses schönste aller Spiele schmackhaft machen, damit wir vielleicht wieder mehr Zeit miteinander verbringen würden. Denn meine Tochter lebte bei meiner Exfrau und hatte sehr viele Freundinnen und viele Freunde, die meistens jeweils die ganz große Liebe waren. Da blieb für Papa kaum noch Zeit. Aber gleiche Hobbys sind bekanntlich immer gut für Paarbeziehungen jeder Art, und deshalb versuchte ich hartnäckig, meine Tochter für dieses Spiel zu faszinieren. Mit mäßigem Erfolg. Neuerdings zeichnete sich allerdings eine interessante Entwicklung ab: Der neue Nachwuchs-Golfcoach war hinter Eva her, ein netter Junge namens Christian. Sie nannte ihn schon »Chrissi«.

»Immer wenn du einen Ball verschlägst, kriege ich das Geld, das der Ball gekostet hat! – Abgemacht, Papa?« So sprach nun mein auf seinen kommerziellen Vorteil bedachter Teenager. Ganz die Mutter, dachte ich und sagte:

»Dann nehme ich jetzt nur noch die Bälle für zwei fünfzig.«

»Alter Geizkragen!«

Ich ließ also einen billigen *Titanium Extra Nr. 2* mit in Schulterhöhe vorgestrecktem Arm vorschriftsmäßig ins Gras fallen, zog ein Pitching Wedge aus dem Bag und visierte die etwa siebzig, achtzig Meter entfernte Fahne an.

Da tauchte zwischen zwei mächtigen Eichen ein Elektro-Golfkarren auf einer Hügelkuppe auf. Das Frontschild »Marshall« war nicht zu übersehen. Der kleine Wagen raste mit unüblicher Geschwindigkeit heftig schlingernd bergab, direkt auf uns zu. Wolfram Witt saß am Steuer.

»Da bist du ja!«, rief mein Freund und Partner aufgeregt.

»Irma hat aus Washington angerufen. Sie will dich unbedingt sprechen. Es muss etwas Furchtbares passiert sein – aber sie wollte mir nichts Näheres sagen. Sie wartet auf deinen Rückruf. Komm, steig ein, ich bring dich in unser Büro!«

Eva quetschte sich zwischen uns auf die Sitzbank des Golfwagens. Als wir am Übungsplatz vorbeikamen, unterbrach Chrissie ein Gruppentraining und winkte, als er meine Tochter sah. Der angehende Golf-Pro strahlte, als ich ihn fragte, ob er Eva auf meine Rechnung eine erste Trainerstunde geben könne. Eva strahlte noch mehr, und sie hat wohl kaum noch gehört, dass ich sagte:

»Ich hole dich dann ab und fahre dich zur Wohnung deiner Mutter nach Eppendorf.«

Ich konnte ja nicht ahnen, was mir bevorstand.

In unserem Büroraum im Schlossflügel schob mir Wolfram Witt das Telefon zu und gab mir einen Zettel mit einer langen Nummer.

»Das ist irgendein Hotel in Washington. Du sollst in der Telefonzentrale deutlich deinen Namen nennen und nach Miss Irma von Mellin fragen. Die stellen dich sofort zu ihr durch.«

Ich wählte die Vorwahl für die USA 001 und für Washington 202 und dann 6289100.

»Willard Intercontinental Hotel«, meldete sich eine Telefonistin mit einer melodischen Stimme wie eine Backgroundsängerin von Whitney Houston. Ich musste ihr zweimal meinen Namen buchstabieren.

»Okay, Mister Jonäs Änders«, sagte sie, »ich stelle Sie zur Suite von Misses Mälläng durch.«

Irma nahm sofort ab.

»Gott sei Dank. Mein Gott, bin ich froh, dass du dich endlich meldest! Ich habe schon überall versucht, dich zu erreichen, in deiner Hamburger Wohnung, im Ponyhaus, in eurem Büro.«

»Was ist denn passiert?«

Irmas Antwort ließ meine Hand mit dem Hörer zittern. Ich muss auch ziemlich blass geworden sein. Wolfram Witt drückte die Lautsprechertaste und schaltete einen Kassettenrecorder ein.

»Mein Vater ist entführt worden ...!«, sagte Irma. Ihrer Stimme war trotz der schlechten Verbindung Angst und Verzweiflung anzuhören.

»Waaas ...?«

»Ja. Offenbar haben ihn seine eigenen Leibwächter im Auftrag von irgendwelchen Leuten entführt. Er wird irgendwo in Washington oder in der Umgebung gefangen gehalten. Vor einer Stunde hat sich einer der Hintermänner gemeldet. Gleich danach konnte ich ein paar Minuten mit meinem Vater reden. Er ist offenbar in Lebensgefahr. Er hat mir ganz genau erklärt, was wir tun müssen.«

»Fordern sie Lösegeld?«

»Ich weiß nicht, ich glaube nicht. Es hat wahrscheinlich mit dem amerikanischen Bomber zu tun ... Vorhin haben sich die Entführer und mein Vater ein zweites Mal gemeldet und mir genaue Anweisungen gegeben. Deswegen brauche jetzt deine Hilfe, Bogey. Bitte mache genau das, was ich dir sage, und schreib dir alles genau auf, was mein Vater mir mir gesagt hat.«

Ich wollte etwas fragen, aber Irma sagte: »Keine weiteren Fragen, wahrscheinlich wird mein Gespräch hier in Washington mitgehört. Bitte hilf uns! Es geht um sein Leben!«

Sie erklärte mir, was ich tun sollte. Sie diktierte mir Namen und Adressen, die Nummer eines Bankschließfaches und sagte schließlich, der Kapitän eines Schweizer Charterjets würde mich in zirka drei Stunden auf dem Bremer Flughafen im Kontaktbüro seiner Gesellschaft abholen und mich und die versiegelten Dokumente im Nonstop-Flug nach Washington bringen. Sie werde die genauen Flugdaten bekommen und mich am Dulles International Airport in einer Lounge für Privatflieger abholen. Dann sollten wir zu den Entführern und zu ihrem Vater geschleust werden. Jedenfalls hätte man ihr das versprochen.

Als ich den Hörer auflegte, war es 11:23 Uhr mittags im Golf- und Schlosshotel Herrensee – 5:23 Uhr morgens im Willard Intercontinental Hotel in Washington.

In Windeseile packte ich ein paar meiner im Ponyhaus deponierten Sachen zusammen, Kulturbeutel, Rasierapparat, ein bisschen Wäsche.

Meine Tochter wunderte sich kaum, als ich ihr atemlos erklärte, ich müsse sofort nach Washington fliegen. Sie kannte solche plötzlichen Aufbrüche aus meiner Reporterzeit. Der verliebte Nachwuchs-Golfpro wollte sie am Abend nach Hamburg bringen, aber ich nahm Wolfram Witt das Versprechen ab, Eva wie vereinbart bei meiner Exfrau abzuliefern. Kein Problem, er wolle sowieso nach Hamburg, sagte er.

Nach einer persönlichen Rekordfahrt über die wie immer von Lastwagen verstopfte A1 bog ich an der Autobahnabfahrt zur Bremer Innenstadt ab. Eine Viertelstunde später parkte ich meinen heißgelaufenen Saab in einer Seitenstraße der City.

In einem der verwunschen erscheinenden mittelalterlichen Häuser zwischen Rathaus und Dom wartete der Seniorchef des Notariats Brüning und Ellerstädt bereits ungeduldig auf mich.

Es war jetzt 14:05 Uhr.

»Wo bleiben Sie denn?«, sagte Notar Brüning ungehalten und ließ sich meinen Ausweis zeigen.

»Ich habe die alte Vollmacht und den Schlüssel zum Safe schon eingesteckt. Wir können dann gleich gehen.« Herr von Mellin habe ihn persönlich aus Washington angerufen und ihn um diesen Gefallen gebeten.

Der Verleger brauche offenbar äußerst dringend geschäftliche Unterlagen, die er gemeinsam mit ihm in den ersten Nachkriegsjahren bei einer renommierten Bremer Privatbank hinterlegt hätte. Er könne sich gut daran erinnern, weil das eine seiner ersten Amtshandlungen dieser Art als junger Notar gewesen sei.

Der Notar war heute sicher über siebzig, aber ich konnte kaum Schritt mit ihm halten, als wir im Eiltempo am Rathaus, an den Stadtmusikanten und am Roland-Denkmal vorüberliefen. Der Platz Am Markt war wie immer von Touristen mit scheinbar fest angebauten Fotoapparaten bevölkert. Nach wenigen Minuten betraten wir das hanseatisch gediegene Foyer des altehrwürdigen »Bankhaus Deelbrügge von 1843«.

Hier stand schon Dr. Joachim Reuter, Mitglied des Vorstandes für die Privatkundenbetreuung, in Wartestellung, ein dünner Mensch mit besten Manieren. Die Herren kannten sich. Ja, auch ihn habe Herr von Mellin höchstpersönlich in dieser Angelegenheit aus den USA angerufen, sagte der Bankier mit vernehmbarem Stolz, während wir ihm durch dicke Türen und über verwinkelte Gänge bis in den Keller in den Tresorraum folgten. Dies sei ja ein eher ungewöhnlicher Vorgang, aber wegen der langjährigen guten geschäftlichen Beziehungen zum Hause Mellin und zum Notariat Brüning werde er ausnahmsweise in Abwesenheit des eigentlichen Schließfachmieters eine hinterlegte Kassette aushändigen. »Nur der Form halber« ließ er sich die im Juni 1947 ausgefertigte und von Malte von Mellin und Notar Brüning gezeichnete Hinterlegungsurkunde zeigen. Dann öffneten die Herren jeder mit seinem Schlüssel in einer etwa zehn Meter langen und drei Meter hohen, aus nummerierten Stahlfächern bestehenden Wand ein Schließfach in Augenhöhe links außen. Heraus kam eine graue Blechkassette im DIN-A4-Format, etwa so dick wie ein Ziegelstein. Der Klappdeckel war verplombt und an drei Seiten mit rotem Siegellack mit dem Bankwappen gesichert. Der Notar quittierte den Empfang mit Datum und Uhrzeit, und ich gab ihm meine Unterschrift, bevor er mir die Kassette aushändigte.

Meine Uhr zeigte 14:35 Uhr. In Washington war es sechs Stunden früher – 8:35 Uhr.

Vom Büro des Bankvorstandes aus rief ich Irma wie verabredet in ihrer Hotelsuite an.

»Ich habe jetzt die Kassette und fahre zum Bremer Flughafen«, sagte ich. Sie war sehr erleichtert, dass bis jetzt alles geklappt hatte.

»Ein Jet der Schweizer Chartergesellschaft Gold Star Aviation ist vor einer halben Stunde in Bremen gelandet. Der Chefpilot, ein gewisser Bernhard Roger, wartet schon auf dich.«

Und dann sagte Irma noch, dass ich auf mich aufpassen solle, dass sie auf mich warte und dass sie mich liebe.

Aber als sie aufgelegt hatte, war ich schon nicht mehr sicher, ob ich richtig gehört hatte.

50

Flug nach Washington, 3. September 1993

»Grüßen Sie Herrn von Mellin und seine Tochter recht herzlich, wenn Sie in Washington angekommen sind«, sagten Notar Brüning und Bankier Reuter wie aus einem Munde, als ich mich eilig verabschiedete. Am Ausgang steckte ich die versiegelte Kassette in die zerknitterte Plastiktüte eines Golfgeschäftes.

Um mich nicht zu verfahren, schickte ich ein Taxi voraus und folgte dem ortskundigen Fahrer mit meinem Saab über eine der Weserbrücken bis zum Flughafengelände. Dort wartete ich mit meinem Handköfferchen und der Plastiktüte im Kontaktbüro von Gold Star Aviation.

Bald darauf flog die Tür auf. Ein vertrauenerweckender Mann in Pilotenuniform, groß, breitschultrig, graublond, tippte sich lässig mit einem Finger an die Stirn.

»Are you Mister Jonas Anders?«

Wir gaben uns die Hand.

»My name is Bernhard Roger. I am your Captain. Your plane is ready for take-off, Sir!«, sagte der Engländer.

Er ging voran. An der Sicherheitsschleuse wurde die verplombte Kassette durchleuchtet. Es wurde nichts Verdächtiges entdeckt. Als wir nach der Pass- und Zollkontrolle in einem Wagen der Flugsicherheit zu den

Parkplätzen für die Privatmaschinen fuhren, zog ein Tankwart gerade den Schlauchrüssel aus der Tanköffnung eines zweimotorigen Jets, der schlank und elegant wie ein großer Silberfisch in der Nachmittagssonne glänzte.

»Mit einer Füllung kommen wir bequem nach Washington«, erklärte der Captain. »Diese Gulfstream hat eine Reisegeschwindigkeit von rund 600 Meilen, damit sollten wir nach etwa achteinhalb Stunden auf dem Dulles International Airport landen.« Die Wetterlage sei jedenfalls sehr günstig, über der amerikanischen Ostküste hätten wir starken Rückenwind.

Um 15:30 Uhr Ortszeit Bremen stieg ich die schmale Gangway zu dem Luxusjet hinauf.

Der Copilot steckte seinen Kopf aus der Cockpittür.

»Hi, I am George«, sagte er und redete dann weiter mit dem Tower, um die Startgenehmigung einzuholen.

In der mit gelbem Leder und ausklappbaren Edelholztischen möblierten Passagierkabine nahm mich ein blonder Engel in Empfang.

»Gunilla« stand auf dem Namensschild ihrer hellblauen Bluse.

»Ich bin ihre Stewardess, Mister Anders«, sagte sie und verstaute mein Handköfferchen. Den Beutel mit der Bank-Kassette gab ich nicht aus der Hand.

Gunilla hatte lauter gute Nachrichten: Sie hätte neue Zeitungen und Magazine an Bord genommen. Später würde sie Speisen und Getränke servieren und ich könne auf einem ausklappbaren großen Bildschirm die neuesten Spielfilme sehen. Falls ich schlafen wolle, würde sie aus zwei Sesseln eine bequeme breite Liegefläche machen. Toilette und Waschgelegenheit seien vorne rechts. Aus Sicherheitsgründen solle ich den durch eine variable Zwischenwand abgetrennten hinteren Kabinenteil nicht betreten. Eine Anweisung des Captains! Ich drehte mich neugierig um. Die Griffe einer Schiebetür waren mit einer Kette gesichert. Vermutlich wurden dort besondere Güter gelagert.

Gunilla sprach Deutsch mit einem niedlichen schwedischen Akzent, der an Schilf bewachsene Binnenseen und rote Holzhäuser mit weißer Veranda denken ließ. Sie stamme aus Uppsala, sagte sie, als sie sich auf der gegenüberliegenden Seite anschnallte und ihre endlos langen Beine ausstreckte. Vermutlich ist sie Miss Uppsala, dachte ich. Offenbar war ich Gunillas einziger Kunde in der Maschine, die bis zu 13 Passagiere transportieren kann. Bald fühlte ich mich in meinem freistehenden Ledersitz mit Fußablage und verstellbarer Kopfstütze vom Format eines überbreiten Fernsehsessels wie Bill Gates oder Hugh Hefner in ihren Luxusfliegern. Blondinen-Betreuung inklusive.

Um 16:05 Uhr Ortszeit hob die Gulfstream V SP von der Startbahn 27 des Flughafens in Bremen-Neuenlande ab. Captain Roger zog die Maschine steil hoch. Nach wenigen Minuten hatten uns die beiden Rolls-Royce-Triebwerke auf ein paar tausend Meter Höhe katapultiert. Die Sicht war gut. Die historische Bremer Innenstadt, die Weser mit der Schüssel des Werder-Stadions, die Vorortsiedlungen und das grüne Umland sahen so klein aus wie Stadt, Land, Fluss aus einem Modellbaukasten. Copilot George fragte, ob ich an der Flugroute interessiert sei? Ich ließ ihn seine Positionsmeldungen durchsagen. Wir überquerten die niederländische Grenze bei Groningen. Zwischen Amsterdam und London schenkte mir meine persönliche Stewardess Champagner ein und servierte Lachs- und Kaviar-Smörbrod auf blauem Porzellan. Über Irland gab es Lammkeule in Rotweinsauce und über Island das Dessert, Fruchtkaltschale mit Vanilleeis.

Die Sonne stand immer noch hoch am Horizont. Wir flogen der nordamerikanischen Zeitzone entgegen und würden bis zur Landung sechs Stunden gutmachen. Vor Grönland fiel ich in einen längeren Halbschlaf. Dabei vergaß ich, welchen dramatischen Umständen ich diesen Jet-Set-Luxus zu verdanken hatte. Ein paar Mal glaubte ich Stimmen zu hören – aber wahrscheinlich lag das am anhaltenden Druck in den Ohren und an den gleichmäßigen Düsengeräuschen. Als ich wach wurde, lag Bangor, der Luftverkehrskontrollpunkt im nördlichen US-Bundesstaat Maine, bereits hinter uns, wir flogen jetzt direkt nach Süden. Bald würden Long Island und New York in Sicht kommen, kündigte der Copilot an.

Stewardess Gunilla machte einen wunderbar duftenden Kaffee. Sie trank selber auch eine Tasse. Dabei sagte sie zu mir:

»Einen sehr interessanten Chef haben Sie übrigens, ein beeindruckender Mann.«

Ich nickte, weil ich glaubte, sie meine Malte von Mellin, den weit über Deutschland hinaus bekannten Verleger.

Aber dann sagte Gunilla, sie sei mit meinem Chef erst vor fünf oder sechs Wochen in den Nahen Osten geflogen, nach Amman, Damaskus und Bagdad. Und auf dem Rückweg habe Mister Vandenberg mit seinen Begleitern über Verhandlungen mit einem Verteidigungsminister und mit anderen hohen Regierungsvertretern arabischer Staaten gesprochen.

»Interessant. Wer ist Mister Vandenberg?«, fragte ich. Gunilla sah mich erschrocken an.

»Gehören Sie denn nicht zu Blackbird Global Security?«

Die Firma habe doch diesen Jet gechartert.

Wahrscheinlich wollte ich nicht glauben, was ich gehört hatte. Ungläubig schüttelte ich den Kopf. Und gleichzeitig wurden die Stimmen lauter und deutlicher, die ich schon im Halbschlaf gehört hatte. Dann ließen mich ein scharfes Knacken und ein knarrendes Geräusche zusammenschrecken. Ich drehte mich in meinem Sessel um. Zwei, drei Meter hinter mir wurde die Falttür der Wand auseinandergeschoben, die den hinteren Teil der Kabine abgetrennt hatte. Und nachdem ich während des Fluges Probleme mit den Ohren zu haben schien, traute ich nun auch meinen Augen nicht mehr.

Eine rothaarige Frau mit dunkel geschminkten Lippen tauchte in der schmalen Öffnung auf. Eine große Sonnenbrille verdeckte ihre Augen und die obere Hälfte ihres Gesichtes.

Ich erkannte sie trotzdem sofort wieder, besonders ihre raue Raucherstimme.

»Hallo, Herr Anders«, sagte diese Stimme.

Valerie Stansted lächelte dünn, als sie meinen fassungslosen Gesichtsausdruck sah.

»Vermutlich habe ich noch eine Überraschung für Sie.«

Sie schob die Sonnenbrille in ihr wallendes Haar hoch und blinzelte in das grelle Licht, das in den Passagierraum des Jets fiel.

»Darf ich Ihnen meinen Begleiter vorstellen – ich glaube, Sie haben sich einige Male flüchtig gesehen.«

Valerie Stansted trat einen Schritt zur Seite und machte eine kleine Handbewegung nach rechts.

»Mister Kevin McGovern ...!«

Hinter ihr stand der Mann mit dem Indianergesicht.

Auch Stewardess Gunilla war offensichtlich schockiert. Aber aus anderem Grund.

»Um Himmels willen, wo kommen Sie denn her? Ich habe nicht gewusst, dass da hinten noch zwei Passagiere sind.«

»Machen Sie sich keine Sorgen, mein Kind«, sagte die Rothaarige. »Wir sind keine blinden Passagiere. Ihre Cockpit-Crew war eingeweiht und wir haben uns sehr gut selbst versorgt.« Man habe einen mit Getränken, Snacks und Sandwiches gut gefüllten Kühlschrank vorgefunden. Und man habe sehr gut geschlafen.

Wie ein gebrechlicher alter Mann quälte ich mich nach dem langen Sitzen und noch immer unter Schock langsam aus meinem Luxussessel hoch. McGovern und ich standen uns schweigend gegenüber.

Er war ein wenig größer als ich. Tatsächlich hätte er ein Einwohner aus dem Südosten der USA mit indianischen Vorfahren sein können. Aus Texas oder Arizona. Vielleicht ein Mischling der zweiten Generation? Er hatte ein Adlergesicht mit markanter Nase, engstehenden Augen und olivfarbener Haut. Wie ein Sioux oder eine Apache aus einem Hollywood-Western. Seine dunklen Haare schimmerten allerdings rötlich, und er sah mich mit hellen, blaugrauen Augen an. Vielleicht kam der andere Teil seiner Vorfahren aus Skandinavien? Oder aus Irland? Sein Name sprach dafür, falls es sein richtiger Name war. McGovern war schlank und durchtrainiert. Mit den verwaschenen Designer-Jeans, braunen Mokassins und einem weißen Leinenhemd hätte er auch als ein exotisches Männer-Modell für sportliche Herrenbekleidung durchgehen können.

Das ist also der Auftragskiller, dachte ich. Der Mann, der Elvers, Brockdorf, Wetering und Jansen liquidiert hat. Der Mann, der wie ein Gespenst an den Tatorten erschienen war: an der Kiesgrube vor dem brennenden Landrover von Elvers, auf Sylt an der Sansibar kurz vor dem Mord an Brockstedt, auf dem Parkplatz von Schloss Herrensee, nachdem er Laurenz Jansen in die Luft gesprengt hatte.

Ist er jetzt nach Washington unterwegs, weil Malte von Mellin als fünfter Delinquent, auf seiner Liste steht?

Ich rechnete damit, dass er eine Schusswaffe ziehen oder mich sonstwie bedrohen würde. Aber er stand nur da und hielt die kräftigen Hände einsatzbereit und zugleich lässig in Hüfthöhe. Das schien ihm zur Abschreckung zu reichen. Er sah mich herausfordernd an, als warte er darauf, dass ich etwas sagen würde. Aber mir fehlten die passenden Worte für diese Situation.

»Wenn Sie jetzt mal nach rechts schauen. Wir haben heute eine phantastische Aussicht auf die Halbinsel Manhattan, kaum zu glauben, dass diese Millionenmetropole unten einmal nur von ein paar hundert Indianern besiedelt war«, sagte George, der auskunftsfreudige Copilot, der nichts von der Anspannung in der Kabine mitbekommen hatte. In zehn oder fünfzehn Minuten würden wir bereits unsere Reiseflughöhe verlassen und in etwa fünfzig Minuten auf dem Dulles International Airport außerhalb von Washington landen. Wegen der günstigen Windströmungen eine halbe Stunde früher, als in Bremen kalkuliert worden war.

Offenbar schien auch der angebliche McGovern sich nicht wohlzufühlen. Jedenfalls streckte er mir zu meiner Überraschung plötzlich seine rechte Hand hin. Ich schlug nicht ein.

»Warum so abweisend?«, sagte Valerie Stansted. »Wir arbeiten jetzt doch zusammen. Jedenfalls haben wir im Prinzip dasselbe Ziel.«

»Das hoffe ich nicht«, sagte ich gequält, »ich bin schon verabredet.«

»Ich weiß. Sie müssen ihrer Freundin Irma von Mellin diese Kassette in der Plastiktüte da übergeben. Daran wird Sie auch niemand hindern, ganz im Gegenteil. Nach unserer Landung in Washington werden sich unsere Wege erst einmal trennen. Aber später sehen wir uns dann wieder.«

»Davon weiß ich nichts.«

»Wie Sie bereits bemerkt haben, wissen Sie überhaupt weniger, als Sie denken, mein lieber Herr Jonas Anders, oder soll ich auch Bogey zu Ihnen sagen?« Ich konnte über diese Anbiederung nicht einmal lächeln.

»Wenn Sie mich mal bitte durchlassen«, sagte sie dann höflich. Ich machte einen Schritt zur Seite.

Valerie Stansted ging zur Bordtoilette. Danach hatte auch der Killer ein dringendes Bedürfnis. Kurz vor der Landung in Washington kam ich als Letzter dran.

Nach nur acht Stunden Flugzeit setzte Captain Roger den Schweizer Gulfstream-Jet mit drei Besatzungsmitgliedern und drei Passagieren sanft auf den Betonbelag der Rollbahn 15 des Dulles International Airport auf.

Es war 17:36 Uhr amerikanischer Ostküstenzeit.

Captain Bernhard Roger schüttelte uns an der Gangway die Hände und wünschte uns viel Erfolg bei unseren Geschäften in Washington. Er glaubte offenbar, dass wir alle drei auf der Payroll von Blackbird Global Security stehen würden, und schien sich nicht über die Abtrennung der Passagierkabine gewundert zu haben. Er war er es wohl gewohnt, keine Fragen zu stellen.

Stewardess Gunilla versprach, das Willard Intercontinental Hotel anzurufen und Frau Irma von Mellin über meine Ankunft zu informieren. Am Flughafenausgang beobachtete ich, wie Valerie Stansted und der angebliche McGovern von einem Jeep Cherokee abgeholt wurden. Ich stieg in das nächste freie Taxi.

51

Washington, Freitag, 3. September 1993, 17:55 Uhr

»Gute Nachricht, Mister Mellin!«

Mortimer M. Marshall, der frühere Richter des District Court of Columbia und jetzige Wirtschaftsberater, legte in einem Erker im ehemaligen großen Salon der heruntergekommenen Villa auf dem Capitol Hill einen alten schwarzen Telefonhörer auf die Gabel zurück. Dann setzte er sich wieder in die Reihe der drei Jurymitglieder hinter den zusammengestellten Tischen und blickte im Schein einer der alten Bürotischlampen auf seine goldene Uhr. Die Zeiger standen auf zwei Minuten vor sechs Uhr abends.

»Ihr Kurier ist vor einer Viertelstunde auf dem Dulles Airport gelandet, Mister Mellin, und jetzt ist er unterwegs zum Willard-Hotel, um Ihre Tochter abzuholen.«

»Dann halten wir unseren Zeitplan ein. Die Schweizer sind eben immer pünktlich«, sagte Erik Vandenberg. »Ich schicke jetzt zwei meiner Leute los, um die beiden abzuholen. Dieser Mister Bogey – oder wie heißt er doch richtig? – könnte dann mit den Dokumenten aus Deutschland und mit Miss Irma von Mellin in zirka vierzig Minuten hier erscheinen.«

Nach diesem sonnigen Augusttag hatte sich am Abend die Hitze des Tages in dem hermetisch abgeschlossenen alten Haus auf dem Capitol Hill gestaut. Die Klimaanlage funktionierte schon lange nicht mehr. Malte von Mellin wischte sich mit einem Papiertaschentuch den Schweiß aus dem Gesicht.

Er war jetzt seit mehr als 24 Stunden in den Gewalt dieser seltsamen Männer, die sich anmaßten, über ihn zu Gericht zu sitzen. Seine Bewacher hatten ihm am Abend zuvor ein starkes Schlafmittel gegeben, und deshalb war er erst zur Mittagszeit in seinem Kellerverlies, dem ehemaligen Fitnessraum, wieder zu sich gekommen. Seit einer Stunde saß er nun zum zweiten Mal vor den vier selbsternannten Rächern. Waren das Verrückte, die sich zu einer Art Geheimbund zusammengeschlossen hatten? Ein früherer Vizeverteidigungsminister der USA, der Seniorchef einer großen New Yorker Anwaltsfirma, der Inhaber eines berüchtigten Sicherheits- und Söldnerkonzerns und ein ehemaliger Richter? Ihm blieb keine Wahl. Er musste diesen sogenannten Prozess und seine Rituale bitter ernst nehmen.

»Wir haben also noch etwa halbe Stunde Zeit, Mister Mellin.« Jurysprecher Marshall ergriff wieder das Wort. »Bis dahin können wir uns die Zeit noch ein wenig mit Ihren interessanten Ansichten vertreiben. Erklären sie uns doch einmal, wie es damals zuging in so einer Nazi-Eliteschule, die Sie besucht haben.«

Malte von Mellin versuchte vergeblich eine bequeme Haltung auf dem unbequemen Stuhl zu finden. Er rutschte von vorne nach hinten und wieder zurück.

»Wer von Ihnen kann sich auch nur annähernd vorstellen, was während der Nazidiktatur in Deutschland mit jungen Menschen wie mir und meinen gleichaltrigen Freunden geschehen ist? In Napola-Lehranstalten wie in Schloss Plön, Oranienstein, Schloss Herrensee und vielen anderen wurden jungen deutschen Männern einerseits preußische

Tugenden wie Disziplin, Tapferkeit, Kameradschaftsge beigebracht, andererseits waren wir den Ideologen der Nationalsozialisten wie Hitler und Goebbels oder wie unserem Anstaltsleiter ausgeliefert ...«

Malte von Mellin sah zu Fitzgerald P. Almond hinüber und wischte sich wieder Schweiß aus dem Gesicht.

Almond machte hin und wieder Notizen. Er war der Einzige, der sich etwas aufschrieb.

»... die alliierten Angreifer wurden gegen Kriegsende in jeder Radio-Nachrichtensendung und in fast jedem Schulunterreicht zu Verbrechern erklärt, zu feigen Kinder- und Frauenmördern. Goebbels hatte die Parole ausgegeben: Wenn diese Terrorflieger dem deutschen Volk in die Hände fallen, so könne er verstehen, dass sie den gerechten Zorn des Volkes zu spüren bekämen

Natürlich hat solche Propaganda damals auf uns Napola-Schüler einen Einfluss gehabt. Und hinzu kam, dass unsere Familien auch persönlich von den Bombenangriffen betroffen waren ...«

»Wollen Sie damit etwa sagen, dass Sie berechtigte Wut und Rachegelüste hatten?« Berkowitz konnte seinen Zorn nicht mehr unterdrücken.

Erik Vandenberg meldete sich mit einem Handzeichen zu Wort.

»Wenn mein Zeitplan stimmt, dann haben wir nur noch ein paar Minuten, bis Ihre Tochter und Ihr Kurier eintreffen werden. Deshalb möchte ich von Ihnen noch etwas Konkretes erfahren, Mister Mellin: Sie wissen, dass diese Jury hier über vier Mörder – in einem Fall über den Sohn eines Mörders – bereits Todesurteile gesprochen und vollstreckt hat. Ich weiß natürlich, dass es anders als in den USA in Deutschland keine Todesstrafe gibt. Mich interessiert Ihre Meinung: Halten Sie so eine späte Vergeltung für moralisch gerechtfertigt?«

»Nein. Abgesehen davon, dass ich die Todesstrafe grundsätzlich für unvereinbar mit humanitären Gedanken, christlicher Moral und einem aufgeklärten demokratischen Staatswesen halte, so ist sie in diesem Verfahren hier besonders ... besonders abwegig. Denn Sie haben 48 Jahre nach der Tat, nach dem Verbrechen aus dem Jahre 1945, auch drei alte Männer töten lassen, die mit den jungen Tätern von damals nichts mehr gemein hatten – außer ihren Namen.

Diese Männer haben seither in einem demokratischen Staat ein erfolgreiches, verdienstvolles, meist anständiges Leben geführt. Sie sind seit jener verdammenswerten Tat andere Menschen geworden. Nach meiner Auffassung ist deshalb eine so späte Vergeltung inhuman und nicht zu rechtfertigen.«

Der alte Richter Mortimer M. Marshall fasste sich als Erster.

»Eine interessante Rechtsauffassung haben Sie, Mister Mellin. Mord verjährt bekanntlich nicht! Wenn ich richtig informiert bin, dann stellt auch die heutige deutsche Justiz nach rund einem halben Jahrhundert noch achtzig, neunzig Jahre alte Nazi-Verbrecher vor Gericht?«

»Das ist richtig. Aber wir haben keine Todesstrafe und es ist etwas anderes, ob jemand für eine lange zurückliegenden Mordtat für den Rest seines Lebens eingesperrt wird oder ob man ihn tötet!«

»Da sind wir hier in den USA allerdings ganz anderer Meinung«, sagte Berkowitz und fügte kühl hinzu: »Wie Sie vielleicht am eigenen Leibe spüren werden.«

An der Tür war ein Klopfzeichen zu hören. Einer der beiden Wächter, die am doppelflügeligen Ausgang des großen Raumes gestanden hatten, ging nach draußen und kam kurz darauf zurück.

»Sie sind jetzt da«, sagte er in strammer Haltung. »Misses Irma von Mellin und ihr Begleiter, ein Mister Jonas Anders.«

52

Capitol Hill, Freitag, 3. September 1993 – 18:30 Uhr

»Warten Sie!« Die Stimme unseres Aufpassers war etwa so unpassend freundlich wie die eines Platzanweisers.

Was blieb uns anderes übrig?

Gleich nachdem wir vor dem Portal des Willard Intercontinental in eine schwarze Cadillac-Limousine mit abgedunkelten Scheiben gestiegen waren, hatte man Irma und mich mit Handschellen aneinandergefesselt, unsere Augen verbunden und uns zur Tarnung dieser Augenbinden auch noch große Sonnenbrillen aufgesetzt. Das Letzte was ich vorher noch gesehen hatte, war eine kleine, goldfarbene Aufschrift an der Beifahrertür: »*Courtesy Car – Lincoln Park Club*«. Wir waren mit dem Wagen nur etwa fünfzehn Minuten lang unterwegs gewesen. Dann hatte man uns über eine Treppe in ein Haus und weiter über Flure und Gänge geführt. Nun standen wir in einem engen Raum hautnah nebeneinander. Es war stickig und warm und roch nach Staub und Schimmel. Irmas Parfüm war eine Wohltat für meine Nase. Erstaunlicherweise durfte ich immer noch die Plastiktüte mit der Schließfach-Kassette aus Bremen tragen. Soweit die Handschellen es zuließen, streichelten Irma und ich beruhigend einander die Finger.

Nach einigen Minuten wurde vor uns eine Tür geöffnet. Man schob uns über ein Holzparkett nebeneinander in einen offenbar großen Raum. Ich spürte die Anwesenheit von Menschen. Aber niemand sagte etwas. Vermutlich wurden wir neugierig angestarrt. Dann scharrten Stuhlbeine über den Boden. Schritte kamen langsam auf uns zu. Jemand umarmte uns beide gleichzeitig, drückte dabei unsere Köpfe aneinander und sagte mit einem mühsam unterdrückten Schluchzen: »Schön, dass ihr gekommen seid!«

Es war die Stimme von Irmas Vater.

Noch nie war ich dem großen Verleger so nahe gewesen.

Nach dieser Begrüßung hörten wir im Hintergrund einen denkwürdigen Dialog in breitem Ostküsten-Amerikanisch.

»Sollen wir ihnen jetzt die Fesseln abnehmen?«

»Ja.«

»Die Augenbinden auch?«

»Ja, die auch.«

»Und die Blechkassette, die der Deutsche in der Tüte hat?«

»Nein, die soll er Mister Mellin selber übergeben.«

Meine Augen gewöhnten sich langsam an das spärliche Licht in dem großen, ovalen Raum, dessen hohe Fenster mit Brettern verdunkelt waren. Malte von Mellin setzte sich nach einer neuerlichen Anweisung auf einen kleinen Stuhl. Zwei kräftige Männer stellten einen Tisch vor ihn hin.

»Wie heißen Sie?«, fragte mich ein Mann um die sechzig, der zusammen mit drei anderen hinter einer Tischreihe saß. Vor ihren Plätzen standen zu meinem Erstaunen Namensschilder. Im Hintergrund lauerten im Halbdunkel mehrere Männer, wahrscheinlich bewaffnete Wächter. Wie viele es waren, konnte ich nicht erkennen.

»Mein Name ist Jonas Anders.«

»Übergeben Sie jetzt Mister von Mellin die Kassette mit den Dokumenten, Mister Anders«, sagte der Mann hinter dem Namensschild mit der Aufschrift Mortimer W. Marshall. Ich legte die Plastiktüte mit der Blechkassette aus der Bremer Bank vor Malte von Mellin auf den Tisch.

Für Irma wurde ein Stuhl neben ihren Vater gestellt. Ich musste mich in den Hintergrund setzen, direkt vor einen finster blickenden Aufpasser, der mich offenbar unter Kontrolle halten sollte.

»Dann können wir also mir der Beweisaufnahme fortfahren«, sagte Marshall.

Malte von Mellin brach die roten Siegel des Bremer Bankhauses auf, öffnete den Deckel der Kassette und legte den Inhalt vorsichtig auf die Tischplatte. Er bat um ein paar Minuten Zeit. Er müsse die alten Dokumente sichten und ordnen.

Die Situation kam mir unwirklich vor – wie eine Aufführung in einem absurden Theater.

Noch im Flugzeug hatte ich die Zeit umgestellt. Es war jetzt zwölf Minuten nach sieben in Washington – kurz nach ein Uhr nachts in Deutschland.

Während Malte von Mellin seine Papiere durchsah, fragte ich diesen Mister Marshall betont höflich, was hier eigentlich geschehe. Erstaunlicherweise gab er mir eine knappe Auskunft über diesen sogenannten Prozess.

Hinter uns wurde die große Tür wieder geöffnet. Wir blickten alle in diese Richtung. Ein Mann wurde hereingelassen. Nur einen Moment lang stand er im diffusen Licht, um sich zu orientieren, dann drückte er sich ganz hinten in das Halbdunkel des Raumes.

Irma stieß einen unterdrückten kleinen Schrei aus. Sie legte die Hand vor ihren Mund und blickte voller Angst zu ihrem Vater und zu mir. Sie hatte ihn auch erkannt – den Mann mit dem Indianergesicht. Den Killer, der sich McGovern nannte und der mit mir im selben Flugzeug nach Washington geflogen war.

»Wir warten, Mister Mellin!«

Berkowitz trommelte mit seinen Fingerspitzen auf die Tischplatte. »Es wäre schön, wenn Sie beginnen würden, wir haben nicht endlos Zeit. Beweisen Sie endlich Ihre Geschichte, wie Sie unserem Freund Mister Almond damals angeblich das Leben gerettet haben. Wir sind wirklich sehr gespannt.«

Malte von Mellin schob noch einige Papierstapel auf der Tischplatte hin und her und legte jeweils Fotos dazu.

»An jenem Abend des 26. April 1945 sind meine vier damaligen Schulkameraden und ich sowie der Hausmeister und der Anstaltsleiter allein in der Napola Schloss Herrensee gewesen. Alle anderen Schüler waren evakuiert und meist auf Nordseeinseln vor den Bombenangriffen und den anrückenden englischen Truppen in Sicherheit gebracht worden. Wir sollten sozusagen die Stellung halten und auch Plünderungen durch die einheimische Bevölkerung verhindern.«

»Geht es ein bisschen zügiger!«

»Wir haben den Absturz des amerikanischen Bombers aus nächster Nähe miterlebt, die Maschine hätte ja beinahe die Eingangssäulen unseres Gebäudes eingerissen, bevor sie in die Kiesgrube stürzte. Wir waren überzeugt, dass niemand überlebt haben konnte oder dass sich die Besatzung vorher noch mit Fallschirmen gerettet hatte. Ich war in den letzten Kriegstagen auch für den Funkverkehr der Napola zuständig und setzte auf Anweisung des Anstaltsleiters mühsam mit einem primitiven Sender eine Meldung nach Lüneburg ab, um über diesen Vorfall zu informieren. Das dauerte lange, es gab zahlreiche Störungen. Währenddessen waren meine Mitschüler bereits mit einem VW-Kübelwagen zur Absturzstelle gefahren. Die vier waren übrigens schon ziemlich betrunken. Ich hatte bei dem Besäufnis im Schloss nicht mitgemacht, weil ich mich um den Funkbetrieb kümmern musste.«

»Kürzer bitte, Mister Mellin!«

»Als ich eine halbe Stunde später an der Kiesgrube ankam, waren schon vier amerikanische Flieger getötet worden. Ich habe nur noch miterlebt, wie Brockdorf gerade weiter auf einen wehrlos am Boden liegenden Mann einschlagen wollte. Dann habe ich geschossen, um ihn zu stoppen – aber das habe ich Ihnen ja bereits gestern ausführlich geschildert. Mit einigen Schüssen in die Luft habe ich dann noch die anderen verjagt, bevor ich den schwerverletzten Amerikaner in das Dorflazarett von Herrensee gebracht habe ...«

Malte von Mellin nahm mehrere mit alten Schreibmaschinentypen beschriebene Papiere von seinem linken Stapel in die Hand.

»Sie wollten Beweise für diese Aussagen. Hier sind sie!«

53

Er stand von seinem Stuhl auf. Während er nach vorn zum Tisch ging, erklärte er schon: »Dies ist das Original-Patientenblatt von Paul Ferdinand Mandell, Captain der 8th US Army Air Force. Das Geburtsdatum, die Dienstnummer und die Blutgruppe sind von der Erkennungsmarke des Schwerverletzten abgeschrieben worden. Der Patient, so steht hier, wurde am 26. April 1945 gegen 21 Uhr vom einem gewissen Malte von Mellin, Schüler der Nationalpolitischen Lehranstalt Schloss Herrensee, in Begleitung des Chirurgen Doktor Harald Schmitt und der Krankenschwester Anette Pape, zur ärztlichen Versorgung in das Notlazarett Herrensee eingeliefert. Darunter finden Sie einen kurzen Operationsbericht und die Anmerkung, dass der Patient nicht aus seinem Koma erwacht sei. In diesem weiteren Bericht vom 4. Mai 1945 steht, dass für den Patienten Mandell trotz seines weiterhin komatösen Zustandes keine akute Lebensgefahr mehr bestehe ...

Die Papiere hier sind von dem behandelnden Arzt unterzeichnet und mit dem Stempel des Krankenhauses Herrensee versehen.« Malte von Mellin legte die Dokumente vor Marshall ab.

Alle blickten verstohlen zu Almond, dessen Gesichtszüge versteinert waren. Als einer der Aufpasser hinten an der Tür niesen musste, zuckten alle zusammen, als sei ein Schuss gefallen. Niemand sagte oder fragte etwas. Marshall betrachtete die Papiere unschlüssig. Schließlich reichte er sie an den neben ihm sitzenden Almond weiter.

»Das sind deine Unterlagen. Du kannst doch auch Deutsch lesen.«

»Hier sind zwei Fotos aus jenen Tagen«, sagte Malte von Mellin und fügte halblaut hinzu: »Ich weiß allerdings nicht, ob man sie Mister Almond zeigen sollte.«

Marshall fuhr sich mehrmals über die Augen, bevor er die Papiere an Vandenberg und Berkowitz weitergab.

»Das sind obszöne Aufnahmen!«

Berkowitz hob wütend das erste Bild hoch. Es zeigte den blutverschmierten und blutverkrusteten Kopf eines jungen Mannes mit verquollenem Gesicht und blutunterlaufenen Augen. Aber das zweite Bild empörte ihn noch mehr: Darauf war der nun offenbar frisch operierte Mann mit dick verbundenem Kopf zu sehen. Er lag mit leblosen, starr nach oben gerichteten Augen auf einem Metallbett. Und er trug ein Hemd mit einem deutlich sichtbaren Hakenkreuz am Ärmel!

»Wer hat Mister Almond …, Mister Mandell dieses Nazihemd angezogen? Warum hat man ihn damit noch gedemütigt?«

»Das haben wir zu seinem Schutz getan«, sagte Malte von Mellin halblaut. »Wir haben ihn damit getarnt, denn natürlich durfte niemand außer dem Arzt und der Schwester wissen, dass der bewusstlose Mann ein amerikanischer Flieger war. Wir haben dem Personal und den anderen Patienten gesagt, es handele sich um einen jungen deutschen Soldaten, der bei Gefechten an der Heimatfront verwundet worden sei. Deswegen das braune Hemd mit dem Hakenkreuz. Der Name Mandell in der Akte und am Krankenbett klang ja durchaus deutsch.«

»Mandell ist ein deutscher Name«, sagte Almond und ließ sich mit unbewegtem Gesicht die Bilder zeigen.

»Bist du das?«, fragte Marshall.

»Ja, das bin ich«, sagte Almond knapp.

»Was wollen Sie uns noch zeigen, Mister Mellin?«

Malte von Mellin nahm ein Dutzend weiterer Papiere von seinem Tisch und reichte eins nach dem anderen mit kurzen Erklärungen an den Sprecher der Jury weiter: »Das sind Krankenblätter und eine Art Übergabe-Protokoll vom 11. Mai 1945. Eine Woche nach Kriegsende wurde der Patient Mandell vom dörflichen Krankenhaus Herrensee nach Lüneburg gebracht und dort an Militärärzte der britischen Rheinarmee übergeben. Die Engländer haben ihn dann am 13. Mai zum Hospital der US Army in die damalige amerikanische Garnisonsstadt Bremerhaven an der Wesermündung transportiert. Auch darüber liegt ein Protokoll mit Namen und Daten vor. Hier ist es.«

»Gibt es auch von diesen Vorgängen Fotos?« Marshalls Frage klang ungläubig.

Malte von Mellin reichte ihm ein Dutzend gut erhaltener Schwarzweißbilder im Postkartenformat: wie der amerikanische Patient aus dem Lazarett Herrensee zu einem britischen Armee-Krankenwagen mit einer britischen Union-Jack-Standarte und einem großen roten Kreuz getragen wird; wie man ihn in ein britisches Militärhospital in Lüneburg einliefert; wie er in Bremerhaven auf einer Trage zum US Army Hospital gebracht wird, vor dem eine Stars-and-Stripes-Flagge schlaff an einem Fahnenmast hängt. Ganz offensichtlich ist der Mann auch auf den letzten Bildern noch nicht wieder bei Bewusstsein.

Die vier selbsternannten Richter am langen Tisch betrachten einer nach dem anderen jede dieser Aufnahmen mit wachsendem Staunen. Almond sammelte sie ein und legte sie vor sich auf die Schreibtischplatte. Alle schienen zu überlegen, was das für ihr Verfahren bedeutete.

Hinter mir wurde die große Tür geöffnet. Man hörte Stimmen. Einer der Wächter rief: »Draußen ist ein Bote mit einem Päckchen. Er will es Mister Berkowitz nur persönlich aushändigen.«

Das sei schon in Ordnung, sagte Berkowitz. Er stand auf, ging hinaus und kam nach kurzer Zeit mit einem großen Umschlag zurück. Offensichtlich zufrieden begutachtete er den Inhalt, während Jurysprecher Mortimer M. Marshall wieder mit seiner Anhörung fortfuhr. Scheinbar beiläufig sagte er zu Malte von Mellin:

»Das sind Fotos von erstaunlicher Qualität. Wer hat die Bilder gemacht?«

»Ich. Mein Vater hatte mir eine Leica und eine Dunkelkammerausrüstung zum Geburtstag geschenkt. Denn damals wollte ich nach dem Krieg Reporter bei einer großen Illustrierten werden, in der Welt herumkommen, Berichte schreiben und selber fotografieren.«

»Warum haben Sie das alles eigentlich gemacht?«

»Warum habe ich was gemacht?«

»Warum haben Sie damals diese Geschichte von dem Flugzeugabsturz und der Rettung des amerikanischen Piloten so sorgfältig dokumentiert?«

Berkowitz' Stimme hatte einen lauernden Unterton.

»Weil …, weil es eine gute Story gewesen ist. Vielleicht hätte ich später daraus eine Reportage machen können. Nach dem Krieg habe ich sogar daran gedacht, die Bilder und die ganze Geschichte an britische oder amerikanische Kriegsberichterstatter zu verkaufen. Mein Vater hatte mir auch von dem berühmten amerikanischen *Life*-Magazin und dessen großartigen Fotoreportagen erzählt.«

»Nicht schon wieder eine von Ihren Geschichten, Mister von Mellin?« Berkowitz unterbrach den Redefluss.

»Ich glaube, Sie wollen uns da etwas vormachen. Aber ich kann Ihnen und meinen Freunden gern erklären, warum diese Dokumente und diese Bilder für Sie und für Ihre Karriere so wichtig gewesen sind. So wichtig, dass Sie das alles ein halbes Leben lang sicher aufbewahrt haben. Ich habe nämlich auch recherchieren lassen und wirklich sehr Erstaunliches über Ihren Aufstieg zum deutschen Medienmogul erfahren, Mister von Mellin! Und das hier …« Berkowitz holte eine schmale Aktenmappe unter seinem Stuhl hervor und warf sie schwungvoll auf seine Tischplatte, »das ist das Ergebnis meiner Erkundigungen!«

Vor mir zuckte Irma zusammen. Ihr Vater bemühte sich auf seinem Stuhl um eine kerzengerade Haltung.

Schräg hinter mir beugte sich ein Mann aus dem Halbdunkel neugierig nach vorn. Für einen Moment waren im Zwielicht seine indianischen Gesichtszüge zu erkennen.

54

Capitol Hill, Freitag, 3. September 1993 – 19:40 Uhr

Berkowitz erhob sich. Er berührte mit den weit gespreizten Fingern beider Hände die Tischplatte und streckte seinen Kopf vor, wie zu einem Angriff. Dabei ging sein Blick immer wieder abwechselnd zwischen den vor ihm auf den Tisch liegenden Papieren und dem vor ihm sitzenden Malte von Mellin hin und her.

»Lassen Sie mich eine Vorbemerkung machen«, sagte Berkowitz. »Wie Sie alle wissen, hatte ich die Ehre, meinem Land als stellvertretender Verteidigungsminister dienen zu dürfen. Und ich verfüge daher noch immer über besondere Verbindungen zum Pentagon, insbesondere zu unserem militärischen Nachrichtendienst DIA, der Defense Intelligence Agency. Und auch meine Gewährsleute bei der CIA in Langley konnten mir bei meinen Nachforschungen behilflich sein. Man hat in den Archiven hochinteressantes Material zu Tage gefördert. Einer meiner Mitarbeiter hat darüber eine Zusammenfassung geschrieben, und zwar unter der Überschrift ›Der Fall Mellin‹. Ich finde, das ist eine sehr passende Bezeichnung.«

Berkowitz schneuzte sich. Es klang wie ein Trompetenstoß.

»Ich habe hier also eine Aufstellung britischer und amerikanischer Besatzungsdienststellen vom Sommer und Herbst 1945. Danach hat der junge Malte von Mellin vor fast einem halben Jahrhundert exakt dieselben Unterlagen, die er uns heute hier präsentiert hat, einer sogenannten Entnazifizierungskommission in der britischen Besatzungszone in Norddeutschland vorgelegt, also die eindrucksvollen Dokumente und Belegfotos über seine so selbstlose, unter persönlichen Gefahren geleistete humanitäre Hilfsaktion zur Rettung des halbtot geschlagenen jungen Air Force Captains Paul Ferdinand Mandell. Und vermutlich hat er damals auch dieselbe Geschichte wie eben zum Besten gegeben ...«

Berkowitz zog ein neues Blatt aus seiner Mappe. »Dies hier ist das Ergebnis der britischen Besatzungsbehörden über das Entnazifizierungsverfahren Malte von Mellin, dem sich nach dem Krieg in Deutschland Hunderttausende unterziehen mussten, die im Verdacht standen, Nazis gewesen zu sein oder mit der Naziherrschaft eng kooperiert zu haben. Aus dieser beglaubigten Kopie des Originaldokumentes vom 3. Oktober 1945 geht hervor: Malte von Mellin, Mitglied der Hitlerjugend, Schüler der Nazi-Elitelehranstalt Schloss Herrensee, Sohn und Erbe des Herausgebers einer den Nazis nahestehenden Provinzzeitung, wurde erstaunlicherweise als »politisch nicht vorbelastet« eingestuft. Er galt deshalb nur als unwichtiger Mitläufer und war damit entnazifiziert. In der Begründung heißt es dazu unter anderem – ich zitiere:

»Herr von Mellin konnte zweifelsfrei nachweisen, dass er unter Gefährdung seines eigenen Lebens das Leben eines schwerverwundeten amerikanischen Piloten vor der Rache von Nazi-Gewaltverbrechern geschützt hat. Durch diese Tat hat er sich nach seinem früheren Mitwirken in nationalsozialistischen Jugendorganisationen in den letzten Kriegstagen als Widerstandskämpfer gegen die Naziherrschaft erwiesen, obwohl er keiner der bekannten Widerstandsgruppen angehört hatte …« Und weiter heißt es: »Durch sein glaubwürdiges Auftreten vor der für die Entnazifizierung zuständigen Spruchkammer konnte Herr von Mellin auch erklären, dass er nicht mehr anfällig für nationalsozialistisches Gedankengut ist und dass er sich engagiert für den Aufbau eines demokratischen Deutschland einsetzen wird.«

Malte von Mellin hatte sein Kinn in die linke Hand gestützt und interessiert zugehört, als werde über einen anderen gesprochen.

»Und was bedeutete das?«, wollte Erik Vandenberg wissen, der sich bisher zurückgehalten hatte.

»Nur wer damals im Nachkriegsdeutschland eine solche Bescheinigung hatte, durfte in den neuen politischen Parteien Posten bekleiden, konnte Beamter werden, in der Justiz Karriere machen oder bedeutende Firmen gründen. Der junge Herr von Mellin hatte damals noch etwas viel Besseres und Bedeutsameres vor. Er wollte eine Zeitung herausgeben. Dafür brauchte man nach dem Krieg in Deutschland eine Lizenz der Besatzungsmächte, und die bekamen natürlich nur Bewerber, die politisch nicht vorbelastet waren. Genau dafür hat er diese Entnazifizierungsbescheinigung gebraucht. Mit diesem Dokument der britischen Militärbehörde in Norddeutschland hat der noch nicht einmal 21 Jahre alte junge Mann im Jahr 1946 tatsächlich von den Briten eine Lizenz zur Herausgabe eines Wochenblattes erhalten …«

Berkowitz machte eine bedeutungsschwere Pause.

»Solch eine Presselizenz war damals gleichzeitig eine Art Lizenz zum Gelddrucken! Malte von Mellin hat das wie viele andere erfolgreiche deutsche Verleger der ersten Stunde eindrucksvoll bewiesen. Mit seiner Lizenz gründete er die Illustrierte *Zenit* und dann die *Norddeutsche Zeitung*. Das waren die Grundsteine seines heutigen internationalen Medienkonzerns.« Berkowitz putzte wieder seine Brille und wischte sich mit demselben Papiertaschentuch sorgfältig die Lippen ab, die beim Reden feucht geworden waren.

»... allerdings gab es seinerzeit ein gewaltiges Problem: Im Nachkriegsdeutschland herrschte Papierknappheit, und die alten Druckmaschinen des Mellin-Verlages standen deswegen immer häufiger still. Doch der junge Verleger Malte von Mellin hatte auch Freunde in einer einflussreichen Organisation, die ihm das begehrte Druckpapier über den Hafen der US-Garnisonsstadt Bremerhaven liefern lassen konnten – die CIA, die Central Intelligence Agency, die 1947 gerade als Nachfolgeorganisation des alten Geheimdienstes OSS gegründet worden war. Eine der wichtigsten Aufgaben unserer Agenten in Deutschland war es, hoffnungsvolle, aufstrebende Leute aus Politik und Wirtschaft als Mitarbeiter oder Informanten anzuwerben. Und wer eignete sich besser dafür als ein vielversprechender junger Zeitungsverleger, der zur Dankbarkeit verpflichtet war?«

Berkowitz machte eine Pause.

Malte von Mellin sei von nun an systematisch gepflegt worden. Er wurde oft in die USA eingeladen. Er selbst durfte Hintergrundgespräche mit Ministern und mit zwei Präsidenten führen. Zusammen mit anderen Verlegern, Chefredakteuren und Publizisten aus der westlichen Welt wurde er zu Kongressen eingeladen, bei denen Politiker, Militärs und Wirtschaftler über Ziele und Perspektiven amerikanischer Politik sprachen. Führende Journalisten des Mellin-Verlages konnten bevorzugt mit wichtigen Leuten in der Regierung, im Senat und im Kongress reden. Sie bekamen vor ihrer deutschen Konkurrenz exklusive Informationen und Interviews in den Zentren der Macht in Washington.

Berkowitz schob die vor ihm liegenden Papiere mit beiden Händen zusammen. Er lächelte selbstzufrieden wie ein Schachspieler, der wusste, dass der Gegner bald Schachmatt sein würde.

»Zusammenfassend kann man sagen: Mister Mellin ist einer der wichtigsten Einflussagenten der Vereinigten Staaten in Deutschland gewesen!«

Ich glaubte, nicht richtig gehört zu haben. Auch in den Gesichtern von Marshall, Vandenberg und Almond spiegelte sich Ungläubigkeit. Irma sank in sich zusammen. Ihr Körper zitterte. Mühsam unterdrücke sie ein Schluchzen.

55

Capitol Hill, Freitag, 3. September 1993 – 20:30 Uhr

Malte von Mellin schüttelte sich, als sei ihm trotz der drückenden Hitze plötzlich sehr kalt geworden

»Das ist …, das ist einfach ungeheuerlich, was Sie da sagen. Das ist alles zusammenkonstruiert … an den Haaren herbeigezogen … eine Aneinanderreihung von Allgemeinplätzen und Halbwahrheiten … keinen einzigen konkreten Fall haben Sie nennen können …«

Berkowitz sagte süffisant: »Vielleicht ist Ihnen Ihre Bedeutung für die Interessen der USA selber nicht klar gewesen – was allerdings bei einem Mann von Ihrer Intelligenz kaum anzunehmen ist.«

Es gebe in den Archiven der CIA eine große Anzahl von Belegen für die Kooperation amerikanischer Dienste mit dem Hause Mellin in den fünfziger, sechziger und siebziger Jahren.

»Zum Beispiel diesen Fall hier, der im Zusammenhang mit einem besonderen historischen Ereignis steht: Kurz vor dem Bau der Berliner Mauer im August 1961, als sich die Lage aufgrund der enormen Flüchtlingszahlen aus dem sozialistischen Deutschland zwischen Ost und West immer dramatischer zuspitzte, drohte ein Krieg um Berlin. Einige Ihrer Journalisten haben damals herausgefunden, dass es Pläne des Pentagon gab, in solch einem Ernstfall wegen der Überlegenheit der konventionellen Streitkräfte des Warschauer Paktes von westdeutschem Boden aus einen nuklearen Krieg auszulösen. Ihre Rechercheure waren unter anderem an geheime Einsatzpläne der militärischen Führung der US-Streitkräfte in Deutschland gekommen. Eine große exklusive Geschichte wäre das gewesen, die natürlich ein politisches Erdbeben in Deutschland und in den USA ausgelöst hätte. So eine Geschichte war bereits druckfertig. Aber Sie persönlich, so steht hier vermerkt, haben die Veröffentlichung verhindert.«

»Weil ich von meiner Redaktion auf Nachfrage erfahren hatte, dass uns dieses brisante Material aus dem kommunistischen Ostberlin zugespielt worden war!«

»Aber Sie wussten auch, dass die Fakten trotz dieser Quelle tatsächlich der Wahrheit entsprachen – nachdem Sie persönlich mit Ihren damaligen Kontaktleuten in Washington gesprochen hatten. Man hat Ihnen die Richtigkeit des Materials bestätigt und Sie gleichzeitig aufgefordert, ein Erscheinen dieses brisanten Artikels um jeden Preis zu verhindern. Und das haben Sie dann auch wunschgemäß getan.« Mit einem süffisanten Lächeln fügte Berkowitz hinzu: »Wie es sich eben für einen einflussreichen Einflussagenten auch gehört!«

Der Verleger fasste sich an die Brust und suchte in seiner Jackentasche. Irma eilte ungehindert zu ihm. Sie bat um ein Glas Wasser – ihr Vater müsse eine seiner Herztabletten nehmen.

Als Malte von Mellin seinen Schwächeanfall überwunden hatte, stand Mortimer M. Marshall auf.

»Das alles bedeutet natürlich eine gewisse Wende in unserem Verfahren«, sagte er und blickte dabei Berkowitz mit gerunzelter Stirn an, als wolle er sagen: Du hättest uns auch vorab über deine Erkenntnisse informieren können.

»Wir wollten klären, ob Mister Mellin mitschuldig am Tod der vier notgelandeten Flieger und an der Misshandlung unseres Freundes Fitzgerald P. Almond gewesen ist. Aber so, wie es nun aussieht, war er nicht an dem Massaker beteiligt. Jedenfalls nicht als Täter. Stattdessen haben wir es plötzlich mit einem Mann zu tun, der unserem Freund Almond offenbar das Leben gerettet hat – aus welchen Gründen auch immer. Und später hat er sich dann sogar einige Verdienste um die Sicherheit der Vereinigten Staaten von Amerika erworben. Das ist eine überraschende Konstellation. Wir auf dieser Seite des Tisches und Sie auf der anderen Seite, Mister Mellin, sowie Ihre Tochter und deren Begleiter, wir alle sollten uns jetzt zu einer gründlichen Beratung zurückziehen …«

»Noch einen Moment!«

Fitzgerald P. Almond, der Mann mit der auffälligen dandyhaften Kleidung, hatte während der ganzen Zeit wortlos und in sich gekehrt dagesessen. Manchmal hatte er die Augen geschlossenen und sich die Hand vor den Mund gehalten. Nun erhob er sich langsam, als falle ihm das sehr schwer.

»Ich habe während der letzten Stunden geschwiegen, obwohl oder gerade weil mich die Geschichte von Mister Mellin natürlich am meisten berührt hat. Das Schweigen ist mir oft schwergefallen. Aber jetzt habe ich einige sehr persönliche Fragen an Mister Mellin. Die erste lautet: Warum haben Sie sich damals spontan um mich gekümmert, als ich schwer verletzt oder sterbend, wie es schien, am Boden gelegen habe?«

»Ich hätte wahrscheinlich jedem in dieser Situation geholfen. Ich konnte nicht anders.«

»Und wenn herausgekommen wäre, dass Sie mich, einen amerikanischen Piloten, in diesem deutschen Notkrankenhaus versteckt haben, was wäre dann passiert?«

»Ich vermute, Sie können sich das denken.« Malte von Mellin sah Almond unverwandt an.

»Ich habe Sie gefragt.«

»Man hätte uns wahrscheinlich beide umgebracht ... Es gab ja auch in den allerletzten Tagen des Krieges immer noch viele fanatische Nazis. Für die waren Sie ein Massenmörder! Und ich wäre für diese Leute ein Verräter und Kriegsverbrecher gewesen, weil ich Ihnen geholfen habe.«

Almond steckte sich zum Erstaunen der anderen am Tisch eine Zigarette an. Sie wussten, dass er sich vor Jahren das Rauchen abgewöhnt hatte. Er hustete nach den ersten tiefen Zügen. Dann stellte er eine dritte Frage.

»Haben Sie damals mein Dogtag verschwinden lassen?«

»Ich habe es an mich genommen.«

Ohne hinzusehen, suchte Malte von Mellin mit seiner rechten Hand in der geöffneten Bankkassette. Aus den Papieren zog er einen postkartengroßen Umschlag hervor. Den Inhalt schüttete er auf die Tischplatte: ein ovales Metallplättchen an einer Kette. Er reichte es Almond. Der starrte lange auf sein altes Dogtag, als wolle er jeden Buchstaben und jede Zahl einzeln entziffern. Niemand sagte etwas.

»Ein bisschen spät ...«, sagte Almond und unterbrach damit das lange Schweigen. »Warum haben Sie mir das Ding damals nicht mitgegeben, als ich im Koma lag?«

»Damit nicht bekannt wurde, dass Sie Amerikaner sind, natürlich. Im Notlazarett galten Sie doch als verwundeter Deutscher ...«

»… mit meinem damaligen Namen Mandell?«

»Ja. Mandell klingt doch deutsch.«

»Mandell ist deutsch! Ich bin als deutscher Jude in Hamburg geboren und aufgewachsen.«

»Nur dem alten Arzt habe ich damals gesagt, dass Sie ein amerikanischer Pilot sind.«

»Aber nach Kriegsende hätten Sie doch meine vollständige Identität angeben können, wenigstens anonym?«

»Dann hätten amerikanische Militärdienststellen ganz gezielt nach dem Schicksal Ihrer Maschine und Ihrer Kameraden forschen können – und dann wäre man wohl bald dahinter gekommen, was damals in der Kiesgrube geschehen ist.«

»Sie haben also die Nazi-Verbrecher geschützt«, rief Berkowitz dazwischen, »die Mörder Elvers, Brockdorf, Wetering und Lambert.«

»Es waren meine Schulkameraden.«

»Noch eine letzte Frage, Mister von Mellin.« Almond drückte die halbgerauchte Zigarette mit angewidertem Gesichtsausdruck aus. »Wann sind Sie eigentlich auf die Idee gekommen, meine Rettung für Ihre Zukunftspläne so auszunutzen, wie Sie es dann getan haben?«

»In den letzten Kriegstagen, als in Herrensee schon der Geschützdonner der vorrückenden britischen Truppen zu hören war.

Der alte Arzt, der Sie operiert hat, der hatte mir den Rat gegeben, die ganze Geschichte aufzuschreiben, zu dokumentieren und auch Fotos zu machen. Er meinte, das könne vielleicht für mich als Entlastungsmaterial nützlich sein, weil ich sonst als Hitlerjunge und Napola-Schüler von den Engländern gefangen genommen werden könnte. Das war die Idee. Damals wusste ich natürlich noch nicht, dass es nach dem Krieg Entnazifizierungsaktionen geben würde. Und dass ich eine Zeitung gründen wollte und dafür eine Lizenz brauchen würde, das lag alles noch außerhalb meines Vorstellungsvermögens.«

Almonds Gesicht war wieder ausdruckslos wie zuvor.

»Hat sonst noch jemand Fragen?«

Als sich niemand meldete, sagte Jurysprecher Marshall, an Malte von Mellin gewandt: »Nach dem, was Sie vorhin über die Nachforschungen und Erkenntnisse bei unseren Diensten von Mister Berkowitz gehört haben – denken Sie über Ihre und über unsere Situation nach. Vielleicht haben Sie eine Idee, wie Sie aus dieser Lage herauskommen können?«

Marshall blickte auf seine Armbanduhr.

»Es ist jetzt 20:50 Uhr. Wir ziehen uns zur Beratung zurück. Wir sehen uns in etwa einer Stunde wieder.«

Alle packten ihre Sachen zusammen, als sei dies eine ordentliche Gerichtsverhandlung, die gerade vom Vorsitzenden vertagt worden war. Und als wären sie Gerichtsdiener, gab Marshall den Entführern und Aufpassern im Hintergrund die Anweisung, Malte von Mellin und seine Tochter gemeinsam in den ehemaligen Fitnessraum im Keller des Hauses zu bringen. Dann sagte er noch: »Und suchen Sie für Mister Anders ein anderes sicheres Quartier hier im Hause.« Ich solle dort so lange bleiben, bis die internen Beratungen und die weiteren Verhandlungen mit den Mellins abgeschlossen seien. Man könne mich in einem alten Lebensmittel-Vorratsraum im Keller unterbringen, schlug der dicke Leibwächter vor. Bevor ich in Handschellen gelegt und weggeführt wurde, bekam ich noch mit, wie Erik Vandenberg eine einladende Geste in den Hintergrund des Raumes machte. Aus dem Halbdunkel trat ein Mann ins Zwielicht und ging auf ihn zu – McGovern, der Killer mit dem Indianergesicht.

56

Capitol Hill, Freitag, 3. September 1993 – 21:00 Uhr

Die Tür fiel krachend hinter mir zu. Draußen wurden zwei armdicke Riegel vorgeschoben und mehrere Schlüssel umgedreht. Der ehemalige Vorratsraum der früheren Pension war offenbar gut gegen Diebe gesichert. Jetzt könnte er auch als Hinrichtungszelle dienen, dachte ich und fühlte, wie die Angst nach mir griff. Mein Herz schlug laut, der Brustkorb krampfte sich zusammen.

Allmählich beruhigte ich mich. Ich setzte mich auf einen wackligen Holzschemel. Und wartete. Und versuchte mich abzulenken und sah mich in meinem Gefängnis um. Viel wäre hier für Diebe und Einbrecher nicht mehr zu holen. Auf den langen und hohen Holzregalen standen ein paar angerostete Konservenbüchsen und einige handbeschriftete Einmachgläser. Zerrissene Zeitungen und ein paar zerknüllte Servietten lagen am Boden. »*Capitol Hill Bed & Breakfast House*« stand darauf. Ich setzte mich auf einen wackligen Holzschemel und dachte darüber nach, was ich erfahren hatte. Es war ungeheuerlich. Wie in einem Film. Um mich abzulenken, blätterte ich in einem Sportteil, in dem der Sieg der New York Jets gegen die Pittsburgh Steelers in einem Spitzenspiel der American Football League im Frühjahr 1989 gefeiert wurde. Nebenan wummerte und rumpelte es manchmal, als ob sich ein alter Kühlschrank ein- und ausschaltete.

Nach einer halben Stunde glaubte ich in einer der stillen Phase Geräusche und Stimmen zu hören. Erst dachte ich, mein Tinnitus habe sich plötzlich dramatisch verschlimmert. Doch nur wenn ich an die unverputzte Trennwand und dort in die Nähe eines tellergroßen Blecheinsatzes kam, wurden die Stimmen deutlicher. Mit einiger Anstrengung konnte ich einen Deckel von diesem großen Endrohr mit den Fingerspitzen meiner beiden Hände abziehen. Er war innen mit Glasfaserwolle isoliert. Es wirkte, als hätte ich einen Schalldämpfer entfernt. Das dahinterliegende große Rohr hatte wohl eine Verbindung zu einer altertümlichen Klimaanlage, und mein Verlies lag direkt unter dem ovalen Salon des Hauses. Dort oben war offenbar die unterbrochene Verhandlung fortgesetzt worden. Mich hatten sie nicht dazugeholt. Wahrscheinlich wollte man keinen unnötigen Zuhörer und Zeugen. Jedenfalls konnte ich entweder Berkowitz oder Vandenberg hören, einer der beiden schien gerade die Geduld zu verlieren.

»... wenn Sie nicht auf unsere Vorschläge eingehen wollen, dann muss ich deutlicher werden, Mister von Mellin. Wir haben Ihnen wohl klargemacht, dass wir Sie jederzeit und überall genauso liquidieren könnten wie Ihre Nazi-Jugendfreunde. Und wir können auch Ihre sorgfältig gepflegte Lebensgeschichte zerstören ...«

Was Malte von Mellin antwortete, konnte ich nicht verstehen, er saß wohl weiter entfernt. Ich hörte allerdings die scharfe Reaktion darauf:

»Das kann ich Ihnen verraten, wie wir das machen. Wir werden Ihre wahre Geschichte an Ihre Konkurrenten lancieren: Wie der großartige liberale Verleger von Mellin als Hitlerjunge Malte mit seinen Nazi-Schulfreunden an einem blutigen Massaker beteiligt war, bei dem vier amerikanischen Flieger wie Tiere abgeschlachtet wurden; wie er, der Verdienstkreuzträger der Bundesrepublik Deutschland, sich seine erste Lizenz als Zeitungsgründer raffiniert erschlichen hat; wie der deutsche Patriot jahrzehntelang der CIA zu Diensten gewesen ist! Glauben Sie, dass Sie so eine Enthüllungsstory überstehen würden, Mister Mellin?«

Wieder konnte ich die Antwort nicht hören, aber ich konnte mir dann denken, was Malte von Mellin gesagt hatte, denn Berkowitz oder Vandenberg gingen darauf ein.

»Sie glauben also, niemand in Deutschland würde so etwas gegen Sie veröffentlichen, weil andere Blätter Angst vor Ihrem Einfluss und vor Ihren Juristen haben? Sie wissen doch als Zeitungsmacher sicherlich selber: So etwas spielt man über Bande. Das heißt: Wir lassen die Bombe zuerst hier in den USA platzen. *Vanity Fair* oder *Rolling Stone* sind auf solche internationalen Enthüllungsstorys geradezu spezialisiert. Und das *Wall Street Journal*, die *Washington Post* würden die Kernaussagen nachdrucken – glauben Sie wirklich, dass die wichtigen deutschen Zeitungen und Magazine das ignorieren können? Und dass Ihr sorgsam gepflegtes Image als großer liberaler Verleger, als Vorreiter und Verfechter der deutschen Nachkriegsdemokratie, ein solches publizistisches Trommelfeuer überstehen würde?«

Nebenan sprang der alte Kühlschrank wieder an und brummte so laut, dass ich minutenlang nichts verstehen konnte. Nach etwa zehn Minuten setzte das Geräusch endlich aus. Über mir schien die Krise überstanden zu sein, denn jetzt konnte ich eine besänftigende Stimme hören. Es war eindeutig Mortimer W. Marshall, der sagte:

»... schön, dass wir Sie von unseren Vorschlägen überzeugen konnten, Mister von Mellin. Ich will Ihnen nicht länger verheimlichen, dass ich auch Berater von Atlantic Publishing bin. Sie würden es früher oder später ohnehin mitbekommen haben. Deshalb freut es mich besonders, dass Sie uns bei den Vertragsverhandlungen entgegenkommen wollen, was die Verteilung der Anteile an der gemeinsamen künftigen Holding angeht. Ich finde eine Sperrminorität von 25,1 Prozent ist nicht zu viel verlangt. Und dass wir für diese Viertel-Beteiligung nur einen symbolischen Preis von einem Dollar zahlen, das lässt sich problemlos verschleiern. Dafür haben wir ja Experten.«

Diesmal konnte ich auch Malte von Mellins Stimme verstehen, obwohl sie sehr dünn klang.

»Ich gehe auch wegen meiner Tochter Irma und wegen meiner Familie und wegen meiner Mitarbeiter auf diese Nötigungen ein.«

»Sehr schön. Sie waren ja Ihr Leben lang ein ganz uneigennütziger Mensch, wie wir erfahren durften.«

Das war wieder Berkowitz, dessen Ironie selbst durch Wände und Decken nicht zu überhören war.

Über mir schrammten kurz darauf Stuhlbeine über den alten Parkettboden. Schritte entfernten sich. Türen wurden zugeschlagen. Ich verschloss das Rohr in der Wand wieder mit dem Blechdeckel.

57

Washington, Lincoln Park Club, Freitag, 3. September – 23:00 Uhr

Winston rauchte Marlboro light. Das fünfgängige Abenddinner einer großen Geburtstagsparty war endlich vorbei, als der dunkelhäutige Diener des Lincoln Park Club sich eine erste Zigarettenpause gönnen konnte. Mit seinen Kollegen hatte er die rund zweihundert Gäste eines populären Kongressabgeordneten bedient, der nur seine wirklich allerbesten Freunde eingeladen hatte, wie er bei seiner Begrüßungsrede ausgerufen hatte. Nach dem Essen verlagerte sich das Fest allmählich ins Freie. Ein voller Mond schien durch dünne Schleierwolken auf die amerikanische Hauptstadt. Es war noch immer schwülwarm in dieser Augustnacht. Ein Gewitter lag in der Luft.

Der Vollmond passte gut zu den orangegelben Lampions, deren Licht auf zwei Dutzend Tische fiel, die auf die runde Rasenfläche inmitten des Parks gestellt worden waren. Nur etwa die Hälfte war besetzt, denn die meist älteren Gäste blieben trotz der romantischen Atmosphäre lieber in den vollklimatisierten Räumen des Clubgebäudes. Draußen ging es immer feuchter und fröhlicher zu. Gelächter übertönte das Gläserklirren und die dezente Hintergrundmusik, die sich der Gastgeber gewünscht hatte, eingängige Melodien aus Musicals wie »Porgy and Bess« und »Hair« oder »42nd Street«. Ein paar jüngere Paare tanzten dazu auf der höher liegenden Terrasse, obwohl das eigentlich nicht vorgesehen war.

Winston steckte sich eine zweite Zigarette an der ersten an. Um ungestört seinem kleinen Laster zu frönen, hatte er sich in den hinteren, dunkleren Teil des Parks zurückgezogen, dorthin, wo Buchsbaum- und Rhododendronbüsche und ein alter Zaun das Gelände des Clubs von dem verwilderten Garten eines dahinterliegenden alten Anwesens trennten. Der junge Mann saß auf einer alten Bank und dachte wieder mal an seine Zukunftspläne, auch daran, das er eines Tages nicht mehr zu den Bediensteten, sondern zu den Mitgliedern dieses feinen Lincoln Park Clubs gehören wollte.

Da hörte er hinter sich ein Geräusch. Und Stimmen. Zwei Männerstimmen. Eine der Stimmen sagte, es sei keine gute Idee gewesen, hier durch das Buschwerk und den Zaun zu kriechen, auch wenn man auf diesem Wege schneller in das Clubgebäude komme.

Kurz darauf fluchte derselbe Mann laut.

»Ich habe mir am Stacheldraht den Ärmel meiner Anzugjacke aufgerissen!«

Winston kam die Stimme bekannt vor. Kurz darauf erkannte er das Clubmitglied Fitzgerald P. Almond, den berühmten Anwalt, der wie immer einen eleganten, hellen Anzug anhatte. Almond kam in gebückter Haltung aus dem Gehölz gekrochen. Er tauchte direkt vor Winston auf, der seine Zigarette eilig auf den Boden warf und austrat. Das löste einen kleinen Funkenflug aus.

Almond hatte das braune Gesicht im Halbdunkel der Mondnacht nicht gleich erkannt.

»Herrgott noch mal, Winston, was machen Sie denn hier?«

»Ich rauche, Sir, das ist ja für die Angestellten im Clubgebäude verboten.«

Almond fühlte sich bemüßigt, dem beliebten und intelligenten Clubdiener auch eine Erklärung abzugeben, als hinter ihm der ehemalige Vizeverteidigungsminister der Vereinigten Staaten aus dem Unterholz kam. Er habe sich mit seinem Freund Mister Berkowitz und mit einigen anderen Leuten das heruntergekommene Haus auf der anderen Seite der Hecke angesehen, sagte Almond, dieses frühere Bed & Breakfast, das doch bald zum Gästehaus des Lincoln Park Clubs umgebaut werden solle. Und da er Winston schon mal hier treffe, habe er eine Bitte: »Können Sie für mich und meine Freunde einen der freien Tische hier im Hintergrund aufstellen, wir würden gern noch etwas essen und trinken und uns dabei ungestört vom Partylärm und von den anderen Gästen unterhalten.«

»Kein Problem, Sir«, sagte Winston. Der Tisch werde in spätestens zehn Minuten fertig sein. Wie viel Stühle und wie viele Gedecke man brauche?

Almond dachte kurz nach.

»Sieben«, sagte er dann.

Es muss etwa eine halbe Stunde später nach dem Ende der Verhandlung über mir gewesen sein, als die beiden Männer, die Irma und mich in der Limousine entführt hatten, in dem ehemaligen Vorratsraum erschienen, in dem ich eingesperrt war.

»Sie sind wieder ein freier Mann, Mister Anders«, sagte der Große mit den strammen Bodybuilderschultern und grinste so breit, als sei alles nur einen kleiner Scherz gewesen.

Mich überkam allerdings noch einmal ein sehr mulmiges Gefühl, als mich die beiden durch einen Hintereingang aus dem Haus brachten und dann durch einen unheimlichen zugewachsenen Garten zu einer dunklen Hecke führten. Wie zu einer Hinrichtung, dachte ich: Jetzt taucht gleich McGovern mit seiner Schalldämpferpistole auf …

Aber stattdessen hörte ich hinter dem Gebüsch eine offenbar angeregte Unterhaltung, mehrere Männer- und eine Frauenstimme konnte ich unterscheiden. Im Hintergrund ertönte Musik.

Als wir auf der anderen Seite aus der Hecke herauskrochen, bot sich mir ein überraschender Anblick. Ich traute meinen Sinnen nicht mehr – nach allem, was ich seit meiner Landung in Washington erlebt hatte. Vor mir lag eine große Rasenfläche. Darauf standen von Lampions beleuchtete Tische, an denen festlich gekleidete Menschen fröhlich zusammen saßen. Dahinter hob sich eine historische dreistöckige Backsteinvilla gegen einen dunklen Park ab, deren Fassade von Scheinwerfern angestrahlt wurde. Auf einer Terrasse wurde zu sanfter Musik getanzt. Und am Horizont war unter dem hellen Mondhimmel noch die berühmte Kuppel des Capitols zu sehen. Das Erstaunlichste aber entdeckte ich in nicht einmal zehn Metern Entfernung zu meiner Linken. Dort saßen sechs Menschen um einen runden Tisch herum. Im leichten Flackern eines großen Windlichtes in der Tischmitte erkannte ich die Gesichter, eines nach dem anderen: Malte von Mellin und Irma, Berkowitz, Mortimer, Vandenberg und Almond. Neben Irma war ein weißer Gartenstuhl frei.

»Willkommen im Lincoln Park Club, Mister Anders«, rief Almond in meine Richtung, »leisten Sie uns doch ein wenig Gesellschaft.«

Offenbar hatten sie auf mich gewartet.

Noch immer verwirrt nahm ich Platz. Irma und ihr Vater lächelten mir zu. Ein wenig gequält, wie mir schien.

Ein dunkelhäutiger Diener in Livree eilte herbei und fragte nach unseren Bestellungen – allerdings sei die Küche des Clubrestaurants zu so später Stunde eigentlich schon geschlossen, aber man würde für uns doch noch schnell Steaks und Potato Skins machen können. Dazu bestellte Almond, ohne zu fragen, siebenmal Heineken-Bier. »Wir haben wahrscheinlich alle Durst.«

Tatsächlich tranken wir dann in großen Zügen. Auch Irma. Nach einigem Smalltalk über das wunderbare Wetter und über die gerade weniger erfreulichen deutsch-amerikanischen Beziehungen ergriff der frühere Richter Mortimer W. Marshall das Wort. Er klopfte an sein leeres Bierglas und ließ mich dann bis zum Ende seiner Ausführungen nicht mehr aus den Augen. Mir war unwohl dabei, denn auch die anderen beobachteten mich unablässig. Marshall sagte:

»Mister Anders, wir wollen Sie informieren, zu welchen Ergebnissen wir bei unserer Verhandlung gekommen sind und was wir vorhin gemeinsam mit Mister von Mellin und seiner Tochter beschlossen haben. Ich will das auch für uns alle noch einmal kurz zusammenfassen:

Mister Malte von Mellin ist entgegen unserer ursprünglichen Annahme persönlich nicht mitschuldig an der Ermordung der vier amerikanischen Air-Force-Flieger, die im April 1945 in der Nähe des Schlosses Herrensee notgelandet sind. Wir sind jetzt überzeugt, dass er damals tatsächlich dem lebensgefährlich verletzten Piloten Paul Ferdinand Mandell, unserem hier anwesenden Fitzgerald P. Almond, das Leben gerettet hat.

Allerdings hat Mister Mellin dann diesen Sachverhalt skrupellos zu seinem eigenen Vorteil genutzt. Er hat also nach unserer Erkenntnis sein heutiges Medienimperium auf raffinierte Weise begründet. Andererseits hat sich Mister Mellin nach ebenfalls vorliegenden Beweisen mit den Zeitungen und Magazinen seines Verlages immer wieder nachdrücklich für die politischen und wirtschaftlichen amerikanischen Interessen in Deutschland eingesetzt …«

Marshall wartete, bis der dunkelhäutige Diener, der Winston genannt wurde, die Teller abserviert hatte. Dann fuhr er fort:

»Nach diesem Sachverhalt werden von uns aus keine Sanktionen gegen Mister von Mellin verhängt werden. Dabei haben wir auch berücksichtigt, dass Mister Mellin selber eine besondere Wiedergutmachung vorgeschlagen hat. Er wird eine wohltätige Stiftung mit einer Einlage von fünf Millionen Dollar gründen – die Herrensee Foundation. Der Sitz dieser gemeinnützigen Stiftung wird in Washington oder New York sein. Aus den Zinserträgen und Einlagen werden hilfsbedürftige Hinterbliebene von Air-Force-Besatzungen und alliierten Fliegern unterstützt, die während des Zweiten Weltkrieges in Deutschland nach Notlandungen oder Abstürzen getötet worden sind. Dabei soll es sich nach dem heutigen Wissensstand um etwa dreihundert Fälle handeln. Zuerst werden allerdings die Angehörigen der Besatzung der ›Pride of New York‹ bedacht, deren Captain unser Freund Fitzgerald P. Almond gewesen ist. Wir begrüßen diese freiwillige finanzielle Wiedergutmachung ausdrücklich.«

Über die erzwungene 25-Prozent-Beteiligung von Atlantic Publishing an der neuen Mellin-Holding in den USA für einen symbolischen Preis von einem Dollar verlor niemand ein Wort.

Zu meiner Überraschung fragte mich Marshall am Ende seiner Ausführungen: »Was sagen Sie dazu, Mister Anders? Ist das nicht eine großzügige Lösung für alle Beteiligten in dieser Sache?«

Ich suchte nach einer Antwort und sagte zunächst:

»Offen gesagt, frage ich mich, was das für mich bedeutet?«

»Das kann ich Ihnen sagen, Mister Anders, und ich will nicht lange herumreden.«

Vandenberg redete jetzt. Er saß mir gegenüber am Tisch und faltete sehr sorgfältig seine Serviette zusammen.

»Wir wollen Sie einweihen und damit Ihr Vertrauen gewinnen. Und wir setzen auf Ihre absolute Verschwiegenheit.«

»Warum?« Ich ärgerte mich gleich über diese naive Frage.

»Weil Sie zu viel wissen, Mister Anders. Sie wissen, wer wir sind. Sie wissen, dass wir den Tod von vier alten Freunden von Mister von Mellin zu verantworten haben. Sie haben den Mann gesehen, der unser Urteil in Deutschland vollstreckt hat. Sie haben unser Verfahren gegen Mister von Mellin miterlebt. Sie sind ein lebendes Sicherheitsrisiko für uns alle.«

»Ich bin sicher, dass Sie nicht davor zurückschrecken würden, mich mundtot zu machen.«

»Da haben Sie Recht«, antwortete Vandenberg kalt. »Unser Spezialist für solche Fälle ist noch in der Nähe, wie Sie ja mitbekommen haben … Aber nachdem wir uns mit Mister von Mellin und mit seiner Tochter und künftigen Erbin und Nachfolgerin geeinigt haben, sind Sie sozusagen ein Teil unseres Deals geworden. Ganz besonders Frau Irma von Mellin hat Wert auf die Zusage gelegt, dass Ihnen nichts zustoßen wird. Das haben wir tatsächlich versprochen – solange Sie Ihr Wissen für sich behalten.«

Sie deuteten mein Schweigen als Zustimmung. Denn als in diesem Moment der Clubdiener Winston aus dem sanften Gegenlicht der Lampions an den anderen Tischen auftauchte, schlug Mortimer W. Marshall vor: »Darauf sollten wir jetzt aber etwas Ordentliches trinken.«

Er bestellte sieben Cocktails, eine besondere Kreation des Barkeepers des Lincoln Park Clubs, deren Name mir entfallen ist. Wir konnten damit ohnehin nicht mehr anstoßen.

Einige scharfe Böen erfassten das weiße Tischtuch und fegten das Windlicht und die Gläser vom Tisch. Blitze zuckten über den Capitol

Hill und über den Horizont von Washington. Erste dicke Regentropfen pladderten vom Himmel.

»Schreiben Sie alles auf meine Rechnung«, rief Fitzgerald P. Almond Winston noch zu, bevor wir einer nach dem anderen durch die Hecke und den verwilderten Garten zurückliefen. Unterwegs nahm ich Irma an die Hand.

Als wir das alte Haus erreichten, waren wir alle bis auf die Haut durchnässt.

ENDE

EPILOG

Zwölf Jahre und neun Monate nach diesem denkwürdigen Tag auf dem Capitol Hill in Washington ist Malte von Mellin gestorben.

Anfang Mai 2005 stand ich gerade neben Wolfram Witt auf einem Hügel des Golfclubs Schloss Herrensee, als mein neues Handy durchdringend klingelte. Dummerweise hatte ich vergessen, die Ausschalttaste zu drücken, als ich das Ding ins Bag gelegt hatte. Ein schwerer Verstoß gegen die Etikette auf dem Golfplatz. Wolfram nutzte das natürlich sofort zu seinem Vorteil: Er bestand darauf, seinen Abschlag wiederholen zu dürfen, weil er angeblich durch das Gebimmel in seiner Konzentration gestört worden war – obwohl er seinen Ball schon Sekunden vorher tief in ein Wäldchen geschossen hatte. Gut, sagte ich, aber dann könne ich das Gespräch ja auch noch annehmen, denn inzwischen hatte ich den Namen des Anrufers auf dem Display gelesen – Irma!

»Mein Vater ist tot«, sagte sie, gleich nachdem ich mich gemeldet hatte. »Ich finde, du solltest das nicht erst aus den Nachrichten erfahren.«

Unser Verhältnis hatte sich seit jenem Sommer 1993 verändert. Irma war Vorstandsmitglied des Mellin-Verlages geworden und hatte immer größeren Einfluss bekommen, je mehr ihr Vater sich aus dem Alltagsgeschäft des Konzerns zurückzog. Und der hatte seinen Rückzug nach den dramatischen Ereignissen um das amerikanische Bomberwrack planmäßig organisiert.

Unsere Beziehung hatte unter Irmas Karriere gelitten und war nach einigen Wirrungen und Turbulenzen schließlich in eine herzliche Freundschaft übergegangen. Darüber war ich auch froh, weil ich Lena ab und zu sehen konnte, aus der inzwischen ein hübscher, ein wenig schwieriger Teenager geworden war. Ich glaubte, einige Ähnlichkeiten mit mir entdeckt zu haben – aber Irma hat mir bis heute nicht verraten, ob ich der Vater ihrer Tochter bin.

»Wie ist dein Vater gestorben?«, habe ich natürlich bei Irmas Anruf auf dem Golfplatz gefragt.

»Auf dem Totenschein wird Herzversagen stehen.«

Wie das zu verstehen war, hat sie mir am Abend nach der Beerdigung erklärt, zu der viele hundert mehr oder weniger prominente Trauergäste auf den Dorffriedhof von Herrensee gekommen waren: Zuletzt sei ihr Vater wohl des Lebens überdrüssig gewesen, nachdem er sich von dem Schock des Geschehens im Sommer 1993 nie mehr ganz erholt hatte. »Am Totenbett hat sein Freund und Hausarzt Professor Ingwersen festgestellt, dass er seine Tabletten gegen Bluthochdruck und Herzinsuffizienz schon einige Zeit lang nicht mehr eingenommen hatte. Und bei seinem letzten Herzanfall hätte er sich mit dem Notfall-Nitrospray in seinem Nachttischschränkchen noch selber helfen können – wenn er gewollt hätte …«

Zwei Wochen nach dem Tod von Irmas Vater suchte ich in einem feuerfesten kleinen Wandsafe in meiner Wohnung einige Hypothekenunterlagen. Dabei fand ich auch einen Umschlag mit zwei Schriftstücken, die mich an Malte von Mellin erinnerten: Die Einladung zu seinem Geburtstagsfest und zu dem großen Golfturnier im August 1993 und ein sehr persönliches Dankschreiben vom Dezember desselben Jahres. Es beginnt mit der Anrede »*Sehr geehrter Herr Anders, lieber Bogey*«. Und die letzten Sätze lauten:

»*… von meiner Tochter Irma weiß ich, dass Sie als früherer Reporter die Geschichte, die wir gemeinsam erlebt haben, aufschreiben und als Buch publizieren möchten. Abgesehen davon, dass mein recht großzügig ausgefallenes Honorar für Ihre Ermittlungen auch eine Schweigeverpflichtung vorausgesetzt hat, bitte ich Sie dringend und herzlich, sich mit einer eventuellen Veröffentlichung bis nach meinem Tode zu gedulden. (Zu Ihrer Sicherheit sollten Sie wohl auch warten, bis unsere gemeinsamen amerikanischen Bekannten das Zeitliche gesegnet haben.) Aber auch wenn das eines Tages der Fall sein sollte, wäre ich Ihnen noch posthum außerordentlich verbunden, wenn die Personen und Schauplätze so ver-*

ändert würden, dass die eigentlich Betroffenen und die tatsächlichen Örtlichkeiten des Geschehens unkenntlich bleiben.
Ich danke Ihnen sehr.
Malte von Mellin«

Daran habe ich mich gehalten.

GLOSSAR

Golf-Begriffe, die in diesem Buch vorkommen

Bag – große Tasche für Schläger und Golfutensilien
Birdie – ausgezeichnetes Ergebnis auf einer Spielbahn, ein Schlag besser als Par (siehe dort)
Bogey – ordentliches Spielergebnis. Ein Schlag schlechter als Par
Bogey-Spieler – guter Golfspieler, besser als der Durchschnitt
Bunker – mit Sand gefüllte Hindernisse auf den Golfplatz
Driver – größter Schläger für den jeweils ersten Abschlag auf den Spielbahnen
Driving Range – Übungsgelände
droppen – einen neuen Ball nach Golfregel fallen lassen
Eisen – Golfschläger in verschiedenen Längen von Sandwedge (für kurze Schläge) bis Eisen 2 (für große Entfernungen)
Fahne – kennzeichnet das Loch, damit Golfer ihr Ziel schon von Weitem sehen können
Fairway – breite, gut gemähte Gras-Spielbahn zwischen Abschlag und Grün
Flight – Spielgruppe beim Golf, zwei bis maximal vier Teilnehmer
Golfcart – batteriebetriebener Wagen für zwei Golfspieler und ihre Ausrüstung
Golfplatz – besteht aus 18 Spielbahnen mit eben so vielen Grüns und Löchern
Greenkeeper – auf Golfplätze spezialisierter Platzpfleger/Landschaftsgärtner
Grün oder Green – teppichkurz gemähte Rasenfläche rund um das Loch
Hammer Drive – Jargonausdruck für einen extrem weiten Abschlag
Handicap (Hcp.) – mit dem Handicap wird die Spielstärke eines Golfers

eingestuft. Hcp. 1 ist extrem gut. Anfänger beginnen nach Platzreife mit Hcp. 54

Holz (1, 2, 3 …) – Schläger für weite Schläge mit längeren Schäften und größeren Köpfen, die früher aus Holz und heute aus speziellen Metallen bestehen

Lobwedge – Spezialschläger, der kurze und hohe Schläge über Hindernisse ermöglicht

Par – Zahl der Schläge die ein durchschnittlicher Profigolfer auf einer Spielbahn benötigt

Pitching Wedge – kurzer Eisenschläger für Annäherungsschläge zum Grün

Platzreife – erlaubt nach bestandener Regelkunde und Praxistest das Spielen auf einem Golfplatz

Putt – Golfschlag auf dem Grün zum Loch bzw. ins Loch

Putter – besonderer Schläger für das Spiel auf dem Grün

Rough – ungemähtes, hohes Gras neben dem Fairway

Semirough – halbhohes Gras neben dem Fairway

Spielbahn – siehe Fairway

Slice – Schlag, der nach rechts abdriftet

Tee – Holz- oder Plastikstift mit einer kleinen Kopfschale, in die der Ball zum Abschlag gelegt wird

Trolley – zwei- oder dreirädriger kleiner Wagen zum Transport des Golfbag